Annejoke Smids · Piratenblut

Annejoke Smids

Piratenblut

Aus dem Niederländischen übersetzt
von Sonja Fiedler-Tresp

Loewe

FSC
Mix
Produktgruppe aus vorbildlich
bewirtschafteten Wäldern und
anderen kontrollierten Herkünften

Zert.-Nr. SGS-COC-1940
www.fsc.org

ISBN 978-3-7855-6541-4
1. Auflage 2008 als Loewe-Taschenbuch

Umschlagillustration: Dirk Steinhöfel
Umschlaggestaltung: Christian Keller
Printed in Germany (007)

www.loewe-verlag.de

Für Jan Peter
1972–2002

Inhalt

Teil 1: Madagaskar 1697

Teil 2: Das Geisterschiff

Teil 1
Madagaskar 1697

Die Boten

Der Bug der *Katharina* durchschneidet die Wellen, die hoch gegen den hölzernen Rumpf spritzen. Ein kräftiger Wind bläht die Segel und treibt das Schiff voran, während die Möwen sich meilenweit über das Meer tragen lassen, ohne einen Flügel zu bewegen. Ab und zu brüllt der Steuermann einen Befehl über das Deck, hier ein Segel zu setzen, da eins zu reffen. Seine laute Stimme verliert sich im Wind, aber die Männer geben seine Befehle weiter, und so ist auch für die, die am weitesten von ihm entfernt stehen, die Botschaft eindeutig: Wenn alles gut geht, wird die *Katharina* wahrscheinlich schon übermorgen das Kap der Guten Hoffnung erreichen, wo frisches Wasser und neuer Proviant aufgenommen werden können.

„He, Maat", donnert plötzlich eine Stimme über das Mitteldeck, und bevor er weiß, wie ihm geschieht, bekommt Sebastian eine schmerzhafte Ohrfeige verpasst. Adrian Gort, der beleibte Koch der *Katharina*, steht direkt vor ihm und stößt den Wassereimer um, den Sebastian zum Deckschrubben benutzt.

„Komm mit, es gibt Arbeit!"

Der Koch packt Sebastian am Ohr und zieht ihn, halb laufend, halb schleifend, hinter sich her. Sebastian seufzt, denn er weiß, dass es kein Entkommen gibt. Er *muss* Gort gehorchen, weil dieser nicht nur Koch, sondern einer der

Offiziere an Bord ist, den nichts mehr befriedigt, als Sebastian bis zum Äußersten zu quälen. Und wenn er Gort widerspricht, kommt er in die Arrestzelle.

Der beleibte Koch schubst Sebastian in die kleine enge Kombüse und lacht sein gackerndes Lachen. Es verblüfft Sebastian immer wieder, dass ein so großer Mann so hohe und schrille Töne von sich geben kann. Gort zeigt auf den großen schwarzen Kochtopf, der auf dem Herd steht.

„Der muss sauber werden. Geschrubbt bis er glänzt. Und zwar noch bevor die Sonne am höchsten steht. Hast du mich verstanden?“

Sebastian ist überrascht, lässt es sich aber nicht anmerken. Soweit er weiß, ist bei Gort in der Schiffsküche nie etwas wirklich sauber. Wahrscheinlich sind ihm keine anderen Drecksarbeiten eingefallen.

Sebastian schaut in den großen Topf und sofort umgibt ihn ein saurer und fauler Gestank nach Vergammeltem. Oben klebt ein schwammiger Rand aus festgebrannten Essensresten und Fett. Er bricht ein Stück davon ab und muss sofort würgen. Überall Maden!

Gort kocht sie normalerweise garantiert mit. Wie gekochte Maden wohl schmecken? Roh kennt Sebastian sie nur zu gut, weil der Schiffszwieback voll davon sitzt. Kühl und ein bisschen bitter, aber besser als nichts. Als er noch neu an Bord war, hat er einmal versucht, jede einzelne mit dem Finger herauszuholen. Zum großen Vergnügen seiner Kameraden. Denn wenn keine Made mehr im Zwieback ist, ist auch kein Zwieback mehr übrig.

Er nimmt einen Holzlöffel und schiebt die Essensreste in einen Eimer, den er einfach ins Meer leeren kann.

„Ich brauche einen Putzlappen“, sagt er, als der Topf leer

ist, und hat das Gefühl, sich jeden Moment übergeben zu müssen.

Gort lümmelt neben der Spüle herum und beißt genüsslich in etwas, das wie eine Schweinshaxe aussieht. Sebastian kann sich nicht erinnern, jemals etwas so Leckeres auf seinem Teller gehabt zu haben. Der Koch weist mit einem Kopfnicken in eine Ecke der Kombüse, in der ein paar Lappen liegen. Sebastian nimmt sie und fängt an zu schrubben. Das ist wirklich widerlich. Bald sind die Lappen und seine Hände ganz und gar voller Fett – aber der Topf ist sauber. Zumindest sauberer. Abwartend blickt er zu Gort.

„Gut so?“, fragt er.

Ohne aufzusehen entgegnet Gort: „Nicht sauber genug. Hol mal Scheuersand. Der Topf muss glänzen.“

Mit knurrendem Magen und dem Bild von saftigen Schweinshaxen vor Augen holt Sebastian den Scheuersand, den er vorhin auch schon für das Deck verwendet hat. Nachdem er sich anschließend neue Lappen um die Hände gewickelt hat, macht er sich wieder an die Arbeit. Der Topf wird schon so lange benutzt, dass das Schwarze ganz eingebrannt ist, und wie sehr Sebastian sich auch bemüht, der Topfboden wird nie glänzen. Er scheuert und scheuert, bis seine Hände ganz rau sind.

„So sauber war er nicht mal, als du ihn neu hattest“, murmelt er leise. Aber nicht leise genug.

„Was war das gerade?“, fragt Gort scharf. „Pass bloß auf, was du sagst, mein Freund. Du hast Glück, dass ich gerade sitze, denn sonst würdest du einen an den Kopf kriegen.“ Schmatzend vernichtet er die letzten Reste der Schweinshaxe.

„Heb ihn hoch!“, sagt er dann, und Sebastian hat Mühe, den bleischweren Topf zu heben und ihn so zu drehen, dass der Koch den Boden sehen kann.

Gort beugt sich drohend nach vorn. „Soll ich so vielleicht etwas erkennen?“

„Höher schaffe ich es nicht“, stöhnt Sebastian.

„Ich will mein Spiegelbild sehen können. Der Topf muss sauber sein, kapiert?“

Gort lehnt sich wieder zurück und greift nach einer neuen Schweinshaxe aus dem anscheinend unerschöpflichen Vorrat. Sebastian weiß, dass es keinen Sinn macht, sich mit dem Koch anzulegen, also schiebt er den Topf mit letzter Kraft ein Stück weiter nach oben.

„Ich sehe immer noch nichts“, sagt Gort, die Augen auf die Schweinshaxe in seiner Hand gerichtet.

Sebastian ist sich sicher, dass er den Topf hoch genug hält. Es brennt ihm auf den Lippen zu sagen, dass Gort vielleicht den Schreck seines Lebens kriegt, wenn er sein Spiegelbild im Topfboden sieht, aber er hält lieber den Mund – an seinen letzten Aufenthalt in der Arrestzelle kann er sich noch zu gut erinnern.

Dann hält er es nicht mehr aus und der schwarze Topf fällt ihm donnernd aus den Händen auf den Holzboden der Kombüse, der unter dem Gewicht ächzt. Erschreckt schaut er Gort an.

Doch dieser bleibt regungslos sitzen, die hellen fischblauen Augen weit geöffnet. Das macht Sebastian erst recht Angst.

„Ich hatte keine Kraft mehr!“, ruft er. „Der Topf ist viel zu groß.“

„Zu groß, he?“, entgegnet Gort höhnisch. Mit einer Gelenkigkeit, die bei einem Mann mit seiner Figur unerwartet ist, springt er auf, greift mit einer seiner mächtigen Pranken nach dem Topf und mit der anderen nach Sebastian. Scheppernd lässt er den Topf auf den Herd fallen und hebt Sebastian hinein, als ob er nicht mehr wiege als ein gerupftes Huhn.

„Groß genug für einen Schmalhans wie dich auf jeden Fall", sagt er mit funkelnden Augen und lacht.

Sebastian reißt vor Schreck die Augen auf. Seine Beine hängen über dem Topfrand und er kann sich kaum bewegen.

„Gort, nein!", schreit er. „Lass das!"

Aber Gort hat den Herd schon angeschürt.

„Gort!", schreit Sebastian noch einmal wütend.

Er weiß, dass der Koch verrückt genug ist, ihn bei lebendigem Leib zu rösten, aber es wäre unter seiner Würde, ihn um Gnade anzuflehen. Er spürt schon, wie sein Hinterteil warm wird und Tränen der Ohnmacht und Wut brennen ihm in den Augen.

„Gort! Lass mich raus!", schreit er wieder.

Der Koch hat die Arme über seinem dicken Wanst gefaltet und sieht Sebastian an, ein breites Grinsen auf dem fettigen Gesicht.

„Schauen wir mal, ob saubere Töpfe auch besser kochen! Hahaha!"

Sebastians Hinterteil beginnt zu glühen und obwohl die Hitze gerade noch zu ertragen ist, erscheint es ihm besser, schon jetzt Alarm zu schlagen. Er schreit wie am Spieß und sogleich kommen einige Matrosen in die Kombüse gelaufen.

„Was ist los?"

Aber als sie Sebastian in seiner bedrängten Lage sehen, brechen sie in schallendes Gelächter aus.

„He, Gort, gibt es heute Abend Frischfleisch?", ruft einer von ihnen spottend. „Das wurde aber auch Zeit!" Die Männer lachen noch lauter. Das ist nicht gerade das, was Sebastian jetzt braucht.

„Helft mir!", ruft er. „Ich verbrenne mir den Hintern! Holt mich hier raus!"

„Schür das Feuer noch weiter an, Gort. Er ist noch lange nicht gar!"

Die Männer grölen.

Und dann dröhnt plötzlich die Stimme des Quartiermeisters van Noort hinter ihnen.

„Was geht hier vor?"

Die Männer treten einen Schritt zur Seite und Karel van Noort schaut in den Raum. Ein Blick – und er weiß Bescheid.

„Gort, hol sofort den Jungen da raus. Es reicht jetzt."

Mit einem Grinsen hebt Gort den Topf vom Feuer und zieht Sebastian heraus. Sein Hinterteil muss feuerrot verbrannt sein, so sehr schmerzt es, und Sebastian ist sich sicher, dass er eine Woche lang nicht sitzen kann.

„Halte deinen Hintern erst mal in einen Bottich Meerwasser", sagt van Noort. „Und pass das nächste Mal besser auf."

Er gibt Sebastian eine Ohrfeige, aber sie tut nicht wirklich weh. Unter dem dröhnenden Gelächter der Männer kriecht er die Treppe zum Deck hoch, auf der Suche nach einem Wasserbottich. Er findet keinen, aber immerhin einen Eimer, den er ins Meer hinab- und bis zum Rand volllaufen lässt, bevor er ihn mit dem Seil wieder nach oben zieht. Das kühle Wasser an seinem versengten Hintern fühlt sich herrlich an – so herrlich, dass er einen erleichterten Seufzer ausstößt und mit geschlossenen Augen eine Weile auf dem Eimer sitzen bleibt.

Gort, diese Schweinebacke. Sebastian hasst den Kerl, der ihm das Leben auf der *Katharina* immer wieder schwer macht. Und nicht nur ihm. Die anderen Schiffsjungen müssen mindestens genauso unter ihm leiden, wenn nicht noch mehr. Sebastian ist nicht gerade ängstlich und weiß sich mit seiner losen Zunge normalerweise aus jeder brenzligen Situation zu retten. Obwohl ihn genau das auch oft in Schwierigkeiten bringt.

Er steht kurz auf, um zu fühlen, ob sein Hintern noch brennt. Auch wenn es schon etwas besser wird, beschließt er, noch eine Weile sitzen zu bleiben. Als er kaum mehr etwas von dem brennenden Schmerz spürt, zieht er seine Hose hoch und klettert auf den Mast, denn hier kann er sich ungestört noch ein Weilchen erholen.

Er ist nun schon seit ein paar Stunden hier oben. Solange er sich nicht rührt, fühlt er seinen Hintern beinahe nicht mehr. Der heftige Wind hat inzwischen nachgelassen und eine sanfte Brise sorgt in der südlichen Hitze für angenehme Abkühlung. Sebastian schließt die Augen und stellt zum wiederholten Male fest, dass Wache halten im Mast seine Lieblingsbeschäftigung an Bord ist. Und zum Glück denkt der Erste Steuermann darüber genauso.

Aber mitten auf dem Meer geschieht nicht viel und oft wird tagsüber gar keine Wache gehalten. Träge hängt er seinen Gedanken nach, begleitet vom Schaukeln des Schiffes.

Er denkt an die gruseligen Geschichten, die ihm Victor Eilander erzählt hat über die Wesen, die in den Tiefen des Meeres leben. Aber hier oben droht keine Gefahr, auch wenn Victor meint, dass man nirgendwo sicher sein kann. Er glaubt, dass es Meeresungeheuer mit fünf Meter langen Fangarmen gibt, die jeden aus dem Mastkorb pflücken und mit in die Tiefe zerren können, um ihn dort bei lebendigem Leib zu verschlingen. Jedenfalls dann, wenn man nicht vorher schon von den Fangarmen zu Tode gedrückt wird.

Sebastian denkt darüber nach, dass seine erste Reise auf der *Katharina* nicht schlecht verlaufen ist. Schon allein deshalb, weil er bis jetzt mit dem Leben davongekommen ist. Und das können nicht alle seine Kameraden sagen. Aber die Reise ist noch nicht zu Ende, denn eins der schwierigsten Teilstücke haben sie noch vor sich: das Kap der Guten Hoffnung. Das Sturmkap war ihnen auf der Hinreise nicht wirklich freundlich gesinnt und hat letztendlich sechzehn Männern das Leben gekostet. Unter ihnen war auch Pieter Pauw, der seinerzeit zusammen mit Sebastian angeheuert hatte. Zum ersten Mal hatten sie sich im Ostindienhaus in Amsterdam getroffen, wo sie sich beide für die *Katharina* eingeschrieben hatten. Durch das harte Leben an Bord waren sich die Schiffsjungen schnell nähergekommen und gute Freunde geworden. Seitdem Pieter ertrunken ist, hat Sebastian eigentlich niemanden mehr gefunden, mit dem er etwas unternehmen und über alles reden kann. Außer Simon vielleicht, aber der zählt nicht wirklich, weil er so viel älter ist als Sebastian.

Während seine halb geschlossenen Augen träge über das

Wasser gleiten, sieht er in der Ferne plötzlich einen kleinen schwarzen Punkt. Sofort ist er hellwach und springt auf. Durch die plötzliche Bewegung schmerzt sein Hintern, sodass er einen lauten Schrei nicht unterdrücken kann.

Er zweifelt, ob er wohl richtig gesehen hat. Aber da ist tatsächlich ein Punkt. Ab und zu verschwindet er aus seinem Blickfeld, doch kurz darauf ist er wieder da. Sebastian hält seine Augen fest darauf gerichtet. Was kann das sein?

Eine Viertelstunde verstreicht und der Punkt wird größer. Er kommt deutlich näher und kurz darauf sieht Sebastian, dass sich an beiden Seiten des Punktes etwas bewegt. Die Finnen eines großen Wales vielleicht? Aber ein Wal würde ab und zu untertauchen und der Punkt hier ist immer zu sehen. Sebastian fragt sich, was er nun tun soll. Gleich Alarm schlagen? Oder noch eine Weile warten?

Der Punkt verschwindet nicht, wird sogar größer. Er bewegt sich ein Stück in Richtung der *Katharina*, da ist kein Zweifel möglich.

„Alarm an Steuerbord!“, brüllt Sebastian schließlich nach unten.

„Alarm an Steuerbord?“, brüllt jemand zurück. „Das hättest du wohl gerne! Alarm an Deck, wenn du jetzt nicht sofort deinen Hintern aus dem Mast schwingst!“

Sebastian guckt über den Rand des Korbes und sieht die kräftige Gestalt des Kochs unter sich.

„Glaub ja nicht, dass du dich da oben verstecken kannst!“, ruft er. „Ich bin noch nicht fertig mit dir! Die Müßiggängerei im Mast ist jetzt vorbei, hörst du mich? Komm runter!“

„Lass mich in Ruhe, Gort! Ich habe alle deine Töpfe geschrubbt", ruft Sebastian zurück. „Wenn du mich wirklich so dringend brauchst, dann hol mich doch!"

Er kann es nicht lassen. Es ist raus, bevor er sich versieht, auch wenn ihn diese Frechheit teuer zu stehen kommen kann. Aber schon bei dem Gedanken daran, dass sich der dicke Koch die Seile hochquält, muss Sebastian lachen. Zu seinem Erstaunen kommt jedoch keine Antwort. Vorsichtig beugt er sich wieder über den Rand des Mastkorbs. Gort ist nicht mehr da.

Stattdessen sieht Sebastian ein Stück weiter entfernt an Deck eine Gruppe Männer stehen, die aufgeregt miteinander reden. Ohne lange zu überlegen, lässt er sich nach unten gleiten und gesellt sich zu ihnen. Es ist offensichtlich, dass die Männer irgendetwas begaffen, aber selbst auf Zehenspitzen kann er nicht sehen, was es ist.

„Was ist los?", fragt er und stößt den Mann neben sich in die Seite.

Der Mann schiebt ihn grob weg. „Halt den Mund!"

„Dann eben nicht", schimpft Sebastian und taucht zwischen den Männern hindurch, um einen Platz weiter vorn zu ergattern. Er bekommt einen Stoß gegen den Kopf und wird beinahe zerdrückt, aber jetzt steht er in der ersten Reihe. Und es war die Mühe wert, denn was er sieht, ist sehr merkwürdig.

In dem kleinen Kreis inmitten der Gruppe stehen drei armselig aussehende Gestalten mit gebeugten Rücken, die vollkommen in Schwarz gekleidet sind. Woher kommen die jetzt? Und wie in Gottes Namen konnten sie an Bord gelangen? Das ist offensichtlich jedem ein Rätsel, denn um Sebastian herum wird heftig spekuliert.

„… sie waren plötzlich einfach an Bord …“

„… Mulder hat gerade das Oberdeck kalfatert. Er schwört, dass er niemanden hat kommen sehen, und plötzlich stehen sie direkt vor ihm …“

„… aus dem Nichts, niemand hat etwas gehört …“

Die Männer sehen alt und verlebt aus. Ihre Gesichter sind faltig und ihre Kleidung ist zerschlissen und altmodisch. Da ist etwas an ihnen, was Sebastian ein sehr unbehagliches Gefühl bereitet, aber was es genau ist, weiß er nicht.

Inzwischen ist auch Kapitän van Straeten an Deck erschienen und die Männer machen ihm Platz. Es wird still, als der Kapitän die Fremden mustert. Er kann sein Erstaunen nicht verbergen und schaut seine Offiziere fragend an, doch niemand kann ihm eine Antwort geben.

„Woher kommt ihr?“, fragt er die drei Männer dann freundlich. „Wie seid ihr an Bord gelangt?“

Es wird mucksmäuschenstill, während alle gespannt warten, was als Nächstes passieren wird.

„Habt ihr Schiffbruch erlitten?“, fragt van Straeten, und als er noch immer keine Antwort erhält, fragt er das Gleiche noch einmal auf Englisch. Und danach auf Französisch und Portugiesisch, aber was er auch probiert, die Männer schweigen weiter.

„Vielleicht sind sie völlig erschöpft“, vermutet van Noort.

„Sie sind immerhin selbst an Bord geklettert“, murmelt einer der Matrosen.

„Ich habe da so meine Zweifel“, flüstert der Kapitän van Noort zu, aber Sebastian, der dicht hinter ihnen steht, hat ihn gehört. Er schaut vom Kapitän zu den drei Männern, die weiterhin schweigen. Langsam baut sich eine enorme Spannung auf.

Plötzlich hebt einer der Fremden – der größte von ihnen – den Kopf und schaut den Kapitän an. Er ist nur noch Haut und Knochen und seine Augen liegen tief in ihren dunklen Höhlen. Unsicher macht er einen Schritt nach vorn und räuspert sich, als ob er etwas sagen will, aber es ist kein Laut zu hören.

Armer Mann, denkt Sebastian. Vielleicht hat er schon so lange nicht mehr gesprochen, dass er es gar nicht mehr kann.

Der Kapitän geht weiter auf ihn zu und schaut ihn aufmunternd an.

„Lieber Mann", sagt er. „Erzählt mir, was ihr auf dem Herzen habt."

„Schiffer", beginnt der Mann mit hohler Stimme, und sofort folgt ein trockener Hustenanfall.

Schiffer? Wie seltsam, denkt Sebastian. So werden Kapitäne normalerweise nicht mehr genannt.

Als der Mann seine Stimme wiederfindet, fährt er etwas gefestigter fort: „… wir kommen … aus den Niederlanden. Genau wie ihr."

Der Kapitän entspannt sich und eine Welle der Erleichterung geht durch die Mannschaft.

„Wo ist euer Schiff?", fragt er.

Als einzige Antwort senken die Männer die Köpfe.

„Ah, untergegangen. Ich verstehe", sagt van Straeten in mitleidigem Ton.

Sebastian denkt an den Punkt, den er auf dem Wasser gesehen hat, und fragt sich, ob das vielleicht die Schaluppe der drei Männer gewesen ist. Wie lange sie wohl auf dem

Wasser getrieben waren, bevor sie einem Schiff begegnet sind? Und plötzlich wird ihm klar, was an ihnen so unheimlich ist. Denn wenn sie Schiffbrüchige sind, haben sie sicher ein paar Tage auf See verbracht. Der Wind, die Sonne und die Spiegelung des Wassers hätten sogar einen lebenden Toten gebräunt, aber die Gesichter der drei sind so bleich und fahl, dass sie fast grau erscheinen. Es schaudert ihn bei dem Gedanken, aber er kann keine Erklärung dafür finden.

Kapitän van Straeten hat die Männer inzwischen gastfreundlich auf sein Schiff eingeladen.

„Ich möchte gerne eure Geschichte hören", sagt er. „Aber ruht euch erst einmal aus und esst etwas. Danach könnt ihr uns erzählen, was ihr alles durchgemacht habt."

„Dank Euch, Schiffer", flüstert der Mann, der bisher das Wort geführt hat, heiser. Er hat ein Bündel Briefe in seiner rechten Hand und streckt sie dem Kapitän entgegen.

„Schiffer", sagt er in beinahe drängendem Ton, „könnt Ihr diese Briefe für uns übergeben? In Amsterdam? Sie sind an unsere Familien. Es ist sehr wichtig. Wenn sie nicht ankommen ..."

Der Kapitän beginnt zu lachen. „Lieber Mann, nichts wäre mir ein größeres Vergnügen, als eure Briefe zu übergeben. Aber das brauche ich gar nicht zu tun. Ihr könnt es selber machen, sobald wir in Amsterdam angekommen sind."

Die Hand mit den Briefen ist weiterhin ausgestreckt, aber der Kapitän ergreift sie nicht. Drei Augenpaare starren ihn hohl an.

„Es ist überaus verständlich, dass ihr es noch nicht ganz begriffen habt, aber ihr seid gerettet", ruft van Straeten und lacht. „Die Neuigkeiten, die in den Briefen stehen, könnt ihr selbst überbringen."

Der Mann lässt seine Hand nicht sinken. Es ist, als ob kein Wort von dem, was der Kapitän gesagt hat, zu ihm durchgedrungen ist.

„Ruht euch erst mal aus", sagt van Straeten. „Einer meiner Männer wird euch zur Passagierkajüte begleiten. Ich lasse euch etwas zu essen und zu trinken bringen, das wird euch guttun."

Wenn Sebastian überhaupt etwas in den leeren Blicken der Männer lesen kann, dann ist es Enttäuschung. Es scheint, als würden sie sich kein bisschen darüber freuen, dass sie gerettet sind. Sebastian kann das nicht verstehen.

Der Kapitän drückt sanft den Arm des Fremden nach unten. „Wirklich, glaubt mir", sagt er noch einmal. „Ich kann die Briefe nicht schneller überbringen als ihr selbst."

Er gibt dem Quartiermeister van Noort den Auftrag, die Schiffbrüchigen in eine Kajüte zu bringen, und ermahnt seine Männer, wieder an die Arbeit zu gehen. Sie gehorchen, aber leise wird noch ausführlich weiterspekuliert.

„Woher kamen die drei denn nun?", will einer wissen.

„Sie waren sehr bleich", sagt Sebastian.

„Vielleicht waren sie gefangen", überlegt Victor und kratzt sich am Kopf. „Das würde mich überhaupt nicht wundern. Das Ganze erinnert mich an damals, als Karel und ich Schiffbruch erlitten haben und …"

Aber bevor er richtig loslegen kann, fallen ihm seine Kameraden mit ihren eigenen Spekulationen ins Wort. Die Stimmung ist eindeutig nicht die beste für eine schöne Geschichte und Sebastian muss insgeheim lachen.

Denn er ist nicht der Einzige, der Victors Erzählung vom Schiffbruch mit Karel schon öfter gehört hat …

„Vielleicht ist ihr Schiff überfallen worden. Man weiß ja nie."

„Aber dann sind wir auch in Gefahr!"

„Wenn wir auf Kaperer stoßen, haben wir keine Chance. Du musst mal gucken, wie tief die *Katharina* liegt", sagt Marten, für den es schon die sechste Reise nach Osten ist.

„Sie ist groß genug, um es mit jedem Gegner aufzunehmen", entgegnet Sebastian überschwänglich. „Vierzig Geschützpforten! Wer soll uns da etwas anhaben?"

„Und wer soll all die Kanonen bedienen?", fragt Marten, und da erwidert niemand mehr etwas.

Mit ihrer schweren Ladung liegt die *Katharina* tatsächlich tief im Wasser. Und der Schiffsraum, in dem eigentlich dreihundert Mann hätten eingeschifft werden können, ist zum größten Teil voll mit Handelsware. Man braucht schließlich keine dreihundert Mann, um das Schiff von der Stelle zu bringen, und der Kapitän hat sich dafür entschieden, seinen Gewinn über die Sicherheit der Mannschaft zu stellen.

„Wie viele sind wir an Bord?", erkundigt sich Sebastian.

„Im Moment?" Victor überlegt einen Augenblick. „Nicht mehr als sechzig, wenn du mich fragst."

„Tss", macht Rein, ein mit allen Wassern gewaschener Matrose. „Wenn wir angegriffen werden, haben wir also nicht die geringste Chance."

Sie schauen sich an und plötzlich lacht niemand mehr. Die Ankunft der Fremden hat sie alle in Unruhe versetzt.

Fieber

Die Unruhe hält noch lange an. Immer wieder aufs Neue finden sich kleine Grüppchen zusammen und immer wieder reden sie über das gleiche Thema – die drei Schiffbrüchigen.

Victor hat sich inzwischen zu einer neuen Gruppe gestellt, und als Sebastian vorbeiläuft, hört er ihn wieder von sich und seinem Freund Karel erzählen. Schließlich ist es van Noort , der dem Gerede ein Ende macht.

„An die Arbeit!“, ruft er wütend. „Ihr habt den Kapitän gehört. Der Erste, den ich wieder beim Altweibergeschwätz erwische, macht eine Sonderschicht.“

Die Männer wissen, was das bedeutet, und die Grüppchen gehen auseinander. Sebastian klettert wieder in den Mastkorb und blickt über das weite Meer. Was für eine Aufregung! Er wünschte, er könnte mit jemandem über das reden, was er vorhin gesehen hat. Ob der schwarze Punkt doch die Schaluppe der drei Fremden war? Und wenn ja, muss er das dann nicht dem Ersten Steuermann berichten? Viel Sinn hätte das natürlich nicht mehr, denn was sollte der jetzt noch machen? Was geschehen ist, ist geschehen, und Sebastian versucht, die Gedanken aus seinem Kopf zu verbannen. Aber seltsam ist es schon.

Gegen Viertel nach fünf klettert Cornelis Kuiper nach oben, um ihn abzulösen. Gut eine Viertelstunde zu spät.

„Weißt du inzwischen mehr?“, fragt Sebastian neugierig. „Haben sie schon etwas erzählt?“

Cornelis schüttelt den Kopf. „Nein. Der Kapitän ist noch nicht herausgekommen und Victor hat uns lediglich von seinem Schiffbruch mit Karel erzählt.“

„Schon wieder?“

Cornelis zieht eine Grimasse. „Da hast du nichts verpasst. Oh, und Simon ist krank geworden. Sie dachten erst, es sei ein Schwächeanfall oder so etwas, aber er hat Fieber.“

Das überrascht Sebastian, denn eigentlich ist Simon sonst nie krank. Er beschließt, kurz nach ihm zu sehen, und klettert nach unten.

„Lass mich wissen, was unten geschieht“, ruft Cornelis ihm nach.

Sebastian läuft zuerst zur Kombüse, wo Gort meistens einen Rest Essen für den Wachposten aufbewahrt. Als er vorsichtig die Tür öffnet, hofft er inbrünstig, dass er Gort selbst nicht begegnet. Der Kessel, den Sebastian heute Morgen geputzt hat, steht glänzend auf der Spüle, aber der Koch ist nicht da. Und ein Rest vom Essen auch nicht. Aber gerade als er sich umdreht und gehen will, sieht er in einer Ecke der Spüle etwas liegen. Es ist ein Tuch und als er es auseinanderfaltet, entdeckt er zwei gebratene Schweinshaxen. Was für ein Glückstreffer! Die bewahrt Gort zweifellos für sich selbst auf, aber da hat er jetzt Pech gehabt. Sebastian nimmt sie mit und beißt genüsslich in die erste Haxe. Dann macht er sich schmatzend auf den Weg zum Zwischendeck.

Aber als er dort Simon in seiner Hängematte findet, schwindet seine Fröhlichkeit sofort. Simons Augen sind geschlossen und kleine Schweißtropfen perlen ihm auf dem Gesicht. Seine Haare liegen in wirren Strähnen um den Kopf und trotz seiner braun gebrannten Haut ist sein Gesicht grau. Er wirkt noch greiser als sonst.

Simon ist einer der Ältesten an Bord. Das Leben auf See ist hart und die meisten Seeleute werden nicht alt. Diejenigen, die lange gefahren sind, verbringen ihre letzten Tage lieber an Land. Aber Simon nicht. Er hat keine Familie. Seine Familie ist an Bord des Schiffes, auf dem er fährt, sagt er immer.

„Simon", flüstert Sebastian. „Kannst du mich hören? Möchtest du etwas essen?" Er hält ihm die übrig gebliebene Schweinshaxe unter die Nase, aber Simons einzige Reaktion ist ein undeutliches Murmeln.

„Tot, tot", hört er.

„Das Ferkel?", fragt Sebastian. Es fällt ihm schwer, den alten Mann zu verstehen. „Hm. Du meinst sicher nicht das Ferkel", überlegt er. „Aber du stirbst nicht, hörst du, Simon. Du hast nur ein bisschen Fieber. Du wirst sehen, morgen fühlst du dich schon etwas besser."

Dann glaubt er etwas zu verstehen, das wie *Holländer* klingt, aber er weiß nichts damit anzufangen.

„Simon?", fragt er wieder. „Was meinst du?" Aber Simon ist in einen tiefen, fiebrigen Schlaf gefallen und hört ihn nicht.

Sebastian beschließt, selber auch ein Nickerchen zu machen, und legt sich in seine Hängematte. Die Ereignisse des vergangenen Tages haben ihn müde gemacht und ehe er sich's versieht, ist er eingeschlafen. Aber plötzlich hört er jemanden reden und schreckt auf. Er wartet einen Augenblick, dann lässt er sich leise aus seiner Hängematte gleiten und versucht, dem Geräusch zu folgen. Es wird immer lauter und kommt zweifellos aus Simons Hängematte. Der starrt mit weit aufgerissenen Augen nach oben, während er unverständliche Worte murmelt.

„Simon", flüstert Sebastian, „was ist los?"

Simon dreht langsam den Kopf und schaut Sebastian an, aber er gibt keine Antwort.

„Fühlst du dich schon besser?"

Der alte Mann schüttelt nur mühsam den Kopf. Dann beginnt er wieder zu murmeln und Sebastian muss sich zu ihm hinunterbeugen, um ihn zu verstehen.

„Verdammt, alle miteinander", röchelt er.

„Wer ist verdammt? Wovon sprichst du?"

Simons Augen glänzen fiebrig. „Schon immer Angst vor gehabt", flüstert er. „Immer gewusst. Legende, ha!" Er lacht verächtlich.

„Legende, Simon? Was meinst du?"

„Das Schiff, Junge. Das Geisterschiff." Er versucht sich aufzurichten, muss sich aber keuchend wieder hinlegen. „Es ist hier. Ich habe es gesehen."

Sebastian friert es plötzlich und ein Schauder läuft ihm über den Rücken.

„Ein Geisterschiff? Ich saß im Ausguck, Simon. Und ich habe nichts gesehen."

„Die drei Männer. Boten des Geisterschiffs. Irrt schon seit Ewigkeiten über die Meere. Bringt Fluch und Verderben. Wir werden sinken, Sebastian. Niemand überlebt eine Begegnung mit dem *Fliegenden Holländer*."

„*Fliegender Holländer*? Wovon sprichst du? Hier ist nirgendwo ein Geisterschiff!“ Sebastian hat Mühe, das aufsteigende Gefühl von Panik zu unterdrücken.

„Die Briefe. Nagelt sie an den Großmast“, ächzt Simon. „Sonst sind wir rettungslos verloren.“ Seine Stimme wird plötzlich drängend und er packt Sebastian am Hemd. „Sag es dem Kapitän“, flüstert er. „Briefe, an den Mast. Sonst …“

„Sebastian Lucasz“, donnert plötzlich eine Stimme von oben. „Zu van Noort! Jetzt!“

Sebastian schreckt auf. Van Noort will ihn sehen? Was mag da los sein? Er steht auf und läuft zum Deck. Obwohl es schon später Nachmittag ist, ist das Sonnenlicht noch so gleißend, dass er einen Moment blinzeln muss, und verwirrt fragt er sich, ob er das alles gerade nur geträumt hat. Als er wieder normal gucken kann, macht er sich auf die Suche nach dem Quartiermeister, der, wie sich herausstellt, nicht wütend auf ihn ist. Im Gegenteil – er hat eine kleine Aufgabe für Sebastian.

„Ah, da bist du ja“, sagt er freundlich. „Der Kapitän will, dass du die Schiffbrüchigen in seine Kajüte bringst. Sie sind im Moment noch in der Passagierkajüte.“

Sebastian bleibt einen Moment mit offenem Mund stehen. Unter normalen Umständen wäre er über diesen Auftrag begeistert gewesen. Denn jeder will wissen, was mit den Fremden geschieht, und nun ist *er* es, der in der ersten Reihe stehen wird. Aber nach Simons Geschichte hat er doch etwas weniger Eile, sie aufzusuchen.

„Was zögerst du denn noch, Junge?“, sagt van Noort ungeduldig. „Der Kapitän wartet.“

Sebastian läuft zum Oberdeck, denn die Passagierkajüte ist in der Nähe der Kapitänskajüte. Er zögert kurz und klopft dann an die Tür. Sie gibt ein bisschen nach. Er wartet, aber es kommt keine Antwort. Das Bild der drei Fremden geistert ihm durch den Kopf … ob das, was Simon erzählt hat, wahr ist?

Es kommt immer noch keine Reaktion aus der Passagierkajüte.

„Ist da jemand?", ruft Sebastian. „Der Kapitän will Euch sprechen."

Er klopft noch einmal, dieses Mal etwas lauter. Aber die Tür gibt nach und ehe er es verhindern kann, stolpert Sebastian in den Raum. Er will sich sofort entschuldigen, aber was er sieht, ist nicht das, was er erwartet hat.

Die Kajüte ist leer.

Die Kojen sind unbenutzt und die Speisen unberührt. Sogar das Bier steht noch da. Die drei sind verschwunden und nichts erinnert daran, dass sie einmal hier gewesen sind. Irgendetwas stimmt hier nicht. Sebastian bemüht sich, ruhig zu bleiben, und spricht einen Matrosen an, der gerade vorbeikommt.

„Wo sind die Schiffbrüchigen? Frische Luft schnappen?"

Der Matrose schaut ihn verunsichert an. „Ich weiß von nichts."

Mehrere seiner Kameraden kommen angelaufen, aber niemand hat die Männer gesehen. Simons Geschichte schießt ihm wieder durch den Kopf und plötzlich gerät Sebastian in Panik. Ohne lange zu überlegen, rennt er nach oben und stürmt in die Kapitänskajüte.

„Kapitän, die Männer sind weg! Sie sind nicht mehr in der Kajüte", ruft er atemlos. „Niemand weiß, wo sie sind."

„Was sagst du?“ Der Kapitän springt wie von der Tarantel gestochen auf. „Unmöglich!“ Er läuft aus dem Raum, um selbst in die Kajüte der Männer zu schauen. Er schiebt das Grüppchen, das sich inzwischen an der Tür versammelt hat, zur Seite und stürzt hinein. Die Kajüte ist leer. Genau wie Sebastian sieht der Kapitän die unbenutzten Betten, das nicht angerührte Essen, die gefüllten Bierkrüge. Dann geht er zu dem Stapel Briefe auf dem Tisch. Die Briefe, die die Fremden dem Kapitän so gerne ausgehändigt hätten. Er nimmt sie in die Hand.

„Sie sind also tatsächlich hier gewesen“, murmelt er. „Dann gibt es keine andere Möglichkeit, sie müssen noch irgendwo sein.“

„Kapitän!“, ruft Sebastian. „Die Briefe! Sie müssen …“ Aber im aufgeregten Gerede der Mannschaft kann er sich nicht verständlich machen.

„Jetzt nicht, Lucasz“, sagt der Kapitän und schiebt ihn zur Seite. „Durchsucht das Schiff, Männer!“, brüllt er. „Alle suchen! Vom Mastkorb bis zu den Schlafräumen, alles muss durchkämmt werden! Wir werden sie finden! Diese drei …“ Er beendet seinen Satz nicht.

Sofort ist das ganze Schiff in heller Aufregung. Gerüchte verbreiten sich wie ein Lauffeuer unter der abergläubischen Mannschaft. Die Fremden sollen Kundschafter von einem Piratenschiff sein und eine ganze Flotte Schiffe soll schon in vollen Segeln stehen, bereit, auf ein Zeichen der drei anzugreifen. Jeder sucht, als hänge sein Leben davon ab.

Sebastian läuft hinter dem Kapitän her, der zusammen mit einem der Offiziere zur Munitionskammer eilt.

„Kapitän“, versucht er es wieder. „Die Briefe …“

Aber van Straeten hört ihn nicht.

Das Schloss an der Tür zur Munitionskammer ist unversehrt.

„Ein gutes Zeichen“, sagt van Straeten erleichtert.

Kars van Halen und der Kapitän gehen hinein und Sebastian bleibt in der Türöffnung stehen, ohne zu wissen, was er nun tun soll. Im halbdunklen Raum stehen unberührt die Kisten mit Gewehren, Pistolen, Säbeln und die Fässer mit Kraut. Der Kapitän öffnet die oberste Kiste und untersucht den Inhalt.

„Es ist alles noch da“, stellt er fest. „Hier sind sie nicht gewesen.“

Auch van Halen öffnet ein paar Kisten und es zeigt sich, dass nichts fehlt.

„Kapitän, Simon sagt …“, versucht es Sebastian zum letzten Mal.

„Lucasz! Ich habe dafür jetzt keine Zeit!“, bellt der Kapitän. „Dies ist ein Notfall. Mach dich gefälligst nützlich!“

„In den Laderaum, van Halen“, sagt der Kapitän und schubst den Offizier vorwärts. „Da liegt auch noch ein Teil der Munition.“

Aber noch bevor sie die Munitionskammer verlassen haben, lässt ein enormer Schlag das Schiff erzittern. Über ihnen erklingt ein unheimliches Geheul, so laut, dass es aus dem Schiff selbst zu kommen scheint. Es ist, als wäre plötzlich ein fürchterlicher Sturm aufgezogen. Sobald sie sich von dem ersten Schreck erholt haben, rennen die Männer auf das Poopdeck. Sie treffen eine fassungslose Mannschaft an, die wie versteinert in den Himmel und auf das Meer hinausstarrt.

„An die Taue! In die Wanten!“, schreit der Steuermann.

Durch den heftigen Schlag hat sich das Großsegel gelöst und flattert hilflos im Wind.

„Was zum Teufel ...", beginnt der Kapitän, während er sich ebenfalls mit ungläubigen Augen umschaut. Bis gerade eben hatte ein leichter Wind das Schiff über ein ruhiges Meer geblasen. Nun hat sich der Himmel zugezogen und ein heftiger Sturm peitscht über das Wasser. Das Meer hat sich mit einem Schlag in eine wild tobende Masse verwandelt.

Nach den ersten Sekunden des Schreckens packen die Männer die Taue und versuchen, das Schiff unter Kontrolle zu bringen. Der Sturm ist so heftig, dass es nahezu unmöglich ist, in die Wanten zu klettern und die Segel zu reffen. Fünf Männer versuchen es trotzdem – sie werden hinuntergeblasen, hinein in die tobenden Wellen. Sechs hängen mit ihrem ganzen Gewicht am Ruder und versuchen, es in Schach zu halten. Aber sie scheitern kläglich, denn es scheint, als ob der Wind aus allen Richtungen gleichzeitig kommt. Befehle werden über das Deck gebrüllt, aber niemand befolgt sie. Alle laufen in Panik durcheinander. Dann erklingt inmitten der übermächtigen Gewalt von Wind und Wasser ein ohrenbetäubendes Krachen. Der Großmast ist abgebrochen und das Schiff ist jetzt vollkommen steuerlos.

Die *Katharina* befindet sich am Fuße des Kanals zwischen dem Festland von Afrika und Madagaskar. Es scheint, als ob dies ihre letzte Reise gewesen sei.

Schiffbrüchige

Das Erste, was Sebastian sieht, als er die Augen öffnet, ist eine Maus. Eine kleine dunkelgraue Maus mit schwarzen Knopfaugen.

Das Tier sitzt zitternd am Ende des Balkens, über dem Sebastian hängt, und scheint nicht zu wissen, vor wem es mehr Angst haben soll: vor Sebastian oder dem offenen Meer, auf dem sie treiben. Aber sie bleibt sitzen.

Sebastian hebt vorsichtig den Kopf und lässt ihn stöhnend wieder sinken, als ihn sofort ein heftiger Schmerz durchzuckt. Soweit er es spüren kann, hat er sich nichts gebrochen, aber sein linker Oberarm tut höllisch weh. Als er vorsichtig nach unten schaut, sieht er, dass er dort eine tiefe Schnittwunde hat. Sein Hemd ist zerrissen und sein ganzer Ärmel ist rot vor Blut. Als er sich bewegt, um etwas höher auf den Balken zu klettern, durchzuckt ihn erneut ein schneidender Schmerz, und die Wunde beginnt wieder zu bluten. Weil sich Sebastian bewegt, muss die Maus schnell mitlaufen, um nicht ins Meer zu fallen. Das Tier fiept vor Angst. Unter anderen Umständen hätte Sebastian es totgetreten als Schädling und Untier, aber jetzt ist die Maus seine Mitschiffbrüchige auf dem Kreuzmast. Sie haben zusammen eine Katastrophe durchgestanden und wer weiß, welche Schrecknisse noch bevorstehen. Er streckt seinen rechten Arm nach dem Tier aus, aber es weicht zurück bis zum äußersten Punkt des Balkens.

„Gut, dann nicht", sagt Sebastian ergeben und legt seinen Kopf wieder auf den Mast.

Ein paar Meter weiter von sich entfernt sieht er plötzlich einen weiteren Mast treiben, auf dem ein schwerer klobiger Körper und ein ausgemergeltes Gerippe hängen. Sebastian blickt sich um, aber dies sind die einzigen Menschen, die er weit und breit sieht. Ansonsten ist nichts mehr von der *Katharina* übrig geblieben. Sie muss mit Mann und Maus untergegangen sein, denkt Sebastian. Na ja, außer drei Mann und einer Maus.

Der klobige Körper liegt mit dem Rücken zu ihm, aber er würde ihn überall erkennen. Es ist Gort. Und sogar in seiner bedrängten Lage findet Sebastian es bedauerlich, dass ausgerechnet er die Katastrophe überlebt hat. Der andere ist Victor Eilander. Er liegt mit dem Gesicht zu Sebastian gewandt und seine Augen sind geschlossen. Seine langen schwarzen Haare kleben ihm in Strähnen im Gesicht und seine Kleider sind voller Blut.

„Victor", ruft Sebastian mit letzter Kraft. „Lebst du noch?"

Keine Reaktion.

„Gort! Hörst du mich?" Aber auch der Koch antwortet nicht.

Sebastian versucht, längs auf seinen Balken zu klettern, weil er dann besseren Halt hat und seinen müden Körper ausruhen kann. Durch sein Gezappel dreht sich der Balken ein paar Mal herum und die Maus fällt ins Wasser. Vergeblich strecken sich die kleinen Pfoten zum Mast hin, aber sie kommt nicht vorwärts und geht unter. Sebastian hat sich inzwischen auf den Balken gehievt und legt sich hin. Mit einer Hand zieht er das kleine nasse Häufchen aus dem Wasser und stopft es sich ins Hemd.

„So", sagt er beruhigend. „Da bist du sicherer."

Er legt seinen Kopf vorsichtig auf den Balken und verliert das Bewusstsein.

Als er seine Augen wieder öffnet, ist es dunkel. Er hat keine Ahnung, wie lange er jetzt schon im Wasser liegt, aber sein Magen knurrt und ihm ist furchtbar kalt. Ein Wind ist aufgekommen und obwohl es nur eine leichte Brise ist, zittert Sebastian am ganzen Körper. Er fragt sich, ob seine Kameraden noch da sind, und ruft in das Dunkel hinein.

„Victor, Gort, seid ihr noch da?"

Als Antwort ertönt die heisere Stimme des Kochs aus ein paar Meter Entfernung. „Lucasz", sagt er. „Ich hätte es mir denken können. Unkraut vergeht nicht."

Dann hört er auch Victors gepresste Stimme. „Aber bald vielleicht doch."

Sebastian kann sie im Dunkeln nicht sehen. „Wo seid ihr?", ruft er.

„Wir sind Haifutter", stöhnt Victor. „Hier ist alles voller Haie."

Eine tiefe, kalte Angst macht sich in Sebastian breit. Er zieht seine Arme und Beine noch ein Stück weiter auf den Balken. Aber hierdurch liegt er nicht stabiler. Seufzend legt er seinen Kopf wieder ab und lauscht den Geräuschen des Meeres. Ob man die gefräßigen Monster kommen hört? Sebastian und die beiden anderen können hier nur liegen und warten, bis sie aufgefressen werden oder vor Durst und Kälte umkommen.

Plötzlich hört er etwas. Es klingt wie ein leises Geplätscher. Sind das Haie, die sich ihrer Beute nähern? Aber irgendwie hat Sebastian die Vorstellung, dass Haie lautloser herankommen und dann ganz unerwartet ein Stück von einem abbeißen. Jedenfalls dann, wenn sie einen nicht mit Haut und Haar in die Tiefe schleifen. Das Geräusch, das er hört, klingt vielmehr wie Ruder im Wasser.

„Jungs", flüstert er angespannt. „Hört ihr das?"

„Was?", ruft Victor. „Ich höre nichts."

„Pst", macht Sebastian.

Sie verhalten sich still und lauschen angespannt.

„Das ist eine Schaluppe", stellt Gort schließlich aufgeregt fest.

Sofort beginnen sie alle drei zu rufen und erkennen schon bald, dass die Schaluppe in ihre Richtung kommt. Einige Meter entfernt wird plötzlich eine Lampe hochgehalten und eine Stimme fragt etwas auf Englisch. Als Antwort beginnen sie wieder zu rufen.

„Help, Help!"

Die Schaluppe bringt sie an Bord eines der Fischerboote, die häufig nachts fahren, um dann die größten Fische zu fangen. Es ist nur ein kleines Schiff verglichen mit der *Katharina*. Sebastian, Gort und Victor werden an Bord gezogen und bleiben erschöpft an Deck liegen. In einigem Abstand steht die schäbig gekleidete Mannschaft und sieht die Fremden neugierig an. Einer von ihnen tritt nach vorn, doch im Licht der Laterne wirkt sein Gesicht sehr dunkel. Seine langen lockigen Haare sind schwarz, genau wie seine Augen, seine Hose und seine Kniestrümpfe. Sein weißes Hemd hat zweifellos bessere Tage gesehen, und er sagt nichts.

Sebastian hebt den Kopf. „Wasser. Habt ihr Wasser für uns? Und etwas zu essen?“

Aber niemand reagiert, und der Mann mustert die drei kritisch.

Sebastian fühlt sich unbehaglich unter seinem Blick. Die Fischer sind natürlich nichts gewöhnt, versucht er sich selbst zu beruhigen. So was erleben die nicht jeden Tag. Und dann auch noch so nahe dem Seeräubernest Madagaskar …

„Dieser hier braucht nichts zu essen“, sagt der Mann mit den schwarzen Haaren nach einer Weile spöttisch und versetzt Gort einen Tritt mit dem Stiefel. Seine Kameraden beginnen hämisch zu lachen. Aber dann befiehlt er in barschem Ton, die Schiffbrüchigen nach unten zu bringen.

Sebastian hat von Fischern einen freundlicheren Empfang erwartet, aber vielleicht haben sie tatsächlich Angst, dass die Schiffbrüchigen Piraten sind. Sie werden gepackt und über das Zwischendeck zu einer Kajüte gebracht. Hier ist es noch dunkler als draußen, aber als sich seine Augen daran gewöhnen, sieht Sebastian etwas, was ihn nicht gerade beruhigt: Das Zwischendeck steht voll mit Kanonen, lange Reihen, backbord und steuerbord. Das Schiff ist bestimmt viermal kleiner als die *Katharina*, aber es hat sicher dreimal so viele Kanonen an Bord. Etwas viel für einen einfachen Fischerkahn, denkt Sebastian.

Ohne große Umschweife werden sie in ihre Kajüte geschubst und kriegen noch einen Eimer Wasser über den Kopf geschüttet. Die Tür fällt hinter ihnen ins Schloss. Vor den Haien gerettet, aber sind sie jetzt besser dran?

„Ich habe Durst", jammert Gort und schaut auf seine durchweichten Kleider. „All das kostbare Wasser, einfach vergeudet."

Er zurrt sein Hemd nach oben und versucht, noch etwas Wasser heraus und in seinen Mund zu wringen.

„Brr, salzig", ruft er dann und gibt es missmutig auf.

Sebastian versucht, seinen Durst zu vergessen, und schaut sich um. Plötzlich fühlt er ein Krabbeln in seinem Hemd. Die Maus! Er hat sie völlig vergessen, aber offensichtlich lebt das Tier noch. Langsam öffnet er sein Hemd und schaut hinein. Er sieht sie nicht sofort, aber fühlt dann ein paar kleine Pfoten an seiner Seite.

„Komm her, Kleine", sagt er leise und versucht, sie zu packen. Wahrscheinlich ist die Maus genauso durstig wie er.

„Was ist das?", fragt Gort, als er sieht, womit Sebastian beschäftigt ist. Er kneift seine Augen zu kleinen Schlitzen zusammen, wodurch er fast ein bisschen wie eine Katze aussieht. Allerdings eine Katze mit Schweinekopf.

„Eine Maus", sagt Sebastian, als wäre es das Normalste auf der Welt. „Simon, meine Maus." Der Name schießt ihm plötzlich wie eine Eingebung durch den Kopf, und er weiß nicht, warum.

Es erscheint ihm besser, sofort klarzustellen, dass das *seine* Maus ist. Gort ist imstande, alles zu essen, wenn er Hunger hat.

„Eine Maus als Haustier an Bord von einem Schiff?", fragt der Koch ungläubig. „Die Läuse auf deinem Kopf haben wahrscheinlich auch alle einen Namen."

Er bricht in dreckiges Gelächter aus, aber Sebastian reagiert nicht.

„Es ist nur ein kleiner Happen", sagt er dann und leckt sich gierig die Lippen. „Aber besser als keiner."

Sebastian schaut Gort empört an.

„Du lässt deine Finger von ihr, verstanden?", entgegnet er drohend. „Es ist *meine* Maus."

„Es ist *meine* Maus, und du lässt deine Finger von ihr", macht Gort ihn mit übertrieben hoher Stimme nach.

Langsam steht er auf, die Augen fest auf die Maus gerichtet, und kommt auf Sebastian zu. Es ist, als ob er ihn überhaupt nicht mehr sähe. Und dann, mit unerwarteter Schnelligkeit, stürzt er sich auf Sebastian. Bevor der weiß, wie ihm geschieht, hat Gort ihm die Maus schon abgenommen. Sebastian schreit und sieht mit Entsetzen, wie Gort Simon am Schwanz festhält und ihn über seinem Mund baumeln lässt wie einen Hering. Die Maus hat solche Angst, dass sie nicht mal mehr piepst.

„Lass sie los!", schreit Sebastian. „Dreckiger Mörder!" Er springt auf und versetzt Gort einen Stoß in den Magen.

„Ummpf." Gort stöhnt auf und lässt die Maus fallen. Sie rennt weg und verschwindet zwischen den Planken.

Sebastian beginnt zu lachen. „Da geht es dahin, dein karges Festmahl, Fettsack."

„Wen nennst du Fettsack!", schnaubt Gort, und mit geballter Faust kommt er auf Sebastian zu.

„Dann muss ich wohl ein Stück von deinem weißen Fleisch essen", sagt er dreckig grinsend und packt Sebastians Arm. Sebastian schreit auf vor Schmerz, als ihm der Koch die Zähne in den Arm rammt.

„Adrian", geht Victor dazwischen und versetzt dem Koch einen kräftigen Schubs. „Lass den Jungen in Ruhe. Wir haben alle Hunger."

Wütend lässt Gort sich wieder auf den Boden sacken und schaut Sebastian böse an.

„Geizkragen. An der Maus ist mehr Fleisch als an dir. Ich hätte sie aufgegessen. Mit Haut und Haar. Wenn du mich nicht davon abgehalten hättest."

„Glaub mir, das hätte er wirklich gemacht", sagt Victor zu Sebastian. „Es wäre nicht das erste Mal gewesen, dass er ein Tier mit Haut und Haar auffrisst. Ich erinnere mich da an eine Sache …"

Aber bevor er mit seiner Geschichte fortfahren kann, lässt ein heftiger Schlag das ganze Schiff erzittern. Überall um sie herum erklingen Geschrei und das Krachen von Holz.

„Was war das?", fragt Victor und schaut seine Kumpane verstört an.

„Hat sich angehört wie Schüsse, oder?", sagt Sebastian beunruhigt.

Er drückt gegen die Tür, aber er kann sie nicht bewegen. Der Lärm wird immer lauter und schon bald ist klar, dass Sebastian recht hat. Über ihnen wird gekämpft. Ein regelrechter Kugelhagel geht nieder, Männer schreien, und das Schiff kracht in allen Fugen.

„Piraten." Sebastian springt alarmiert auf. „Wir müssen hier weg, sonst sitzen wir in der Falle wie die Ratten. Gleich stecken sie das Schiff noch in Brand!"

„Oder vielleicht versenken sie es einfach", sagt Victor, als wenn das besser wäre.

„Sie schneiden uns die Kehle durch! Wir sind Sklaven!", ruft Gort panisch. „Sie lassen uns niemals einfach so gehen!"

Alle drei werfen sich gegen die Tür. Sie ist in der Mitte

mit einem Balken verriegelt, aber darunter beginnt das Holz nachzugeben. Als eines der Bretter in der Mitte bricht, haben sie schnell ein Loch, das groß genug für Victor und Sebastian ist. Aber Gort kann nicht durch, ohne von den Splittern aufgeschlitzt zu werden.

„Mach's gut, Dicker", ruft Sebastian und tut so, als ob er verschwinden wollte. „Bei lebendigem Leib geröstet, ein angemessenes Ende für einen Koch."

„Jungs, macht die Tür auf!", brüllt Gort wütend. „Lasst mich nicht zurück. Sie schlitzen mich auf!"

„Sie brauchen dich auf jeden Fall nicht zu füllen", höhnt Sebastian.

„Genug jetzt", sagt Victor. „Sebastian, hilf mir, den Balken wegzuheben."

Sobald der Balken weg ist, schnellt die Tür auf, und Gort stürzt sich wie besessen auf Sebastian.

„Du! Glaub ja nicht, dass du mich los bist!"

Aber Sebastian ist schon die Treppe hochgelaufen und streckt seinen Kopf zum Deck hinauf, dicht gefolgt von Victor.

„Los, geht weiter!", murmelt Gort, der sich auch die Treppe hochkämpft, aber Sebastian und Victor fordern ihn auf, den Mund zu halten.

„Jetzt traut ihr euch wohl, he?", flucht Gort.

„Pst", macht Sebastian.

„Was geschieht hier, in Neptuns Namen?", flüstert Victor. Im halbdunklen Zwischendeck herrscht Hochbetrieb. Alle Kanonen sind besetzt und mit viel Gejohle und Geschrei wird eine Kugel nach der anderen abgefeuert. Augenscheinlich hat das Schiff selbst auch schwere Havarie erlitten, denn durch einige große Löcher im Deck über ihnen scheint das gelbe Mondlicht. Sebastian, Victor und Gort klettern weiter nach oben. Niemand achtet auf sie und so können sie hinter den Kanonieren vorbei zur Treppe gehen, die sie an Deck bringt.

Dort schwenken Männer johlend ihre Schwerter an der Reling, während um sie herum ein Kugelhagel saust. Vor ihnen spritzt das Wasser immer wieder meterhoch auf, wenn eine Kanonenkugel das Schiff nur um Haaresbreite verfehlt. Aber nicht alle Kugeln gehen daneben: Der Fockmast ist abgebrochen und sogar im Bug klaffen schon Löcher.

„Mehr Waffen, als wir dachten“, hören sie einen der Männer rufen.

„Also eine fette Beute“, ruft ein anderer zurück.

„Das sind keine Fischer“, sagt Sebastian mit zugeschnürter Kehle.

„Wir sind auf einem Piratenschiff“, stellt Victor entsetzt fest.

„Seht doch, sie haben ein niederländisches Handelsschiff unter Beschuss. Es sieht so ähnlich aus wie die *Katharina.*“

Das Schiff, das sich jetzt in ihrer unmittelbaren Nähe befindet, ist ein Schwesterschiff der *Katharina.* Schon bald können sie den Namen auf dem Bug lesen. Es ist die *Amsterdam.*

„Macht euch bereit! Klar zum Entern!“

Der Befehl kommt von dem Mann, der Gort den Schubs verpasst hat. Augenscheinlich ist er der Kapitän. Die Männer schreien noch lauter und beginnen, die Besatzung des Schiffes zu beschimpfen, das sie unter Beschuss haben.

Unter ohrenbetäubendem Lärm und Geschrei der

Piraten werden die Enterhaken geworfen. Die messerscharfen Spitzen bohren sich tief in das Holz der *Amsterdam*, die dicken Taue werden stramm gezogen. Weil zwölf Männer an jedem Tau ziehen, kommen sich die Schiffe schnell näher. Als der Abstand nur noch etwa eineinhalb Meter groß ist, springen die Piraten zu Dutzenden gleichzeitig von Bord. Die Kanoniere kommen von unten herauf und mischen sich ins Getümmel. Jetzt, wo es zu einem Kampf von Mann gegen Mann kommt, sieht es schlecht aus für das Handelsschiff, denn der Strom der Piraten scheint kein Ende zu nehmen. Einige Matrosen sind wie erstarrt vor Schreck und können sich keinen Zentimeter vom Fleck rühren. Sie werden gnadenlos niedergestochen oder erschossen.

Andere werden von drei oder vier Seeräubern umringt und haben ebenfalls keine Chance. Aber der größte Teil der Mannschaft des Handelsschiffes führt einen verbissenen Kampf und auch unter den Piraten gibt es Opfer.

Sebastian ist ebenfalls an Bord der *Amsterdam* gesprungen. Er weiß zwar nicht genau, was er vorhat, aber er kann nicht einfach tatenlos zuschauen, wie Dutzende unschuldige Männer angegriffen und getötet werden. Zu seinen Füßen liegt wimmernd ein verwundeter Pirat. Sebastian greift nach seinem Säbel, aber noch bevor er sich unter die Kämpfenden mischen kann, packt der Pirat ihn am Arm.

„Töte mich", stöhnt er. „Hab Mitleid, töte mich!"

Sebastian erschrickt. Was soll er tun? Aber er reißt seinen Arm los und lässt den Mann liegen.

Er will der Mannschaft des Handelsschiffes zu Hilfe kommen, aber in dem Gedränge kann er nicht gut erkennen, wer die Piraten sind und wer die anderen. Dann sieht er einen Mann, der von vier Piraten gleichzeitig bedroht wird. Ohne nachzudenken stürzt er sich auf einen von ihnen und sticht ihm ins Bein. Der Mann dreht sich um und holt mit dem Säbel nach Sebastian aus, doch dieser kann den Schlag geschickt abfangen.

Sebastian weiß nicht, dass der Mann, dem er soeben zu Hilfe gekommen ist, der Kapitän der *Amsterdam* ist, Willem Barendregt.

„Niemand bekommt dieses Schiff!“, brüllt er. „Nur über meine Leiche!“

Er fordert seine Männer auf weiterzukämpfen und wehrt sich selbst wie ein Löwe – trotz einer tiefen Stichwunde im Oberschenkel. Aber jetzt wird er von drei Piraten in die Enge getrieben. Mit dem Mut der Verzweiflung holt er erneut aus und streckt einen seiner Belagerer nieder. Dann fällt auch ein zweiter, nach einem Durchstoß ins Herz. Als Barendregt den Säbel aus der Leiche zu seinen Füßen ziehen will, hebt der dritte Pirat seinen Dolch, um ihn dem Kapitän in den Nacken zu schleudern. Sebastian sieht es, und mit einem gut gezielten Schlag entwaffnet er den Piraten. Zusammen mit dem Dolch schießt auch die Hand des Piraten durch die Luft und wimmernd lässt der Mann sich fallen. Barendregt sieht sich verwirrt um. Augenscheinlich begreift er nicht, was geschehen ist oder wer ihn gerettet hat. Er steht nahe der Treppe zum Unterdeck und bevor Sebastian etwas zu ihm sagen kann, hat er sich nach unten gleiten lassen und ist verschwunden.

Was hat er vor?

Sebastian folgt ihm, vier, fünf Treppen hinunter, in den Laderaum. Die Gefechtsgeräusche über ihnen klingen hier gedämpft. Ein Gefühl von Unwirklichkeit ergreift von Sebastian Besitz.

„Hallo“, ruft er in das Dunkel. „Ich will Ihnen helfen!“

„Nichts kann uns noch helfen“, antwortet eine Stimme, und plötzlich flackert ein Licht auf. Der Mann hat eine brennende Kerze in der Hand.

„Wer bist du, Junge?“, fragt er.

„Sebastian Lucasz. Von der *Katharina*. Ich habe Schiffbruch erlitten.“

„Von der *Katharina*?“, fragt er erstaunt. „Junge, was tust du dann bei den Freibeutern?“

Sebastian antwortet nicht.

„Du kannst mir helfen“, sagt der Mann dann. „Indem du alles hier in Brand steckst. Wir sind verloren. Nichts kann uns mehr retten. Ich kann nur noch dafür sorgen, dass sie so wenig wie möglich bekommen.“

Er hält seine Kerze an ein paar Säcke, die sofort in Flammen aufgehen.

„Barendregt!“, erklingt in diesem Moment eine Stimme von der Treppe. „Kapitän Barendregt, wenn ich mich nicht irre.“

Sebastian blickt auf und sieht den Piratenkapitän auf der Treppe stehen, wie eine Katze über das Geländer springen und mit gezücktem Säbel in den Laderaum hineinlaufen. Auch Barendregt hebt seine Waffe. Sie glänzt im Licht der lodernden Flammen und seine Augen funkeln.

„Dies ist ein Kampf zwischen uns beiden, Barendregt“, sagt der Pirat höhnisch. „Deine Männer haben oben die Segel gestrichen. Ihr Kapitän hat ihnen nicht geholfen, denn der hat sich ganz offensichtlich im Laderaum versteckt.“

„Versteckt!“, erwidert Barendregt mit Verachtung in der Stimme. „Was hältst du von mir!“

Der Pirat lacht.

„Sag mir, wie du heißt“, fordert Barendregt sein Gegenüber in Unheil verkündendem Ton auf. „Ich will deinen Namen wissen, bevor ich dich mit meinem Degen durchbohre.“

„Tempest“, antwortet der Pirat. „Claude Tempest. Und mach dir bloß nicht die Mühe, dir das zu merken. Viel wirst du nicht mehr davon haben.“

Barendregt wirft die brennende Kerze weg und holt mit einer schnellen Bewegung mit dem Säbel aus. Die Situation mag verloren sein, aber er hat nicht vor, sich geschlagen zu geben.

Tempest ist auf den plötzlichen Angriff nicht vorbereitet und der Säbel streift ihn an der Seite. Langsam färbt ein roter Blutfleck sein zerrissenes weißes Hemd. Er brüllt und holt ebenfalls aus. Die Säbel klirren erbittert gegeneinander, während hinter ihnen die Flammen höher und höher lodern. Ihre Körper werfen fremde Schatten gegen die Wände des Laderaums. In dem abgeschlossenen Raum kann der Rauch nicht entweichen und der Kampf muss schnell zu Ende geführt werden, oder das Feuer wird ihn für sie entscheiden.

„Komm, Alter!“, fordert Tempest den anderen heraus. „Zeig mir, was du kannst. Oder sind die Kapitäne der Handelskompanie genau solche Feiglinge wie ihre Mannschaft?“

Wütend holt Barendregt wieder aus und erwischt Tempest am Arm. Mit einem Aufschrei taumelt der Pirat zurück und Blut strömt aus seiner Wunde. Er blickt wie ein gequältes Tier von seinem Arm zu seinem Widersacher und stürzt sich dann erneut auf ihn.

Tempest treibt den Kapitän mit einer Serie wüster kurzer Säbelstöße in die Enge, aber Barendregt ist zäh. Er ist viel kampferfahrener, als Sebastian von ihm gedacht hätte.

Über ihnen verstummen die Geräusche. Oder vielleicht scheint das auch nur so durch das laute Knistern des Feuers. Der Rauch ist inzwischen so dicht, dass die Männer sich nicht mehr sehen können.

Auf der Treppe ertönt Gepolter und eine Stimme brüllt in den Raum: „Claude! Bist du hier?"

„Männer!", schreit Tempest zurück. „Rettet von der Beute, was zu retten ist. Ganz vorne stehen Kisten, die nicht beschädigt sind."

„Mach, dass du wegkommst, Claude. Das hier ist die Hölle!"

Hustend begibt sich auch Sebastian zur Treppe. Was soll er tun? Beim Ausladen der Kisten helfen? Barendregt zu Hilfe kommen? Die Situation ist hoffnungslos.

„Nehmt, so viel ihr tragen könnt!", schreit Tempest über den Lärm der Flammen hinweg. „Dann haben wir unser Leben nicht umsonst aufs Spiel gesetzt. Ich kümmere mich um den Kapitän."

Die Männer beginnen, die Ladung wegzuschleppen.

Sebastian läuft in den Laderaum zurück, mit der unbestimmten Vorstellung, dem Kapitän helfen zu müssen.

Vor sich sieht er die schemenhafte Gestalt von Tempest in seinem weißen Hemd, der suchend um sich blickt. Sebastian erkennt, dass Tempest nicht weiß, wo Barendregt geblieben ist.

Die Piraten haben sich inzwischen in einer Reihe auf der Treppe aufgestellt und geben Säcke und Kisten weiter.

„Noch eine einzige Ladung, Claude“, ruft einer seiner Gefährten. „Wir müssen hier weg. Der Kahn ist verloren.“

Tempest zögert und dreht sich um. Jählings stößt er auf Sebastian.

„Was machst du hier?“, fragt er und packt Sebastians Arm. „Wolltest du mir helfen? Hilf lieber ihnen!“ Mit diesen Worten schiebt er ihn zur Treppe. Sebastian greift sich einen der Säcke und steigt die Stufen hinauf. Als er sich umdreht, sieht er, dass Tempest es sich augenscheinlich anders überlegt hat und doch hinter ihm herkommt, bereit, als Letzter das Schiff zu verlassen.

Auch Tempest blickt noch einmal über die Schulter in den brennenden Laderaum hinein.

Und dann sehen sie den Kapitän, gefangen im Feuermeer. Seine Jacke und seine Haare brennen lichterloh, aber er steht noch aufrecht, als ob die Hitze ihm nichts anhaben könne.

„Verdammt seiest du, verfluchte Satansbrut!“, schreit er über das Getöse des Feuers hinweg. „Ich werde dich finden! Möge deine Seele im ewigen Höllenfeuer schmoren ...“

Trotz der Hitze fröstelt Sebastian, und er spürt, wie auch Tempest hinter ihm erschrickt.

„Weg! Weg!“, schreit er und schiebt Sebastian nach oben. Sie laufen, als wäre ihnen der Teufel auf den Fersen. Sebastian wirft seinen Sack an Bord des Piratenschiffs und springt selbst hinterher, dicht gefolgt von Claude Tempest.

„Taue los!", brüllt Tempest seine Mannschaft an. „Stoßt den Kahn ab! Beeilt euch! Wir müssen hier weg!"

Die Enterhaken werden gelöst und das Schiff mit dicken Ruderstangen weggestoßen. Segel werden gesetzt, und sehr schnell lassen sie das Handelsschiff hinter sich. Die Flammen des brennenden Schiffs werfen ein gespenstisches Licht über das Wasser und das Geschrei einiger dort Zurückgebliebener klingt grauenvoll durch die Nacht. Die Piraten hängen über der Reling und betrachten das Spektakel.

„Wenn sie noch eine Weile weiterbrennt, haben wir genug Licht, unser Geld zu zählen", hört Sebastian einen von ihnen feixen.

Das Feuer greift rasend schnell um sich. Das Oberdeck und die Segel stehen inzwischen ebenfalls in Flammen, und danach ist es eine Frage von Minuten, bis das ganze Schiff lichterloh brennt.

Machtlos beleuchtet das brennende Handelsschiff seinen Feind, als ob es auf diese Weise noch Rache nehmen könne. Aber Schaden kann es damit nicht anrichten und die Piraten schauen grinsend zu, wie das Schiff bis zur Wasseroberfläche abbrennt.

Madagaskar

Es kostet die Piraten viel Mühe, die *Intrepid*, das schwer beschädigte Piratenschiff, wieder flottzukriegen. Ein paar Männer sind damit beschäftigt, eine Art Mast zu errichten, indem sie zwei Balken mit Tauen aneinanderbinden. Hier befestigen sie die Fetzen, die von den Segeln übrig geblieben sind, sodass das Schiff zumindest noch etwas Wind fängt.

Es herrscht eine seltsame Stimmung an Bord. Eine ganze Reihe ihrer Kumpane ist auf dem Handelsschiff geblieben, was zur Folge hat, dass einige Piraten still und in sich gekehrt an Deck sitzen. Einer von ihnen hat die Hände vor das Gesicht geschlagen, ein anderer liegt erschöpft neben ihm. Viele sind verletzt. Aber so niedergeschlagen wie die einen, so ausgelassen sind die anderen.

Sie singen lautstark Siegeslieder und stechen die Rumfässer an. Becher gehen von Hand zu Hand, und es wird getrunken und gelacht.

Claude Tempest steht mit bleichem Gesicht am Ruder und feiert nicht mit. Einer seiner Kameraden bringt ihm einen Becher mit Rum und schlägt ihm kameradschaftlich auf die Schulter.

„Kopf hoch, Mann, nicht so düster“, hört Sebastian ihn zum Kapitän sagen. „Wir haben gewonnen. Fette Beute gemacht.“

Tempest nimmt den Becher und stürzt den Rum in einem Zug hinunter. Fröhlicher scheint er davon nicht zu werden, aber er streckt trotzdem seine Hand aus, um den Becher nachfüllen zu lassen.

Sebastian, Victor und Gort sitzen mit dem Rücken an die Reling gelehnt und schauen dem Gelage zu. Selbst nehmen sie nicht teil. Als klar war, dass das Handelsschiff den Kampf verloren hatte und in Flammen stand, sind sie auf die *Intrepid* zurückgesprungen. Niemand beachtet sie, und darüber ist Sebastian froh. Denn eigentlich sind sie Verräter. So fühlt er sich jedenfalls. Er hat gegen die Männer gekämpft, mit denen er jetzt an Bord ist, und fragt sich, ob ihn jemand dabei gesehen hat.

Er schaut sich um und wird sofort von einem Piraten herangewinkt, der damit beschäftigt ist, die Wunden eines Kameraden zu versorgen.

„He du!", ruft er. „Hilf mal eben. Das arme Schwein hier verblutet gleich!"

Widerwillig erhebt sich Sebastian und geht zu ihm, woraufhin der Mann sofort aufsteht, um jemand anderem zu helfen.

Der Verletzte ist ein Junge in Sebastians Alter, ungefähr 15, schätzt er. Sein Gesicht ist fast genauso bleich wie seine weißblonden Locken und seine Lippen sind blau. Er hat eine tiefe Wunde an der Innenseite des Oberarms genau über dem Ellenbogen und das dicke dunkelrote Blut strömt heraus. Vielleicht habe ich das getan!, denkt Sebastian. Er reißt ein Stück von seinem eigenen Hemd ab und bindet es fest um den Arm des Jungen. Weiter weiß er eigentlich nicht so richtig, was er tun soll.

„Bring mir mal Rum", ruft er dann Victor zu. Er hebt

den Kopf des Jungen vorsichtig an und hält ihm den Becher an die Lippen. Der Junge schluckt mühsam und trinkt ein wenig. Durch das starke Gesöff kommt er wieder zu sich, er schlägt die Augen auf und sieht Sebastian mit glasigem Blick an.

„Ah, du“, sagt er, dann sackt sein Kopf wieder nach hinten.

Sebastian erschrickt. Was meint der Junge? Ob er ihn erkannt hat?

„Ich hab dich ge…“ Seine Stimme wird heiser und er beendet den Satz nicht. Er hustet, wodurch er noch mehr Blut verliert.

„Sag lieber nichts“, flüstert Sebastian.

Wenn ich nichts tue, stirbt er, denkt er. Er reißt einen zweiten dünnen Streifen von seinem Hemd und bindet den Arm oberhalb der Wunde fest ab, sodass das Blut nicht mehr herausströmt. Dann reißt er ein großes Stück vom Hemd des Jungen ab und legt noch einen zusätzlichen Verband um die Wunde. Er hat keine Ahnung, ob das hilft, aber es ist das Einzige, was ihm einfällt.

„Wie isses mit ihm?“, fragt ein alter Pirat neben ihm. Er hat eine Flasche Rum in der Hand und lispelt, weil ihm viele Zähne fehlen.

„Ich weiß nicht, ob er es schafft. Die Wunde ist ziemlich tief“, antwortet Sebastian.

„Sünde“, entgegnet der alte Mann. „Ein guter Junge, der Florentin.“

Florentin heißt er also, denkt Sebastian. Er schaut zu den feiernden Piraten. „Schöne Freunde“, sagt er dann bitter.

Der alte Mann schaut ihn an. „Das gehört dazu. Ab und zu feiern. Sonst hält man es nicht aus.“

Sebastian gibt keine Antwort. Neben ihm liegt ein Koloss von Mann, dessen Bein in einem unnatürlichen Winkel abgespreizt ist. In der einen Hand hält er eine Flasche Rum, während er mit der anderen wimmernd sein Bein festhält. Sebastian sucht eine lose Planke und drückt damit das Bein des Mannes gerade. Der stößt einen schauerlichen Schrei aus, als ob Sebastian ihm ein Messer in die Rippen gestochen hätte. Er reißt das Hemd des Mannes in Streifen und bindet sein Bein, so fest es geht, an die Planke. Zwischen den Schreien verflucht der Mann Sebastian, aber er lässt ihn trotzdem gewähren. Danach hilft Sebastian anderen Verwundeten, bis er sich fast nicht mehr auf den Beinen halten kann vor Müdigkeit.

Es wird schon hell, als Land in Sicht kommt. Erschöpft ruht er sich kurz an der Reling aus. Das Land, das er sieht, ist vollkommen grün, mit Büschen, Bäumen und Sträuchern in verschiedenen Farbtönen. Der breite Strand, der davorliegt, ist am frühen Morgen schon perlweiß. Das ist also Madagaskar. So viel ist ihm klar.

„Sankt Martin“, sagt jemand neben ihm, und Sebastian erkennt Claude Tempest. Sein Hemd hängt in Fetzen an ihm herunter und sein muskulöser brauner Körper ist mit Wunden und Schrammen übersät. Um seinen linken Arm ist ein schmutziges Stück Tuch gebunden, das mit Blut durchtränkt ist. Unwillkürlich schaut Sebastian auf seinen linken Arm. Er hat seine eigene Wunde ganz vergessen, doch sie tut zum Glück nicht mehr sehr weh.

„Ich bin Claude Tempest“, sagt der Piratenkapitän. „Bist du nicht einer von den Jungen, die wir aus dem Meer gefischt haben?“

Sebastian nickt.

„Gute Arbeit“, sagt er.

„Sebastian Lucasz“, stellt Sebastian sich vor, und er fragt sich, wobei ihn Claude Tempest wohl gesehen hat. Augenscheinlich nicht, als er das Schwert gegen einen seiner Männer erhoben hat ... Sebastian ist sehr erleichtert.

„Der Chirurg kann jede Hilfe gebrauchen“, sagt Tempest, klopft Sebastian auf die Schulter und geht davon. Sebastian sieht ihm nach. *Das* hat er also gemeint.

Er lehnt über der Reling und schaut auf das Meer, das schäumend unter dem Schiff hinwegschießt. Die Ereignisse der vergangenen Tage sind etwas zu viel für ihn. Erst Überlebender eines Schiffbruchs, dann Gefangener einer Piratenbande, und jetzt? Teil einer Piratenbande? Oder immer noch Gefangener? Er weiß es selbst nicht.

Inzwischen ist der Strand nur noch wenige Hundert Meter entfernt. Sie müssen hier den Anker werfen, sonst laufen sie auf Grund. Aber dann spürt er, wie das Schiff eine leichte Wendung macht. Das Wasser ist hier dunkler, und als sie weiterfahren, sieht Sebastian, dass sie auf eine natürliche Bucht zufahren. Die hat er vom offenen Meer aus überhaupt nicht gesehen.

Am Strand liegt ein gekielholtes Schiff, an dem einige Männer arbeiten. Ein Stück weiter oben sieht er einen Aussichtsposten, der wie eine Spinne auf vier langen dünnen Beinen über den Bäumen thront.

Tempest hat den Anker geworfen und die Mannschaft macht sich bereit, das Schiff zu verlassen. Es werden kleine Boote ausgesetzt und als Erstes wird den Verwundeten von Bord geholfen. Sebastian sieht, wie mehrere kräftige Piraten die Verletzten auf ihre Schultern nehmen und so die Strickleiter hinabklettern. Unter ihnen sind auch ein paar von denen, die an Bord gefeiert haben. Offensichtlich sind sie also doch bereit, ihren Kameraden zu helfen.

Er selbst hat wieder Florentin aufgesucht, der noch immer mit bleichem Gesicht an Deck liegt.

„Den hätten wir mal besser auf dem Meer gelassen“, sagt ein Pirat im Vorbeigehen und tritt Florentin achtlos gegen das Bein.

„Komm ihm nicht zu nahe mit deinen Stinkefüßen“, schnaubt Sebastian. „Er lebt noch!“

„Gerade noch“, entgegnet der Pirat zynisch. „Er schafft es nie. Das siehst du doch selbst.“

Der Verband, den Sebastian ihm angelegt hat, ist vollständig mit dunkelrotem Blut getränkt. Es sieht wirklich nicht gut aus, aber er hat nicht vor, einfach so aufzugeben.

Mühsam zieht er Florentin hoch und legt ihn sich vorsichtig über die Schulter. Er klettert von der Strickleiter hinab in eines der Boote. Das klappt nicht besonders gut, denn obwohl sie ungefähr gleich groß sind, ist Florentin ziemlich schwer. Die Männer im Boot helfen ihm und während er den verletzten Florentin in den Armen hält, rudern sie an den Strand.

Sebastian schreckt auf, als er hinter sich plötzlich einen Plumps hört und kurz darauf lautes Geschrei. Als er sich umdreht, sieht er Claude Tempest grinsend mit ausgestrecktem Säbel auf dem Bug stehen. Unter ihm rudert der dicke Koch, den er gerade ins Wasser geschubst hat, unbeholfen mit den Armen.

„Sebastian! Victor!“, schreit Gort. „Ich kann nicht schwimmen! Hilfe! Lasst mich hier nicht ersaufen!“

Ein Stück von Sebastians Boot entfernt schwimmt Victor.

„Sollten wir ihm nicht helfen?", ruft Sebastian ihm zu. „Er kann nicht schwimmen, sagt er."

„So eine Chance kriegen wir nie wieder!", erwidert Victor, und Sebastian grinst. Aber Victor schwimmt doch zurück. Als er den Koch beinahe erreicht hat, hechtet dieser sich völlig unerwartet mit seinem ganzen Gewicht auf Victor, und sie verschwinden zusammen in den Wellen. Es kostet Victor die größte Mühe, sich wieder nach oben zu arbeiten.

„Lass mich los", schreit er. „So ersaufen wir beide!"

Nach viel Gezappel und Geschrei gelingt es ihm dann doch, sich über Wasser zu halten, und er beginnt zu schwimmen. Aber einfach ist es nicht, denn einen Arm hat der panische Koch in der Zange. Zum Glück kommen die Menschen am Strand den Piraten dabei zu Hilfe, die Boote zu vertäuen und die Schwimmer an Land zu bringen. Einige von ihnen ziehen den verletzten Florentin aus dem Boot und legen ihn vorsichtig in den Sand. Sebastian fühlt sich ein bisschen verloren, jetzt, da ihm die Fürsorge für Florentin auf einmal aus der Hand genommen wird. Er schaut sich um und sieht Victor mit tropfenden Kleidern auf ihn zukommen, während Gort ein Stückchen entfernt noch im Meer liegt wie ein gestrandeter Wal in der Brandung.

„Victor, lass mich hier nicht liegen!", ruft er geschwächt.

„Du kannst deinen dicken Hintern gut alleine bewegen", ruft Victor grimmig zurück. Erschöpft lässt er sich in den Sand fallen.

„Pff. Dann doch lieber ein Seegefecht. Da ist die Chance größer, unversehrt rauszukommen."

Sebastian setzt sich neben ihn und schaut sich um. Ein Stückchen entfernt liegt Florentin, und Sebastian sieht, wie einer der Piraten ihm aus einer Buddel mit Wasser zu trinken gibt.

Victor folgt seinem Blick. „So was hätte ich jetzt auch gern."

„Auf geht's, Männer! Es gibt alle Hände voll zu tun!", tönt plötzlich eine laute Stimme über den Strand. Die Boote werden ausgeladen und die schweren Kisten mit Geld und all den anderen Kostbarkeiten müssen ins Dorf gebracht werden. Widerwillig stehen Victor und Sebastian auf, um ebenfalls zu helfen. Mit vollgeladenen Armen schlurfen sie erschöpft hinter den Piraten her und sehen sich dabei um. Am Strand stehen einige einfache Hütten und überall liegen Fässer und leere Flaschen. Manche Unterschlüpfe sind nicht mehr als Blätterdächer auf Pfählen. Als sie weitergehen, in den Urwald hinein, entdeckt Sebastian hier und da Holzhütten, die auf Lichtungen stehen und ein bisschen mehr an Häuser erinnern. Aber nie hätte er mit dem gerechnet, was sie schon kurz darauf auf einer großen offenen Lichtung im Urwald erwartet. Er stößt einen Überraschungsschrei aus und bleibt stehen, wodurch Victor, der knapp hinter ihm geht, gegen ihn läuft.

„Sieh nur, Victor!", ruft er und zeigt ganz aufgeregt nach vorn.

„Die sehen ja aus wie richtige Häuser!", stellt Victor starr vor Staunen fest.

„Es *sind* Häuser!", ruft Sebastian begeistert. „Guck doch, die sind aus Backstein! Das sieht ja aus wie in Amsterdam!"

„Die sind von der *Vereinigten Ostindischen Kompanie*", erklärt Victor, als wüsste er über alles Bescheid.

„Was?", fragt Sebastian.

„Die Backsteine. Die haben sie von niederländischen Handelsschiffen, die sie gekapert haben, von Schiffen, die für die *Vereinigte Ostindische Kompanie* gefahren sind. Die Kompanie bringt Backsteine in den Osten. Da bauen sie Häuser und Kasernen, um Handel zu treiben."

Um sie herum schleppen die Piraten geschäftig ihre verwundeten Kumpane und die geraubten Kostbarkeiten hin und her. Zwischen ihnen wuseln Kinder, Hunde, Hühner und Ferkel herum.

Dann versetzt ihnen jemand einen Stoß in den Rücken und einer der Piraten ermahnt sie, sich wieder an die Arbeit zu machen. Sebastian sieht jetzt, dass Gort mit silbernen Schalen beladen ist und direkt hinter ihnen geht. Die Piraten schlagen alle den Weg zu einer Art Holzschuppen ein, der augenscheinlich als Lagerplatz dient. Sebastian, Victor und Gort folgen ihnen.

„Was sind wir jetzt eigentlich?", fragt Gort, als er sich zu den beiden anderen gesellt. „Sind wir immer noch Gefangene, oder wie ist das?"

„Was weiß ich denn?", entgegnet Victor irritiert.

Der Lagerplatz ist schon ziemlich voll, als die drei mit ihrer Ladung hineingehen. Es kostet sie Mühe, eine geeignete Stelle für die Sachen zu finden, und sie müssen ganz bis nach hinten durchgehen. Gerade als Sebastian seine Säcke abgestellt hat, knallt die Tür mit einem lauten Schlag zu. Kein anderer Pirat befindet sich mehr in dem Schuppen, und die drei sitzen im Dunkeln. Also doch eingesperrt.

„Tja“, sagt Victor griesgrämig, „Wenn du noch eine Antwort auf deine Frage brauchst, Gort, hier hast du sie.“

Missmutig lassen sie sich auf die Kisten und Säcke fallen.

„Au!“, schreit Victor auf. „Ich sitze auf etwas Scharfem!“

„Dann setz dich halt woanders hin“, murmelt Sebastian.

Aber Victor beachtet ihn gar nicht. „Das ist ja wie … Jungs, ich glaube, wir haben Glück. Das muss eine Kiste voll Wein sein.“

„Was?“, ruft Gort. „Wo bist du, Victor? Gib mir auch was!“

Als ihre Augen sich etwas an die Dunkelheit gewöhnt haben, sehen sie, dass Victor jedem von ihnen beiden eine Flasche entgegenstreckt. Endlich etwas zu trinken.

„Ihr müsst den Korken reindrücken“, sagt Gort, der, wenn es ums Essen und Trinken geht, sehr praktisch sein kann.

Sie trinken gierig und lassen sich den Wein das Kinn hinunterlaufen. Als sie ihren Durst endlich gelöscht haben, schauen sie sich um.

„Ist noch mehr da?“, fragt Gort.

Sie befühlen Kisten und öffnen Säcke.

„Nichts als getrocknete Pfefferkörner und Muskatnüsse“, stellt Gort enttäuscht fest.

Auch wenn die Gewürze ein Vermögen wert und als Medizin zu gebrauchen sind, nützen sie nicht wirklich etwas, wenn man Hunger hat.

„Was ist das?“, fragt Sebastian sich laut, als er um sich herumtastet und eine weitere Kiste entdeckt. Er greift hinein und holt etwas Kaltes, Rundes heraus. „Riecht gut“, sagt er. „Das kann man bestimmt essen.“

„Versuch’s“, fordert Gort ihn auf, und im Dunkeln schneidet Sebastian eine Grimasse. Dann beißt er hinein, aber die Schale ist hart und bitter. „Aargh!“ Er tut so, als ob er sich auf die Säcke fallen lässt.

„Sebastian!“, ruft Victor besorgt.

„Giftig also“, sagt Gort nüchtern. „Nur gut, dass wir nicht davon gegessen haben, Victor. Was steht hier noch rum?“

„Bist du in Ordnung, Sebastian?“, fragt Victor.

Aber da erklingt ein Schmatzgeräusch.

„Bist du das, Lucasz?“, fragt Gort misstrauisch.

Sebastian, der inzwischen festgestellt hat, dass sich unter der harten Schale herrlich saftiges und süßes Fruchtfleisch befindet, beginnt, noch lauter zu schmatzen. „Wenn ihr euch durch die Schale beißt, ist es köstlich“, sagt er mit vollem Mund. „Wollt ihr auch eine?“

Victor grummelt, dass Sebastian ihn nie wieder so verschaukeln und erschrecken soll, nimmt aber gierig eine Frucht entgegen. Und kurz darauf erklingt aus drei Mündern gefräßiges Schmatzen.

„Gibt es noch mehr davon?“, fragt Gort als Erster.

Jetzt, wo ihr schlimmster Durst und Hunger gestillt ist, spüren sie erst, wie müde sie sind. Es dauert dann auch nicht lange, bis sie alle drei in einen Schlaf der Erschöpfung fallen.

Sebastian wird erst wieder wach, als er ein seltsames Kribbeln im Bauch spürt. Magenkrämpfe. Er hat bestimmt zu viel gegessen, und auf jeden Fall viel zu schnell. Das hat er nun davon, denn jetzt muss er unerträglich dringend seinen Darm entleeren und schaut sich verzweifelt um. Seine Kameraden würden sich nicht gerade bedanken, wenn er sich einfach hier hinhockte.

Er kneift die Pobacken zusammen und klettert über die Säcke und Kisten nach hinten, während es ihn im Bauch immer heftiger sticht. Am Ende des Schuppens gibt es eine Stelle, die noch nicht mit Beute vollgestellt ist, und zu seiner Freude entdeckt Sebastian, dass der Boden aus festgetretener Erde besteht. Trotzdem schafft er es nicht, ein Loch zu graben, und sucht um sich herum eilig nach einem harten Gegenstand. Zum Glück findet er etwas und beginnt, hastig zu graben. Als er eine Kuhle gebuddelt hat, die tief genug ist, setzt er sich darüber und seufzt tief. Was für eine Erleichterung! Kurz darauf schaufelt er das Loch wieder zu. Erst als er aufsteht, bemerkt er, dass von draußen allerlei Geräusche hereindringen. Es wird gesungen und musiziert, augenscheinlich ist ein Fest im Gange.

„Tja“, murmelt Sebastian, während er zurückklettert. „Sie feiern. Aber uns lassen sie hier sitzen wie die letzten …“

Er setzt sich wieder neben seine Kameraden und überlegt, ob er weiterschlafen soll, als sich plötzlich die Schuppentür öffnet. Im grellen Sonnenlicht der Türöffnung steht ein nicht allzu frisch aussehender Pirat, umgeben von einem Geruch nach Alkohol und Qualm. Schwankend tritt er ein und hinter ihm erscheint noch jemand in der Türöffnung. Als sich der Erste zu Sebastian hinunterbeugt, fährt dieser zurück. Was will der Kerl?

„Nimm deine Pfoten von mir!“, schreit er.

Durch sein Geschrei wachen Victor und Gort auf.

„W-w-was ist los?“

„Verdammt!“, ruft auch der Pirat erschrocken. „Hier ist jemand!“

„Allmächtiger!“, ruft der andere. „Was macht *ihr* denn hier?“

„Ihr habt uns eingesperrt, schon vergessen?“, sagt Sebastian empört. „Gestern, als wir angekommen sind.“

Die Männer brechen in schallendes Gelächter aus.

„Eingesperrt! Die Typen sind verrückt!“

„Was für Trottel!“

Der Erste beugt sich wieder vor und Sebastian sieht jetzt, dass er nicht nach ihm greifen wollte, sondern nach der Kiste Wein, auf der er sitzt. Gemeinsam tragen die Piraten ein paar Kisten nach draußen und immer noch lachend gehen sie davon. Die Tür bleibt sperrangelweit hinter ihnen offen stehen.

Sebastian schaut Victor und Gort an und ihm klappt der Unterkiefer nach unten.

„Ihr glaubt doch nicht …“

Er beendet seinen Satz nicht, sondern läuft nach draußen, wo er in das grelle Sonnenlicht des neuen Tags hineinblinzelt.

„Die verfluchte Tür war gar nicht verschlossen!“, schreit Victor, der hinter ihm hergerannt ist.

„Was sind wir doch für Trottel“, sagt Sebastian zu sich selbst. „Lassen uns einsperren wie eine Herde gefügiger Schafe!“

„Und gefügige Schafe sind zumindest *wirklich* eingesperrt“, setzt Gort hinzu.

Fassungslos und ein wenig verloren schauen sie sich um. Es scheint, als ob alle vergessen hätten, dass es sie gibt.

Auf der Werft

Als sie sich auf den Weg in das Dorf machen, stellen sie fest, dass das Fest noch immer nicht vorbei ist – auch wenn es ganz offensichtlich dem Ende entgegengeht. Überall liegen Flaschen, Krüge und Essensreste herum und auf und unter den Tischen liegen Piraten, die sich besinnungslos betrunken haben. Hier und da sitzt noch jemand aufrecht, aber die Blicke gehen nur noch ins Leere. Sebastian und seine Kameraden suchen zwischen den Resten nach etwas Essbarem, werden aber enttäuscht.

Sie gehen weiter in das Dorf hinein und stoßen dort zu ihrer Überraschung auf Florentin, der augenscheinlich vergessen auf ein paar Kisten liegt. Seine Augen sind geschlossen und neben ihm steht ein lederner Wasserbeutel. Als Gort diesen sofort an sich reißen will, hält Sebastian ihn zurück.

„Das ist nicht für dich, Gort", sagt er wütend.

Er gibt Florentin zu trinken. Danach macht er sein Hemd nass und wischt Florentins verschwitztes Gesicht damit ab. Er ist sehr blass und seine blonden Locken kleben ihm am Kopf.

„Was regst du dich so auf", murrt Gort, der sich an eine Kiste gelehnt hat. „Du kennst den Kerl nicht mal."

Sebastian tut, als würde er Gort nicht hören. Ihm tut der Junge leid und er möchte ihm helfen, so gut er kann.

Victor sieht sich prüfend um. Hinter ihnen steht eine Holzwand, die an schiefe Pfähle gelehnt ist.

„Das scheint ein Haus zu sein", sagt er. „Im Bau, natürlich, aber trotzdem. Ob es Florentin gehört?"

„Haus. Was man so Haus nennt", entgegnet Gort sarkastisch. „Die paar Bretter?"

„Wenn es Florentin gehört, können wir ihm helfen, es fertig zu bauen", schlägt Sebastian vor. „Dann können wir vielleicht alle zusammen dort wohnen."

„Alle zusammen dort wohnen?", fragt Gort fassungslos. „Seid ihr jetzt völlig belämmert? Wollt ihr etwa hierbleiben? Das ist eine *Pirateninsel*!"

„Ich habe gedacht, dass gerade *du* dich hier zu Hause fühlen würdest, Gort!", witzelt Victor, und Sebastian lacht. „Du bist dein eigener Herr und kannst tun und lassen, was du willst."

„Ja, und was sollen wir auch sonst machen?", sagt Sebastian. „Vielleicht eins der Piratenschiffe stehlen und zu dritt nach Holland zurücksegeln?"

Gort gibt keine Antwort. Bei Victors Worten ist ein eigenartiger Blick in seine Augen getreten – als ob ihm gerade erst klar wird, welche Möglichkeiten das Piratendasein eigentlich bietet.

Ihr Gespräch wird durch das Herannahen eines Bekannten unterbrochen. Als ein Schatten auf Florentins Körper fällt, blicken alle auf. Vor ihnen steht Claude Tempest und wirklich frisch sieht der Kapitän der *Intrepid* nicht aus. Der Verband um seinen linken Arm ist neu und zeichnet sich durch sein ebenso neues Hemd deutlich ab. Aber unter den Augen hat er Ringe und sein Blick ist nicht wirklich wach.

„Wenn das mal nicht die Neuen sind“, begrüßt er die drei. „Wie ich sehe, habt ihr schon eine Unterkunft gefunden.“

Sebastian ist überrascht über seine Freundlichkeit, offensichtlich gelten hier andere Regeln als die, die er vom Leben auf dem Schiff gewohnt ist.

„Ihr seht munterer aus, als ich mich fühle“, sagt Tempest. „Wie kommt das? Habt ihr nicht mitgefeiert?“

Ein verlegener Blick gleitet über die drei Gesichter und Victor murmelt irgendetwas Unverständliches.

„N-n-nein, wir waren zu müde“, stottert Sebastian. „Haben geschlafen.“

„Hm“, macht Tempest. „Das passt eigentlich ganz gut. Habt ihr Hunger?“

Gorts Kopf schießt mit einem Ruck nach oben und auch Victor und Sebastian schauen ihn gierig an.

„Ja, wir würden schon gerne etwas essen.“

„Dann kommt mal mit“, sagt Tempest, wendet sich um und marschiert los.

Die drei beeilen sich, ihm zu folgen.

Mitten im Dorf steht ein massives Gebäude, errichtet aus Backsteinen der *Vereinigten Ostindischen Kompanie. Zum stillen Papagei* steht auf dem Giebel. Tempest drückt die Tür auf und dann stehen sie in der Dorfschenke.

„Flinders!“, ruft Tempest. „Olivier!“, und schlägt mit der Faust auf den Tresen.

Eine ältere Frau kommt, offensichtlich vom Lärm irritiert, durch eine Hintertür. Ungeduldig wischt sie die Hände an ihrer Schürze ab und streicht sich eine lange rote Haarsträhne aus dem Gesicht. Aber als sie Tempest sieht, erscheint ein Lächeln um ihren Mund.

„Guten Morgen", sagt sie freundlich.

„Guten Morgen, Fleur", antwortet Tempest, und auch sein Ton wird plötzlich ein bisschen freundlicher. Er beugt sich etwas weiter über den Tresen.

„Hast du was zu essen für uns? Diese drei hier haben einen Riesenhunger. Beinahe so einen großen wie ich."

Fleur, von der Arbeit, die sie gerade verrichtet hat, etwas verschwitzt, errötet leicht.

„Sicher", sagt sie. „Was wünschen die Herren?"

„Eier mit Speck und Wurst. Roggenbrot und ein paar ordentliche Krüge Leichtbier."

Sebastian, Victor und Gort haben keine Einwände. Das Wasser läuft ihnen im Mund zusammen bei dem Gedanken an das Festmahl.

„Kommt, wir setzen uns", fordert Tempest die drei auf.

Es dauert keine halbe Stunde, bis sie vor einem üppigen Frühstück sitzen. Sebastian stopft sich den Mund mit Eiern und Speck voll und kann seine Augen nicht von dem abwenden, was sonst noch auf dem Teller liegt. Er kann sich nicht erinnern, je so köstlich gegessen zu haben. Es ist viel besser als das, was Gort ihnen auf der *Katharina* vorgesetzt hat, und das findet Gort selbst offensichtlich auch. Er isst noch schneller als Sebastian und schaut ab und zu verstohlen auf die Teller seiner Kameraden. Als alles bis zur letzten Brotkrume aufgegessen ist, sieht Tempest sie an.

„Hat es geschmeckt?"

Sie nicken heftig.

„Jeden Cent wert, nicht wahr?", sagt Tempest lachend, und die Gesichter der drei verfinstern sich.

„Was ist?", fragt Tempest. „Habe ich was Falsches gesagt?"

„Eh“, beginnt Sebastian zögernd.

„Denn bezahlt werden muss es natürlich“, sagt Tempest. „Was habt ihr denn gedacht?“

„Wir haben kein Geld“, sagt Victor schnell.

„Hm. Ich verstehe“, antwortet Tempest und macht ein Gesicht, als stünde er vor einem großen Problem. „Da müssen wir uns also etwas einfallen lassen.“

Gort springt plötzlich von seinem Stuhl auf. „Ich habe eine gute Idee!“, verkündet er hastig. „Eh, jedenfalls, was mich betrifft.“

Tempest sieht ihn erstaunt an.

„Ich kann mich hier nützlich machen. In der Taverne. Ich war Koch auf der *Katharina* und …“

„So jemanden könnte ich gut gebrauchen, Claude“, ruft Fleur, die hinter dem Tresen steht.

Tempest lächelt und steht auf. „Gut“, sagt er, während er Sebastian und Victor freundlich anschaut. „Dann bezahle ich nur für euch zwei.“ Er legt eine Handvoll Gulden auf den Schanktisch, wirft Fleur einen Handkuss zu und winkt Sebastian und Victor, ihm zu folgen. Gort bleibt breit grinsend im *Stillen Papagei* zurück.

„Ihr könntet als kleine Gegenleistung etwas für mich tun“, sagt Tempest und schlägt den Weg in Richtung Meer ein. „Ich nehme euch mit zur Schiffswerft.“

Als sie aus dem Urwald hinaustreten, fällt ihr Blick sofort auf das gekielholte Schiff, das Sebastian schon zuvor am Strand hat liegen sehen, aber heute arbeitet dort niemand. Schräg dahinter liegt die beschädigte *Intrepid*. Man hat sie so weit wie möglich an Land gezogen.

Tempest folgt Sebastians Blick.

„Meine Männer sind vorläufig nicht zu gebrauchen“,

sagt er. „Und ich will die *Intrepid* so schnell wie möglich wieder flott haben. Sonst kann ich nirgendwo hin. Ihr wisst ja selbst: Ein Seemann an Land taugt nichts.“

Sebastian hat die dunkle Ahnung, dass Tempests Einladung heute Morgen kein Zufall war. Ihm ist natürlich schon vorher klar gewesen, dass sie kein Geld hatten.

Ein riesiger Mann kommt auf sie zu. Er trägt ein blau gestreiftes Hemd mit langen Ärmeln, eine derbe Lederhose und feste Stiefel. Um die Knie hat er sich Lappen aus Leder gebunden, die zusätzlichen Schutz bieten sollen. In der rechten Hand trägt er ein Beil.

„Guten Morgen, Knut“, begrüßt Tempest den Mann und wendet sich dann Sebastian und Victor zu. „Dies ist der beste Zimmermann der Insel: Knut Johannson.“

„Guten Morgen“, sagen Sebastian und Victor wie aus einem Mund.

Knut nickt und brummelt etwas, was sie nicht verstehen.

„Das sind Sebastian und eh ...“

„Victor“, stellt Victor sich schnell vor, „Victor Eilander.“

„Victor Eilander“, wiederholt Tempest. „Sie sind neu hier auf der Insel und werden dir ab sofort mit der *Intrepid* helfen.“

Knut mustert die beiden und nickt dann, als ob sie genehmigt seien. „Passt gut“, sagt er und geht, gefolgt von den anderen, zum Schiff.

„Schwere Havarie“, erklärt Knut dem Kapitän. „Damit sind wir eine Weile beschäftigt.“

„Länger als einen Monat?“, fragt Tempest. „Die *Lorenzo* kannst du doch wohl liegen lassen, oder? Der alte Kahn ist sowieso nur noch Brennholz“, sagt er, während er auf das gekielholte Schiff blickt.

„Es ist ein gutes Schiff“, brummt Knut. „Schneller Segler. Aber man muss viel daran machen. Wenn wir fertig sind mit Kielholen, sieht es mit ihr schon wieder ganz gut aus. Danach bereiten wir sie für die richtige Arbeit vor.“

Die Männer begutachten den Schaden an der *Intrepid*. Sogar von Weitem sieht das Schiff irgendwie traurig aus, denkt Sebastian. Ein abgebrochener Großmast, an dem mit Tauen das obere Ende des kleineren Fockmasts festgebunden ist. Große Löcher im Bug, ein Deck, das fast vollständig von Schüssen zerfetzt ist, mit gesplitterten Planken, die wie Dolche in die Luft ragen.

Schweigend betrachten die Männer das Bild.

„Das gesamte Mitteldeck muss ersetzt werden“, sagt Knut dann. „Wie du siehst, ist nahezu keine Planke davon mehr zu gebrauchen. Aber ich fange mit dem Bug an. Die *Intrepid* ist so leck, dass sie mir unter den Händen vergammelt. Die Jungs können mir gut beim Biegen der Planken helfen.“

Tempest nickt. „Ist mir egal. Wenn es nur schnell vorangeht.“

„Mach dir keine Illusionen. Es wird jede Menge Zeit kosten. Da lässt sich nicht viel machen.“

Tempest geht ein Stück den Strand entlang, um sich die andere Seite des Schiffes anzuschauen. Plötzlich bleibt er stehen und Sebastian hat den Eindruck, dass er vor irgendetwas erschrickt. Aber er hat sich schnell wieder im Griff.

„Ist jemand an Bord, Knut?“, fragt er dann leichthin.

„Auf der *Intrepid*?“, entgegnet Knut.

„Ja, ich dachte, dass ich … Da, im Loch am Bug …“ Tempest zeigt auf das Schiff, aber er beendet seinen Satz nicht.

„Nein“, sagt Knut. „Nicht, dass ich wüsste. Wer sollte dort etwas zu suchen haben?“

„Seht doch!“, ruft Tempest dann erschrocken. „Feuer! Es brennt an Bord!“

Jetzt kommen alle drei angelaufen und schauen auf den Punkt, auf den Tempest zeigt. Aber Sebastian sieht nichts. Und die anderen offensichtlich auch nicht.

„Da ist kein Feuer“, sagt Knut.

„Ich sehe auch nichts“, schließt Victor sich an.

„Ich, ich …“, stottert Tempest. „Seid ihr euch sicher?“

Er ist völlig außer sich und sie schauen ihn erstaunt an.

„Ganz sicher“, sagt Knut. Er schlägt Tempest leutselig auf die Schulter und lacht. „Vielleicht ist es der Rum. Hättest die letzte Flasche halt doch nicht trinken sollen!“

Auch auf Tempests Gesicht breitet sich ein fahles Grinsen aus.

„Wahrscheinlich habt ihr recht“, gibt er ein bisschen verlegen zu. „Ich, eh, ich muss dann jetzt mal gehen. Ihr schafft das hier schon.“

Langsam geht er wieder zurück in Richtung Dorf. Aber augenscheinlich hat er irgendetwas vergessen, denn er dreht sich noch einmal um und wendet sich Sebastian und Victor zu.

„Heute Nachmittag wird die Beute verteilt“, ruft er. „Auf dem Dorfplatz. Ihr dürft euch euren Anteil abholen.“

Sebastian und Victor sind erstaunt, aber gleichzeitig auch ziemlich aufgeregt. Das ist mehr, als sie erwartet haben. Doch viel Zeit, darüber zu sprechen, haben sie nicht, denn Knut nimmt sie mit zurück auf die Werft. In der Werkstatt sind zwei Männer damit beschäftigt, mithilfe eines Drehrads ein Tau herzustellen. Der eine dreht an dem Rad und der andere sorgt dafür, dass die drei Seile, die zusammen ein Tau werden sollen, sich nicht verknoten. Ein Stückchen entfernt brennt ein kräftiges Feuer, über dem ein massives Holzbrett an eine Stellage gelehnt ist. Knut geht zum Wasserbottich, der daneben steht, nimmt einen Reisigbesen heraus und feuchtet damit die Oberseite des Bretts an.

„Das Brett wird an der Unterseite heiß", erklärt er. „Wenn man die Oberkante feucht hält, verbiegt es sich. Und wenn es einmal gebogen ist, wird es nie mehr gerade."

„Ist das für den Bug der *Intrepid*?", fragt Victor interessiert.

Knut nickt. „An das Ende muss noch ein Gewicht. Schau mal, dahinten liegt Abfall. Dazwischen findest du bestimmt was." Er drückt Victor den Besen in die Hand. „Oberseite feucht halten und dafür sorgen, dass das Feuer lodert. Und wenn dieses fertig ist, dann liegen da die nächsten."

„Für dich habe ich was anderes", sagt er und winkt Sebastian, ihm zu folgen. Er drückt ihm eine Dechsel mit einem langen Stock in die Hand und bringt ihn zu einem dicken Baumstamm.

„Komplett von der Rinde befreien, bis das Holz schön glatt ist. Das wird der neue Großmast."

Sebastian nickt. „Und der Fockmast?", fragt er, weil er weiß, dass auch der dringend ersetzt werden muss.

„Muss ich noch fällen", entgegnet Knut. „Ich suche dafür

noch einen passenden Baum. Aber hiermit bist du ja erst mal eine Weile beschäftigt."

Sebastian macht sich ans Werk. Er hat schon früher mal auf einer Werft gearbeitet, die Aufgaben sind ihm also nicht fremd. Aber es ist ganz anders, bei diesen Temperaturen zu arbeiten, als im kühlen niederländischen Klima. Sobald er die Dechsel hebt und auf das Holz fallen lässt, beginnt er, am ganzen Körper zu schwitzen. Er zieht sofort sein Hemd aus und macht dann wieder weiter. Eine Zeit lang hackt er tüchtig, aber es ist anstrengende Arbeit. Als er einen großen Teil der Rinde vom Baum entfernt hat, beschließt er, dass es Zeit für eine Pause ist, und macht sich auf die Suche nach Victor. Der steht jedoch zu Sebastians Überraschung nicht mehr an seinem Brett. Das Feuer brennt, und die Oberseite des Brettes ist nass, aber von Victor keine Spur.

Sebastian geht zu der Überdachung, die er zuvor schon auf der Werft gesehen hat. Dort steht eine große Tonne, an der eine Kelle hängt. Wasser! Er schüttet zunächst eine Kelle über sein Gesicht und trinkt danach zwei leer. Er war durstiger, als er gedacht hatte.

„Die Tonne könnten wir gut und gerne mehrmals am Tag füllen", hört er dann eine Stimme hinter sich.

Er dreht sich um und blickt in die Augen eines alten Mannes.

„Zumindest, wenn auf der Werft viel los ist. Gleich um die Ecke ist ein Brunnen. Darum wollte Knut hier auch arbeiten. Und weil es am Meer ist, natürlich."

Der Mann sitzt an einer langen Werkbank und neben ihm stehen zwei Holzbeine. Die Stummel seiner eigenen Beine reichen gerade bis zum Stuhlrand. Er ist mit Schnitzarbeiten beschäftigt und arbeitet weiter, während er spricht. Neben ihm sitzt Victor.

„Guck dir das an, Sebastian", sagt er begeistert. „Das hat alles Olaf gemacht. Er ist übrigens Knuts Bruder."

Sebastian geht zur Werkbank und sieht, dass Olaf gerade dabei ist, einem wild aussehenden Kopf mit feurigen Augen die Haare zu schneiden. Das Untier hat das Maul aufgesperrt und zeigt eine ganze Reihe scharfer Zähne mit blendenden Eckzähnen. Ein Stückchen weiter steht der restliche Körper, der später daran befestigt wird. Es scheint, als könnte das Tier im nächsten Moment losspringen und seine messerscharfen Klauen in jemanden hineinbohren. Es ist zweifelsohne eine Galionsfigur, auch wenn sie ganz anders aussieht als die Löwen, die er an den niederländischen Schiffen gesehen hat. Die erscheinen ihm im Vergleich mit diesem Monster wie zahme Katzen. Er hat noch nie eine Galionsfigur gesehen, die so lebensecht wirkt – Olaf ist ohne Frage ein Meister seiner Kunst.

„Großartig", sagt Sebastian beeindruckt.

„Alles eine Sache der Übung", erklärt Olaf, während er auf seine Stümpfe klopft. „Für die meisten Aufgaben bin ich nicht mehr geeignet, aber das hier kann ich noch. Und man muss doch etwas Sinnvolles mit seiner Zeit anfangen, oder?"

„Fährst du gar nicht mehr zur See?", will Victor wissen.

„Damit?", sagt Olaf lachend. „Sie müssten mich tragen. Haha. Manchmal bin ich schon noch auf See, aber Kaperfahrten, nee, das mache ich nicht mehr. An Land bin ich nützlicher."

„Hast du keine Familie?", fragt Sebastian. „Menschen, die auf dich warten?"

„In Dänemark meinst du?" Er lacht ein bisschen verächtlich. „Ach Jungs, das ist schon seit Jahren nicht mehr mein Zuhause. Ich habe es hier besser, als ich es in Dänemark je hatte. Mein Bruder ist hier und ich kann gehen und stehen, wo ich will." Er schweigt kurz und prustet dann los. „Hahaha. Na ja, im übertragenen Sinn jedenfalls."

Victor und Sebastian müssen über Olafs Selbstironie ebenfalls lachen, doch Sebastian wird schnell wieder ernst. „Bleibst du wirklich lieber hier? Ich meine ..."

„Hattet ihr es denn so gut?", fällt Olaf ihm ins Wort. „Auf eurem Schiff?"

„Nein", antwortet Victor sofort.

„Das nicht", muss auch Sebastian zugeben.

„Denn seien wir doch mal ehrlich", sagt Olaf, der offensichtlich bei seinem Lieblingsthema angekommen ist, „was machen eure braven Handelsschiffer? Sie werben Seeleute für eine Heuer an, die zum Sterben zu viel ist und zum Leben zu wenig. Ist das vielleicht gerecht?"

Sebastians Miene verdunkelt sich. „Aber das ist nicht dasselbe wie das, was *ihr* macht. Ihr raubt einfach und ..."

Aber Olaf ist noch nicht fertig. „Oder die Gewürze, mit denen eure braven Handelsschiffer Gold verdienen? Die Eingeborenen kriegen einen Hungerlohn und dafür dürfen sie sich auch noch halb totschuften. Oder die Goldminen ... Ich könnte noch mehr nennen."

„Aber sie treiben Handel", protestiert Sebastian. „Sie *bezahlen* für die Waren, die sie mitnehmen."

„Ha! Einen Hungerlohn, sage ich doch. Ein Trinkgeld, verglichen mit dem, was die Ware eigentlich wert ist. Und mit dem, was die hohen Herren selber dafür einstreichen.

Als Matrose an Bord eines solchen Schiffes darfst du währenddessen froh sein, wenn du die Reise überlebst. Krankheiten, nicht genug zu essen, und wenn es zu viel kostet anzulegen, kaufen sie einfach überhaupt kein Essen. Aber habt ihr schon mal erlebt, dass ein Kapitän auf der Fahrt vor Hunger gestorben ist? He?“

Sebastian und Victor wissen nur zu gut, dass Olaf recht hat. Sie haben selber genug Dinge dieser Art gesehen und am eigenen Leib erfahren.

„Feine Händler, diese Leute“, sagt Olaf zynisch. „Ehrlich wie Gold. Nee, dann lieber wir.“

„Olaf!“, unterbricht ihn eine Stimme. Es ist Knut. „Was ist das hier für ein Geschwätz? Meine Balken zerkochen über dem Feuer. An die Arbeit, Eilander! Das Zeug feucht halten!“

Knut wirft Victor den nassen Besen zu und das Wasser spritzt ihnen nur so um die Ohren. Victor fängt den Besen und geht wieder hinaus. Sebastian beschließt, noch einen Schluck Wasser zu trinken, bevor er sich wieder an die Arbeit macht. Als er die Kelle zum Mund führt, sagt Olaf freundlich: „Du kannst es hier gut haben, Junge. Besser als je zuvor. Du hast es selbst in der Hand.“

Sebastian dreht sich um und blickt Olaf an, aber der ist schon wieder in die Arbeit vertieft und dafür braucht er seine ganze Aufmerksamkeit.

Das Verteilen der Beute

Als die Sonne ihren höchsten Punkt erreicht hat und es zu heiß zum Arbeiten ist, schickt Knut die Jungen fort. Sie brauchen erst morgen früh wiederzukommen. Sebastian schlägt vor, erst einmal bei Florentin vorbeizuschauen. Er hat ein paar von den Früchten mitgenommen, die an den Bäumen hinter der Werft wachsen und die laut Olaf sehr lecker sind. Vielleicht kann Florentin ja etwas davon essen.

Sebastian und Victor reden nicht miteinander, als sie zurückgehen, beide sind tief in Gedanken versunken.

Florentin ist noch immer fiebrig und öffnet die Augen nicht. Sie legen ihn in den Schatten der provisorischen Wand und geben ihm Wasser aus dem Lederbeutel zu trinken, den sie an der Werft aufgefüllt haben. Als Sebastian ihm ein Stück von der Frucht an die Lippen hält, reagiert der Junge nicht. Er scheint immer kränker zu werden. Sebastian und Victor bleiben noch eine Weile bei ihm sitzen und beschließen dann, zu dem Platz zu gehen, an dem die Beute der *Intrepid* verteilt werden soll.

Dort hat sich inzwischen schon eine große Menschenmenge versammelt. An Tischen mitten auf dem Platz sind die Schätze ausgestellt und um sie herum sorgen einige schwer bewaffnete Piraten dafür, dass einstweilen niemand etwas wegnimmt.

Die Menge ist eine Mischung aus zerlumpt aussehenden Leuten, ordentlich gekleideten Piraten und Frauen mit farbenfrohen Röcken, die allesamt prüfend an den Waren entlanggehen, als ob es ein normaler Markt wäre. Sebastian sieht zum ersten Mal auch ein paar Jungen und Mädchen in seinem Alter. Vor allem die Mädchen betrachtet er mit Interesse: Einige sind blond und zweifellos Kinder von europäischen Eltern, aber die meisten Mädchen haben dunkles Haar und hellbraune Haut. Sie haben wahrscheinlich einen europäischen Vater und eine einheimische Mutter. Sebastian findet sie sehr hübsch. Ein Junge mit zartem Gesicht und einem langen dicken Zopf begutachtet eine Muskete. Er trägt eine dunkle Hose und hohe Stiefel, genau wie Claude Tempest.

Ein älterer Pirat mit einer großen Narbe auf der Wange und zwei dicken goldenen Ohrringen nimmt einen goldenen Trinkbecher in die Hand, dessen gesamter Rand mit Edelsteinen besetzt ist. Er stellt ihn wieder hin und geht weiter. Geschäftig wird darüber diskutiert, wie viel alles wert ist, und Sebastian sieht, dass einige Leute Dinge unter anderen Gegenständen verstecken. Er schaut sich um, ob er Claude Tempest auch irgendwo sieht, aber der ist nirgends zu entdecken. Trotzdem wird er wahrscheinlich jeden Augenblick da sein.

„Ich bin gespannt, was wir kriegen", sagt Victor.

„Viel wird es nicht sein", gackert da plötzlich eine bekannte Stimme hinter ihnen. „Jedenfalls nicht für euch."

Als sie sich umdrehen, steht Gort vor ihnen.

„Ach", sagt Victor, „wenn das mal nicht die neue Bedienung ist. Und wie läuft es im *Stillen Papagei*?"

„Ich kann nicht klagen", antwortet Gort hämisch grinsend. „Eine höhergestellte Position passt doch wirklich besser zu mir. Besser, als Gehilfe in einer Werft zum Beispiel, wenn ich das so sagen darf."

„Höhergestellt, Schande aber auch!", ruft Victor empört. „Das warst du, ja. Auf dem Handelsschiff. Und reden wir mal nicht darüber, *wie* du Koch auf der *Katharina* geworden bist. Jedenfalls nicht wegen deiner herausragenden Kochkünste. Aber hier bist du keinen Schlag besser als wir, lieber Freund."

„Das werden wir schon noch sehen", platzt Gort heraus.

„Wie meinst du das?", fragt Sebastian neugierig, aber Gort gibt keine Antwort.

„Wir werden uns schon noch einmal über den Weg laufen", sagt er bloß geheimnisvoll und dreht sich um. Als er weggeht, hören sie erneut sein hohes, gackerndes Lachen.

„Was der wohl wieder im Schilde führt?", fragt Victor verwirrt, während er ihm nachblickt.

„Mach dir keine Gedanken", entgegnet Sebastian. „Du hast gehört, was er gesagt hat. Leute von Gorts Schlag sorgen immer gut für sich selbst. Egal, ob hier oder auf einer unbewohnten Insel."

„Da würde er sogar noch eine Kokosnuss ausbeuten", sagt Victor boshaft, und Sebastian lacht.

Aber Victors Bemerkung hat ihn neugierig gemacht und deshalb fragt er gleich darauf: „Was hast du eigentlich damit gemeint, wie Gort Koch auf der *Katharina* geworden ist?"

„Das erzähle ich dir ein anderes Mal", antwortet Victor, der inzwischen seine ganze Aufmerksamkeit auf die Tische voller Kostbarkeiten gerichtet hat. Es dauert nicht lange, bis er das Richtige findet.

„Guck dir diese Pistole an, Sebastian!“ Er nimmt sie auf und reibt über das Holz und das Metall des Handlaufs. Der Lauf und der Griff sind mit Silber verziert. Es ist eine prächtige Waffe.

„Meine Güte, wie gerne ich die hätte“, seufzt Victor.

„Schön, wirklich!“ Sebastian stimmt ihm zu, aber er ist mit seinen Gedanken woanders. Er fragt sich, was Gort wohl getan hat, denn er würde ihm wirklich einiges zutrauen. Doch dann zwingt er sich dazu, ebenfalls einen Blick auf die Beute zu werfen. Es sind viele schöne Dinge dazwischen und ein Stückchen entfernt entdeckt er einen hölzernen Quadranten, der ihm sofort ins Auge sticht. Aber er zögert. Hat er Olaf gegenüber nicht behauptet, dass Piraten nichts taugen? Kann er denn dann jetzt beim Teilen der Beute mitmachen? Er bückt sich, um den Quadranten genauer zu betrachten, als sein Blick plötzlich auf ein bekanntes Gesicht fällt. Es ist der Pirat mit der Narbe und den goldenen Ohrringen. Auch er hat sich vorgebeugt, und Sebastian sieht gerade noch, wie der goldene Becher unter seiner Jacke verschwindet. Als er sich wieder aufrichtet, kreuzt sein Blick Sebastians. Er weiß, dass er beobachtet wurde. Ein kaltes Grinsen überzieht sein Gesicht und mit einer schnellen Bewegung hält er sich einen Finger an die Kehle. Sebastian erschreckt. Er versteht, was der Mann meint.

Als Claude Tempest erscheint, werden die Wartenden unruhiger. Es ist so weit. Claude verteilt die Beute und dafür gibt es offensichtlich eine Art feste Regel. Die Kapitäne kriegen 500 Gulden aus der Schatzkiste des niederländischen Schiffes, der Chirurg 250, die Mannschaft 200 und der Zimmermann 150, was Sebastian etwas verwundert. Es ist doch eine wichtige Arbeit und viele Zimmerleute gibt es nicht.

„Der nimmt weniger Risiko auf sich“, sagt Victor lässig, als ob er schon seit Jahren auf einer Pirateninsel wohnt.

„Woher weißt du das denn?“, fragt Sebastian.

„Tja!“ Victor zuckt die Schultern. „Ich weiß es halt.“

Für Florentin gibt es zusätzlich zu den 200 Gulden 25 Gulden Schmerzensgeld. Sebastian nimmt seinen eigenen und Florentins Anteil in Empfang. Danach darf sich jeder etwas aussuchen, was ihm gefällt, der Rest wird an Händler weiter oben an der Küste verkauft. Kaum hat der Kapitän die Vorgehensweise verkündet, stürzen sich alle auf die Beute. Waffen, Schmuck und Edelsteine verschwinden wie Schnee in der Sonne. Die bewaffneten Piraten haben alle Hände voll zu tun, damit es mit rechten Dingen zugeht. Victor stürzt sich auf die Pistole, die zum Glück noch da ist. An dem Quadranten, der aus kostbarem Rosenholz gearbeitet ist, besteht kaum Interesse, und nach kurzem Zögern nimmt Sebastian ihn mit. Für Florentin wählt er ein neues Hemd und ein Stück Stoff, aus dem er einen Verband machen kann. Wirklich wertvoll ist es nicht, aber im Moment hat er davon am meisten, findet Sebastian.

Gleich danach sieht er, dass der Junge mit dem langen Zopf eine Muskete ausgesucht hat, und neben ihm nimmt der Pirat mit der Narbe einen edel verzierten Säbel vom Tisch. Dieses Mal hat er nicht bemerkt, dass Sebastian ihn gesehen hat.

Als die Beute verteilt ist, ziehen alle in den *Stillen Papagei*. Zeit zu feiern.

In der Schänke herrscht Hochbetrieb. Fleur rennt mit fünf Krügen Bier in jeder Hand von Tisch zu Tisch, genau wie Olivier. Aber zu Sebastians Überraschung steht Gort hinter der Theke.

„Hast du das mit *höhergestellt* gemeint?", fragt Victor, als sie sich durch die Menschenmenge gekämpft haben.

Gort sieht die beiden mit einem hämischen Grinsen an. „Das kann man so sagen, ja!"

„Wieso? Stehst du auf einer Kiste?", fragt Sebastian lachend.

Sofort verliert Gort die Beherrschung. „Pass bloß auf, was du sagst, Schmalhans", schnaubt er. „So hättest du auf der *Katharina* nicht mit mir umspringen dürfen!"

„Tja, aber da sind wir nicht mehr", hält Sebastian dagegen, und in seinem Kopf fügt er zu seiner Überraschung „zum Glück" hintenan.

„Jetzt mal im Ernst, Adrian", sagt Victor. „Warum stehst du hinter der Theke? Ich dachte, du bist Bedienung."

„Wir müssen alle klein anfangen. Aber manche etwas kleiner als andere." Gort grinst. „Ihr seht hier den neuen Besitzer vom *Stillen Papagei.*"

„Was?!", entfährt es Sebastian und Victor gleichzeitig.

„Wie hast du das denn hingekriegt? Heute Morgen hat er noch Olivier und Fleur gehört."

„Da siehst du es mal wieder. An einem einzigen Tag kann viel geschehen."

„Und was?"

„Eine Partie Poker. Da bin ich zweifellos bewanderter als zum Beispiel ein Olivier Flinders. Oh Olivier", macht er eine hohe Frauenstimme nach. „Olivier, gleich verlierst du. Gleich haben wir alles verloren. Olivier, hörst du mich?

Doch es hat nichts genützt", sagt er dann wieder mit seiner eigenen Stimme. „Und jetzt haben sie tatsächlich alles verloren. Aber ich bin ja gar nicht so. Ich habe ihnen eine Stelle angeboten. Dem Flinders. Und der begehrenswerten Fleur."

Sebastian und Victor sehen sich an.

„Ja, dann kannst du uns ja sicher einen ausgeben", ruft Victor freudig. „Um deine Neuerwerbung zu feiern."

Gort beugt sich über die Theke und sieht sie mit seinen leuchtend blauen Augen verschlagen an. Er kommt ihnen so nahe, dass Sebastian seinen stinkenden Atem riechen kann.

„Sehe ich aus, als wäre ich verrückt? Ein halber Gulden für zwei Krüge."

„Ein halber Gulden? Halsabschneider!", sagt Victor entrüstet.

„Nimm es oder lass es. Du kannst sonst auch zur Konkurrenz gehen."

„Haha, sehr witzig", entgegnet Victor, der natürlich auch weiß, dass der *Stille Papagei* die einzige Schenke im Dorf ist. Wütend legt er einen halben Gulden auf die Theke und Gort stellt mit Schwung zwei große Bierkrüge vor sie hin.

Sie trinken einen Schluck.

„Das Bier von Olivier und Fleur war ein bisschen kühler", stellt Sebastian mit ungerührtem Gesicht fest. „Oder irre ich mich, Victor?"

„Hm, jetzt wo du es sagst …", antwortet Victor, den Mund voller Schaum. „Komisch, dass die Qualität einer Schenke so schnell den Bach runtergehen kann."

„Tja", sagt Sebastian. „An einem Tag kann viel geschehen."

Sie brechen in Gelächter aus und wenden sich ab, um sich einen Sitzplatz zu suchen. Den schnaubenden Gort lassen sie hinter der Theke zurück.

„Guck, dahinten!“ Victor zeigt auf eines der Fenster, unter dem ein breites Brett befestigt wurde und auf dem noch Platz für zwei Leute ist. Gleich daneben steht ein umgedrehtes Bierfass. Um das Fass herum sitzen fünf Piraten, aber die Männer beachten sie nicht.

„Erzählst du mir jetzt, wie das mit Gort war?“, fragt Sebastian.

„Ach, viel gibt es da nicht zu erzählen“, beginnt Victor. „Ich weiß es auch nicht sicher, denn es gab damals nur einen Haufen Gerüchte. Gort hat nämlich nie als Koch angemustert, musst du wissen. Er war ein einfacher Matrose, genau wie ich. Als ich das erste Mal auf der *Katharina* gefahren bin, war Reinout van Velzen Koch. Und das schon seit Jahren – bis er plötzlich verschwand. Eines Tages war er einfach weg. Es war kein stürmisches Wetter, nichts Besonderes. Aber von van Velzen keine Spur. Und als Gort sagte, dass er Erfahrung als Koch hätte und die Aufgabe gern übernehmen würde, glaubte jeder, dass er van Velzen über Bord geworfen hatte. Vor allem, als sich rausstellte, dass Gort kein bisschen kochen kann. Später wurde es etwas besser, aber es war nie wirklich gut.“

„Ich traue ihm das schon zu“, sagt Sebastian nachdenklich, während er den nächsten Schluck nimmt. „Auch wenn er es nur gemacht hat, weil ein Koch von allen an Bord immer das beste Essen kriegt. Aber wurde er denn nie bestraft? Man kann doch nicht einfach so jemanden über Bord werfen!“

„Niemand wusste es mit Gewissheit, denn wir konnten

es nicht beweisen. Und er selbst hat es natürlich abgestritten. Hat behauptet, dass er keine Ahnung hätte, was mit dem armen Teufel passiert ist. Und dass er selbst es von allen am schlimmsten fände."

„Tsss", spottet Sebastian, „klar doch."

Das rätselhafte Verschwinden des Kochs erinnert ihn an ein anderes rätselhaftes Verschwinden, das noch nicht allzu lange her ist. Es erstaunt ihn, dass er nicht schon früher mit Victor darüber gesprochen hat.

„Sag mal, Victor, diese drei Männer auf der *Katharina*. Die waren auch plötzlich verschwunden. Was glaubst du, was da los war?"

Zu seiner Überraschung verschließt sich Victors Gesicht plötzlich. „Wieso verschwunden?", murrt er. „Das Schiff kam in einen Sturm. Alle sind ertrunken."

„Aber sie waren schon weg, bevor das passiert ist."

„Sie haben sich wahrscheinlich irgendwo versteckt. Vielleicht aus Angst vor dem aufkommenden Unwetter."

„Aber auch bevor das begann, waren sie schon weg."

Victor gibt keine Antwort.

„Weißt du, was Simon behauptet hat?"

Victor nimmt einen großen Schluck von seinem Bier, ohne Sebastian anzusehen.

„Simon hat behauptet, dass sie Boten von einem Geisterschiff waren. Vom *Fliegenden Holländer*."

„Nenn den Namen dieses Schiffes nicht!", zischt Victor in unerwartet heftigem Ton. „Das bringt Unglück."

„Das kann man wohl sagen!", murmelt Sebastian so leise, dass Victor ihn nicht hört. Dann fällt ihm noch etwas anderes ein und mit gedämpfter Stimme spricht er weiter. „Simon hat gesagt, dass wir die Briefe, die sie bei sich hatten, an den Großmast nageln sollten. Dass wir rettungslos verloren seien, wenn wir das nicht täten. Glaubst du, dass uns das gerettet hätte?"

Victor schaut auf den Boden und gibt wieder keine Antwort.

„Einige Menschen", sagt er nach einer Weile, „glauben, dass ein Packen Briefe am Großmast keinen Schutz vor einem Seesturm bietet. Aber ich gehöre nicht zu ihnen."

„Du glaubst also, dass wir es hätten tun sollen."

„Natürlich hätten wir es tun müssen", flüstert Victor wütend. „Und wenn ich davon gewusst hätte, wäre es auch geschehen!"

„Ich kann nichts dafür", entgegnet Sebastian empört. „Ich habe es versucht, aber van Straeten wollte mir nicht zuhören." Er fühlt sich plötzlich sehr schuldig.

„Wir hätten diese Leute nie an Bord lassen dürfen", sagt Victor.

„Aber das haben wir doch auch nicht! Sie waren plötzlich einfach da!"

Sebastian bemerkt, dass die Leute in der Schenke ab und zu zu ihnen herüberschauen, und das ist auch Victor nicht entgangen.

„Wir müssen aufhören", sagt er. „Mit dieser Art von Gerede machen wir uns hier nicht gerade beliebt. Bald denken sie noch, dass wir das Unglück anziehen. Am Ende nehmen sie uns noch mit und lassen uns auf einer unbewohnten Insel zurück. Dann haben wir erst richtig Spaß."

Sebastian sieht sie in Gedanken schon dort sitzen. Er grinst unwillkürlich und leert sein Glas.

Viel Aufmerksamkeit haben sie nicht auf sich gezogen,

denn auch die Männer, die um das Bierfass herum sitzen, haben ihre Köpfe zusammengesteckt. Um auf andere Gedanken zu kommen, versuchen Sebastian und Victor aufzuschnappen, worüber sie reden.

„Wie lange ist er jetzt schon weg?", fragt einer von ihnen.

„Ungefähr zehn Monate, mindestens. Vielleicht noch länger."

„Den sehen wir wohl nicht mehr wieder."

„Singleton?", sagt ein anderer. „Den würden doch keine zehn Pferde von Madagaskar wegbringen. Wenn mich nicht alles täuscht, war er doch zusammen mit Fenmore einer der Ersten hier, oder? Zusammen mit Fenmore? Was die zwei nicht alles schon mitgemacht haben!"

„Man kann nie wissen", mischt sich nun ein älterer Pirat ein. „Ich habe ganz schön was gesehen in der langen Zeit. Er kann gefangen genommen worden sein und aufgehängt. In zehn Monaten kann eine Menge passieren."

„Alter Schwarzseher." Die Männer lachen.

Am Tisch neben ihnen sieht Sebastian den Piraten mit den goldenen Ohrringen. Er trinkt aus einem goldenen Becher, der mit Edelsteinen besetzt ist. Sein neuer Säbel hängt ihm am Gürtel. Die Männer an seinem Tisch bewundern den Becher lautstark und der Pirat hebt ihn bei jedem Schluck stolz. Der traut sich was, denkt Sebastian.

„Jaja, man muss sich ranhalten, wenn man was Schönes sieht", sagt er prahlend. „Ist genau wie mit einem schönen Weib: Wenn man sich nicht ranhält, ist sie verschwunden."

Seine Kumpane grinsen. „Zeig mal her, Denys", ruft einer von ihnen.

„Bin ich verrückt oder was?", fragt Denys und hält den Becher noch fester.

Denys scheint zu spüren, dass Sebastian zu ihm herüberschaut, denn plötzlich hebt er den Kopf, und ihre Blicke treffen sich. Er sieht Sebastian mit finsterer Miene an.

„Ist irgendwas?", fragt er herausfordernd.

Victor stößt Sebastian in die Seite. „Kümmere dich nicht um ihn", flüstert er. „Das bringt dich nur in Schwierigkeiten."

„Gib mir deinen Krug", sagt Sebastian und streckt seine Hand aus. „Ich hole noch mal Bier."

„Gute Idee", erwidert Victor.

Als Sebastian an Denys' Tisch vorbeigeht, kann er sich nicht zurückhalten. „Schöner Säbel", sagt er beiläufig und fragt sich gleichzeitig, warum der Trottel das Ding auch so sichtbar am Gürtel trägt.

„Säbel?", fragt einer der Männer interessiert und schaut auf seinen Gürtel. „Ist der auch neu? Wo hast du den her?"

„Diesen Säbel hast du doch heute ausgesucht, Denys, oder?", hakt einer seiner Kumpane überrascht nach. „Ich habe es selbst gesehen."

„Ich auch", ruft ein anderer. „Ich habe auch gesehen, wie du den Säbel genommen hast."

„Wo kommt dann der Becher her?"

Jetzt brüllen alle Männer durcheinander.

Denys springt auf und beginnt, drohend mit dem Säbel in die Runde zu schlagen.

„Der Erste, der es wagt, etwas zu sagen … den werde ich …"

„Du kannst uns nicht einfach so betrügen, Denys", schreien seine Kumpane. „Der Becher ist neu und der Säbel auch! Du hast Tempest doch gehört – *ein* Stück pro Person! Das gilt auch für dich!"

„Dieb! Dieb! Dieb!", schallt es von allen Tischen.

Denys wird sich bewusst, dass es für ihn nicht besonders gut aussieht, und er versucht, die Schenke zu verlassen. Aber bevor er einen Schritt gehen kann, wird er von seinen Kumpanen überwältigt.

Und dann erscheint Claude Tempest wie aus dem Nichts, um ihm den Weg zu versperren.

„Was höre ich?", sagt er wütend. „Haben wir hier einen Dieb?"

Für einen Moment ist es still, aber lange hält das nicht an.

„Denys Hugo! Er hat das hier geklaut!" Einer der Männer übergibt Tempest den Becher.

„Und diesen Säbel", fügt ein anderer Mann hinzu und reicht ihm auch diesen.

Der Kapitän wird rot vor Wut und schaut Denys böse an. „Bringt ihn nach draußen!", befiehlt er.

Gleich darauf strömen alle aus der Schenke hinaus, um zu sehen, was passiert. Auf dem Platz bildet sich ein Kreis um die zwei Männer herum.

„Dieb, Dieb, Dieb", erklingt es von allen Seiten.

Wie ein Richter steht Tempest Denys Hugo gegenüber.

„Denys Hugo, hast du dich des Diebstahls schuldig gemacht? Stammen dieser Becher und dieser Säbel beide aus der Beute der *Intrepid*?"

Denys schlägt die Augen nieder. Abstreiten hat keinen Sinn. Zu viele Menschen haben ihn gesehen.

„Bist du schuldig oder nicht?“, fragt Tempest noch einmal.

„Schuldig“, hört Sebastian Denys leise antworten. Aber laut genug, dass jeder um ihn herum ihn gehört hat.

„Er muss bestraft werden!“, ertönt es dann.

Tempest guckt nach links und rechts, als ob er in der Masse jemanden suche. „Knut!“, schreit er dann, und gleich darauf bahnt sich der breite Däne gemächlich seinen Weg durch den Kreis auf Tempest zu.

„Hol einen Hammer und den größten Nagel, den du hast.“

Knut brummt, und das Publikum beginnt zu johlen. Sebastian fragt sich, was wohl geschehen wird.

„Bei solchen Aktionen habe ich hinterher immer die meiste Arbeit“, schimpft jemand, und Sebastian sieht, dass der Chirurg Asherton Barber schräg hinter ihm steht. „Aber glaubt bloß nicht, dass darauf mal irgendjemand Rücksicht nimmt.“ Er bahnt sich einen Weg aus der Menge hinaus und verschwindet. Wahrscheinlich, um seine eigenen Instrumente zu holen, denkt Sebastian.

Bald schon ist Knut wieder zurück. Der Kreis öffnet sich, und Denys Hugo, Knut und Tempest gehen zu einem großen Baum in der Mitte des Platzes. Hugo dreht sich mit dem Rücken zum Baum und hebt langsam die Hand. Er weiß, was geschehen wird. Sein Blick geht suchend durch die Menge und als er Sebastian entdeckt hat, bleiben seine Augen voller Hass auf ihn gerichtet.

Tempest gibt Knut ein Zeichen und der setzt den Nagel an Hugos Handfläche an.

Der kneift seine Augen zusammen, gibt aber keinen Laut von sich.

Es wird ganz still und es scheint, als würden sogar die Vögel den Atem anhalten.

Ein paar kräftige Schläge sind zu hören, als Knut den Nagel mitten durch Denys Hugos Hand schlägt. Der stößt einen Schauder erregenden Schrei aus.

„Du weißt, wie es läuft", sagt Tempest kaltblütig. „Du bist wieder frei, wenn du dich selbst losgerissen hast."

Leichter Jubel ertönt, aber nicht mehr so begeistert wie vorher. Der Dieb wird bestraft und die meisten wissen genau, wie sich das anfühlt. Sie sind nicht ohne Grund Piraten geworden, denn die Strafen auf den Handelsschiffen waren oft brutal und ungerecht. Die Männer gehen auseinander und Denys Hugo bleibt allein und an den Baum festgenagelt auf dem Platz zurück.

James Fenmore

Sebastian und Victor gehen schweigend in Richtung ihres neuen Zuhauses, Florentins Hütte, und können noch nicht begreifen, was sie da gerade gesehen haben.

„Diebe werden hier also auch bestraft“, sagt Victor nach einer Weile.

„Genau wie auf den Handelsschiffen“, fügt Sebastian beipflichtend hinzu.

„Und auch noch die gleiche Strafe. Ich würde diesen Hugo an deiner Stelle mal genau im Auge behalten, Sebastian. Der kann dir noch ganz schön Ärger bereiten.“

Ein besorgter Blick überschattet Sebastians Gesicht. Aber als sie sich ihrer neuen Bleibe nähern, wandelt er sich in einen Blick der Überraschung.

Offensichtlich sind nicht alle bei der Volksbelustigung gewesen, denn jemand sitzt über Florentins bewegungslosen Körper gebeugt.

Als Sebastian in ihm den Jungen mit dem dicken Zopf erkennt, beschleunigt er seinen Schritt.

„Er ist verletzt …“, beginnt er warnend, schweigt aber, mit Stummheit geschlagen, als der Junge aufsteht und ihn anschaut.

„Dachtest du, das hätte ich noch nicht gemerkt?“, fragt er ruhig.

„Aber du bist … Du bist …“

„Ein Mädchen!", sagt Victor schnaufend hinter ihm. „Das ist ein Mädchen, Sebastian."

„Und das wusste ich auch schon", entgegnet das Mädchen nüchtern. „Ich bin Kahlo."

Sie starren sie mit offenem Mund an, bis sich Sebastian als Erster erholt.

„Eh, ich bin Sebastian. Und das hier … ist Victor", stammelt er und zeigt auf Victor. Für einen Moment weiß er nichts mehr zu sagen, aber dann fällt sein Blick auf den Verband, den er noch immer in der Hand hält.

„Oh, eh, um die Wunde damit zu verbinden", stottert er. „Und ich habe auch ein neues Hemd für ihn."

„Gute Idee", sagt Kahlo und lächelt.

„Kennst du Florentin gut?"

„Ja", antwortet Kahlo, „er ist ein Freund von mir."

Sebastian fühlt daraufhin irgendwo in der Magengegend einen seltsamen Stich, obwohl er nicht erklären könnte, warum. Was er als Nächstes sagt, hört sich ganz anders an, als es eigentlich sollte.

„Bist du jetzt zum ersten Mal hier? Ich meine, eh, er liegt hier schon eine Weile."

Kahlo sieht ihn mit ihren schönen hellbraunen Augen ruhig an. „Nein, keine Sorge. Ich bin schon öfter hier gewesen. Ich bringe ihm ab und zu etwas Wasser. Und viel mehr können wir jetzt sowieso nicht für ihn tun."

„'tschuldigung", sagt Sebastian. „Das war nicht sehr nett von mir."

Aber Kahlo lacht. „Schon in Ordnung. Komm, ich helfe dir mit dem Verband."

Zusammen lösen sie den alten, blutgetränkten Verband ab. Florentin stöhnt, obwohl sie vorsichtig sind.

„Vielleicht sollten wir die Wunde ein bisschen mit Wasser auswaschen“, schlägt Sebastian vor.

„An sich sieht sie nicht so schlecht aus“, stellt Kahlo fest. „Es ist natürlich eine tiefe Wunde, aber sie stinkt zumindest nicht. Wenn sie das tun würde, könnten wir es vergessen. Aber trotzdem ist es ein Wunder, dass er noch lebt.“

Sebastian gießt sauberes Wasser über die Wunde und wischt vorsichtig etwas Blut weg. Kahlo reißt ein Stück Tuch ab und tupft die Wunde trocken. Aus dem Rest machen sie einen neuen Verband und dann ziehen sie ihm das neue Hemd an. Sofort sieht Florentin ein bisschen besser aus.

Victor hat inzwischen eine Frucht geschält und schneidet ein Stück davon ab, um es vorsichtig zwischen Florentins Lippen zu schieben. Zu ihrer Überraschung beginnt er, davon zu essen.

„Das ist das erste Mal“, sagt Sebastian begeistert. „Ein gutes Zeichen!“

Aber es bleibt bei dem einen Stückchen Obst. Florentin ist noch lange nicht über dem Berg.

Kahlo blickt sich um und Sebastian erwartet, dass sie etwas über ihre schäbige Unterkunft sagen würde. Aber dann nimmt sie seinen Quadranten in die Hand.

„Was ist das?“, will sie wissen.

„Ein Quadrant“, antwortet Sebastian.

„Kannst du navigieren?“, fragt sie erstaunt.

„Na ja“, sagt Sebastian verlegen. „Das ist ein bisschen übertrieben. Aber ich bin dabei, es zu lernen. War dabei, es zu lernen, jedenfalls. Auf der *Katharina* hat der Steuermann mich manchmal … Aber gut, das war einmal.“

„Erklär’s mir“, fordert Kahlo ihn auf.

„Na ja, eigentlich gibt es nicht viel zu sehen." Sebastian nimmt das hölzerne Instrument in die Hand. „Mit diesen zwei Schenkeln kannst du bis zu einem Winkel von neunzig Grad messen. Das ist ein Viertel des Kreises und wird auch Quadrant genannt. Daher auch der Name."

„Ehrlich gesagt, ich verstehe kein Wort", gibt Kahlo zu und lacht.

„Es ist auch ziemlich schwierig", entgegnet Sebastian. „Mir fällt es auch noch oft schwer. Aber kurz gesagt läuft es darauf hinaus, dass man mit diesem Ding den Stand der Sonne bestimmen kann. Mit einem Jakobsstab muss man direkt in die Sonne gucken, sodass man davon richtig blind werden kann. Aber mit diesem hier kann man mit dem Rücken zur Sonne messen. Dieses Guckloch", er zeigt Kahlo die entsprechende Stelle, „bündelt das Sonnenlicht zu einem hellen Punkt und das richtet man dann auf den Horizont."

„Mann, dass du das kannst!", sagt Kahlo beeindruckt, und Sebastian spürt, wie er rot wird.

„Muss man dafür lesen können?"

„Ja, schon", antwortet Sebastian. „Ich habe es von meiner Mutter gelernt, ihr Vater war Lehrer. Auf der *Katharina* hatte ich ein paar Bücher. Aber die sind natürlich alle weg."

„Da wird sich noch ein Hai die Zähne dran ausgebissen haben", mischt sich Victor in das Gespräch ein.

Sie müssen alle drei lachen.

„Ich kann nicht lesen", gibt Kahlo zu.

„Ich auch nicht", sagt Victor fröhlich. „Und das hat mich noch nie belastet."

„Sonst könnte ich das auch lernen", fährt Kahlo nachdenklich fort. „Nicht, dass mein Vater das gut finden würde – er hält schon nichts davon, dass ich gut schießen kann. Außerdem darf ich nie mit auf Kaperfahrt."

„Willst du das denn?", fragt Sebastian erstaunt.

„Natürlich. Ich will nicht mein ganzes Leben lang nur auf dieser Insel rumhocken. Ich will etwas erleben. Weg von hier."

Es ist, als würde Sebastian sich selbst reden hören. Das wollte er auch immer, als er noch in Amsterdam wohnte. Weg, mit den Schiffen, die er im Hafen sah. Die sich vollgeladen zu exotischen Zielen aufmachten. In seinem Fall war es seine Mutter, die nichts davon hielt.

„Manchmal verstecke ich mich an Bord", erzählt Kahlo weiter. „Bei einem Überfall helfe ich dann an den Kanonen mit. Aber ich muss immer aufpassen, dass mein Vater mich nicht sieht."

„Und hast du keine Angst, dass du verletzt wirst?", fragt Sebastian.

„Doch, natürlich, das hat jeder. Aber ich kann mich nicht einfach verstecken, wenn alle anderen ihr Leben riskieren. Und keine Sorge, ich passe schon gut auf mich auf. Wenn ein Schiff geentert wird, gehe ich nicht mit. Dann schieße ich von unserem eigenen Schiff aus, verdeckt aufgestellt."

Sebastian und Victor sind beide beeindruckt von Kahlos Mut. Nach ihren ersten Erfahrungen auf der *Intrepid* brennt Sebastian nicht gerade darauf, sich in den nächsten Kampf zu stürzen. Aber jetzt kommt er doch ins Grübeln.

„Warum fahrt ihr nicht mit meinem Vater mit?", fragt sie. „Er kann immer neue Leute gebrauchen. Vor allem, wenn sie navigieren können. Sein Zweiter Steuermann ist gerade gestorben."

„Während einer Seeschlacht umgekommen, oder?", erkundigt sich Sebastian leichthin.

„Nein, am Fieber", antwortet Kahlo. „Das kriegen hier viele Leute – es ist irgendetwas im Gehirn. Man wird davon richtig verrückt. Und dann stirbt man."

„Oh", entfährt es Sebastian.

„Du bist an Land wirklich nicht sicherer als auf See", sagt Kahlo und steht auf. „Die meisten hier sterben im Urwald."

Sebastian sieht sie an. Er weiß nicht, was er erwidern soll, und dann erinnert er sich daran, dass sie schon Arbeit haben.

„Knut braucht uns auf der Werft. Für die *Intrepid.*"

„Das ist Arbeit für zwischendurch", sagt Kahlo, als ob sie dort nur zum Spaß arbeiten. „Wir wohnen in dem weißen Haus ganz in der Nähe vom Dorfplatz. Komm doch mal vorbei."

Und weg ist sie.

Gemeinsam suchen Victor und Sebastian an diesem Abend Essen zusammen. Hinter dem *Stillen Papagei* finden sie einen noch ganz brauchbaren Rest Reis und Gemüse. Obwohl die Vorratskammer anscheinend für jeden frei zugänglich ist, trauen sie sich nicht, von ihr Gebrauch zu machen. Nach dem Essen gehen sie früh schlafen.

Sebastian schaut in den Sternenhimmel und denkt über Kahlos Worte nach.

„Findest du, dass wir es tun sollten?", fragt er nach einer Weile.

„Hm?“, murmelt Victor. „Ich schlafe schon fast.“

„Sollen wir mit ihm reden? Mit Kahlos Vater, meine ich.“

„Wir wissen nicht mal, wie er heißt.“ Seufzend dreht sich Victor noch einmal um.

„Willst du wieder auf See? Als Pirat?“

„Ich werde dir sagen, was ich will.“ Victor klingt plötzlich hellwach. „Ich will eine Hängematte. Und die werde ich morgen herstellen. Mit Seilen von der Werft. Dann mache ich auch gleich eine für Florentin, damit er es ein bisschen weicher hat. Und wenn es dir nichts ausmacht, möchte ich jetzt gerne schlafen.“

„Okay, schon gut“, sagt Sebastian, und auch er legt sich wieder hin. Aber es dauert lange, bis er in den Schlaf findet.

Am nächsten Morgen frühstücken sie wieder im *Stillen Papagei* und danach gehen sie zur Werft. Sebastian arbeitet weiter am großen Mast und Victor ist mit dem Biegen der Planken beschäftigt. Als die Sonne ihren höchsten Punkt erreicht hat und Knut ihnen freigibt, bleibt Victor auf der Werft. Er wird seine Hängematte knüpfen und Olaf an seiner Werkbank aufsuchen.

„Ich sehe mal nach Florentin“, sagt Sebastian und verlässt die Werft mit dem Lederbeutel voll frischem Wasser.

Florentin ist fiebrig, und er fantasiert. Es scheint ihm immer schlechter zu gehen. Sebastian lässt kühlendes Wasser über sein Gesicht laufen und gibt ihm zu trinken.

Plötzlich schlägt Florentin seine hellblauen Augen auf und blickt Sebastian an.

„… pass auf …“, stammelt er. „… hinter dir …“

Schnell dreht Sebastian sich um, aber er sieht nichts.

„Du bist nicht mehr auf See, Florentin. Du bist zu Hause“, sagt er beruhigend. „Auf Madagaskar. Es wird alles gut.“ Aber er zweifelt immer mehr daran, dass alles gut wird. Florentin ist schon so lange krank.

Genauso plötzlich, wie er wach geworden ist, tritt Florentin wieder weg, und Sebastian steht seufzend auf. Er hat vor, sich die Umgebung ein bisschen anzuschauen, trotz Kahlos Warnung, dass die meisten Piraten im Urwald umkommen.

Es ist totenstill im Dorf. Alle machen Mittagsschlaf, nur ein paar Hühner laufen hier und da herum und picken. Sebastian genießt die Stille, während ihn seine Füße automatisch auf den richtigen Weg zum Urwald führen. Er schreckt auf, als er plötzlich eine Stimme hinter sich hört.

„Haltet den Dieb!“

Er sieht sich um. Hinter ihm her rennt ein etwa dreißig Jahre alter Mann mit langen schwarzen Haaren und gefährlich blitzenden Augen.

„Haltet ihn! Er hat meine Sachen!“, ruft er und zeigt auf Sebastian.

Der zögert nicht und beginnt ebenfalls zu rennen, doch der Mann bleibt ihm auf den Fersen. Sebastian taucht zwischen zwei Häusern hindurch und strauchelt dabei beinahe über die Hühner. Laut gackernd fliegen sie davon. Aber der Mann hat ihn gesehen und folgt ihm. Dann wird Sebastian bewusst, dass er gar nichts gestohlen hat, und er bleibt mit einem Ruck stehen. Ein paar Schritte entfernt steht ihm sein Verfolger keuchend gegenüber.

„Was habe ich denn von dir?“, fragt Sebastian empört und sieht den Mann wütend an.

Die Augen seines Verfolgers sind drohend und dunkel,

aber zu Sebastians Überraschung bemerkt er ein Zwinkern und dann beginnt der Mann zu lachen.

„Ich weiß", sagt er noch immer keuchend. „Du hast nichts. Es ist wegen Sula …"

„Sula?", fragt Sebastian. Er versteht kein Wort. Manchmal hat er das Gefühl, dass er auf einer Insel voller Verrückter gelandet ist, wo niemand so ist, wie er erwartet.

„Meine Frau", erklärt der Fremde. „Ich brauchte eine Ausrede, um abzuhauen, und da kamst du gerade vorbei. Sie hat angefangen, den Hausrat auf die Straße zu werfen. Und wenn es erst mal so weit ist …" Er beendet seinen Satz nicht. „Komm mit in den *Stillen Papagei*", sagt er. „Ich brauche jetzt was zu trinken."

„Eigentlich wollte ich …", beginnt Sebastian, aber der Mann ist schon weitergegangen. Ohne genau zu wissen, warum, geht Sebastian ihm nach.

„Zwei Whiskeys", ruft der Mann, als sie den *Stillen Papagei* betreten.

Gort steht hinter der Theke der leeren Schenke und Sebastian wundert sich über die Schnelle, mit der er sie bedient.

Der Mann kippt seinen Whiskey in einem Zug runter und bestellt sofort den nächsten.

„Lass die Flasche mal stehen", fordert er Gort auf, als er nachschenkt.

„Aye, aye, Käpt'n", antwortet der höflich.

„Kapitän?", hakt Sebastian erstaunt nach.

Der Mann nickt. „James Fenmore", stellt er sich vor. „Von der *Black Joke* – dem schnellsten Schiff von Madagaskar."

Sebastian ist beeindruckt. Er hat noch nie von der *Black*

Joke gehört und möchte gern mehr über sie erfahren. Aber der Kapitän hat ganz offensichtlich andere Dinge im Kopf.

„Ich hoffe, dass sie sich bald wieder beruhigt", sagt er. „Als wir das letzte Mal Streit hatten, kam ihre ganze Familie vorbei. Und ihr Vater ist ein Stammesoberhaupt, musst du wissen. Oder eigentlich König. Von den Makai. So heißt ihr Stamm. Und das ist jede Menge Familie, kann ich dir sagen."

Er leert auch sein drittes Glas in einem Zug.

„Da saßen sie dann. Vater, Mutter, Brüder. Und alle in vollem Staat. Die ganze lumpige Bagage." Er grinst und schenkt noch einmal nach. „Ja, Junge", fährt er dann fort, „wenn ich es wollte, würde mich eine schöne Zukunft als Stammeshäuptling erwarten. König der Makai. Ich brauche es bloß zu sagen."

„König?", sagt Sebastian beeindruckt. „Gibt es hier denn einen?"

„Aber sicher doch, sogar mehr als einen. Nicht, dass die sich kennen würden. Die meisten Königreiche liegen weit voneinander entfernt. Und durch die Berge und den Urwald wissen sie oft nicht mal voneinander. Aber als König muss man natürlich ein gutes Vorbild sein, was bedeutet, dass man nicht trinken darf." Fenmore hebt sein Glas erneut. „Auch wenn sie Sankt Martin für einen Ort des Verderbens halten – ich fühle mich hier zu Hause."

Sein dröhnendes Lachen hallt durch die Schenke. „Trink weiter", mahnt er Sebastian, „dann schenke ich noch mal nach."

Sebastian ist starke Getränke nicht gewöhnt. Manchmal hat der Bottelier auf der *Katharina* Genever ausgegeben, aber oft bekamen die Schiffsjungen nur einen halben oder überhaupt nichts. Er leert das Glas in einem Zug, so wie der Kapitän. Das Gesöff brennt in seiner Kehle.

„Wie heißt du eigentlich?“, fragt Fenmore.

„Sebastian Lucasz.“

„Sebastian Lucasz“, wiederholt Fenmore, als ob er den Namen schon mal gehört hätte. „Du bist doch der Junge mit dem Quadranten, oder?“

„Woher wissen Sie …“, beginnt Sebastian überrascht.

„Von meiner Tochter, Kahlo“, sagt er, „und da fiel mir ein, dass ich in der Tat gesehen hatte, wie sich ein Unbekannter bei der Verteilung der Beute einen Quadranten ausgesucht hat. Und dass ich mir gedacht hatte, so jemanden gut auf meinem Schiff gebrauchen zu können.“

Fenmore ist also der Vater von Kahlo! So viel zum Thema Zufall.

„Sie hat mir von dir erzählt“, fährt Fenmore fort. „Und dass du gerne mit mir mitfahren würdest. Zusammen mit deinem Freund, Vincent.“

„Victor“, verbessert Sebastian ihn. „Er heißt Victor. Ja, ich …“

„Komm morgen Nachmittag mal vorbei“, sagt Fenmore und lässt sein Glas sinken. Die Flasche Whiskey ist mehr als halb leer. „Dann zeige ich dir die *Black Joke.*“

Sebastian nickt, er weiß nicht, was er erwidern soll.

Fenmore steht auf. „Setz es auf meine Rechnung, Gort“, ruft er, und bevor Sebastian sich's versieht, ist der Kapitän verschwunden.

Sebastian starrt noch eine Zeit lang perplex vor sich hin und schreckt erst auf, als Gort ihm die Flasche vor der Nase wegzieht.

Die Black Joke

Sebastian hat am nächsten Morgen einen großen Teil des neuen Fockmasts der *Intrepid* bearbeitet, bevor er beschließt, dass es Zeit für eine Pause ist. Wie gewöhnlich findet er Victor wieder ins Gespräch mit Olaf vertieft. Die zwei haben genug Stoff, um sich in nächster Zeit nicht zu langweilen. Während Olaf weiter an seinen Schnitzereien arbeitet, knüpft Victor seine Hängematten.

„Ich mache auch eine für dich", ruft er Sebastian zu, als er reinkommt, um Wasser zu trinken. „Es gibt genügend Seile. Und ich schaffe jeden Nachmittag eine."

„Ist die schon fertig?", fragt Sebastian und zeigt auf eine Hängematte, die neben Victor auf der Werkbank liegt.

„So gut wie", antwortet Victor. „Ich knüpfe an den Enden einen Bambusstock mit ein. Davon wird sie breiter, und man liegt bequemer."

In diesem Moment kommt Knut herein. „So, so. Hier wird es ja immer gemütlicher", stellt er brummend fest.

„Setz dich doch", fordert Olaf seinen Bruder auf.

„Ich brauch dich gleich am Bug", sagt er zu Victor. „Wir können morgen anfangen, die neuen Planken festzunageln. Es geht voran."

Jetzt, wo sie so zusammensitzen, fällt Sebastian etwas ein. „Kennt ihr die *Black Joke*?"

Es wird still.

Ein paar Sekunden später brechen die Männer in brüllendes Gelächter aus.

„Ob wir die *Black Joke* kennen?"

Olaf krümmt sich vor Lachen und sogar Knuts Gesicht hat sich verzogen.

„Wo hast du denn gesteckt?"

„Ob wir die *Black Joke* kennen?"

„Das Schiff ist eine Legende!"

Als sie ihre Fassung wiedergefunden haben, sagt Olaf glucksend: „Junge, du wirst weit und breit niemanden finden, der das Schiff nicht kennt."

Sebastian fühlt sich ziemlich blamiert.

„Dann wisst ihr bestimmt auch, wo es liegt", entgegnet er leicht eingeschnappt.

„Was hast *du* mit der *Black Joke* zu tun?", fragt Knut und sieht ihn prüfend an. „Glaub mal nicht, dass Fenmore jeden auf das Schiff lässt."

„Er hat mich selbst gefragt", sagt Sebastian, und zu seiner Genugtuung sieht er, dass davon alle beeindruckt sind. „Er will mir heute Nachmittag das Schiff zeigen."

„Ehrlich?", fragt Victor aufgeregt.

„So, so", sagt Olaf.

„Aber ich weiß nicht, wo sie liegt."

„Den Fluss aufwärts. Am Dorf vorbei", beschreibt Knut dann den Weg. „Die *Black Joke* ist das einzige Schiff, das so weit den Fluss hinaufkann."

Bevor Victor weiterfragen kann, steht Knut auf.

„Jetzt ist es genug, Männer. An die Arbeit. Komm mit, Victor!"

„Ich will gleich alles wissen", ruft Victor und läuft hastig hinter Knut her.

„So, so, du hast dich also mit Fenmore angefreundet", sagt Olaf, als nur sie beide übergeblieben sind. „Das hast du gut hingekriegt, Junge. Ein Mann mit Ansehen."

Und er erzählt Sebastian, was er über die *Black Joke* und ihren berühmten Kapitän weiß.

„Ja", sagt Sebastian, als er zu Ende geredet hat. „Kahlo hat schon berichtet, dass …"

„Ah, die kennst du also auch schon. Du schläfst wohl mit offenen Augen, was? Kahlo, ja. Aber da wäre ich lieber hübsch vorsichtig. Je weniger du dich mit Kahlo abgibst, desto besser für dich. Du wärst nicht der Erste, den durch sie ein schlimmes Schicksal ereilt."

„Wie meinst du das?", fragt Sebastian empört. „Sie ist sehr nett."

„Ja, sehr nett, ja." Und mehr will Olaf nicht sagen.

Verwirrt geht Sebastian wieder an die Arbeit. Er bearbeitet die Baumrinde mit seiner Dechsel und löst große Stücke Borke vom Baumstamm. Je wütender er wird, desto schneller geht die Arbeit voran. Als die Sonne ihren höchsten Punkt erreicht hat und Knut wie jeden Tag sagt, dass sie für heute aufhören können, ist der Fockmast beinahe fertig.

Zu Hause versorgt Sebastian Florentin und zu seiner Überraschung öffnet der endlich die Augen und trinkt gierig. Aber als Sebastian ihm auch etwas zu essen geben will, tritt er wieder weg. Trotzdem sieht es so aus, als ob es ihm ein bisschen besser ginge.

Es ist noch früh, und Sebastian beschließt, erst ein Nickerchen zu machen, bevor er sich auf die Suche nach der *Black Joke* begibt. Als er wach wird, ist es kurz vor drei, wie er am Stand der Sonne sieht, eine gute Zeit, sich auf den Weg zu machen.

Er spürt eine eigenartige Erregung, als er zum Fluss läuft. Er ist sehr neugierig auf das legendäre Schiff und wenn Knut recht hat und die *Black Joke* als Einzige so weit den Fluss hinaufkann, sollte sie nicht schwer zu finden sein. Im Zwielicht der dichten Blätter wirkt alles grün. Die Bäume, die Sträucher, das Wasser im Fluss. Über allem scheint ein schattenhafter Schleier zu liegen. Er ist schon eine ganze Weile unterwegs, aber noch immer sieht er nirgendwo ein Schiff.

„Ahoi!“, hört er dann plötzlich eine bekannte Stimme rufen, und zu seiner Überraschung steht er auf einmal vor einem großen hölzernen Gefährt. Es ist vollkommen schwarz, sogar die aufgerollten Segel und der große Mast, sodass es im Halbdunkel kaum auffällt.

„Das ist mit das Beste an ihr“, sagt Fenmore grinsend, als er die Überraschung in Sebastians Gesicht sieht. „Man bemerkt sie erst, wenn man sie direkt vor der Nase hat. Zu spät also. Für die meisten. Komm an Bord!“

Sebastian geht über die Laufplanke und stellt erstaunt fest, dass das Schiff kleiner ist, als er es sich vorgestellt hat. In der Mitte steht ein Großmast und es hat ein Bugspriet, das beinahe genauso lang ist wie der Rumpf des Schiffes selbst.

„Eine ausgezeichnete Waffe“, verkündet Fenmore stolz. „Damit habe ich schon so manchen Widersacher geangelt. Und wenn ich am Bugspriet Segel setze, ist die *Black Joke* wendiger als alle anderen. Darum kann ich hier auch anlegen.“

Fenmore führt Sebastian durch das Schiff und erklärt ihm allerlei Besonderheiten.

„Sie hat nur einen Mast, aber das reicht vollkommen aus. Ich kann mehr Segel setzen als so manches Schiff mit drei Masten. Und wenn ich das Toppsegel setze, schafft sie fast vierzehn Knoten.“

Das ist wirklich sehr, sehr schnell, und aufgeregt lässt Sebastian seinen Blick den dicken Mast entlang nach oben gleiten. Dort hängt eine rote Flagge mit der schwarzen Abbildung von zwei gekreuzten Degen. Er hat noch nie zuvor eine rote Flagge gesehen, die meisten Piraten haben eine schwarze.

„Für gewöhnlich nehme ich ungefähr fünfundvierzig bis fünfzig Männer mit“, fährt Fenmore fort. „Es könnten auch mehr sein, aber dann steht man sich auf den Füßen.“

Als sie auf das Zwischendeck kommen, zählt Sebastian dort mindestens vierundzwanzig Kanonen. Die *Katharina* hatte zwanzig, obwohl sie bestimmt viermal so groß war wie dieser Hunderttonner.

Zum ersten Mal, seit er auf der Insel ist, spürt er wieder die altbekannte Unruhe. Es kribbelt ihn überall und am liebsten würde er sofort in See stechen, um zu sehen, wie das Schiff segelt.

„Was für ein großartiges Schiff!“, ruft er spontan, und das gefällt Fenmore zweifellos sehr.

„Das ist sie in der Tat. Und sie verdient nur das Beste. Die meisten meiner Männer können nicht mal einen Jakobsstab von einem Quadranten unterscheiden. Du kannst bei mir in die Lehre gehen, Junge, jedenfalls, wenn du das willst.“

„Nichts lieber als das!“, sagt Sebastian, ohne groß nachzudenken. In die Lehre gehen, um Steuermann oder vielleicht sogar Kapitän zu werden! Das war immer sein größter Wunsch und noch nie ist die Chance größer gewesen als jetzt.

„Warst du auf deinem vorigen Schiff auch Steuermannsmaat?", fragt Fenmore.

Bei dem Gedanken an die *Katharina* bekommt Sebastian eine Gänsehaut. Plötzlich wird ihm wieder bewusst, wo er ist.

„Ja", antwortet er leise.

„Schon was anderes, die Handelsschifffahrt, oder?", sagt Fenmore, als ob er seine Gedanken erraten hätte.

Sebastian gibt keine Antwort.

„Hast du dich je gefragt, warum es all diese Leute hier zur Piraterie verschlagen hat?", fragt Fenmore dann weiter.

„Wegen des Geldes", entgegnet Sebastian schroff.

„Wegen des Geldes", wiederholt Fenmore. „Du glaubst also, dass wir alle Diebe und Mörder sind?"

Sebastian wagt es nicht zu sagen, dass er das tatsächlich glaubt.

Er ist deshalb auch erstaunt, als Fenmore dann erwidert: „Du hast recht. Das sind wir auch." Er winkt Sebastian, ihm zu folgen, und sie gehen in Fenmores Kajüte. Die ist spärlich, aber mit Sorgfalt und Bedacht eingerichtet. Die Karten stehen ordentlich aufgerollt in ihren Haltern und das Kupfer der Instrumente glänzt.

Fenmore holt eine Flasche Rotwein aus einem niedrigen Schrank, der gleichzeitig auch als Tisch dient, und stellt zwei Gläser vor sie hin. „Setz dich."

Sebastian gehorcht.

Die Stühle sind bequemer, als sie aussehen – Fenmore scheint gut für sich selbst zu sorgen.

„Ich habe früher selbst für die englische Regierung gearbeitet“, beginnt er dann ohne Umschweife. „Das wird dich sicher überraschen. Kapitän in der Kriegsflotte von Richard dem Neunten. Richard Mäuseherz sollte ich ihn wohl besser nennen“, fügt er verächtlich hinzu.

„In der Kriegsflotte?“, fragt Sebastian ungläubig. „Sie haben für England gekämpft? Aber wie ist es dann möglich, dass …“

„So ist es.“ Fenmore fällt ihm ins Wort und führt das Glas an die Lippen. „Gekämpft wie ein Löwe habe ich für das Land. Und jetzt befehde ich es auf Leben und Tod.“ Seine Stimme klingt bitter. „Hört sich gut an, was?“, sagt er dann in ganz anderem Ton. „Kapitän bei der Kriegsflotte. Respektabel. Na ja, so respektabel war es auch wieder nicht. Wenn keine Kriege geführt wurden, lag die Flotte still. Und das kostete die Regierung Geld. Viel Geld. Also hat man sich etwas einfallen lassen. Der König und seine hohen Herren fanden, dass die Flotte auf die eine oder andere Weise mehr Geld einbringen könnte, und so wurden wir in Friedenszeiten als Handelsschiffer eingesetzt.“

„Handelsschiffer?“ Sebastian kommt aus dem Staunen nicht mehr heraus. „Also sind Sie selbst auch Handelsschiffer gewesen? Das ist beinahe noch verrückter als Kapitän bei der Kriegsflotte.“

„Hm. Kein gewöhnlicher Handelsschiffer“, brummt Fenmore. „Ein Handelsschiffer mit Kaperbrief. Den bekamen wir von der Regierung. Weißt du, was ein Kaperbrief ist?“

Sebastian schüttelt den Kopf.

„Wenn ein Handelsschiff mit einem Kaperbrief auf ein feindliches Schiff stößt, sagen wir mal ein französisches oder spanisches, dann hat die Besatzung das Recht, es anzugreifen, um sich selbst zu verteidigen. Unter der Bedingung, dass die Regierung den größten Teil der Beute kriegt, natürlich. In der Praxis lief es darauf hinaus, dass wir mit fast leeren Schiffen losfuhren und die Franzosen und Spanier letztlich nicht angriffen, um uns zu verteidigen, sondern um sie zu berauben. Wir gingen mit fast leeren Laderäumen auf die Reise, damit wir von den anderen umso mehr mitnehmen konnten."

„Also eigentlich normale Piraterie", stellt Sebastian nüchtern fest.

„Allerdings", sagt Fenmore. „Aber ich war Pirat im Dienste des Königs. Mit Kaperbrief und Schutz durch die Regierung."

Sebastian fühlt eine große Wut in sich aufsteigen. „Wie kann die englische Regierung bloß so etwas tun? Das ist doch richtig verbrecherisch!"

„Glaub mal nicht, dass die Regierung der Niederlande eine Spur besser ist. Oder die von Frankreich oder Spanien. Sie machen alle genau das Gleiche."

„Aber das geht doch nicht!", entgegnet Sebastian böse. „Sie können doch in Friedenszeiten nicht einfach andere Schiffe überfallen und ausrauben! Kein Wunder, dass immer Krieg ist. Mit England und Spanien oder Frankreich und Portugal …"

„Du sagst es, Maat." Fenmore klopft Sebastian auf die Schulter. „Du glaubst, dass Regierungen besser sind als ein Haufen Piraten, aber das stimmt nicht. Sie drücken beide Augen zu, weil sie dabei selbst das große Geld verdienen. Und wenn deswegen irgendwann Krieg ausbricht, dann können sie den wenigstens finanzieren. Und so erhalten sich diese Praktiken selbst aufrecht." Er nimmt wieder einen Schluck und sieht Sebastian an. „Aber für uns hatte das Ganze auch eine andere Seite", fährt er fort. „Denn wenn mich ein spanisches Schiff gefangen genommen hätte, brauchst du nicht zu glauben, dass sie mir zu Hilfe gekommen wären. Meine eigene Regierung hätte so getan, als ob sie mich nicht gekannt hätte. Um ihr Gesicht zu wahren, hätte sie mich eher der Piraterie beschuldigt und mich ohne Pardon verurteilen lassen. Glaub mir, ich habe es am eigenen Leib erlebt."

Sebastian hat noch keinen Schluck getrunken. Er wird völlig von Fenmores Geschichte mitgerissen.

„Aber bevor das passiert ist, hat es eine ganze Weile gut geklappt. Sehr gut sogar. Ich wurde immer reicher und der König profitierte ordentlich von meinen Geschäften. Wie abgesprochen gab ich mehr als die Hälfte der Beute an ihn ab, denn ich halte mein Wort. Aber wie reich der König durch mich auch wurde, es war für ihn nie genug. Er dachte immer, dass ich selbst dadurch noch viel reicher würde. Dass ich zu viele Schiffe kaufte und nicht mehr richtig auf das hörte, was mir aufgetragen wurde. Es ist wahr, dass ich seine Anweisungen tatsächlich nicht wortwörtlich befolgt habe. Das wäre auch Wahnsinn gewesen, denn in manchen Fällen hätten seine Aufträge regelrecht Selbstmord bedeutet. Ich unterstelle ihm übrigens, dass das kein Zufall war."

Er leert sein Glas und schenkt sich wieder nach.

„Die Regierung versuchte, meine Freiheit auf jede mögliche Weise zu beschränken. Sie schrieb mir vor, wie ich meine Schiffe zu führen hatte, wie viel Mann an Bord sein durften, was die maximal zugestandene Takelage und Bewaffnung war und so weiter. Die Landratten gingen sogar so weit, dass sie mir sagten, welche Routen ich zu fahren hatte, aber natürlich habe ich nicht darauf gehört! Sie waren gerade durch *mein* Wissen und Können reich geworden, was ihnen durchaus bewusst war. Doch irgendwann bekamen sie das Gefühl, dass sie die Kontrolle über mich verloren. Und dass sie durch mich nicht so reich wurden, wie ich es scheinbar selbst wurde. Und das war dem König ein Dorn im Auge, kann ich dir sagen."

Als Fenmore sein Glas erneut vollschenkt, hält auch Sebastian seins hin. Die Erzählung ist spannend und sie macht ihn jetzt doch durstig.

„Irgendwann änderte sich seine Haltung und das war nicht das Einzige. Denn nach einer Weile begannen die Länder um uns herum, sich über die Praktiken der englischen Flotte zu beschweren. Mein Name fiel immer öfter und die Regierungen von Spanien, Frankreich und den Niederlanden wollten mich loswerden. Andere Kapitäne erzählten mir von geheimen Besprechungen zwischen den Regierungen, bei denen auch der englische König anwesend war. Du verstehst, dass ich fuchsteufelswild wurde, als ich das hörte. Nicht lange danach wurde mein Kaperbrief eingezogen, was bedeutete, dass ich mit einem Schlag ein normaler Pirat geworden war. Plötzlich suchten mich die Regierungen von vier Ländern und ich hatte nicht den geringsten Schutz. Meine eigene Regierung hatte mich für vogelfrei erklärt, sodass jeder meine Schiffe überfallen und die Mannschaft ermorden durfte, ohne dass ein Hahn danach krähen würde. Das war der Dank des Königs dafür, dass ich seine Kasse mit Millionen gespickt hatte. Den größten Teil seiner Kriege habe *ich* finanziert. Der miese Verräter."

Die letzten Worte spricht er flüsternd. Fenmore umklammert das Glas so fest mit der Hand, dass seine Knöchel weiß werden. Seine Stimme klingt verbittert. „Der miese Verräter“, flüstert er noch einmal.

„Was ist danach passiert?“, fragt Sebastian.

Fenmore atmet tief ein und trinkt noch einen Schluck.

„Ich habe nicht abgewartet, was passieren würde. Ich habe alles hinter mir gelassen. Bin mit meinem besten Schiff in Richtung Karibisches Meer aufgebrochen. Wie man so gerüchteweise hörte, war dort alles voller Piraten, und normalerweise hätte ich mich nicht hingewagt. Ständig wurde über Schiffe berichtet, die gekapert worden waren, über ganze Mannschaften, die ermordet worden waren.

Ich war gerade in die südlichen Gewässer eingedrungen, als auch mein Schiff gekapert wurde. Wir haben gekämpft wie die Löwen, aber konnten nicht verhindern, dass ein großer Teil der Mannschaft ermordet wurde. Die Übriggebliebenen, unter anderem ich, wurden gefangen genommen und auf die Teufelsinsel gebracht, eine Piratenkolonie im Karibischen Meer.“

Also ist Fenmore selbst einmal das Opfer von Piraten geworden, denkt Sebastian. Die Vergangenheit des Kapitäns erstaunt ihn immer mehr.

„Ich sage dir, das war kein Vergnügen. Aber ich habe zum ersten Mal erlebt, wie frei die Piraten auf der Teufelsinsel waren. Sie brauchten sich um niemanden zu kümmern und machten nur das, was sie selbst wollten. Nach den Erfahrungen, die ich gerade gemacht hatte, sprach mich das sehr an. Ich erklärte ihnen, dass ich vorhatte, mich ihnen anzuschließen. Nicht, dass man da eine Wahl gehabt hätte. Wer es nicht tat, durfte über die Laufplanke gehen. Es gab nur die zwei Möglichkeiten."

Fenmore entkorkt eine neue Flasche und sie macht ein glucksendes Geräusch, als er die Gläser wieder vollschenkt.

„Das lief so: Mitten auf dem Meer wurdest du vor die Wahl gestellt. Wem gegenüber bist du treu? Dem König? Oder der Piraterie? Die meisten wählten ohne nachzudenken die Piraterie. Aber ein Einzelner, der zu lange zögerte, wurde dafür sofort bestraft. Man verband ihm die Augen und dann wurde er mit einem Säbel im Rücken über die Laufplanke getrieben. Und die Laufplanke führte in diesem Fall nicht an Land, sondern ins offene Meer. Oft wurde die Frage dann noch einmal gestellt und die meisten gaben nach. So auch der arme Trottel, von dem ich rede. Henk hieß er. Aber eine Laufplanke ist eng und viel Platz, dich umzudrehen, hast du nicht. Er konnte das Gleichgewicht nicht halten und bevor wir ihm wieder an Bord helfen konnten, rutschte er aus. Mit einem Schrei, den ich niemals vergessen werde, stürzte er ins Meer."

„Und dann?", fragt Sebastian gespannt.

Fenmore setzt sein Glas an die Lippen und nimmt einen schnellen Schluck. „Es war dort schwarz vor Haien. Das ist in der Gegend so."

„Was ist mit Henk passiert?"

„Was glaubst du denn?"

„Konnte ihn niemand mehr retten?"

„Vor diesen Monstern? Nein, wenn du erst einmal dort unten bist, hast du verloren. Ich habe nicht hingeschaut, aber lange hat es nicht gedauert. Er hat noch geschrien, doch dann wurde er in die Tiefe gezogen."

Sebastian schaudert es und Fenmore schweigt einen Moment. Aber dann greift er seine Geschichte wieder auf.

„Ich kam auf das Schiff von Antonio Segundo und eine Zeit lang bin ich für ihn als Steuermann gefahren. Auf der *Sandovalle*. Ein stolzer Zweimaster, der es auf bis zu elf Knoten bringen konnte. Segundo war ein guter Kapitän, ein sehr tüchtiger Mann, der mich ebenfalls geschätzt hat. Er war Portugiese. Auch erst im Dienst des Königs gewesen, kurzum, seine Geschichte ähnelte meiner sehr. Wir kamen gut miteinander zurecht. Wir kaperten ein Schiff nach dem anderen und meistens lief es gut. Berge von Silber haben wir erbeutet. Das gibt es da mehr als hier, wegen der Silberminen in Südamerika. Aber auch Gold, Edelsteine und so weiter. Goldene Zeiten waren das – im wahrsten Sinne des Wortes."

Er ist einen Moment in Gedanken versunken.

„Aber so etwas hält nie lange an. Und von einem Tag auf den anderen war es vorbei. Und zwar an dem Tag, an dem ich durch mein Fernrohr schaute und etwas sah, was mein Herz zum Aussetzen brachte. Es veränderte mein ganzes Leben mit einem Schlag."

Sebastian sieht den Kapitän bei dieser unerwarteten Wendung der Geschichte neugierig an.

„Was war es?"

„Ich verliebte mich." Fenmore grinst über sein Glas hinweg und nimmt noch einen Schluck. „In einen Einmaster mit einer Unmenge Segeln und einem Bugspriet, das beinahe so lang war wie das Schiff selbst. Und er war schnell. Schneller, als ich es je gesehen habe. Wir machten uns sofort daran, ihn zu verfolgen, und die *Sandovalle* war bestimmt nicht langsam. Aber noch nie hatten wir uns so eine Wettfahrt liefern müssen. Tagelang entwischte uns das Schiff und mühelos schaffte es Geschwindigkeiten von sicher mehr als dreizehn Knoten. So etwas hatte ich noch nie gesehen. Manchmal kamen wir ihm so nahe, dass wir die Enterhaken beinahe auswerfen konnten, aber dann wich es plötzlich vom Kurs ab und war außer unserer Reichweite, bevor wir wussten, wie uns geschah. So eine Wendigkeit – der Kapitän, der diesen Einmaster fuhr, war ein Teufel, und seine Mannschaft wusste auch, was sie tat. Für mich stand irgendwann fest, dass dies mein Schiff werden würde und dass ich mit ihm wieder für mich alleine fahren würde. Segundo hätte es fahren lassen, so viel Mühe wog unser Gewinn nicht auf. Aber er spürte genau wie ich, dass sich unsere Wege trennen würden und dass ich mein Herz an dieses Schiff verloren hatte.

Ich wusste, dass es früher oder später irgendwo anlegen musste, um Vorräte aufzunehmen. Wir hatten selber auch fast kein Trinkwasser mehr, und ich schätzte, dass die Situation an Bord des anderen Schiffes nicht viel besser sein konnte. Wir hielten etwas mehr Abstand und die Mannschaft schien sich plötzlich sicher zu fühlen. Dachte, dass wir es endlich aufgegeben hätten. Und als sie am nächsten Tag in eine Bucht hineinfuhr, war es vorbei.

Ich habe mir das Schiff sofort angeeignet. Niemand protestierte. Es war, als ob jeder gewusst hätte, dass es so laufen würde. Die Mannschaft des Einmasters ließ ich knebeln und im Laderaum einschließen. Ich wollte sie überreden, für mich zu fahren, doch der Kapitän weigerte sich. Das hätte ich an seiner Stelle ebenfalls getan und darum habe ich ihn auch ziehen lassen. Wenn er nicht gegangen wäre, hätte ich ihn ermordet, aber das hätte mir leidgetan. So einen Seemann trifft man selten. Ein Teil der Mannschaft von der *Sandovalle* kam mit mir und Segundo und ich nahmen Abschied.

In Südamerika ließ ich schwarze Segel für das Schiff machen. Zusammen mit der Mannschaft strich ich es von oben bis unten mit schwarzem Teer. Und ich taufte es *Black Joke*. Das war eine Spitze gegen den König und die hohen Herren in England. Der *Schwarze Witz*, den ich ihnen lieferte. Sie würden noch von mir hören.

Danach wurde es Zeit, meinen eigenen Weg zu gehen. Ein Teil der ursprünglichen Mannschaft des Einmasters heuerte bei mir an. Sie hingen an dem Schiff und wollten weiterhin darauf fahren. Das war genau der Menschenschlag, den ich suchte. Und so nahm ich mit etwa vierzig Männern Kurs in Richtung Indischer Ozean. Denn das sollte mein neues Betätigungsfeld werden, mit Madagaskar als Stützpunkt."

Sebastian hat das Schiff natürlich schon in Fenmores erster Beschreibung als *Black Joke* erkannt. Und den Rest der Geschichte hat er am Morgen von Olaf gehört.

Wie die *Black Joke*, so schwarz wie die Nacht, sehr schnell zum Schrecken der Sieben Weltmeere wurde. Wie Fenmore seine Opfer am liebsten eine Zeit lang verfolgte, um sie in der Dämmerung zu überfallen, denn so profitierten sie von den Schatten der beginnenden Nacht. Das Schiff war dann so gut wie unsichtbar. Sogar die Flagge, die knallrote *Jolly Roger* und die einzige Eitelkeit, die Fenmore sich erlaubte, fiel im nächtlichen Dunkel nicht auf. Mit ihrem Bugspriet bohrte sich die *Black Joke* in das Schiff, das sie überfiel, und so konnte es nicht flüchten, während ein endloser Strom von Piraten an Bord kletterte.

Sebastian spürt, dass es um ihn geschehen ist. Er hat zwar noch seine Zweifel, aber eins weiß er sicher: Auch er will auf der *Black Joke* fahren. So einem Schiff begegnet man nur ein Mal im Leben.

Es ist, als ob Fenmore es an seinem Gesicht ablesen könne.

„Ich erwarte dich morgen Nachmittag hier", sagt er. „Dann bringe ich dir die Grundregeln der Navigation bei. Falls ich nicht da bin, triffst du hier auf Walter Karbijn, meinen Steuermann. Übrigens auch ein Holländer."

Sebastian nickt. Zweifellos hat auch er eine Entscheidung getroffen. Und niemand hat ihn dafür mit einem Säbel im Rücken über eine Planke laufen lassen, unter ihm ein Meer voller Haie.

Auf Kaperfahrt

Florentin macht auf einmal riesige Fortschritte. Er kann endlich wieder etwas essen und Sebastian und Victor sehen deutlich, dass es ihm von Tag zu Tag besser geht. Victor ist davon überzeugt, dass es am positiven Einfluss der Hängematte liegt.

Das Fieber sinkt endlich und wenn Florentin sie jetzt anschaut, scheint er sie zum ersten Mal wirklich wahrzunehmen. Aber auch wenn er schon ab und zu lächelt, können sie noch nicht richtig mit ihm reden. Das kostet ihn noch zu viel Mühe. Die Wochen, in denen er nichts gegessen hat, haben ihn ausgemergelt, und jetzt können sie gar nicht genug Früchte und andere leckere Dinge für ihn heranschleppen.

Sebastian hat Victor Fenmores Geschichte in den leuchtendsten Farben geschildert. Victor ist so beeindruckt, dass er das Schiff auch gerne einmal sehen würde.

„Wenn du Lust hast, kannst du auch mit“, sagt Sebastian. „Fenmore ist davon ausgegangen, dass wir beide auf der *Black Joke* fahren wollen. Das hat Kahlo ihm offensichtlich erzählt.“

Aber da ist Victors Begeisterung plötzlich wie weggeblasen. „Du weißt, was es bedeutet, auf der *Black Joke* zu fahren, oder?“ Er sieht Sebastian finster an. „Du bist dann ein Pirat. Willst du das wirklich? Es liegt in deiner Hand.“

Sebastian verzieht das Gesicht und antwortet nicht. Er weiß, dass Victor recht hat, aber er weiß auch, dass ihn nichts davon abbringen wird, auf der *Black Joke* zu fahren.

So langsam bekommt ihr Leben auf der Insel eine Art Alltag. Morgens arbeiten Sebastian und Victor auf der Werft, wo die Reparatur der *Intrepid* mittlerweile gut voranschreitet. Mittags essen sie eine Kleinigkeit, zusammen mit Florentin und Kahlo, und danach geht Victor wieder auf die Werft. Weil er jetzt mit den Hängematten fertig ist, hilft er Olaf beim Schnitzen. Olaf bringt ihm bei, die groben Formen aus dem Holz zu hauen, die er danach selber weiterverarbeitet. Aber in Zukunft wird er Victor auch die feinen Kniffe des Handwerks lehren.

Sebastian geht jeden Nachmittag zur *Black Joke*, wo ihm der Kapitän in seiner Kajüte die Grundbegriffe der Navigation näherbringt. Tagein, tagaus steckt er seine Nase in die Bücher. Und das ist nicht einfach, denn sie sind nicht alle auf Niederländisch geschrieben. Fenmore hat viele englische Bücher und sogar ein paar alte spanische, auf die er sehr stolz ist. Was er damit will, versteht Sebastian nicht. Lesen können sie sie ja nicht und manche von ihnen sind auch noch uralt – vor allem Fenmores besonderer Stolz, das *Compendio del Arte de Navegar* von 1484. Diesen alten Schinken sollte man doch lieber gleich über Bord werfen, denkt Sebastian, als er die Jahreszahl auf dem Titelblatt sieht.

Aber mit den Abbildungen kann er doch etwas anfangen, denn so viel hat sich an den Schiffsinstrumenten eigentlich nicht geändert – es sind lediglich ein paar neue dazugekommen. Inzwischen hat er alle Karten wieder und wieder studiert und die Bücher Dutzende Male durchgearbeitet. Auch mit den Instrumenten haben sie sich beschäftigt, aber Fenmore behauptet, dass es nicht viel bringt, wenn er sie nicht in der Praxis anwenden kann. Und die Praxis ist auf dem Meer.

So kommt der Tag, an dem Sebastian zum ersten Mal mit der *Black Joke* in See sticht. Er nimmt Abschied von Victor, Florentin und Kahlo und geht für seine erste Fahrt an Bord. Sein Seesack mit einem sauberen Hemd und seine Hängematte sind das Einzige, was er mitnimmt, und er hat keine Ahnung, wann er wieder zurück sein wird.

Mit Segeln am Bugspriet ist die *Black Joke* wirklich so wendig, dass es keine Mühe kostet, den Fluss hinabzufahren. Und bevor Sebastian weiß, wie ihm geschieht, sind sie auf dem offenen Meer.

Vom Strand her winkt Victor ihm nach. Florentin ist noch zu schwach, um zu gehen, und Kahlo scheint bei ihm geblieben zu sein.

Sebastian steht auf dem Vorderdeck und genießt den Wind, der ihm ins Gesicht bläst. Endlich wieder auf See!

„Dies ist das echte Leben“, sagt hinter ihm jemand. „Hierfür rackern wir uns doch alle ab.“

Sebastian braucht sich nicht umzudrehen, denn er weiß auch so, dass es Fenmore ist. Um sie herum sind die Männer damit beschäftigt, das Schiff in Fahrt zu bekommen. Segel werden ausgerollt und Seile straff gezogen. Der Erste Steuermann, Walter Karbijn, steht am Ruder.

„Hilf den Männern an den Seilen“, fordert Fenmore seinen Steuermannslehrling auf. „Mit dem Unterricht beginnen wir nicht vor heute Abend.“

Je weiter sie aufs Meer kommen, desto mehr Segel werden gesetzt. Wie Fenmore gesagt hat, führt die *Black Joke* mehr Segel als manch ein Dreimaster. Und mit all dem Segeltuch, gebläht vom Wind, *fliegt* sie beinahe über das Wasser. Sebastian kommt aus dem Staunen nicht mehr heraus. Eins der seltsamsten Dinge auf der *Black Joke* ist für ihn das Schiffsorchester. Walter Karbijn hat ihm erklärt, dass dies ein wichtiger Bestandteil des Kampfes ist: Wenn sie ein Schiff überfallen, macht das Orchester riesigen Lärm. Oft ist der Trommelwirbel so furchterregend, dass ihr Opfer den Kampf schon aufgibt, bevor er angefangen hat. Und wenn nicht gekämpft wird, spielen sie Tanzlieder, damit die Piraten sich vergnügen können.

Viel zu schnell wird es dunkel und die ersten Sterne erscheinen am Himmel. Gerade als Sebastian zur Kabine des Kapitäns gehen will, klettert dieser an Deck. Er hält einen Jakobsstab in der Hand.

„Die nächste Unterrichtsstunde findet hier statt", sagt er. „Wir brauchen dafür die Sterne."

Er reicht Sebastian den langen kupfernen Stab mit dem Querholz.

„Jetzt zeig mal, was du kannst."

Sebastian weiß, dass er sich das lange Ende vor das Auge halten und daran vorbeischauen muss. Und dass er an der Gradskala, die in den Stab eingekerbt ist, den Breitengrad ablesen kann. Jedenfalls, wenn er es richtig macht. Er schiebt das Querholz hin und her und wieder zurück.

„Pass auf, dass es waagerecht bleibt", korrigiert ihn Fenmore, „sonst wird es nichts."

Die Unterkante des Querstücks muss er auf den Horizont ausrichten.

„Versuch, ihn so gerade wie möglich zu halten“, wiederholt Fenmore. „Und die Oberkante richtest du auf diesen Stern dort, erinnerst du dich? So. Wenn du das Querstück festhältst, kannst du auf dem Stab den Stand der Sterne ablesen.“

Es ist nicht einfach, da Sebastian seinen Blick auf den Horizont richten und gleichzeitig zu dem Stern schauen muss. Und das, wo das Deck die ganze Zeit unter ihm schwankt … Mit der schnell einsetzenden Dunkelheit wird es immer schwieriger, den Horizont zu erkennen, und der Stern scheint sich immer weiter zu entfernen. Sebastian hat Angst, dass er es nie lernt!

Als Fenmore ihn endlich gehen lässt, ist er so erschöpft, dass er sich nur noch etwas zu essen in der Kombüse sucht und anschließend sofort schlafen geht.

Nach zwei Tagen auf See bekommen sie ein Schiff ins Visier und sofort entsteht große Unruhe an Bord.

Sebastian steht mit einem Fernrohr am Vorderdeck und hat plötzlich einen dicken Kloß im Hals. Es wird dem Schiff mit Sicherheit nicht gelingen, der *Black Joke* zu entkommen. Sebastian hat noch nie ein schnelleres Segelschiff gesehen.

Als sie dichter herankommen, beginnt das Orchester einen kämpferischen Marsch zu spielen, und die Mannschaft verschanzt sich schwer bewaffnet an der Reling. Das Verfolgen des Schiffes, das Entern und Überfallen ist für die Mannschaft der *Black Joke* augenscheinlich nicht mehr als eine Routineaufgabe. Sie stoßen nicht auf den geringsten Widerstand. Ihr Opfer ist ein langsames Vorratsschiff, das lediglich getrockneten Fisch transportiert.

Enttäuscht und murrend nehmen die Piraten einen Teil der Vorräte mit und lassen das Schiff und die Mannschaft unbehelligt ziehen. Es sind nur arme Teufel und hart arbeitende Seeleute, an denen sie sich nicht abzureagieren brauchen.

Sebastian ist erleichterter, als er zugeben würde.

Trotz der arbeitsamen Tage beginnt er sich ein bisschen einsam zu fühlen. Der Chirurg Asherton Barber, Steuermann Karbijn und Fenmore sind die einzigen bekannten Gesichter an Bord. Und das sind Offiziere, mit denen kann er nicht richtig reden. Der einzige andere Bekannte, den er aus einiger Entfernung gesehen zu haben meinte, ist Denys Hugo, doch dem will Sebastian lieber nicht zu nahe kommen.

Die anderen mögen ihn nicht, weil er ein bisschen als Fenmores Liebling angesehen wird. Gefangen genommen bei einem Raubzug und auf einmal quasi der Zweite Steuermann der *Black Joke*. Und das als kleiner Grünschnabel! Eigentlich ist es nicht verwunderlich, dass das böses Blut schafft. Fenmore mag noch so beliebt sein, sein Steuermannslehrling ist es nicht.

Die Tage kommen und gehen, aber die *Black Joke* begegnet keinem anderen Schiff. Die Männer machen die Arbeit, die getan werden muss, doch damit sind sie nicht den ganzen Tag ausgelastet. Deshalb wird getanzt, Karten gespielt und getrunken – Dinge, die auf der *Katharina* streng verboten waren. Aber auch das kann nicht verhindern, dass sich irgendwann alle an Bord langweilen. Sebastian weiß nicht, wer die Idee als Erster ausgesprochen hat, aber eines Tages beschließen die Männer, sich selbst zu kielholen. Zum Spaß. Als Zeitvertreib.

Seltsamer Zeitvertreib, denkt Sebastian, der nicht vorhat mitzumachen. Aber er ist sehr neugierig, wie es funktioniert, da er so was noch nie gesehen hat.

Zuerst wird ein Seil unter dem Schiff gespannt. Hier entlang wird der Gekielholte unter dem Rumpf durchgezogen. Und wenn er Pech hat, auch noch unter dem Kiel des Schiffes entlang, was dem Geschehen letztendlich seinen Namen verdankt. Auf den meisten Schiffen ist Kielholen eine schwere Strafe, bei der immer wieder Menschen sterben und es jedes Mal Verletzte gibt. Dass jemand so etwas zu seinem Vergnügen tut, kann Sebastian nicht begreifen.

Patrick, ein temperamentvoller Ire mit roten Haaren, bietet an, die Leine unter dem Rumpf hindurchzuspannen. Das eine Ende der Leine hängt an einem Flaschenzug an der Backbordseite der Großrah. Dort springt er ins Meer und als er unter dem Schiff durchgeschwommen ist und an Steuerbord wieder hochkommt, wird das Seil dort an einem anderen Flaschenzug befestigt. So läuft es unter dem Rumpf hindurch.

Der Erste, der sich freiwillig meldet, ist Ludwig Fass, einer der Musiker. Er hat lange dunkle Haare und ist ziemlich schlaksig. In der Regel werden die Musiker als Weichlinge angesehen, weil sie sich nicht an den Kämpfen beteiligen müssen. Aber Ludwig will offensichtlich beweisen, dass auch er etwas einstecken kann. Das Seil wird um seine Hüfte gebunden und an seine Füße kommen Gewichte, damit er schneller unter das Schiff sinkt. Ludwig holt noch einmal tief Luft und unter lautem Gegröle springt er ins Meer. Er verschwindet sofort in den Wellen.

Sebastian schaut über die Reling und obwohl er nur zusieht, wird ihm davon fast schwummerig.

Langsam fangen die Männer an, an den Seilen zu ziehen, sodass Ludwig nicht gegen den Kiel stößt. Steuerbord stehen drei Männer an den Seilen und als Ludwig erst einmal am Kiel vorbei ist, wird er schnell durchgezogen, damit er so schnell wie möglich wieder oben ist. Es scheint eine Ewigkeit zu dauern, aber wahrscheinlich sind es alles in allem nicht mehr als zwei Minuten.

Und dann kommt Ludwig prustend und schnaubend wieder nach oben. Er stößt einen Siegesschrei aus, obwohl sein Körper voller roter und blutiger Schrammen ist. Wie ein Held wird er wieder an Bord geholt.

„Wer ist der Nächste?", ruft Patrick.

Verschiedene Männer bieten sich an.

„Wie ist es mit unserem Zweiten Steuermann?", ruft da jemand.

„Er ist neu. Ich finde, er hat eine Chance verdient."

„Ja, dann kann er mal zeigen, aus welchem Holz er geschnitzt ist."

Er hat es kommen sehen, natürlich. Hätte er sich mal versteckt, statt in erster Reihe stehen zu bleiben. Seine eigene dumme Schuld.

„Nein", sagt Sebastian. „Ich ..."

Aber vier Hände packen ihn und schleifen ihn zur Reling.

„Komm schon, Maat. Du wirst dich doch trauen?"

Wenn er jetzt noch einmal Nein sagt, kann er getrost vergessen, jemals Zweiter Steuermann zu werden. Wer würde ihn dann noch ernst nehmen? Also sagt er nichts, und die Seile werden ihm stramm um die Hüfte gebunden, während jemand anders die Gewichte an seinen Beinen befestigt. Als er nach unten guckt, bemerkt er, dass einer der Männer eine seltsame Narbe auf der rechten Hand hat – einen großen feuerroten Fleck ... Er sieht auf und starrt direkt in das falsche Grinsen von Denys Hugo.

„Nein!“, ruft er entsetzt. „Er nicht ... Lasst mich los ...“

Aber es hat keinen Sinn, niemand hört ihm zu.

Dann wird er über Bord geworfen und Sebastian kann gerade noch seine Lungen voll Luft saugen, bevor er unter Wasser gezogen wird.

Sein Rücken schlägt gegen den Rumpf des Schiffes, der mit Muscheln bedeckt ist. Das Wasser um ihn herum ist grün, aber er kann seine Augen nicht lange aufhalten, weil das Salzwasser brennt.

Er verschwindet in der Tiefe und als er seine Augen noch einmal öffnet, stellt er fest, dass das Wasser hier dunkel ist und er fast nichts mehr erkennen kann.

Er hat das Gefühl zu ersticken.

Das Blut pulsiert in seinen Schläfen und seine Brust schmerzt. Sein Kopf schlägt gegen etwas Hartes. Ist das der Kiel? Sein Körper schabt an einem scharfen Rand entlang.

Sebastian gerät immer mehr in Panik und schlägt wild mit den Armen um sich. Er beginnt, an den Seilen zu ziehen. Er hat das Gefühl, in zwei Richtungen gleichzeitig gezogen zu werden und überhaupt nicht voranzukommen. Stünde doch oben jemand, den er kennt und der dafür sorgte, dass er wieder sicher nach oben kommt ...

Seine Lungen scheinen zu zerspringen. Ist es bald vorbei? Hätte er doch mitgezählt, wie lange er schon unter Wasser ist.

Seine Haut scheuert völlig ungeschützt gegen den rauen

Rumpf des Schiffes. Als er seine Augen wieder öffnet, sieht er einen roten Schleier, und ihm schwindelt der Kopf.

Über ihm wird das Wasser etwas heller. Ob er gleich oben ist? Er packt das Seil und versucht, sich selbst nach oben zu arbeiten. Wenn sie ihn jetzt noch länger unter Wasser halten, ertrinkt er. Es rauscht in seinem Kopf und dann wird alles schwarz.

Das war es also.

Und plötzlich ist er wieder oben. Er hustet Wasser hinaus und versucht gleichzeitig, seine Lungen voller Luft zu saugen. Er schafft es nicht, sich selbst über Wasser zu halten, aber dann wird er zum Glück mit den Seilen an Bord gezogen.

Da liegt er und schnappt auf dem warmen trockenen Holz des Decks nach Luft wie ein Fisch. Seine Haut ist völlig aufgeschürft und er hat eine blutige Nase. Er ist kaum bei Bewusstsein. Um sich herum sieht er die undeutlichen Schatten der Männer, die sich über ihn beugen.

„Lebt er noch?", hört er jemanden fragen.

Er hustet noch mehr Salzwasser hinaus.

Sebastian fühlt die Anspannung der Männer, als er die Augen öffnet. Was wird der Junge tun? Sich beim Kapitän beschweren?

„Dieses Schiff …", beginnt Sebastian, bevor ihn der nächste Hustenanfall überwältigt.

Es ist totenstill an Bord.

„… muss dringend gekielholt werden …"

Die Anspannung löst sich, als die Männer in grölendes Gelächter ausbrechen.

Dieser Lucasz! Der Junge hat ja doch Mumm in den Knochen.

Ein paar Tage später bekommt die *Black Joke* ihr nächstes Opfer ins Visier. Fenmore steht mit seinem Fernrohr an der Reling und gerät in Aufregung, als klar wird, dass es ein englisches Schiff sein muss. Er gibt Sebastian das Fernrohr.

„Erzähl mir, was du siehst."

Als Sebastian das Fernrohr an die Augen setzt, spürt er die Schrammen und blauen Flecken am ganzen Körper. Aber ansonsten ist er wieder ganz der Alte. Die Männer betrachten ihn jetzt mit anderen Augen und plötzlich fühlt er sich akzeptiert.

„Englische Flagge", sagt Sebastian. „Liegt ziemlich tief. Ordentliche Ladung."

„Geschützpforten?"

Sebastian zählt. „Fünf, sechs. Sechs an dieser Seite, also zwölf Kanonen."

„Kinderspiel", sagt Fenmore zufrieden.

Genau wie beim letzten Mal fängt das Orchester zu spielen an, als sie sich ihrem Opfer weit genug genähert haben. Sebastian schaudert beim Klang des tiefen, drohenden Trommelwirbels, der weit über das Wasser getragen wird.

„Die halbe Miete", erklärt Fenmore mit einem Kopfnicken in Richtung Orchester. „Jede Mühe wert, es an Bord zu haben."

Dass er recht hat, wird schnell deutlich. Die *Black Joke* wirft den Enterhaken und die Piraten springen an Bord. Sebastian voran. Der Kapitän des englischen Schiffes steht mit erhobenen Händen an Deck und wartet auf sie. Als er den Strom Piraten sieht, die an Bord seines Schiffes springen, fängt er leise zu jammern an.

„Wir sind unschuldig. Bitte tut uns nichts. Wir haben die besten Absichten … machen auch nur unsere Arbeit …“

Einer der Piraten packt ihn an den Haaren und zwingt ihn auf die Knie. „Wie heißt du?“, fragt er.

„Andrew, eh, Kapitän Roberts, mein Herr, von der *Rochester*.“

„Andrew-Kapitän-Roberts-mein-Herr-von-der-Rochester, soll ich dir die Lippen zunähen? Damit ich mir dein Gejammer nicht anhören muss?“

„N-n-nein, mein Herr, bitte, tut mir nichts“, fleht Roberts. „Nehmt alles mit, aber tut mir und der Mannschaft der *Rochester* nichts Böses.“

„Ihr habt ihn gehört, Männer!“, brüllt Fenmore. „Nehmt alles mit!“

Der Pirat schiebt Kapitän Roberts verächtlich zur Seite und schließt sich seinen Kameraden an, die bei Fenmores Worten sofort johlend in die Laderäume hinabtauchen. Sie haben die Dolche zwischen die Zähne geklemmt, in der einen Hand einen Säbel und in der anderen eine Pistole. Niemand hält sie auf.

Aber dann wird es dem Zweiten Offizier der *Rochester* augenscheinlich zu viel. Der Schweiß läuft ihm über die Stirn, als er plötzlich zitternd seine Pistole hebt und sie auf Fenmore richtet.

„Wir ergeben uns nicht“, schreit er und feuert einen Schuss ab.

Er verfehlt Fenmore um ein Haar und im selben Moment wird der Schuss von der *Black Joke* aus erwidert. Der Mann wird in die Brust getroffen und sackt tot an Deck zusammen. Entsetzt schaut Kapitän Roberts auf den Offizier zu seinen Füßen.

Als Sebastian sich umdreht, um zu sehen, woher der Schuss kam, sieht er gerade noch einen langen Zopf hinter dem Mast verschwinden. Das wird doch nicht … Aber wann ist sie dann in Gottes Namen an Bord gekommen?

Zeit, darüber nachzudenken, hat er nicht. Die Piraten, die um Fenmore herumstehen, haben die Mannschaft der *Rochester* bereits entwaffnet und teilen hier und da gezielte Schläge aus. Sie halten ihre Waffen auf die Mannschaft gerichtet; so etwas passiert ihnen kein zweites Mal. Auch Sebastian hat sich neben Fenmore gestellt, den Dolch schon kampfbereit.

Diejenigen, die in die Laderäume hinabgestiegen sind, kommen inzwischen mit der Beute zurück. Sie haben Lebensmittel gefunden, eine Kiste mit kostbaren Weinen, Glaswaren, Gewürze und eine Schatzkiste voll mit Gold- und Silbermünzen. Sie sind außer sich vor Freude, denn endlich hat es sich mal wieder gelohnt. Schnell wird alles auf die *Black Joke* gebracht.

Fenmore geht langsam auf Kapitän Roberts zu, der jetzt zittert wie Espenlaub.

„Und", sagt Fenmore mit samtweicher Stimme, die drohender klingt, als wenn er laut sprechen würde, „was gibt es Neues von unserem König?"

„U-u-unserem …?", stottert Roberts erstaunt und erbleicht. „Sie meinen, K-K-König Richard?"

„Ja, genau den. Ich kenne ihn gut. Er war mein persönlicher Freund. Wie geht es ihm?"

Kapitän Roberts wird noch bleicher.

„Her-hervorragend", stottert er. „Oder eigentlich könnte es b-b-besser sein. Schwere Zeiten. Eh, wir sind, eh, im Krieg. Und die Staatskasse …"

„Was ist mit der Staatskasse?", fragt Fenmore. „Nicht mehr so gefüllt wie ehemals?"

„N-n-nein." Roberts schaut ihn mit gequältem Blick an.

„Kapitän", ruft dann einer der Männer. „Die Beute ist drüben. Wir können weitermachen."

Er hält sich die Hand an die Kehle mit einer Geste, die Sebastian auf unangenehme Weise bekannt ist. Die Piraten erwarten, dass dieser Angriff genauso endet wie immer.

Sebastian wusste, dass dieser Moment kommen würde, und hat schon eine Weile darüber nachgedacht. Vielleicht muss er jetzt … Er beugt sich zu Fenmore und flüstert ihm etwas ins Ohr.

„… ausziehen … lächerlich machen … Männer im Dienst des Königs … auch ihn … letzter Pfennig in der Staatskasse …"

Fenmore reagiert nicht.

Hat er Sebastian gehört? Oder hat Sebastian ihn falsch eingeschätzt? Wenn das so ist, dann sieht es für ihn wahrscheinlich nicht gut aus. Es entsteht eine angespannte Stille und viele Augenpaare sind auf Fenmore gerichtet. Was wird geschehen?

Und dann bricht Fenmore in brüllendes Gelächter aus, während er Sebastian einen anerkennenden Blick zuwirft.

„Du bist mir vielleicht einer, Lucasz. Ein brillanter Schachzug! Das wird Richard aber gar nicht gefallen!" Er wendet sich an seine Männer. „Hört zu! Wir machen es heute mal anders als sonst."

Um ihn herum wird gemurrt und es sind überraschte

Rufe zu hören. Aber Fenmore lässt sich nicht beirren. „Dies ist der Plan: Nehmt der Mannschaft der *Rochester* alle Kleider ab. Bis sie so nackt sind wie am Tag ihrer Geburt. Nehmt alles mit, werft es über Bord, macht damit, was ihr wollt. Aber krümmt ihnen kein Haar."

Die Piraten schimpfen. Sie sind enttäuscht, dass man sie ihres Vergnügens beraubt, tun aber, was ihr Kapitän ihnen gesagt hat. Die Kleider werden an Bord der *Black Joke* geworfen und sehr schnell steht die gesamte Mannschaft der *Rochester* nackt da. Es ist ein seltsamer Anblick, die bleichen Leiber mit den braun gebrannten Gesichtern und Unterarmen, und die meisten Piraten finden jetzt offensichtlich doch, dass es ein gelungener Spaß ist. Es ist in der Tat mal etwas anderes.

„Für dich habe ich noch eine Botschaft, Roberts", sagt Fenmore dann drohend. Mit erhobenem Säbel geht er auf ihn zu und pikst die Spitze in Roberts Bauch.

„Richte Richard Grüße von mir aus. Und bestell ihm, dass ich noch was bei ihm guthabe. Dass ich ihn bis aufs Hemd ausziehen werde, genau wie ich euch heute ausgezogen habe. Bis in seiner Staatskasse genauso ein schwarzes Loch ist wie in seinem eigenen Hintern."

Bei diesen Worten beginnen die Piraten schallend zu lachen. Roberts Gesicht ist bleich, trotz seiner braun gebrannten Haut. Die Haare kleben an seinem verschwitzten Kopf, aber seine Augen sind voller Hass, als er den Piratenkapitän ansieht.

Und dann löst sich die Anspannung, als Fenmore das Thema wechselt.

„Haben wir die Karten und die Instrumente?", fragt er seine Männer.

„Wir haben alles, Kapitän!"

„Schön", sagt Fenmore. „Dann wünsche ich euch eine gute Heimreise."

Und er springt schwungvoll an Bord der *Black Joke.*

„Was machen wir mit der *Rochester*?", fragt Walter Karbijn, der an Bord der *Black Joke* geblieben ist.

„Wir lassen sie ziehen", sagt Fenmore. „Wir brauchen diesen Waschtrog nicht. Er wäre nur Ballast."

Bonne und Snelgrave

Sobald er wieder an Bord der *Black Joke* ist, macht sich Sebastian auf die Suche nach Kahlo. Der Rest der Mannschaft feiert kräftig und keiner wird ihn vermissen. Auf dem Zwischendeck, wo die Mannschaft schläft, braucht er gar nicht erst nachzuschauen.

Wo hat sie sich bloß die ganze Zeit über versteckt? Vielleicht irgendwo in der Nähe der Kapitänskajüte ... aber auch dort findet er nichts. Er läuft über das Schiff und ist bald fast überall gewesen – ohne irgendeine Spur von Kahlo. Also noch mal zurück in den Laderaum, denn hier stehen inzwischen so viele Sachen, dass es nicht schwierig sein sollte, sich zu verstecken. Er lauscht aufmerksam. Ob sie sich selbst verrät? Aber das Einzige, was er hört, ist das Gefiepe der Ratten und der Festlärm von den Männern oben. Aber dann klingt von irgendwoher auf einmal das Geräusch von etwas, was herunterfällt. Also doch! Sie muss hier irgendwo sein. Er geht bis ans andere Ende des Laderaums, der mit den Kisten und Säcken, die sie geraubt haben, gefüllt ist. Er ist vorhin schon einmal hier gewesen, und weil er nichts gehört hat, ist er wieder gegangen. Aber dieses Mal nicht. Als er über die Kisten klettert, stößt er zu seiner Überraschung auf eine Falltür. Er rüttelt daran, und dann öffnet sie sich plötzlich. Gleich darauf starrt er in den Lauf einer Muskete.

Er grinst. „Hier bist du also."

Kahlo lässt die Muskete sinken.

„Von der schnellen Truppe bist du nicht gerade", sagt sie, während Sebastian sich durch die Luke gleiten lässt.

„Du hast dich gut versteckt. Ich bin schon zweimal hier gewesen, aber habe dich erst gefunden, als ich dich gehört habe."

Er ist froh, Kahlo zu sehen. „Ich kann ein bisschen Gesellschaft gut gebrauchen", gesteht er. „Hier ist es ziemlich langweilig."

„Langweilig?" Kahlo sieht ihn ungläubig an. „Mit diesem Überfall heute? Und das Kielholen gestern, das war wahrscheinlich auch nichts Besonderes."

„Ach das", sagt Sebastian achtlos.

„Ach das!", ruft Kahlo und verpasst ihm einen ordentlichen Schlag gegen die Schulter, natürlich genau auf eine seiner Quetschungen.

„Aua! Das tut ziemlich weh!"

„Das wirst du wohl aushalten, du starker Mann!"

„Ist ja schon gut. Ich gebe zu, dass ich eine ziemliche Angst hatte. Ich dachte, sie würden mich ersäufen."

„Das hatten sie auch vor", entgegnet Kahlo. „Glaub bloß nicht, dass du wegen deiner schönen blauen Augen lebend davongekommen bist."

„Wieso? Was meinst du?"

„Dieser Denys Hugo hat es ganz schön auf dich abgesehen. Was hast du ihm denn getan?"

„Ich? Ihm? Er mir, meinst du. Obwohl, vielleicht …"

„Wie auch immer", fährt Kahlo fort, „er hasst dich jedenfalls wie die Pest. Als du halb durch warst, hat er dich backbord wieder zurückgezogen, damit du unter dem

Schiff feststecken würdest. Erst hielt es jeder für einen guten Scherz ... ein bisschen den Neuen quälen. Den Liebling vom Kapitän. Aber Denys hatte nicht vor loszulassen, das wurde schnell klar. Patrick ging das zu weit, sonst wärst du ertrunken. Er hat Denys sogar bewusstlos schlagen müssen. Dann konnten sie dich erst wieder nach oben holen."

Sebastian hatte sich also doch nicht geirrt, als er das Gefühl hatte, von zwei Seiten gleichzeitig gezogen zu werden. Aber er wusste nicht, dass er sein Leben Patrick zu verdanken hatte.

Er sieht Kahlo an, und für einen Moment schweigen sie.

„Was stinkt hier eigentlich so fürchterlich?", sagt Sebastian dann, und Kahlo muss lachen. „Bist du das?"

Sie versetzt ihm wieder einen Stoß gegen den Arm.

„Au!"

„Nein, natürlich nicht. Das ist das Wasser hier unten im Laderaum. Es verdirbt, weil es stehen bleibt, und dadurch fault das Holz. Dazu kommt noch der Rattendreck und ..."

„Jaja. Ich glaube dir. Kannst du hier denn überhaupt ein Auge zumachen?"

„Nein", sagt Kahlo.

„Schläfst du nicht?"

„Doch, natürlich. Aber nicht hier."

„Wo denn dann?"

„Komm mit, ich zeige es dir."

Geschickt klettert sie aus dem Laderaum, und Sebastian folgt ihr. Vorsichtig schleichen sie über die Decks und Sebastian wird klar, dass Kahlo das Schiff wie ihre Westentasche kennt. Aber richtig vorsichtig brauchen sie nicht zu sein, da alle anderen noch feiern.

„Eigentlich müssten wir an Deck, aber das geht jetzt nicht."

„An Deck?", fragt Sebastian erstaunt. „Du schläfst an Deck? Aber da sind doch immer Leute!"

„Nachts ist nur der Steuermann da und die Männer, die Wache halten. Mein Vater will, dass der Rest der Mannschaft unter Deck schläft. Komm mit, wir gehen in seine Kajüte."

Während er hinter ihr hergeht, fragt er sich, ob Fenmore wohl unter den Feiernden ist. Er trinkt natürlich gerne, aber Sebastian ist sich nicht sicher, ob er dafür Gesellschaft braucht. An der Tür der Kapitänskajüte bleibt Kahlo stehen und lauscht einen Moment. Aber augenscheinlich hört sie nichts, sodass sie vorsichtig die Tür aufschiebt. Die Kajüte ist leer. Die beiden gehen hinein und Kahlo zeigt auf ein kleines rundes Bullauge vorn im Bug.

„Da schlafe ich."

Sebastian schaut aus dem Fenster und sieht nichts als das Meer und das lange Bugspriet der *Black Joke.*

„Ich sehe nichts", sagt er.

„Am Bugspriet", entgegnet sie. „Daran hänge ich meine Hängematte."

Sebastian sieht sie verblüfft an.

„Das ist nicht dein Ernst! Das ist ja sozusagen die Höhle des Löwen. Wenn dein Vater mal rausguckt …"

„Tut er aber nicht. Ich kenne ihn doch. Und selbst wenn, dann sieht er einen Berg Seile. Vielleicht ein paar mehr, als er erwartet hat, aber da falle ich gar nicht so auf."

Sebastian grinst. Vielleicht ist dies tatsächlich der beste

Platz an Bord. Denn wer erwartet schon einen blinden Passagier am Bugspriet? Und wer soll ihr etwas tun, so direkt vor der Nase ihres Vaters?

Die Rückreise verläuft problemlos und, weil Sebastian jetzt ab und zu mit Kahlo reden kann, auch etwas angenehmer. Auch sie ist froh über seine Gesellschaft. Außerdem kann er etwas zu essen für sie mitbringen, und das verringert das Risiko, entdeckt zu werden, erheblich.

Bevor sie sich's versehen, kommt der Strand von Sankt Martin wieder in Sicht, und Sebastians erste Kaperfahrt geht dem Ende zu.

Als die *Black Joke* sich der Bucht nähert, versammelt sich eine Traube von Menschen am Strand. Unter ihnen sieht Sebastian die beeindruckende Gestalt von Knut und neben ihm auf zwei Krücken dessen Bruder Olaf. Victor ist ebenfalls da und ganz in seiner Nähe steht jemand mit langen blonden Locken. Das muss Florentin sein. Es ist beinahe, als ob Sebastian nach Hause komme.

Die erfolgreiche Fahrt der *Black Joke* wird ausgiebig gefeiert. Die Leute versammeln sich auf dem Dorfplatz und es wird gegessen und getrunken. Gort, Olivier und Fleur haben alle Hände voll zu tun.

Victor erzählt, dass die *Intrepid* so gut wie fertig ist und dass Florentin auch ab und zu mit auf die Werft kommt. Er hilft Olaf beim Nähen der Segel und manchmal auch beim Schnitzen. Aber sein rechter Arm ist immer noch sehr steif, darum kann er nicht viel machen.

Das Thema des Abends ist die Mannschaft der *Rochester*, die sie mit nacktem Hintern aufs Meer hinausgeschickt haben. Als Victor und Florentin verdaut haben, dass auch

Kahlo mit an Bord war, schildert sie in den leuchtendsten Farben, was alles geschehen ist.

„Wir müssen dich ab sofort Sebastian Skinner nennen!", ruft Florentin lachend.

„Klingt gut", sagt Victor. „Auch wenn du die Besatzung der *Rochester* nicht wirklich gehäutet hast, natürlich. Ihnen nur die Kleider vom Leib gerissen. Aber lasst uns auf jeden Fall darauf trinken." Und sie heben die Gläser.

„Kommen die Piraten so zu ihren Namen?", fragt Sebastian.

„Was hast du denn gedacht?", entgegnet Kahlo lachend. „Du glaubst doch wohl nicht, dass sie alle in Wirklichkeit so heißen? Sie suchen sich einen Namen aus, der ihnen gefällt. Oder einen, der so angsteinflößend ist, dass die Leute schon ohnmächtig werden, wenn sie ihn nur hören. So wie Skinner, haha. Die meisten wollen hier jemand anders sein, als sie früher waren."

„Und dein Vater? Heißt der etwa nicht James Fenmore?"

„Doch, das ist sein eigener Name. Aber er ist ja auch Kapitän. Je unwichtiger jemand ist, desto besser muss der Name sein."

„Vielen Dank", sagen Sebastian und Florentin gleichzeitig.

Sebastian sieht Florentin erstaunt an. „Heißt du gar nicht Florentin?"

„Klar, sicherlich. Hier bin ich Florentin Frans. Aber als ich noch in London gewohnt habe, war ich einfach Freddie Miller."

Er lacht schallend, und die anderen lachen mit.

„Und was dachtest du von Frederik Furchtlos?", fährt

Kahlo fröhlich fort. „Was für ein Zufall, dass ein so tapferer Pirat ausgerechnet *Furchtlos* heißt, findest du nicht?"

Sebastian muss zugeben, dass ihn die auffallenden Namen vieler Piraten schon ein wenig gewundert haben.

„Nicht, dass Frederik seinen Namen so glücklich gewählt hätte", sagt sie. „Er ist der größte Feigling von Madagaskar."

„Oder Bonne Leichtfuß", fügt Florentin hinzu und zählt weiter auf. „Oder Arnold Rädelsführer, Ludwig Fass und so weiter und so weiter."

„Sogar Walter Karbijn, denk ich. Klingt ja schließlich wie Karabiner", überlegt Kahlo. „Aber das weiß ich nicht sicher."

„Ich finde, ich sollte auch einen Spitznamen haben", schaltet sich nun Victor wieder ein. „Was haltet ihr von Victor der Vielwisser?"

„Wie wäre es mit Gerry Großmaul", schlägt Sebastian vor, und alle brechen wieder in Gelächter aus.

„Schon gut, lasst mal sein." Victor klingt etwas gereizt. „Wahrscheinlich bin ich dafür ohnehin zu wichtig. Aber dich sollten wir in Zukunft auf jeden Fall nur noch Sebastian Skinner nennen."

„Hahaha", sagt Sebastian trocken. „Sehr witzig."

Am nächsten Tag wird die Beute verteilt und dieses Mal gibt es dabei keine Verletzten. Denys Hugo wird von seinen Kameraden genau im Auge behalten, er wird nicht so schnell wieder den gleichen Fehler machen.

Kahlo hat eine Pistole ausgewählt, für ihre immer größer werdende Sammlung, und Sebastian hat sich dieses Mal für einen Packen Landkarten entschieden. Victor, der sein Interesse verlegt hat, sucht ein Schiffszimmermannswerkzeug aus und Florentin eine goldene Kette. Er will vorläufig keine Waffen mehr anrühren, sagt er. Sebastian sieht, dass James Fenmore eine der Kisten Wein auf die Schulter hievt und damit verschwindet.

Jetzt, wo die *Intrepid* so gut wie fertig ist, müssen sie nicht mehr jeden Tag zur Schiffswerft, auch wenn Victor sich dort inzwischen völlig zu Hause fühlt und Meisterholzschnitzer werden will. Aber Sebastian passt es gut, dass er nicht mehr jeden Tag zur Werft muss, denn er hat langsam genug von der harten Arbeit und nicht vor, sich noch einmal so viel aufzuhalsen. Eigentlich möchte er mehr von der Insel sehen, aber gleichzeitig hat er Angst davor. Nur zu gut erinnert er sich an Kahlos Worte, dass die meisten Piraten hier im Urwald ums Leben kommen. Er fragt Florentin, der die Insel besser kennt, ob er mitkommen würde.

Am Mittag des nächsten Tages, als die Sonne den höchsten Punkt überschritten hat, machen sie sich auf den Weg, obwohl es immer noch glühend heiß ist. Sie streifen erst eine Weile durch das Dorf und gehen dann langsam in Richtung Urwald. Unter den Bäumen ist es zumindest ein bisschen kühler. Nach einer Weile bemerkt Sebastian, dass sie an derselben Stelle sind, an der er Fenmore zum ersten Mal begegnet ist. Jetzt kann er darüber lachen, auch wenn er nie erfahren hat, ob sich Sula wieder ein bisschen beruhigen konnte. Ob sie eigentlich Kahlos Mutter ist?

„Lass uns kurz bei Bonne vorbeigehen", sagt Florentin und biegt links ab.

„Wer ist Bonne?", will Sebastian wissen, aber da stehen sie schon vor einem eigenartigen Gebäude. Es ist aus Stein gebaut und er hat es noch nie zuvor gesehen. Es erinnert ihn am ehesten an die Schmiede, in der er gearbeitet hat, bevor er auf See gefahren ist. Das Bauwerk ist rund, hat ein offenes Dach, und in der Mitte brennt ein großes Feuer. Aber Zangen und Hufeisen sind nirgendwo zu sehen. Über dem Feuer hängt ein riesiger Kessel, aus dem heiße Dämpfe aufsteigen. Der Kessel ist noch größer als der, den Gort auf der *Katharina* hatte. Und der Mann, der darin rührt, ist noch größer als Knut.

Als Florentin und Sebastian näher kommen, grinst er. Er hat wilde graublonde Locken und seine Koteletten sind lang. Sein Grinsen entblößt eine Reihe verfaulter Zähne und Sebastian weiß, dass er ihn irgendwo schon mal gesehen hat.

„Ha, der Florentin“, begrüßt ihn der Mann heiter. „Und wenn das mal nicht der neue Skinner ist!“

„Das ist tatsächlich Sebastian“, sagt Florentin. „Er hat mir das Leben gerettet.“

„Und mir hat er auch geholfen.“ Er klopft auf sein Bein. „Darauf sollten wir trinken“, schlägt Bonne vor.

Sebastian hat keine Ahnung, wovon Bonne spricht. Aber als er Gläser holt und sich dabei auf einen Stock stützt, sieht er, dass Bonnes Bein gebrochen ist – er muss also der Mann sein, dessen Bein Sebastian auf der *Intrepid* geschient hat!

Bonne stellt die Gläser hin und beginnt wieder, im Kessel zu rühren.

„Was tust du da eigentlich?“, fragt Sebastian neugierig nach.

„Gute Frage. Ich bin mir auch noch nicht sicher. Mal probieren?“

„Eh, nein danke", sagt Sebastian, als ihm Bonne einen großen Löffel dampfender brauner Flüssigkeit entgegenstreckt.

„Es ist etwas ganz Neues", erklärt Bonne. „Normalerweise setze ich Rum an, aber den habe ich gerade ein bisschen über. Dies hier ist ein neuer Kräutertrunk. Nach eigenem Rezept."

„Oh", entfährt es Sebastian.

„Ich bin übrigens Bonne", sagt er und streckt Sebastian seine schwielige Pranke entgegen. „Bonne der Brauer nennt man mich hier. Obwohl das auch eigentlich nicht mein Name ist."

Bonne spielt natürlich auf Sebastians Spitznamen an und eigentlich würde Sebastian ihm gerne erklären, dass er sich nicht wirklich wie ein *Häuter* fühlt. „Wie hießest du denn vorher?", erkundigt er sich.

„Langwar, Bonne Langwar. Nach meinem seligen Vater Teade Langwar. Mein Bruder hieß genauso. Gott habe ihn selig."

„Ist er tot?", will Sebastian wissen.

„Tot ist er", sagt Bonne ohne Bedauern in der Stimme. „Nicht, dass wir nicht alles für ihn getan hätten. Fenmore hatte ihm gerade noch das Leben gerettet, ein Stückchen weg von hier. Bei Indien, meine ich. War dort gefangen genommen worden von den Niederländern der Handelskompanie. Sie hatten ihn schon so gut wie aufgehängt. Aber Fenmore schoss das Seil durch. So!"

Bonne zieht eine Pistole aus dem Gürtel und kneift die Augen zusammen.

Peng! klingt der Schuss durch die Bäume. Ein paar Vögel flattern erschrocken davon.

„Und ab ging's mit Teade. Er schlug hart auf, aber er lebte noch."

„Aber wie ist er dann gestorben?", fragt Florentin, der die Geschichte offensichtlich auch zum ersten Mal hört.

„Haie", sagt Bonne, steckt die Pistole wieder in seinen Gürtel zurück und greift erneut nach seiner Kelle.

„Auf der Rückreise. Er nahm ein Bad in einem Stück Segeltuch. Schon mal gemacht?"

Sie schütteln den Kopf.

„Man befestigt vier Seile an einem Stück Segeltuch, und das lässt man von einer Rah aus ins Meer hinab. Darin kann man dann baden. Eine sichere Sache, wenn es Haie gibt. Aber bei Teade hat es nicht funktioniert. Wurde einfach von einem Riesenhai herausgepflückt ... Tja, dummes Pech."

Bonne rührt in seinem Kessel.

„Ein guter Kerl, der Teade", sagt er. „Aber so ist das Leben."

Plötzlich taucht ein schlanker Junge mit dunkler Haut auf. Seine Haare sind glatt und schwarz und seine Augen dunkelbraun.

„Hallo Tom", sagt Bonne, der den Jungen zu kennen scheint. Von Nahem sieht Sebastian, dass Tom mit Beulen, blauen Flecken und Schrammen übersät ist. Er sieht aus, als ob auch er gerade gekielholt worden wäre.

„Ich habe heute etwas Neues für dich", erklärt Bonne freundlich. „Meinen neuen Kräutertrunk. Bärenstarkes Zeug, auch wenn ich es selbst sage. Probieren?"

„Denke nicht, Bonne", antwortet der Junge mit leiser Stimme. „Herr Snelgrave nicht froh, wenn ich mit neue Trunk nach Hause komme."

„Herr Snelgrave“, Bonne macht eine wegwerfende Handbewegung, „Herr Snelgrave weiß schon seit Jahren nicht, was richtig für ihn ist. Aber gut, Junge, wenn du es sagst. Also die übliche Rezeptur?“

Tom nickt.

Bonne dreht sich um und greift zwei riesige Krüge, auf denen in großen Buchstaben „Rum“ steht.

„Schaffst du das so? Hier, nimm das auch mal mit. Geht aufs Haus.“

Er füllt eine kleine Flasche mit seinem neuen Trunk, drückt einen Korken hinein und überreicht ihn Tom. „Kann er mal probieren. Man weiß ja nie.“

Tom bedankt sich bei Bonne und steckt sich die Flasche unter den Arm. Mühsam hebt er dann die Fünfliterkrüge an.

„Warte, wir helfen dir“, sagt Sebastian und springt schnell auf. Er nimmt den einen Krug und Florentin schnappt sich den anderen. Die Krüge sind erstaunlich schwer und sie kommen damit nicht gerade besonders schnell vorwärts.

„Bis bald, Bonne“, ruft Florentin zum Abschied über die Schulter.

Schweigend gehen die Jungen nebeneinanderher. Sebastian schätzt, dass Tom etwas jünger ist als er selbst. Auf jeden Fall ist er ein Stück kleiner.

„Woher hast du die ganzen Schrammen?“, fragt er.

Tom sieht ihn von der Seite an und wendet dann seinen Blick ab.

„Ich sehe ungefähr genauso aus“, vertraut Sebastian ihm an. „Aber mich haben sie gerade erst gekielholt.“

Der Junge sagt immer noch nichts.

„Ich habe gehört, dass man sich im Urwald auch ordentlich verletzen kann", spricht Sebastian weiter.

Aber da wird es Tom zu viel. „Ich darf nichts sagen. Nicht fragen."

Sebastian erschrickt über Toms heftige Reaktion und beschließt, lieber den Mund zu halten. Schweigend laufen sie weiter bis zu einem Haus, das vermutlich Snelgraves ist.

„Gebt her", sagt Tom nervös und zeigt auf die Krüge. „Ihr nicht mit rein."

Aber bevor Tom selbst ins Haus gehen kann, schwingt schon die Tür auf, und ein Mann mit schmuddeliger, zerrissener Kleidung schaut hinaus. Seine dünnen Haare kleben ihm in Strähnen auf dem Kopf.

„Wo warst du? Fauler Tagedieb! Was stehst du da rum?", schnauzt er los. „Meinst du, ich warte hier zum Spaß?" Wütend hinkt er auf Tom zu und Sebastian sieht, dass er ein Holzbein hat. „Und wer sind die?", fragt er und gibt Tom eine Ohrfeige.

„Ich bin Sebastian, und das ist Florentin", sagt Sebastian. Seine Stimme klingt ruhig, aber so fühlt er sich nicht. Plötzlich aufflammende Wut ballt sich in seinem Magen zu einer Faust zusammen.

„Hab ich dich was gefragt? Halt den Mund! Und du rein jetzt!", befiehlt Snelgrave Tom.

„Ich sollte Rum holen. Sie haben selbst gesagt …", protestiert Tom schwach.

„Weiß ich nichts von", brummt Snelgrave und versetzt ihm wieder einen Klaps. „Unverschämter Rotzbengel. Wertloses eingeborenes Gesocks. Was nützt du mir eigentlich? Und was ist *das*?"

Wütend hält er die kleine Flasche in die Höhe, die Bonne dem Jungen mitgegeben hat.

„Neue Trunk. Von Bonne“, antwortet Tom.

„Bonne!“ Snelgrave spuckt den Namen geradezu aus. „Der alte Giftmischer. Habe ich dir etwa aufgetragen, dieses Zeug hier zu holen? Du willst mich vergiften, stimmt’s? Gemeinsam mit Bonne. Ich werde dich lehren, mich reinzulegen.“

Er wirft das Fläschchen auf den Boden, wo es sofort auseinanderspringt. Dann schleift er Tom mit sich und wirft zornig die Tür hinter sich zu. Sebastian und Florentin hören Stockschläge und Toms Geschrei.

Wütend sieht Sebastian Florentin an. „Wir müssen etwas tun!“

„Aber was?“, fragt Florentin. „Er ist viel größer als wir. Und er ist ein Rohling.“

Sebastians Herz klopft wie wild und er zittert am ganzen Körper. Könnte er sich den Kerl bloß richtig vornehmen!

„Gleich ruft er seine Piratenfreunde zu Hilfe“, sagt Florentin warnend. „Sebastian, was machst du!“

Aber Sebastian ist schon zur Tür gerannt und ohne vorher nachdenken, hämmert er lautstark dagegen.

„Mach auf“, schreit er. „Snelgrave! Hörst du mich?“

Die Stockschläge und das Geschrei hören auf. Einen Moment später geht die Tür auf. Snelgrave steht direkt vor ihm und sieht ihn wütend an. Was jetzt?

„Du solltest jetzt besser einen verdammt guten Grund haben, Freundchen“, schnauzt Snelgrave. „Oder du kannst was erleben.“

Er greift nach Sebastians Hemd, aber der weicht seiner

Hand aus und macht einen Satz nach hinten. Sein Gehirn arbeitet fieberhaft, aber ihm fällt nichts Sinnvolles ein.

„Eh, Fenmore", sagt er dann schnell. „Der, eh, will mit Ihnen sprechen."

„Fenmore?" Snelgrave sieht ihn ungläubig an. „Bist du dir sicher? Worüber denn?"

„Über seine nächste Fahrt. Die Mannschaft." Sebastian erzählt, was ihm gerade einfällt. Er hat keine Ahnung, ob es überzeugend klingt. Aber in Snelgraves Augen funkelt etwas.

„Bei Fenmore? Auf der *Black Joke*?"

Sebastian hat offensichtlich eine sensible Stelle berührt.

Snelgrave greift nach einem Krug und zieht den Korken raus. Er nimmt einen ordentlichen Schluck, wischt sich den Mund mit dem Ärmel ab und sieht Sebastian durchdringend an.

„Der alte Seeteufel. Kommt endlich zur Vernunft. Also kann ich wieder zu ihm an Bord. Das wird aber auch Zeit!" Er nimmt noch einen Schluck und schiebt dann Sebastian grob zur Seite. Zur Erleichterung der beiden Jungen verschwindet Snelgrave in Richtung Fluss. Sie gehen schnell ins Haus, wo sie Tom am Boden liegend finden. Er hält sich jammernd die Beine.

„Du musst hier weg", sagt Sebastian eindringlich. „Komm mit, wir flüchten in den Urwald!"

„Nein, das geht nicht. Er mich doch suchen. Und meiner Familie wehtun."

„Wohnt die auf der Insel?", fragt Sebastian erstaunt. „Stammst du von hier?"

Tom nickt.

„Aber Snelgrave wird sehr schnell merken, dass ich gelogen habe. Und wenn er wieder zurückkommt … Tom, du kannst hier nicht bleiben."

Aber Tom schüttelt nur den Kopf. „Ich gehe nicht mit."

Und was sie auch probieren, er lässt sich nicht überreden.

Freunde

Es dauert länger, als sie gedacht haben, bis Snelgrave zurückkommt. Aber dann erscheint irgendwann doch eine wankende Gestalt zwischen den Bäumen – Snelgrave ist volltrunken. Kurz vor dem Haus strauchelt er und fällt platt auf das Gesicht. Sebastian will ihn liegen lassen, aber Tom rennt zu ihm, um ihn hochzuziehen, und Florentin hilft ihm. Doch der plumpe Körper ist sehr schwer und widerstrebend steht Sebastian auf, um ebenfalls mitzuhelfen.

„Du … lügst …“, murmelt Snelgrave und grabscht mit unsicherer Hand nach Sebastian. „Tür … vor der Nase …“

Sebastian kann sich ungefähr vorstellen, was geschehen ist, obwohl ihm die Zusammenhänge noch nicht ganz klar sind. Zu dritt schleppen sie Snelgrave in sein Haus und legen ihn aufs Bett. Sobald er liegt, ist er eingeschlafen.

„Was jetzt?“, fragt Sebastian Tom.

Der sieht ihn mit großen Augen an und zuckt mit den Schultern.

„Kannst du jetzt weg?“

Tom schüttelt den Kopf. „Trau mich nicht.“

„Der wird fürs Erste nicht wieder wach“, sagt Florentin. „Da kannst du sicher sein. Komm mit uns mit zum Strand.“

Toms Augen glänzen, und sie sehen deutlich, dass er nichts lieber machen würde.

„Komm mit“, wiederholt Sebastian und greift nach Toms Hand, bevor er noch einmal Nein sagen kann. „Wir gehen einfach. Bevor du dich’s versiehst, sind wir wieder zurück. Genug Zeit bevor … *das* da wieder wach wird.“ Sie rennen hinaus, in den Urwald.

Sehr schnell wird deutlich, dass Tom die Umgebung gut kennt. Je weiter sie vom Haus weg sind, desto sicherer scheint er sich zu fühlen, und desto schneller beginnt er zu laufen. Sebastian und Florentin folgen ihm. Die Bäume stehen hier im Urwald so dicht nebeneinander, dass die Sonne kaum durchkommt. Es ist sengend heiß und feucht und Sebastian ist schon bald aus der Puste. Tom scheint keinerlei Schwierigkeiten zu haben und springt wie ein Hirsch vor ihnen her. Als Sebastian sich umblickt, sieht er, dass die Hitze auch Florentin zu schaffen macht. Er wischt sich das Gesicht mit seinem Ärmel ab und seufzt.

Sebastian hört um sich herum allerlei Geräusche, die er nicht kennt, und er befürchtet das Schlimmste. Über ihm schreien Vögel, aber das ist noch seine geringste Sorge, denn an seinen Füßen raschelt es unaufhörlich, und er würde gerne wissen, was das ist. Plötzlich erklingt in der Ferne ein fürchterliches Gekreische, als ob jemand ermordet würde. Geschockt bleibt Sebastian stehen.

„Tom!“, ruft er. „Was ist das?“ Tom dreht sich grinsend um. „Kakadu“, erklärt er und läuft weiter.

„Ah, klar, Kakadu“, sagt Sebastian erleichtert und folgt ihm wieder.

Die Sträucher wachsen vor seinen Füßen und aus den Bäumen hängen ihm Lianen ins Gesicht. Er wünschte, er hätte ein Buschmesser mitgenommen. Da hört er Tom in der Ferne schreien und erschreckt beginnt er zu rennen. Florentin läuft hinter ihm her, aber sie kommen nicht besonders schnell voran. Als sie Tom endlich sehen, steht er breit grinsend neben einem riesigen Baum. Der Stamm ist so dick, dass ihn auch zehn Männer nicht umarmen könnten. Und in seiner Mitte ist ein Spalt, so hoch und breit, dass Tom leicht hindurchgehen könnte.

„Wahnsinn!", sagt Sebastian beeindruckt. „Das ist mal ein Baum, was?"

„Großer Baum", verkündet Tom stolz.

„Was du nicht sagst", entgegnet Sebastian grinsend.

„Den habe ich noch nie gesehen!" Florentin läuft auf den Baum zu.

„Nicht drunter durch laufen", mahnt Tom.

„Warum nicht?", fragt Sebastian. „Das geht doch ganz leicht, oder?" Und auch er geht in Richtung Baum.

„Siehst du?", sagt er triumphierend, als er darunter steht.

Da fällt ihm etwas Schwarzes in den Nacken. Er zuckt zusammen und springt schnell zurück.

„Tom!", schreit er panisch. „Was war das?"

Aber Tom steht ein Stückchen entfernt und lacht schallend.

„Florentin! Hilf mir!"

Florentin kommt mit einem kräftigen Ast in der Hand zu ihm gelaufen und versetzt Sebastian ein paar heftige Stöße in den Rücken. Er hört ein ekelhaft knackendes Geräusch.

„Au! Au!", ruft er mit schmerzverzerrtem Gesicht. „Was machst du da?"

„Große Spinne“, sagt Tom.

Sebastian bleibt das Herz stehen. Große Spinne? Wenn sogar Tom das findet, wie gigantisch muss das Vieh dann bloß sein?

„Jetzt tot“, sagt Tom. „Guck, da!“

Florentin wischt sich über die Stirn. „Da hast du aber Glück gehabt.“

Als Sebastian sich umdreht, sieht er eine riesige Spinne. Ihr dicker, haariger Körper ist größer als seine beiden Hände zusammen. Und dann sind da noch die acht langen, behaarten Beine, die jetzt gekrümmt über dem Körper liegen. Wo Florentin sie zu Brei geschlagen hat, quillt das rosige Fleisch heraus.

„Ah! Wie ekelhaft!“ Sebastian fröstelt und sieht Tom vorwurfsvoll an. „Du hättest mich ruhig vorwarnen können!“

„Hab ich doch!“, entgegnet Tom und grinst. „Nicht drunter durch laufen. Du nicht gehört.“

„Habe ich das Zeug auch auf dem Rücken?“, fragt Sebastian und zeigt auf den Breiberg.

Tom nickt begeistert.

„Wir gehen schwimmen“, sagt Sebastian entschieden. „Auf geht's.“

Das Meer schimmert hell und einladend in der Ferne. Aber der perlweiße Sand ist glutheiß und brennt unter den Füßen. Sebastian läuft wie ein Wilder ins Meer, wobei er wüste Schreie ausstößt. Lachend laufen ihm die anderen hinterher, während er sich bereits mit einem Plumps ins Wasser fallen lässt.

Er schwimmt ein paar Züge und zieht dann sein Hemd

aus. Auf dem Rücken ist ein großer rosafarbener Fleck und er versucht, ihn wegzuschrubben. Dann wirft er sein Hemd mit einer schwingenden Armbewegung an den Strand.

Zusammen planschen die drei im klaren, warmen Wasser und beobachten große Fischschwärme, die um sie herumschwimmen.

„Mmh, ich habe ziemlich großen Hunger“, sagt Sebastian, seinen Blick auf die Fische gerichtet. „Hätten wir doch was zu essen …“

Die Fische haben keine Angst und kommen dicht heran, aber als Sebastian mitten in einen Schwarm hineintaucht, schießen sie erschrocken auseinander.

Die drei Jungen müssen lachen.

„Essen“, sagt Tom und zeigt auf die Fische. Er läuft aus dem Wasser und rennt über den Strand in den Urwald hinein.

„Was hat er denn jetzt vor?“, fragt Sebastian, während er ebenfalls in Richtung Ufer geht.

„Keine Ahnung“, antwortet Florentin, der ihm folgt.

Es dauert nicht lange, bis Tom mit einem Stock zurückgelaufen kommt. Wie aus dem Nichts zaubert er ein Messer hervor und schnitzt geschickt eine pfeilscharfe Spitze daran.

„Ihr zuschauen“, fordert er die Jungen auf.

Sebastian und Florentin beobachten gespannt, wie Tom wieder ins Meer läuft. Als er weit genug ist, hebt er seinen Speer. Sein Körper ist vollkommen ruhig. Aus einiger Entfernung sieht Sebastian, dass ein paar dicke Fische sehr dicht um seine Beine herumschwimmen. Mit einer blitzschnellen Bewegung lässt Tom den Stock nach unten sinken. Und als er ihn wieder nach oben holt, zappelt ein großer Fisch daran.

Triumphierend lachend sieht er zum Ufer.

„Wahnsinn", schreit Florentin begeistert. „Ich hole gleich Holz fürs Feuer."

„Wie viele Fische?", fragt Tom.

„Hm, sechs vielleicht", sagt Sebastian und fragt sich, ob das wirklich so einfach ist.

Aber als Florentin mit einem Bund trockener Zweige zurückkommt, liegen bereits vier große Fische am Strand. Dicht am Wasser ist der Sand etwas kühler, dort können die Jungen sich hinsetzen. Florentin reibt schnell zwei Stöckchen gegeneinander und bald schon steigen Rauchwölkchen auf, sodass sie ein Feuer machen können. Tom wirft noch zwei weitere Fische an den Strand und setzt sich zu ihnen. Sie bohren Stöcke durch die Fische und halten sie über die Flammen. Sebastian läuft schon das Wasser im Mund zusammen.

Als die Fische endlich alle gar sind, lassen es sich die Jungen schmecken und freuen sich schmatzend über das gute und reichliche Essen. Mit vollen Bäuchen liegen sie kurze Zeit später in der Sonne und Sebastian merkt, wie er träge wird. Er hat sich seit Ewigkeiten nicht mehr so wohlgefühlt. Wer hätte gedacht, dass sein Leben so verlaufen würde, damals, als er auf der *Katharina* angemustert hat? Er jedenfalls nicht. Plötzlich muss er an Pieter Pauw und den armen Simon denken. Für sie wäre es hier doch auch viel besser gewesen. Besser, als in einem Sturm aus den Wanten geweht zu werden oder zu ertrinken, wenn man Fieber hat. Sebastian seufzt und setzt sich auf. Daran will er jetzt gerade nicht denken.

„Ich versuche das auch mal“, verkündet er dann und sieht Tom an.

„Was?“, fragt der, ohne aufzublicken.

„Fische fangen. So, wie du es gemacht hast.“

Tom lächelt und sagt nichts.

Florentin grinst.

Sebastian nimmt den Stock mit der scharfen Spitze und läuft ins Wasser – das sollte er doch auch hinkriegen …

„Schürt das Feuer ruhig noch mal an, Männer!“, ruft er übermütig.

Als sich ihm ein sehr dicker hellgelber Fisch nähert, stößt Sebastian seinen Stock blitzschnell nach unten. Aber nicht schnell genug, denn der Fisch schießt weg. Und auch die anderen Fische verschwinden.

Aber gleich kommen sie zurück und Sebastian versucht es noch einmal. Wieder daneben. Verdammt. Das ist doch nicht so einfach, wie er dachte. Wie macht Tom das bloß? Er ist jetzt bestimmt schon eine Viertelstunde beschäftigt und hat noch nichts gefangen.

„Klappt es?“, fragt Florentin vom Strand her.

„Grhm“, brummelt Sebastian. „Beinahe. Ihr könnt so lange ein paar Äste suchen.“ Es geht bestimmt besser, wenn ihm die zwei nicht auf die Finger gucken.

„Wir haben genügend Äste“, ruft Florentin, und sie bleiben sitzen.

„Den da kriege ich. Passt auf“, sagt Sebastian und stößt seinen Stock blitzschnell nach unten. Er fällt, und das Wasser spritzt auf, sodass er alle Fische verjagt. Als er wieder aufsteht, ist der Stock noch immer leer. Nach einer weiteren halben Stunde gibt er es auf. Tropfend läuft er an den Strand und lässt sich auf den Boden fallen. Tom sieht ihn grinsend an. Dann fällt Sebastians Blick auf die Äste – allesamt verbrannt.

„Hast du nicht gesagt, dass noch Äste da sind?“, fragt er Florentin irritiert.

„Genug Äste, habe ich gesagt“, entgegnet Florentin. „Und das stimmt doch, oder?“

Tom und Florentin brechen in Gelächter aus.

„Es sieht so einfach aus“, sagt Sebastian beleidigt.

„Viel üben“, Tom grinst. „Du lernst es schon. Vielleicht.“

Nachdem sie noch eine Weile am Strand gelegen haben, will Tom wieder zurück. „Sonst Snelgrave böse. Ich Strafe.“

Die Jungen nicken und sehen Tom nach, der im Urwald verschwindet.

„Es ist verrückt, dass er zurückgeht“, sagt Florentin, als er nicht mehr zu sehen ist. „Wenn ich er wäre, würde ich in den Urwald abhauen. Schließlich kennt er sich dort aus wie in seiner Westentasche. Wie soll ihn der alte Trunkenbold dort jemals finden?“

Sebastian muss zugeben, dass er Toms Verhalten auch nicht versteht. „Ich dachte, dass man auf einer Pirateninsel frei ist. Aber das gilt offensichtlich nicht für jeden.“

Florentin gibt keine Antwort und auch Sebastian legt sich wieder hin. Die Sonne brennt ihm warm auf der Haut und er fühlt sich angenehm faul. Er ist schon fast weggedämmert, als Florentins Worte ihn grob wachrütteln.

„Hast du darum versucht, ein paar zu ermorden?“

Mit einem Ruck fährt Sebastian hoch und sieht Florentin bestürzt an. „Wie meinst du das?“

Er kann Florentins Blick nicht deuten. Seine hellblauen Augen sehen Sebastian durchdringend an, aber sein Blick ist nicht feindlich.

„Auf der *Amsterdam*. Ich habe dich gesehen."

Also doch! Das hat er schon befürchtet. „W-wie meinst du das?", fragt Sebastian wieder.

„Ich habe gesehen, wie du gegen die Piraten gekämpft hast. Es herrschte das totale Chaos und ich bin sicher, dass dich niemand anders gesehen hat. Aber ich schon."

„Warum hast du nichts gesagt?", will Sebastian wissen.

Florentin blickt auf den Sand. Es dauert einen Moment, bis er Sebastian wieder anschaut.

„Ich weiß es nicht genau", antwortet er dann. „Vielleicht, weil ich es verstehe."

Jetzt kapiert Sebastian überhaupt nichts mehr.

„Ich war auch nicht immer Pirat", erklärt Florentin. „Ich war Maat auf einer englischen Fregatte. Genau wie du. Gottes- und kapitänsfürchtig. Auch als ich mich den Piraten anschloss, konnte ich das nicht mit einem Mal vergessen. Wenn du dein ganzes Leben lang wie Dreck behandelt wirst, jedem, der über dir steht, gehorchen musst … und es niemanden gibt, der nicht über dir steht …"

Er lacht, aber es klingt nicht fröhlich. Sebastian weiß genau, was er meint.

„Und hier war plötzlich alles anders. Ich hatte am Anfang auch meine Zweifel, manchmal sogar immer noch." Er wendet den Blick ab und lässt ihn über das Meer schweifen.

„Erzähl mir, wie du hierhergekommen bist", sagt Sebastian.

Florentin seufzt tief. „Das scheint ein ganzes Menschenleben her zu sein.“ Aber nach kurzem Nachdenken beginnt er mit seiner Geschichte. „Die Fregatte hieß *Southampton*. Und der Kapitän Ballings – ein Hurensohn erster Güte. Er war hart zu seinen Männern, aber daran waren wir gewöhnt. Wie hart er tatsächlich war, erkannten wir erst viel später. Wir waren irgendwo am Kattegat unterwegs, als ein Sturm losbrach. Ein Südsturm, Windstärke zehn. Es war furchtbar. Ballings gab uns einen Befehl nach dem anderen und es dauerte eine Weile, bis wir dahinterkamen, dass es sein einziges Ziel war, das Schiff sicher durch den Sturm zu lotsen. Wie viele Männer dabei umkamen, war ihm egal.

Wir waren gerade dabei, Wasser abzupumpen, als Robert Frans nach unten kam und uns erzählte, was Ballings vorhatte. Die Männer waren wütend und Frans schlug uns vor zu meutern. Zuerst erschrak ich. Meutern, das ist das Letzte, was man tut. Jedenfalls, wenn man weiter zur See fahren will. Aber die anderen begeisterten sich dafür und schließlich beschloss ich mitzumachen. Um mich herum starben die Männer wie die Ratten.

Robert Frans forderte den Kapitän heraus. Mitten im Sturm. Ich sehe die beiden noch genau vor mir: Sie stehen sich gegenüber und haben Schwierigkeiten, sich aufrecht zu halten, schreien sich über den heftigen Wind hinweg an. Als Ballings klar wurde, dass seine Mannschaft eine Meuterei angezettelt hatte, zögerte er keinen Moment. Er zog seine Pistole und schoss Robert Frans nieder.“

Sebastian hält den Atem an. Wie kaltblütig!

„Wir erschraken zu Tode“, fährt Florentin fort. „Was sollten wir tun? Wir hatten unseren Anführer verloren. Aber kurz darauf knallte ein zweiter Schuss und da sackte auch Ballings zusammen. Er war durch eine Kugel aus der Pistole von Robert Frans getroffen worden. Der war also gar nicht tot und rettete uns mit letzter Kraft. Aber wir konnten nichts mehr für ihn tun. Bevor seine Kameraden bei ihm waren, spülte eine riesige Welle über das Deck, und er und Ballings wurden über Bord gezogen. Wir wissen nicht, ob sie tot waren, aber wir haben sie nie wieder gesehen."

„Und dann?"

„Einer der Männer übernahm den Befehl. Wir wussten alle, dass wir nicht nach Hause zurückkehren konnten. Wenn bekannt geworden wäre, dass Ballings von seiner meuternden Mannschaft erschossen worden war, hätten wir hängen müssen. Deshalb waren wir zwar frei, konnten aber nirgendwohin. Das Einzige, was uns blieb, war das freie Gewerbe. Also Piraterie. Und einer der Männer sagte, dass er, wenn er sowieso Freibeuter werde und alle Brücken hinter sich abbräche, zumindest in ein angenehmes Klima wolle. Und so kamen wir hierher."

„Und darum heißt du Frans", sagt Sebastian.

Florentin nickt. „Als eine Art Ehrenerweisung. Der Name bedeutet für mich Freiheit."

Sebastian fährt sich über das Gesicht. „Aber eins verstehe ich immer noch nicht. Du hast mich nicht verraten. Warum nicht?"

Florentin lacht, ein helles, befreiendes Lachen. „Warum nicht?", sagt er. „Stell dir vor. Ich war an Bord der *Amsterdam*. Sah also, was da geschah, war verwirrt, passte einen Moment nicht auf und wurde am Arm verletzt. Danach? Keine Ahnung. Was mich betrifft, hat die Zeit eine Weile stillgestanden. Und als ich wieder wach wurde, war das

Erste, was ich sah, dein Gesicht. Du hast mir Wasser und Essen gegeben, meine Wunde versorgt. Der Verräter hat mein Leben gerettet."

„Verräter", sagt Sebastian. „Denkst du das?"

Florentin zuckt mit den Schultern. „Ich kann mir gut vorstellen, dass du durcheinander warst. Ich meine, wir hatten euch gerade erst gefangen genommen. Warum solltest du auf der Seite von Piraten sein, die euch das angetan haben? Genau genommen habt ihr euch uns erst danach angeschlossen."

Sebastian nickt.

„Jetzt würdest du das doch nicht mehr tun? Dich gegen deine Kameraden stellen, oder?"

„Nein", antwortet Sebastian entschieden, und es ist die Wahrheit. „Jetzt würde ich das gewiss nicht mehr tun."

„Gut. Damit ist, was mich betrifft, die Sache erledigt." Florentin legt sich wieder hin und schließt die Augen.

Aber Sebastian kann nicht mehr schlafen. Unruhig blickt er sich um und steht dann auf. „Komm, lass uns lieber weitergehen."

Sie laufen über den perlweißen Strand, der in einer sanften Biegung nach links verläuft und sich danach wieder nach rechts windet, sodass sie nicht weit sehen können. Das Wasser in der Bucht ist hellblau und hinter dem weißen Sandstreifen liegt der smaragdgrüne Urwald. Selbst vom Strand aus können sie die Fische erkennen und ein Stückchen entfernt liegen Steine im Wasser, die voll von etwas Schwarzem sitzen.

„Pass auf!", schreit Florentin plötzlich hinter Sebastian und versetzt ihm gleich darauf einen so energischen Schubs, dass er ins Wasser fällt.

„Vorsicht, da sind Seeigel! Die sind giftig!"

„Warum schubst du mich dann ins Wasser?", fragt Sebastian empört und steht wieder auf.

Sofort stürzt sich Florentin auf ihn, sodass Sebastian erneut umfällt. Sie ringen miteinander und tauchen immer wieder unter. Florentin beginnt zu lachen, aber lässt Sebastian nicht los. Eine Zeit lang messen die beiden ihre Kräfte und als sie nicht mehr können, lassen sie sich erschöpft auf den Strand fallen. Lachend wischt Sebastian sich das nasse Haar aus dem Gesicht. Er fühlt sich erleichtert – als ob die Luft jetzt erst so richtig klar sei. Dann streckt er Florentin die Hand entgegen. Der ergreift sie und drückt fest zu.

Das Geisterschiff

„Wo wart ihr?", fragt Victor, als Sebastian und Florentin wieder zurückkommen. Träge lassen sie sich neben ihn auf eine Kiste fallen.

„Schwimmen", antwortet Sebastian.

„Hättet ihr mir nicht kurz Bescheid geben können? Ich wäre auch gerne mitgekommen."

„Das war ziemlich spontan", sagt Florentin. „Und außerdem hast du doch auch so viel zu tun, oder?"

„So viel nun auch wieder nicht", sagt Victor brummend. „Ich arbeite da, weil es mir Spaß macht. Nicht, weil ich muss."

„'tschuldigung", sagt Sebastian. „Wir hätten dich wirklich informieren können."

„Jaja, ist schon in Ordnung", murmelt Victor. „Es hat auch seine Vorteile, hierzubleiben, denn ich habe Neuigkeiten. Habt ihr schon das von Snelgrave gehört? Er scheint bei Fenmore gewesen zu sein, um bei ihm anzumustern. Wollte mit ihm fahren, obwohl sie seit Jahren kein Wort mehr miteinander reden und Fenmore ihn nicht leiden kann."

Sebastian und Florentin brechen in schallendes Gelächter aus, während Victor sie nur verständnislos ansieht.

„Was ist? Wisst ihr etwa mehr als ich?", fragt er argwöhnisch.

„Nein, wieso?", sagt Florentin.

Aber als Victor weiter drängt, erzählen sie ihm, was geschehen ist.

„Von wem hast du das eigentlich gehört?", will Sebastian wissen, als er fertig erzählt hat.

„Von Patrick. Der war hier. Die *Black Joke* läuft morgen wieder aus – das wollte er dir sagen. Und dass Fenmore dich morgen früh an Bord erwartet."

Als Sebastian sich am nächsten Tag mit seinem Seesack an Bord meldet, hat Fenmore eine Überraschung für ihn. Er ist zufrieden mit Sebastians Fortschritten und verleiht ihm offiziell den Status des Zweiten Steuermanns. Sebastian freut sich darüber, aber nicht so sehr, wie er eigentlich gedacht hätte. Er spürt zugleich auch die Verantwortung, die jetzt auf seinen Schultern lastet, denn von nun an wird er sich bei den Raubzügen nicht mehr drücken können. Dafür fällt er als Zweiter Steuermann viel zu sehr auf.

Aber als die *Black Joke* in See sticht, kann er ein Gefühl des Stolzes nicht unterdrücken. Er ist erst ein halbes Jahr auf der Insel und gerade mal sechzehn. Und auch, wenn er sich das Ganze vielleicht anders vorgestellt hat, ist er gerade auf dem Weg, sich seine Träume zu erfüllen. Die *Black Joke* fühlt sich jetzt auch ein bisschen wie sein eigenes Schiff an. Und die enorme Schnelligkeit, mit der sie über die Wellen schießt, ist regelrecht überwältigend. Trotz der frühen Stunde steht die Sonne schon hoch und der Himmel ist klar. Ideales Wetter zum Auslaufen.

Da es den Vormittag über ruhig bleibt, beschließt Sebastian nachzusehen, ob Kahlo an Bord ist. Eigentlich zweifelt er nicht daran. Er klettert über die Kisten zur Falltür und klopft, zweimal kurz, dreimal lang, so wie sie es abgesprochen haben. Die Luke öffnet sich.

„Hast du was zu essen dabei?", ist das Erste, was sie fragt.

Sebastian klettert durch die Luke und gibt ihr das Brot und den Käse, den er hat mitgehen lassen.

„Ich hatte dich früher erwartet", sagt Kahlo.

Die zweite Fahrt verläuft für Sebastian völlig anders als die erste. Er ist Zweiter Steuermann, die Mannschaft akzeptiert ihn, und er hat Kahlos Gesellschaft. Und nicht mal sein Erzfeind Denys Hugo ist dieses Mal an Bord.

Das Warten auf ein Schiff, das sie überfallen können, dauert dieses Mal nicht so lange, obwohl Sebastian darüber gar nicht so glücklich ist. Am späten Nachmittag des zweiten Tages bekommt der Beobachtungsposten ein großes Schiff ins Visier, während Sebastian neben Walter Karbijn an der Reling steht.

„Ein Portugiese, kein Zweifel möglich", sagt Karbijn und gibt Sebastian sein Fernrohr. „Männer! In die Wanten! Segel setzen!", kommandiert Karbijn. „Wollen wir doch mal sehen, wie schnell er ist!"

Eine halbe Stunde später sehen sie, dass die *Black Joke* dem Portugiesen schon ein gutes Stück näher gekommen ist. Es dämmert mittlerweile und Karbijn nimmt erneut sein Fernrohr in die Hand.

„Das habe ich mir schon gedacht", sagt er zufrieden.

„Was denn?", fragt Sebastian.

„Ein Königsschiff. Das bedeutet fürstliche Beute."

„Woran siehst du das?"

Karbijn gibt ihm wieder sein Fernrohr. „Die Verzierungen. Viel Gold."

Sebastian sieht ein Schiff, das sogar im Halbdunkeln reich geschmückt aussieht. Die Holzschnitzereien glänzen und sind wahrscheinlich mit Blattgold bedeckt. Sogar die Geschützpforten sind verziert. Es sieht in der Tat nach einer vielversprechenden Beute aus.

Er lässt das Fernglas sinken und erklärt Karbijn, dass er kurz wegmuss. Während er sich auf den Weg zur Kajüte des Kapitäns macht, überlegt er sich genau, was er sagen will. Eigentlich weiß er es schon, aber trotzdem ist es besser, vorher noch einmal genau darüber nachzudenken. Er trifft Fenmore über seine Karten gebeugt an. Der Kapitän sieht auf und lächelt, als Sebastian hereinkommt.

„Dauert nicht mehr lange", sagt er. „Wir schlagen zu, wenn es dunkel ist."

Sebastian nickt. Wie soll er das, was er auf dem Herzen hat, loswerden?

„Eh, Kapitän …", beginnt er.

Fenmore sieht ihn an. „Was gibt's?"

„D-die Strategie."

„Die Strategie? Genau wie immer. Einschüchtern. Entern. Überfallen. Berauben."

„Ich meine eigentlich danach."

„Danach. Hm. Ermorden? Oder ausziehen?"

Fenmore hat erraten, was Sebastian auf dem Herzen hat, und Sebastian nickt. Der Kapitän schüttelt den Kopf.

„Junge, warum hast du so ein Mitleid mit diesen Leuten? Weißt du, was sie mit dir machen, wenn sie dich in die Finger kriegen? Sie rösten dich lebendig über einem kleinen Feuer, so lange, dass du selber noch riechst, wie dein Fleisch gar wird. Oder sie lassen dich vierteilen, mit einem Pferd an jedem Arm und jedem Bein. So lange, bis du in Stücke gerissen wirst. Und du willst sie verschonen?"

Sebastian antwortet nicht. Er ist selbst natürlich auch kein unschuldiger Seemann mehr und er neigt häufig dazu, das zu vergessen. Vielleicht ist das, was er will, tatsächlich töricht.

Fenmore legt sein Schweigen anders aus.

„Wir werden sehen", sagt er, „und es von der Situation abhängig machen. Wenn die Mannschaft Widerstand leistet, gibt es keinen Zweifel, dann kommt niemand lebend davon. Aber wenn sie sich ergeben … wer weiß."

„Auch wir gehen ein geringeres Risiko ein", gibt Sebastian zu bedenken. „Bei einem Kampf gibt es immer Verwundete. Auch auf unserer Seite."

„Sicher." Fenmore stimmt ihm zu. „Es hat auch seine guten Seiten … aber wir werden sehen."

Fenmore beugt sich wieder über seine Karten und damit scheint das Gespräch für ihn beendet zu sein. Sebastian geht wieder an die Arbeit.

An Deck ist es inzwischen ziemlich dunkel geworden. Das Orchester hat zu einem leisen Trommelwirbel angesetzt und Sebastian wird plötzlich bewusst, wie bedrohlich die Situation für die Portugiesen sein muss. Sie können die *Black Joke* nicht sehen und aus dem Dunkeln klingen Trommelwirbel und Geschrei über das Wasser.

Dass er recht hat, wird schnell deutlich. Im Licht des Mondes sehen sie, wie die Portugiesen ihre Flagge einholen und kurz darauf eine weiße Flagge hissen.

An Bord des Piratenschiffes bricht die Mannschaft in triumphierenden Jubel aus und auch Sebastians Herz macht einen Sprung. Sie ergeben sich!

„Freu dich nicht zu früh“, hört er da Fenmores Stimme hinter sich. „Es kann auch ein Trick sein.“ Er dreht sich um und weist seine Männer an, sich fertig zu machen. „Waffen zücken! Seid auf alles vorbereitet!“

Die Begeisterung der Piraten wird durch die Nüchternheit ihres Kapitäns ein bisschen gedämpft, aber sie wissen, dass er recht hat. Bedrohlich schreiend und johlend stehen sie mit ihren Dolchen, Säbeln und Musketen an der Reling, als die *Black Joke* den Portugiesen mit ihrem Bugspriet durchbohrt.

Die weiße Flagge ist kein Trick, denn die Mannschaft steht zitternd an Deck. Widerstandslos ergeben sich die Männer und schauen hilflos zu, wie die Piraten ihr Schiff leer räumen. Die Piraten finden reich verzierte seidene Stoffe, Reis, getrocknetes Fleisch, Wein und noch vieles mehr. Sie brechen eine Kiste auf, die bis zum Rand mit spanischen und portugiesischen Dublonen gefüllt ist. In Windeseile wird alles an Bord der *Black Joke* gebracht, und dann ist es so weit.

Die Spannung steigt.

Die Mannschaft des portugiesischen Schiffes wartet atemlos ab, was als Nächstes geschehen wird. Fenmore lässt alle einen Moment schwitzen, bevor er, zu Sebastians großer Erleichterung, befiehlt, die Mannschaft des Portugiesen auszuziehen. Die Piraten gehorchen inzwischen gerne. Kein Kampf, also werden sie selbst auch nicht verletzt. Außerdem können sie die Ringe, Ketten und andere Schmuckstücke, die sie ihren Opfern abnehmen, in die eigene Tasche stecken.

Der Kapitän des Portugiesen versucht, unauffällig eine goldene Kette in seiner Westentasche verschwinden zu lassen, aber Sebastian hat ihn gesehen. Als der Kapitän danach heimlich versucht, die Weste hinter sich zu verstecken, geht Sebastian zu ihm und hebt sie auf.

„Du unterschlägst uns doch nichts, he?", fragt er und sieht dem Kapitän direkt ins Gesicht.

Der Mann erschrickt und läuft rot an, er fühlt sich zweifellos ertappt.

„B-b-b-bitte", stottert er.

Sebastian holt die goldene Kette aus der Westentasche und zu seinem Erstaunen hängt an ihr ein großer, runder und flacher Anhänger aus sorgfältig verarbeitetem, schwerem Gold. Als er den Anhänger öffnet, stockt ihm der Atem. Es ist eine Uhr, kleiner, als er je eine gesehen hat. Die einzigen Uhren, die er kennt, sind viereckige Kolosse, so unzuverlässig, dass es keinen Sinn hat, sie mit auf See zu nehmen. Auf dem Zifferblatt dieses Juwels stehen römische Zahlen und darüber befinden sich feine zierliche Gravuren. Es dauert eine Weile, bevor Sebastian auch den Deckel sieht, in dem ein Sternenhimmel in tiefem Nachtblau aus Emaille eingelassen ist, mit goldenen Sternen und Planeten. Die Uhr ist wirklich wunderschön und ohne Zweifel einzigartig.

Er sieht den Kapitän an. „Kein Wunder", sagt er und steckt sie sich in die Hosentasche.

Als die Mannschaft entkleidet ist und die Piraten die Kleider an Bord der *Black Joke* geworfen haben, verlassen sie das Schiff.

Es schmerzt Walter Karbijn, den Portugiesen ziehen zu lassen, aber Fenmore ist unerbittlich.

„Viel zu auffällig."

„Aber trotzdem ein guter Deckmantel", sagt Karbijn.

„Wenn sie schneller wäre, schon“, entgegnet Fenmore. „Aber du kommst damit nicht vom Fleck. Sogar ein Ruderboot holt sie ein.“

„Und wie sollte man sich je an ein solches Schiff gewöhnen, wenn man auf der *Black Joke* gefahren ist?“, fragt Sebastian mit einem Grinsen.

Die Männer lachen, während sie die Enterhaken lösen, das Schiff wegschieben und die Segel setzen. Die *Black Joke* verschwindet lautlos in der Nacht.

Als Fenmore kurz darauf zu seiner Kajüte geht, läuft Sebastian ihm nach.

„Willst du nicht mit den Männern feiern?“, fragt er.

„Gleich“, antwortet Sebastian.

Fenmore entkorkt eine Flasche Rotwein. Als er auch Sebastian ein Glas eingeschenkt hat, hebt er das seine.

„Auf den guten Ablauf.“

„Auf den guten Ablauf“, sagt Sebastian.

Dann holt er die Uhr aus seiner Tasche und legt sie auf den Tisch. „Für dich.“

Fenmore reißt die Augen auf.

„Eine Uhr“, erwidert Sebastian.

„So klein?“, ruft Fenmore erstaunt aus. „Ich wusste nicht, dass es so etwas gibt.“ Er ist genauso beeindruckt wie Sebastian und betrachtet das Schmuckstück aufmerksam. „Sie ist einfach unglaublich“, kommt er ins Schwärmen. „Sie muss ein Vermögen wert sein. Womit habe ich das verdient?“

Sebastian grinst. „Das ist doch wohl offensichtlich?“

Er trinkt sein Glas leer und verlässt die Kajüte, um sich unter die Feiernden zu mischen. Das erste Morgenlicht färbt den Himmel schon hellorange, während das Orchester unaufhörlich Tanzmusik spielt und der Rum reichlich fließt. Sebastian lässt sich ein Glas einschenken und stellt sich neben Walter Karbijn an die Reling.

„Eine gelungene Schlacht", schreit Karbijn über die Musik hinweg. „Wir haben uns die Abwechslung verdient."

Sebastian lächelt. Er fragt sich, ob irgendjemand außer ihm weiß, dass Kahlo an Bord ist. Die Männer haben sich inzwischen zu Paaren zusammengefunden und tanzen ausgelassen, aber wenn sie wüssten, dass eine Frau an Bord ist, würden sie sicher lieber mit ihr tanzen. Unauffällig lässt er seine Augen über das Schiff gleiten, auf der Suche nach einer Spur von einem langen schwarzen Zopf.

Einen schwarzen Zopf sieht er nicht, aber er schreckt auf, als er im Augenwinkel einen schwarzen Punkt entdeckt, mitten auf dem Meer. Mit einem Ruck wendet er den Kopf, um besser sehen zu können. Ist es … es sieht aus wie … eine Schaluppe!

Karbijn hat sich durch Sebastians plötzliche Bewegung auch umgedreht und folgt seinem Blick.

„Verdammt", ruft er aus, und da weiß Sebastian, dass er sich den Punkt nicht eingebildet hat.

„Die haben Mut!", murmelt Karbijn beeindruckt. Er denkt offensichtlich, dass es noch einmal die Portugiesen sind. „Was versprechen sie sich davon?"

Sebastian hält sich inzwischen Karbijns Fernrohr vor die Augen und sucht das Wasser nach der Schaluppe ab. Als er sie wieder ins Visier bekommt, sieht er, dass drei Männer darin sitzen, die ganz in Schwarz gekleidet sind. Als er etwas länger hinschaut, fällt ihm auf, dass sie keine Waffen bei sich haben. Das ist doch sehr eigenartig. Sebastian stellt das Fernrohr noch einmal scharf, um sich davon zu überzeugen, dass er wirklich richtig gesehen hat.

„Und?“, fragt Karbijn neben ihm neugierig, und Sebastian gibt ihm das Fernrohr.

„Diese Leute haben Mut. Mehr fällt mir dazu nicht ein“, sagt Karbijn noch einmal. „Obwohl sie davon an Bord ihres Schiffes wenig gezeigt haben.“

Er gibt das Fernglas an Sebastian zurück und als der die Schaluppe wieder in den Blick bekommt, überkommt ihn ein seltsames Gefühl … Er weiß, dass er diese Schaluppe schon einmal irgendwo gesehen hat. Und plötzlich wird ihm klar, dass dies nicht die Männer sind, die sie gerade überfallen haben …

Karbijn hat unterdessen die Feiernden alarmiert, die sich begeistert zu den Kanonen begeben. Er gibt den Befehl, der Schaluppe einen Warnschuss vor den Bug zu geben. „Und mit dem zweiten schießen wir die Nussschale leck! Mut haben sie ja, aber trotzdem gibt es irgendwo Grenzen.“

Sebastian hat das Fernrohr vor den Augen, als sich der erste Schuss löst. Die Kugel landet ein Stückchen von der Schaluppe entfernt im Wasser und dann geschieht etwas Seltsames. Das Boot verschwindet, doch es sinkt nicht. Es sieht eher so aus, als würde es sich in nichts auflösen. Sebastian blinzelt.

Die Männer an den Kanonen jubeln. Sie glauben, dass sie die Schaluppe versenkt haben, aber Sebastian weiß es besser. Langsam lässt er das Fernglas sinken.

„Schöner Schuss“, sagt Karbijn grinsend, und Sebastian wird klar, dass er der Einzige ist, der gesehen hat, was wirklich geschehen ist.

Er lehnt mit leichenblassem Gesicht an der Reling. Karbijn bemerkt es nicht, denn er ist damit beschäftigt, die Hände der Schützen zu schütteln, die begeistert zurück nach oben gelaufen kommen.

„Sogar im Suff ist er noch der beste Schütze von allen!", ruft jemand. Die Männer lachen, und das Orchester, das nach dem Schuss aufgehört hatte zu spielen, setzt wieder ein.

Sebastian reibt sich die Augen und blickt erneut verstört vor sich hin. Jemand schlägt ihm kräftig auf die Schulter und füllt sein Glas wieder voll. Er kippt es in einem Zug hinunter, aber das Bild der Schaluppe mit den drei Männern hat sich in sein Gedächtnis gebrannt. Es war dieselbe Schaluppe, die er auch von der *Katharina* aus gesehen hat, da ist er sich ganz sicher. Aber das bedeutet …

Hinter ihm haben die Männer wieder angefangen zu tanzen und ein paar von ihnen singen Trinklieder. Der kleine Sieg über die Schaluppe hat die Stimmung nur noch angehoben. Niemand ist daher auf die Ereignisse vorbereitet, die jetzt folgen.

In dem sanften Morgenlicht sieht Sebastian plötzlich steuerbord einen merkwürdigen Nebel aufsteigen. Er ist nicht der Einzige, der ihn bemerkt, denn die Lieder verstummen, das Orchester hört auf zu spielen, und alle schauen in die Luft. Man hat den Eindruck, als würde der Nebel immer dichter und undurchdringlicher werden.

Und dann sehen sie es.

Im Nebel zeichnen sich die Konturen eines Schiffes ab. Ein Schrei des Entsetzens geht durch die Mannschaft, denn das Schiff kommt direkt auf sie zu, und die *Black Joke* liegt quer vor seinem Bug.

Das sieht nach Schiffbruch aus.

Alle stehen da wie versteinert. Vor ihren fassungslosen Blicken nähert sich das Schiff und wird immer größer, bis es wahrhaft kolossale Ausmaße annimmt. Meterhoch türmt sich das Gefährt vor der *Black Joke* auf, größer als jedes Schiff, das Sebastian jemals gesehen hat. Trotz seiner Angst bemerkt er, dass es ziemlich alt sein muss. Es erinnert noch am ehesten an eine Fleute, aber nicht so, wie sie gegenwärtig gebaut werden. Der Bug ist niedrig, und auf dem Heck steht eine altmodische Schiffslaterne, die ein bläuliches Licht verbreitet. Die Segel des Schiffes sind blutrot und gebläht, als ob es starken Wind im Rücken hätte. Aber sie kommt direkt auf die *Black Joke* zu und die *Black Joke* fährt mit dem Wind ...

Das Schiff ist jetzt so nahe, dass ein Zusammenstoß unvermeidlich ist. Die gesamte linke Seite der *Black Joke* wird aufreißen und sie werden auf der Stelle untergehen.

Dann berührt der Bug ihren Rumpf und Sebastian bereitet sich auf das Krachen der hölzernen Riesen vor, die gegeneinanderstoßen.

Aber es bleibt still. Fürchterlich still. Das Schiff fährt einfach weiter, als ob die *Black Joke* gar nicht da wäre. Es fährt mitten durch das schwarze Schiff hindurch und verschwindet dann wieder im Nebel, genauso plötzlich, wie es gekommen ist. Gleichzeitig mit dem gigantischen Schiff verschwindet auch der Nebel.

Und dann ist die Luft wieder klar.

Steuerlos schaukelt die *Black Joke* über den Ozean. Das Geisterschiff ist fort, aber die Männer haben sich von dem Schrecken noch nicht erholt.

Sebastian versucht zu schlucken, doch seine Kehle fühlt

sich trocken an. Alle starren noch immer mit offenem Mund in die Luft und niemand sagt etwas.

Fenmore, der aus seiner Kajüte gekommen ist, nachdem es an Deck still geworden war, fängt sich als Erster wieder. Als seine Stimme über das Deck donnert, ist es, als ob alle aus einem bösen Traum erwachen.

„An die Seile", ruft er. „Sorgt dafür, dass wir das Schiff wieder unter Kontrolle kriegen!"

„Was war das?", ruft jemand.

„Ein Geisterschiff!"

„Wir müssen hier weg!"

„Der *Fliegende Holländer*!", flüstert Sebastian. „Das war der *Fliegende Holländer*."

Aber niemand hört ihn.

Es dauert nicht lange, bis die Mannschaft das Schiff wieder unter Kontrolle hat. Sebastian geht zu Fenmore, der neben Karbijn am Ruder steht. Beide Männer blicken grimmig vor sich hin.

„Wisst ihr, was das war?", fragt Sebastian.

„Nichts", antwortet Fenmore brummend. „Eine Luftspiegelung. Sonst nichts."

„Eine Luftspiegelung?", fragt Sebastian empört. „Das glaubst du doch selbst nicht!"

Fenmore schiebt seine Hände in die Hosentaschen.

„Es war keine Luftspiegelung", sagt Sebastian. „Es war ein Geisterschiff. Wir haben es doch alle gesehen, oder?"

„Eine Luftspiegelung kann auch jeder sehen", erwidert Fenmore dickköpfig. „Hast du nicht den Nebel bemerkt? Es war eine Spiegelung der *Black Joke* im Wasserdampf. Das kommt manchmal vor. Ein seltenes Naturphänomen, nichts …"

Er beendet seinen Satz nicht.

„Meine Uhr", fällt ihm plötzlich ein, und er beginnt, seine Taschen zu durchsuchen. „Ich habe sie immer bei mir …"

Er sucht fieberhaft weiter, findet sie aber nicht.

„Sie ist weg!" Erschrocken sieht er Sebastian an. „Komm mit!", sagt er dann plötzlich hastig und rennt die Treppe hinab, die zum Zwischendeck führt. Sebastian läuft ihm hinterher, aber Fenmore ist schon durch die Luke geklettert, die in den Laderaum führt, bevor Sebastian bei ihm ist. Als er sich bückt, um durch die Luke zu schauen, sieht er, dass Fenmore sich auf die Knie hat fallen lassen und entgeistert um sich blickt.

„Nein!", brüllt er. „Das kann nicht wahr sein!"

Sebastian sieht es auch. Der Laderaum ist leer. Da steht keine Kiste mit goldenen Dublonen mehr, kein Sack mit Gewürzen, nicht mal mehr ein Pfefferkorn.

Alles ist weg.

Fenmore ist untröstlich über seinen Verlust, vor allem über den seiner Uhr. Aber er ist fest entschlossen, den Schaden zu ersetzen, und statt mit leeren Laderäumen nach Madagaskar zurückzukehren, hält er Kurs auf Richtung Kap der Guten Hoffnung, in dessen Nähe sie sind. Hier herrscht ein ständiges Kommen und Gehen von Schiffen, wobei die meisten nicht nur schwer beladen, sondern auch schwer bewaffnet sind. Fenmore will sich von den Häfen fernhalten und führt das Schiff dicht an der afrikanischen Ostküste entlang. Die Aussicht, die sich ihnen bietet, ist prächtig, doch als sie den Anblick eine Zeit lang genossen haben, schlägt der Aussichtsposten plötzlich Alarm.

„Backbord, Männer! Eine Fregatte!"

Sebastian, Fenmore und Karbijn finden sich an der Reling ein, um das Schiff zu begutachten.

„Eine französische Fregatte", berichtet Karbijn. „Mittelgroß. Schwer beladen. Sollten wir uns angucken."

Sebastian übernimmt das Fernglas und zählt die Geschützpforten. Sechs an der Backbordseite, das sollte ein Kinderspiel für sie werden. In gutem Glauben lässt Fenmore wenden, um die Verfolgung aufzunehmen. Die *Black Joke* fährt schnell und hat das Schiff schon bald eingeholt. Offensichtlich hat auch die Fregatte ihre Verfolger bereits bemerkt, denn einen Augenblick später wird die französische Flagge eingeholt und eine weiße gehisst. Sie ergeben sich!

Unter der Mannschaft der *Black Joke* bricht Jubel aus. Die Trommler schlagen einen extra Wirbel und ein paar Männer klettern in die Seile und wedeln furchterregend mit Dolchen und anderen Waffen.

Aber plötzlich erklingen Panikschreie durch den triumphierenden Jubel hindurch. Sebastian dreht sich um und läuft in die Richtung, aus der die Unruhe kommt. Sehr schnell wird deutlich, was los ist: In der Kombüse ist ein Feuer ausgebrochen, das sich rasend schnell ausbreitet.

„Wasser! Wasser!", wird geschrien.

Einige Männer lassen Eimer ins Meer hinab und laufen mit dem Wasser zur Kombüse. Karbijn, der einen kühlen Kopf behält, sorgt dafür, dass sich alle in einer Reihe aufstellen und so den Eimer weitergeben. Es ist ein heftiger Brand, der nicht einfach unter Kontrolle zu bekommen ist. Als es nach einer halben Stunde größter Anstrengung trotzdem gelingt, wischen sich alle den Schweiß von der Stirn. Das Schiff ist gerettet!

Doch es erstaunt niemanden, dass die französische Fregatte in der Panik entkommen konnte – am Horizont ist keine Spur mehr von ihr zu sehen. Die Männer sind erleichtert und enttäuscht zugleich. Fenmore lässt ein paar Flaschen Rum holen, um die Moral wieder ein bisschen herzustellen, und alle lassen es sich gut schmecken. Aber nach zwei Gläsern ist es genug und die Korken werden wieder in die Flaschen gedrückt. Schließlich muss noch gearbeitet werden.

Es ist früher Abend, als ein schweres Unwetter aufzieht. Meterhohe Wellen donnern gegen den Bug der *Black Joke* und brechen sich in einer meterhohen Wasserwand an Deck. Auf Befehl von Fenmore bindet Sebastian sich selbst am Ruder fest, um sich im Sturm auf den Füßen zu halten. Auch der Kapitän und sein Erster Steuermann bewegen sich an Seilen festgebunden durch den peitschenden Sturm, um der Mannschaft beizustehen, wo sie können. Segel reißen von der Gewalt des Windes, und zwei Rahen brechen. Ein plötzlicher Rückenwind weht drei Männer aus den Tauen über Bord. Zeit, sich um sie zu kümmern, ist nicht, denn die geschlagene Mannschaft hat alle Hände voll damit zu tun, das Schiff durch den Sturm zu lotsen.

Fenmore behält alles im Blick, während er mühsam hin und her läuft. Er erteilt immer wieder Befehle und richtet selber Segel.

Sebastian hat das Ruder mit seinen Händen fest umschlossen und hält sich absichtlich abseits. Er muss gegen seine eigenen Dämonen kämpfen, denn immer wieder sieht er die Schaluppe mit den drei Männern vor sich und denkt an die Begegnung mit dem Geisterschiff … Als wäre es gestern gewesen, hört er in seinem Kopf wieder die

Stimme des alten Simon: „Niemand überlebt eine Begegnung mit dem *Fliegenden Holländer* … irrt schon eine Ewigkeit über die Meere … bringt Fluch und Verderben …"

Es läuft ihm kalt über den Rücken. Würden sie Madagaskar jemals erreichen? Er wagt es nicht, Fenmore zu sagen, wie sehr er daran zweifelt …

Es dauert zwei lange Tage, bis sich das Wetter endlich ein bisschen beruhigt. Als sie danach das Schiff inspizieren, stellt sich heraus, dass ein großer Teil der Lebensmittel über Bord geweht worden ist. Dennoch haben sie Glück im Unglück, denn das Schiff ist ziemlich unversehrt aus dem Kampf hervorgegangen. Der Schaden, den die *Black Joke* erlitten hat, ist nicht so groß, dass er nicht an Ort und Stelle behoben werden kann. Trotzdem müssen sie zuerst einen Hafen anlaufen und frische Vorräte aufnehmen, bevor sie sich auf die Rückreise nach Madagaskar begeben können.

Singletons Rückkehr

Es sind ein paar Monate vergangen, als eines Morgens Kapitän William Saunders mit seiner *Invader* von einer erfolgreichen Kaperfahrt zurückkehrt. Das geglückte Unterfangen wird im *Stillen Papagei* ausgiebig gefeiert.

Als Sebastian und seine Freunde die Gläser heben, müssen sie unwillkürlich an ihre eigene enttäuschende Fahrt denken, die sie am liebsten vergessen würden.

Letztendlich war es der Mannschaft der *Black Joke* gelungen, den nächstgelegenen Hafen anzufahren, wo die Männer Reparaturen ausführen und Vorräte aufnehmen konnten. Aber das stellte sie vor ein großes Problem, denn die sonst so gut betuchten Piraten hatten keinen einzigen Cent mehr in der Tasche. Ihr gesamtes Geld und ihre Schätze waren ihnen gestohlen worden. Also mussten persönlicher Besitz, entbehrliche Kleidung und Schmuckstücke, die einige Männer noch besaßen, daran glauben. Fenmore stand dabei nicht zurück und opferte sogar einige seiner Navigationsinstrumente für den guten Zweck. Alles wurde verkauft, und das brachte gerade genügend Geld für Proviant und Wasser für die Rückfahrt ein. Bis aufs Hemd ausgeraubt, müde und hungrig kehrte die *Black Joke* einige Wochen später zurück nach Madagaskar.

Um sie herum werden Witze über die tollen Kerle von

der *Black Joke* gemacht, die sich von einem Geisterschiff haben Angst einjagen lassen. Nein, dann doch lieber die Männer von der *Invader*. Die kämpfen bis zum Letzten und lassen sich ihre Schätze nicht wieder abnehmen. Bald schon werden Stimmen laut, dass es eigentlich nicht rechtens ist, dass die Männer von der *Invader* jetzt ihre Beute teilen müssen, während die *Black Joke* schon eine Weile nichts beigesteuert hat.

„So läuft es halt manchmal." Bonne versucht, die Gemüter etwas zu beruhigen. „ Für jeden ist es mal ungünstig."

Es werden noch eine Reihe fader Witze gemacht, doch dann beruhigen sich die Männer wieder etwas. Aber für Sebastian und Kahlo ist der Tag verdorben. Als am nächsten Morgen die Beute der *Invader* auf dem Dorfplatz ausgestellt wird, hat vor allem Sebastian nicht viel Lust, sich etwas auszusuchen.

„Du darfst das nicht persönlich nehmen", sagt Kahlo. „Es hat doch jeder einmal Pech, oder? Die Regel ist eben, dass alles ehrlich geteilt wird."

„Ja", pflichtet Florentin ihr bei. „Und ich habe ein paar Navigationsbücher gesehen, die garantiert kein anderer haben möchte."

Er lacht, und Sebastians Gesicht hellt sich wieder etwas auf. Interessiert beginnt er, die Tische abzusuchen. Aber bevor er die Bücher gefunden hat, sieht er Victor, der sich über die Zimmermannswerkzeuge des gekaperten Schiffes beugt.

„Planst du, eine eigene Werft zu eröffnen?", fragt Sebastian, als er zu ihm hinübergeht.

Victor sieht auf und grinst. „Nein", antwortet er. „Ich

möchte Knut lieber weiterhin als Freund behalten. Ich habe vielmehr darüber nachgedacht, endlich mal unser Haus fertig zu bauen."

Sebastian gefällt die Idee sofort.

„Das einzige Problem ist, dass ich die Werkzeuge nicht alle selbst mitnehmen darf", fügt Victor hinzu. „Aber wenn du und Florentin auch noch eins nehmen würdet ..."

Florentin und Kahlo, die Sebastian hinterhergegangen sind, finden Victors Plan ebenfalls großartig. Sie beschließen, alle ein Werkzeug auszusuchen.

„Die Navigationsbücher müssen halt warten", sagt Sebastian, obwohl es ihm leidtut.

Aber es kommt alles ganz anders. Kapitän Saunders hat kaum das Wort ergriffen, als einer der Wachposten in eiliger Hast ins Dorf gerannt kommt. Alle schrecken auf, und einige Männer greifen unwillkürlich nach ihren Waffen.

„Alarm! Feindliches Schiff vor der Küste!", brüllt er. Sofort ist das ganze Dorf in heller Aufregung und diejenigen, die ohne Waffen zur Verteilung gekommen sind, greifen hastig Messer und Pistolen von den Tischen.

„An die Waffen! Zu den Schiffen!", klingt es von allen Seiten. Auch Sebastian, Florentin und Victor nehmen ihre Waffen und rennen hinter Kahlo her, die sowieso immer bewaffnet ist.

In der Bucht angekommen, schieben sie ein Boot ins Wasser und rudern wie die Besessenen zur *Black Joke*. Überall um sie herum sind ihre Kameraden zu den Schiffen unterwegs, einige sind in der Eile sogar ins Meer gesprungen und schwimmen zu den Strickleitern. Als Sebastian und seine Freunde an Bord der *Black Joke* klettern, hören sie schon Fenmores Befehle.

„Anker lichten! Segel setzen!"

Genau wie ihr Vater wird auch Kahlo sofort aktiv. „Kommt mit", ruft sie und verschwindet zum Unterdeck, auf dem die Kanonen stehen. „Helft mir laden! Los!"

Die Jungen sehen sich erstaunt an. „Na ja, wir wussten schließlich, dass sie gut mit Waffen umgehen kann ...", murmelt Victor.

Gerade als Sebastian Kahlo folgen will, donnert ihm Fenmores Stimme in den Ohren. „Lucasz! Wo bist du?"

Sebastian erschrickt. Als Zweiter Steuermann ist seine Aufgabe natürlich an Deck. „Ich schätze, ihr müsst das ohne mich hinkriegen", sagt er und läuft hastig zu Fenmore.

„Wo warst du?", schnauzt der Kapitän, als er Sebastian sieht.

„Tut mir leid, Kapitän", entschuldigt sich Sebastian. „Ich ..."

„Ans Ruder!", brüllt Fenmore, bevor Sebastian seinen Satz beenden kann. Die unerwartete Bedrohung so nah vor der Küste hat ihn ganz offensichtlich nicht gerade in gute Laune versetzt.

Tempest hat inzwischen von der *Intrepid* aus einen Warnschuss abgegeben und es klingt bedrohlicher Trommelwirbel über das Wasser. Schon aus großer Entfernung sieht Sebastian, dass das feindliche Schiff riesig ist.

„Es ist ein Marineschiff", sagt Fenmore. „Englische Marine."

Kein Wunder, dass er so gereizt ist, denkt Sebastian, wenn sein alter Feind so nah ist.

„Was macht das Schiff hier?", fragt er. „Ist es allein?"

„Das wollen wir doch hoffen", antwortet Fenmore. „Aber ich fürchte das Schlimmste."

Es wird jetzt von drei Piratenschiffen aus geschossen, aber zu ihrer Verwunderung hat das Marineschiff das Feuer noch immer nicht beantwortet. Sind sie in so großer Überzahl erschienen, dass sie sich von den Piraten nicht einmal bedroht fühlen?

Unruhig schaut Fenmore durch sein Fernrohr. „Ich verstehe das alles nicht", hört Sebastian ihn murmeln.

„Was siehst du?", fragt er.

Fenmore stellt sich neben ihn. „Ich sehe nur ein einziges Schiff", sagt er. „Schau doch selbst mal."

Fenmore übernimmt das Ruder, während Sebastian das Fernrohr ansetzt.

Er muss zugeben, dass er beeindruckt ist von dem, was er sieht: Das Schiff ist bestimmt vierhundert Tonnen schwer und das am reichsten verzierte, das Sebastian je gesehen hat. Das portugiesische Königsschiff, das sie vor einer Weile überfallen haben, war nichts dagegen. Großartig vergoldetes Schnitzwerk läuft über die gesamte Breite des Rumpfs und die große Kajüte hat mindestens zwölf Fenster. Ihre vier Reihen Kanonen könnten die *Black Joke* problemlos in Fetzen schießen. Aber das Marineschiff liegt sehr tief, fällt Sebastian auf, und die unterste Reihe müsste eigentlich unbrauchbar sein, da die Kugeln kaum aus dem Wasser herauskommen würden. Am Großmast weht eine tiefblaue Flagge, auf der ein weißer Raubvogel mit gespreizten Flügeln abgebildet ist und die vor Sebastians verblüfften Augen gerade eingeholt wird.

„Das ist verrückt", sagt er. „Es scheint, als ob … Nein, das kann nicht sein!"

„Was?!“, ruft Fenmore und reißt Sebastian das Fernrohr aus den Händen.

Ihm fällt fast die Kinnlade herunter, als auch er sieht, wie die neue Flagge gehisst wird – schwarz mit einem weißen Totenkopf und zwei gekreuzten Knochen darunter.

„Nein! Das ist nicht zu glauben!“, schreit er. „Feuer einstellen!“, befiehlt er hektisch.

Das Schiff wird jetzt von drei Piratenschiffen eingekreist, die im Vergleich zu diesem Koloss regelrecht klein wirken.

„*The Peril of the Seven Seas*“, liest Fenmore auf dem Bug, als das Schiff näher kommt. „Das ist in der Tat nicht der Name eines Marineschiffes.“

Der Trommelwirbel ist mittlerweile verstummt, und auch die Kanonen schweigen. Eine unheilvolle Stille hängt über dem Wasser. Wer sind diese Fremden? Und was wollen sie?

Dann erklingt eine laute, unbekannte Stimme über das Wasser.

„Fenmore!“

Neben Sebastian erstarrt der Kapitän. Sie kennen seinen Namen! Fenmore greift nach seinem Fernrohr und lässt seinen Blick über das Schiff schweifen, auf der Suche nach demjenigen, der gerufen hat. Er scheint ihn gefunden zu haben, denn sein Fernrohr bleibt schließlich fest auf einen Punkt gerichtet.

„Fenmore“, klingt es dann wieder. „Alter Seeteufel!“

„Das gibt es nicht“, flüstert Fenmore, als er erkennt, wer gerufen hat. „Das ist unmöglich!“

Er dreht sich um. „Männer!“, brüllt er dann über Deck. „Es ist Singleton!“

Singleton? Den Namen hat Sebastian schon mal gehört.

Aber wer ist das? Seine Kameraden wissen ganz offensichtlich mehr als er, denn neben ihm brechen die Männer in unbändigen Jubel aus. Aufgeregt springen sie auf und ab und rufen Begrüßungen übers Wasser. Auch auf den anderen Piratenschiffen hat sich die Anspannung gelöst, und es wird getanzt und geschrien.

Singleton ist wieder da!

An diesem Abend wird ein großes Freudenfeuer entzündet und an einem Spieß werden ganze Ferkel, Ziegen und Schafe gegrillt. Singleton und seine Männer sind der Mittelpunkt des Abends. Es ist mehr als ein Jahr her, dass der Kapitän von Madagaskar aus auf Kaperfahrt aufgebrochen ist, und die meisten Piraten dachten daher, dass er für immer verschwunden wäre.

Singleton ist ein großer schlanker Mann mit blondem Haar, das ihm in einem Zopf den Rücken hinunterhängt. Seine Hose und seine lange Jacke sind weiß, und er trägt braune Stiefel. Für so ein großes Schiff hat er nur eine kleine Mannschaft. Mehr als fünfzig Mann werden es nicht sein, aber das hat, wie sich herausstellt, alles mit seiner Geschichte zu tun.

„Ich dachte, ich würde diese Insel nie mehr wiedersehen“, sagt er und blickt sich mit einem breiten Grinsen auf dem Gesicht um. Um ihn herum klingt zustimmendes Gemurmel.

„Aber ihr wollt natürlich wissen, wo ich gewesen bin. Ich muss euch warnen, es ist eine lange Geschichte.“

„Wir haben Zeit“, ruft jemand.

„Solange noch Rum da ist“, pflichtet ein anderer bei, und es wird gelacht.

„Ich erinnere mich an den Tag, an dem wir aufgebrochen sind, als wäre es gestern gewesen." Singleton beginnt zu erzählen, und es wird still. „Die Regensaison hatte gerade begonnen, und ich war froh, dass ich wegkam. Mein Schiff war gerade an Gibraltar vorbei, als der Steuermann ein feindliches Schiff ins Visier bekam. Erst nur eins, aber sehr schnell wurden es mehrere, und bevor wir's uns versahen, waren wir von einer Übermacht von Schiffen der englischen Marine eingekreist. Wir waren in eine Falle geraten und konnten nicht mehr entwischen, stattdessen wurden wir gefangen genommen und dachten, dass unser letztes Stündlein geschlagen hätte … Aber der englische Kapitän teilte uns mit, dass wir nach London gebracht würden, wo wir uns vor einem Gericht zu verantworten hätten.

Das war ein seltsames Gefühl, kann ich euch sagen, als ich in London ankam und zum soundsovielten Mal die Themse entlangfuhr – den Fluss, den ich so gut kannte, weil London schließlich meine Heimatstadt ist. Aber in der Zeit, in der ich weg gewesen war, hatte sich so manches verändert. Am Ufer entlang standen merkwürdige Pfähle mit großen metallenen Laternen darunter. Das Seltsamste daran war, dass sie kein Licht gaben. Als ich einen Engländer fragte, ob das eine Art Dekoration sei, brach er in höhnisches Gelächter aus. Dekoration! Schön wär's! Die Laternen entpuppten sich als Käfige, in die Gefangene gesteckt und über das Wasser gehängt werden. Da bleiben sie so lange hängen, bis sie langsam verhungert sind und ihr Körper vergammelt und Stück für Stück ins Wasser fällt …"

Singleton erschauert, während seine Zuhörer inzwischen mucksmäuschenstill geworden sind.

„Wir wurden ins Tower Prison geworfen, das berüchtigte Londoner Gefängnis mit meterdicken Mauern. Allesamt in getrennte Kerker, sodass wir keine Komplotte schmieden oder uns gegenseitig unterstützen konnten. Dort warteten wir auf unseren Prozess. Aber das sollte noch lange dauern, denn die Monate verstrichen, ohne dass wir irgendetwas hörten. Ich hatte den Versuch unternommen, einen Brief an den König zu schreiben, aber ich bekam keine Antwort. Je mehr Zeit verging, desto mehr wurde der Kerker zur Hölle. Wir saßen dicht zusammengepfercht, Verurteilte und Unschuldige beieinander. Viele von ihnen warteten, genauso wie ich, auf einen Prozess, und manche saßen schon Jahre dort, ohne dass sich jemals einer für sie interessiert hätte. Der Kerker war kalt und zugig, und immerzu lief Wasser die Wände hinab. Wir bekamen zu wenig zu essen und mussten um das bisschen noch mit den Ratten kämpfen. Viele meiner Mitgefangenen starben an Ort und Stelle und manchmal war ich so verzweifelt, dass ich die Toten beneidete. Sie waren zumindest erlöst! Ich musste zusehen, dass ich da rauskam, bevor ich verrückt wurde! Aber wie?

Um mich herum lagen die Leichen der Verstorbenen und das brachte mich plötzlich auf eine Idee. Verrückt, dass ich nicht früher darauf gekommen war! Eines Nachts legte ich mich zwischen sie und tat, als ob ich auch tot wäre. Nach allen Entbehrungen, die wir täglich erleiden mussten, sahen die Lebenden nicht viel besser aus als die Toten, und ich hoffte, dass meine Mitgefangenen denken würden, dass ich einer der Verstorbenen war.

Als am nächsten Morgen das Essen gebracht wurde und ich mich nicht bewegte, glaubten sie tatsächlich, dass ich tot wäre. Mittags kam die Karre, die die Leichen abholte, so wie jeden Tag, und auch ich wurde mitgenommen. Ich war so froh, dass ich entkommen konnte, dass ich mir Mühe geben musste, nicht zu grinsen, als ich inmitten der stinkenden Leichen lag.

Ratternd fuhr die Karre mit der düsteren Ladung aus der Stadt hinaus. Als wir die rauchenden Schornsteine schon eine Weile hinter uns gelassen hatten, beschloss ich, dass es Zeit wurde, vom Karren zu springen. Die schweren Leichen über mir fühlten sich nicht wirklich angenehm an und es kostete mich viel Mühe, die unbeweglichen Körper von mir wegzuschieben, so geschwächt wie ich durch die Entbehrungen war. Aber es gelang mir und ohne dass es der Kutscher bemerkte, ließ ich mich vom Wagen fallen. Ein Toter mehr oder weniger würde ihm nicht auffallen, wenn er einmal an seinem Ziel angekommen war.

Da stand ich dann, auf einer verlassenen Landstraße außerhalb von London, so jämmerlich und krank, dass ich kaum laufen konnte. Eine Zeit lang saß ich einfach am Straßenrand, bis ein Bauernwagen vorbeikam und mich bis Plymouth mitnahm. Der Bauer gab mir einen Apfel, der mir wie eine Gottesspeise vorkam. Im Hafen von Plymouth angekommen stahl ich ein Brot – eine Tat, auf die eine lebenslange Gefängnisstrafe stand, wenn man erwischt wurde. Aber ich hatte keine Wahl. Als ich wieder ein wenig zu Kräften gekommen war, heuerte ich auf einem Fischerboot an, das mich in die Nähe von Vlissingen brachte. Ich stahl eine Schaluppe und ruderte zum Hafen. In Vlissingen gelang es mir, auf einem Ostindienfahrer anzuheuern, und ich hoffte, damit nach Afrika zu gelangen. Dort wollte ich von Bord gehen, um baldmöglichst nach Madagaskar zurückzukehren.

Aber es kam anders, denn das Leben an Bord des Ostindienfahrers war rau. Der Kapitän war ein grausamer und kaltherziger Mann, der seine Männer wegen der kleinsten Vergehen so hart strafte, dass ein Viertel von ihnen tot war, bevor das Schiff Afrika erreichte. Es war unerträglich, und ich war nicht der Einzige, der so darüber dachte. Es kostete mich wenig Mühe, eine Handvoll Männer dazu zu kriegen, eine Meuterei anzuzetteln. Und als das Schiff an Portugal vorbei war, forderte ich den Kapitän zu einem Duell auf Leben und Tod heraus. Wer lebend daraus hervorginge, würde den Befehl über das Schiff bekommen. Der Kapitän war von dem Vorschlag nicht wirklich begeistert, aber mit einem Messer an der Kehle hatte er keine große Wahl. Mehr als die Hälfte der Mannschaft hatte sich gegen ihn gewandt. Es war ein faires Duell und ich war nur den Bruchteil einer Sekunde schneller als der Kapitän. Ich löste einen Schuss, und der Kapitän sackte in sich zusammen. Das Schiff hatte einen neuen Anführer."

Atemlos haben die Männer Singletons Geschichte gelauscht. Als er eine kurze Pause macht, um einen Schluck zu trinken, nutzt Fenmore die Gelegenheit, die Frage zu stellen, die schon den ganzen Abend über allen auf den Lippen brennt: „Aber wie bist du an das großartige Schiff gekommen?"

„Eigentlich ist das ganz einfach", antwortet Singleton. „Beinahe ironisch, würde ich sagen. Sie lag im Hafen der Tafelbucht, als wir dort mit dem Handelsschiff anlegten. Sie nahm Vorräte an Bord. Ein Juwel von einem Schiff, *The Pearl of the Seven Seas* hieß sie."

Als sie den Namen hören, brechen die Piraten in Gelächter aus. Singleton lacht mit. „Die Veränderung von *Pearl* zu *Peril* ist eine kleine, aber trotzdem die größte, die das Schiff je mitmachen wird."

Die Männer grinsen und stoßen mit ihren Krügen auf das Schiff an. „Auf die *Peril*!"

„Auf die *Peril*!", klingt es überall.

„Das Schiff muss der Stolz der englischen Marine gewesen sein", fährt Singleton fort. „So etwas hatte ich noch nie zuvor gesehen. Ich fand, dass das kein Zufall sein konnte und das Schicksal mir eine großartige Möglichkeit der Rache in die Hände spielte. Es ist unvorstellbar, wie wenig Männer an Bord waren. Die meisten hatten Ausgang an Land. Wir kaperten das Schiff und nahmen es mit. Es ging beinahe schon *zu* leicht. Und sobald wir auf dem offenen Meer waren, habe ich sie umgetauft."

Einer von Singletons Zuhörern steht schwankend auf, den Krug in der erhobenen Hand. Es ist deutlich, dass er auf irgendetwas anstoßen möchte, aber er ist so benebelt, dass er keine ganzen Sätze mehr sprechen kann. Er ruft etwas Unverständliches, bevor er wieder auf seinen Platz fällt. Aber die Männer heben trotzdem die Krüge. „Auf die *Peril*!", klingt es wie aus einem Mund.

Florentin hebt seine Pistole und richtet sie auf die Ananas, die Kahlo auf einen niedrigen Ast gestellt hat. Er zieht den Abzug, und ein ohrenbetäubender Knall klingt durch den Urwald.

Daneben.

„Wieder daneben!", ruft Kahlo. „Dieses Mal warst du ein ganz schönes Stück vorbei."

„Es ist mein rechter Arm", sagt Florentin. „Ich kann ihn noch nicht höher heben."

„Jaja, schöne Ausrede", ruft Sebastian mit vollem Mund. Er sitzt ein Stückchen entfernt und schaut ihnen zu, während er sich eine Ananas schmecken lässt.

„Guck, so macht man das", sagt Kahlo, hebt ihre Pistole und zielt. Als der Schuss erklungen ist, steht die Ananas zum Erstaunen aller noch immer auf dem Ast.

„Was?", entfährt es Florentin, und auch Sebastian ist sofort aufgesprungen, weil er seinen Augen nicht traut.

„Du warst ganz nah dran", ruft er. „Kahlo, sogar du!"

Kahlo läuft ein bisschen rot an. „Es liegt an diesem dummen Ding hier!", protestiert sie.

„Jaja, sicherlich!"

„Ausrede!"

„Ehrlich! Das ist nicht meine eigene Pistole. Ich konnte sie heute Morgen nicht finden. Übrigens auch keine andere meiner Lieblingspistolen. Ich schätze, mein Vater hat sie versteckt."

„Willst du vielleicht meine probieren?", fragt Florentin schikanierend.

Grimmig reißt ihm Kahlo die Pistole aus den Händen und schießt mit einem gut gezielten Schuss die Ananas in Fetzen.

„Hehe", seufzt Sebastian erleichtert. „Du kannst es also doch!" Grinsend lehnt er sich wieder an den Baumstamm. „Victor vermisst seine Lieblingspistole übrigens auch. Liegt vielleicht am Wetter."

„Ich habe Durst", jammert Florentin, als er sich den Schweiß von der Stirn wischt. „Ist es nicht Zeit für eine Pause?"

„Hältst du etwa die Hitze nicht aus, Männlein?", stichelt Kahlo boshaft.

„Das ist es nicht", entgegnet Florentin mit ernstem Gesicht. „Aber es ist sehr ermüdend, von jemandem unterrichtet zu werden, der selber nichts davon versteht."

Kahlo holt aus, und Florentin rennt los. Grinsend läuft Sebastian hinter ihnen her in Richtung *Stiller Papagei*. Als sie dort ankommen, finden sie zu ihrem Erstaunen nicht Gort hinter der Theke, sondern Olivier Flinders.

„Wo ist Gort?", fragt Sebastian, nachdem er drei Leichtbier bestellt hat.

„Weg", sagt Olivier breit grinsend und füllt die Gläser.

„Was heißt das, weg?"

„Der *Stille Papagei* gehört wieder mir. Zurückgewonnen beim Kartenspielen. Und ihn habe ich vor die Tür gesetzt."

Olivier gibt Sebastian Wechselgeld für den halben Gulden, mit dem er bezahlt hat.

Das Bier ist auf jeden Fall wieder billiger geworden, denkt Sebastian. „Hat es dich nicht gereizt, jetzt sein Chef zu sein?", fragt er.

Oliviers Gesicht verdunkelt sich. „Wenn du so gerne bei deinem Freund in der Schenke sitzt, musst du ein Stück weiter gehen. Er hat sich selbstständig gemacht."

Sebastian stellt die vollen Gläser auf den Tisch und erzählt seinen Freunden, was er gerade gehört hat. Sobald sie ihre Gläser geleert haben, beschließen sie, kurz bei Gort vorbeizuschauen.

Draußen erschlägt sie die Hitze beinahe, aber es dauert nicht lange, bis ihnen ein Gebäude auffällt, das sie noch nie zuvor gesehen haben. Oder eigentlich ist *Gebäude* etwas übertrieben, denn es sind nicht mehr als ein paar aneinandergenagelte Bretter, die eine Rückwand und eine Seitenwand bilden. Im Schatten der Bretter stehen ein paar Tonnen, die als Tische und Bänke dienen sollen. Das Einzige, was piekfein in Ordnung ist, ist der Ausleger. *Zum Heringsfass* lesen sie.

„Das ist bestimmt Olafs Werk", sagt Florentin. „Aber der Rest sieht aus, als ob Gort es heute Morgen selbst zusammengezimmert hätte."

Weil zwei Seitenwände fehlen, sehen sie, dass Gort nicht besonders viel zu tun hat. Er spült mit grimmigem Gesicht Gläser hinter der Theke, einem Möbelstück, das scheinbar von einem der Schiffswracks stammt. Sein Gesicht hellt sich auf, als er sie sieht.

„Kommt rein, kommt rein!"

„Ein Freibier, um deine neue Schenke zu begießen, ist sicher drin, oder?", fragt Sebastian grinsend.

„Wollt ihr mich an den Bettelstab bringen?", schnaubt Gort.

„Nur weil du drei Bier ausgibst?", stichelt Florentin.

„Armer Gort, läuft das Geschäft so schlecht?", fragt Kahlo mitfühlend, zwinkert ihren Freunden aber heimlich zu.

„Jaja, ist ja schon gut", meckert Gort, und zu ihrer großen Überraschung bekommen sie eine Runde von ihm ausgegeben.

So voll wie der *Stille Papagei* um die Mittagszeit schon ist, so leer ist das *Heringsfass.* Die einzigen anderen Besucher sind vier Männer, die im Schatten um einen Tisch herum sitzen. Als Sebastian etwas genauer hinschaut, erkennt er einige der Neuankömmlinge, die mit Singleton auf die Insel gekommen sind.

„Die flüstern die ganze Zeit nur", berichtet Gort in vertraulichem Ton. „Das gefällt mir überhaupt nicht."

Sebastian wirft noch einmal einen Blick auf die Gruppe und erschrickt, weil alle vier auch zu ihnen schauen. Aber einer der vier beginnt zu lächeln und steht auf. Am Tresen bestellt er noch einmal das Gleiche, dann stellt er sich als Conrad Johansson vor.

„Und das da sind meine Kameraden Thomas Morgan, Pat Every und Peter Drake", erklärt er freundlich.

„Ich bin Sebastian, und das sind meine Freunde Florentin und Kahlo", entgegnet Sebastian.

„Darf ich euch einladen?", fragt Conrad Johansson.

„Bevor du es uns aufdrängst …", sagt Florentin.

Als ihre Gläser wieder gefüllt sind, erkundigt sich Johansson, ob sie schon lange auf Madagaskar leben.

„Ich ungefähr ein Jahr", antwortet Sebastian. „Vielleicht etwas länger."

Der Mann nickt. „Ist schon was anderes als die Handelsschifffahrt, oder? Hier kann man bestimmt richtig reich werden."

„Ja", sagt Florentin. „Das kann man schon. Allerdings ist für die meisten hier das Wichtigste, frei zu sein. Für mich jedenfalls."

Johansson sieht ihn interessiert an. „Wirklich? Das ist auch genau der Grund, warum wir bei Singleton angemustert haben. Es geht doch nichts über die eigene Freiheit – auch wenn wir nicht wussten, wo wir landen würden. Wir wissen überhaupt nichts über Madagaskar. Was schätzt ihr, wie viele Piraten leben hier?"

Die Jungen sehen Kahlo an, doch die zuckt bloß mit den Schultern.

„Pff", macht sie. „Keine Ahnung. Hundert oder so, vielleicht auch zweihundert. Vielleicht sogar mehr."

Conrad Johansson wirkt beeindruckt. „Eine richtige Kolonie", sagt er. „Und wie viele Schiffe?"

„Hm", überlegt Florentin. „Die *Black Joke* und die *Intrepid* natürlich", beginnt er aufzuzählen. „Und dann haben wir noch die *Rogue*, die *Enter*, die *Lorenzo*, die *Invader* … Tja, was soll ich sagen? Sieben? Acht? Dreißig?" Und er beginnt zu lachen. „Keine Ahnung. Viele."

Johansson nickt nachdenklich.

„Schließen sich euch viele Leute an? Ich meine, das Geld, die Freiheit, es scheint ein Paradies zu sein, oder nicht?"

„Und vergiss vor allem das schöne Wetter nicht", sagt Sebastian. Sie müssen alle lachen.

Gort hat inzwischen Johanssons Bestellung von vier Whiskeys auf die Theke gestellt. Johansson gibt Gort zwei Gulden und nimmt die Gläser wieder mit an seinen eigenen Tisch.

„Auf die Freiheit", ruft er, als er wieder sitzt, und hebt sein Glas in Richtung der jungen Leute an der Theke. Seine Kameraden tun es ihm gleich.

„Auf die Freiheit!"

„Wir müssen dann mal wieder weiter", sagt Kahlo und lässt sich von der Tonne gleiten. Sie werfen Gort einen Gruß zu und verschwinden dann.

„Komische Kauze, diese Neuen", meint Sebastian.

„Ach, ich kann das schon verstehen", entgegnet Florentin. „Ich weiß noch genau, wie es mir am Anfang ging. Alles ist neu und ganz anders, als man es gewohnt ist. Das weißt du doch selbst bestimmt auch noch, oder? Kein Wunder, dass sie alles wissen wollen."

Kahlo ist die Einzige, die nichts sagt.

„Lasst uns schwimmen gehen“, schlägt Sebastian dann vor. „Wir haben jetzt echt genug geübt und es ist wirklich viel zu heiß.“

Damit sind alle einverstanden und Florentin schlägt vor, Victor zu holen. „Letztes Mal war er ziemlich eingeschnappt, als wir ihn nicht gefragt haben.“

Sie beschließen, eine Abkürzung zu nehmen und nicht durch das Dorf zur Werft zu laufen, sondern durch den Urwald. Hier ist es ein bisschen kühler, obwohl die feuchte Wärme immer lange zwischen den Bäumen hängen bleibt. Nur auf den Lichtungen, wo Bäume für Häuser gefällt wurden, bekommt der Wind ein wenig Raum.

Sie sprechen unterwegs nicht viel. Der eine denkt an die Männer, die sie gerade im *Heringsfass* getroffen haben, der andere an das verlockende klare Wasser, in das sie gleich springen werden.

Die meisten Dorfbewohner machen Mittagsschlaf und der Urwald ist verlassen. Aber nicht ganz, wie sich bald herausstellt. Ein Stück von ihnen entfernt liegen zwei Männer an einen Baum gelehnt und dösen. Sebastian kennt sie nicht, wahrscheinlich sind es auch zwei von Singletons Neuankömmlingen.

Plötzlich öffnet einer von ihnen die Augen und richtet sich langsam auf, als sich die drei nähern. Dann setzt er den Hut auf, der neben ihm auf den Boden lag.

„Sieh mal einer an, was wir da haben“, sagt er lahm. „Ein Mädchen in Stiefeln.“

Sein Ton gefällt Sebastian vom ersten Moment an nicht.

„Richard, guck doch“, fordert er seinen Freund auf. „Die würde ich gerne mal ausziehen, du auch?“

Die Männer grinsen. Der erste steht auf und macht einen Schritt in Kahlos Richtung, aber bevor Sebastian reagieren kann, hat Kahlo schon Florentins Pistole aus dem Gürtel gezogen. Sie richtet sie auf den Hut des Mannes und schießt.

Zunächst ist er zu perplex, um zu reagieren, aber dann fangen er und sein Freund an zu lachen.

„Daneben, Schätzchen", sagt er. „Soll ich dir das Schießen beibringen? Frauen und Pistolen – das passt einfach nicht zusammen. Gib mir mal …"

„Jetzt schau mal gut hin." Kahlo fällt ihm in eisigem Ton ins Wort. „Guck, wie weit ich daneben war."

Noch immer grinsend nimmt der Mann seinen Hut vom Kopf, und erst dann sieht er, dass darin zwei Löcher klaffen. Die Kugel ist an der Vorderseite eingedrungen, haarscharf an seinem Kopf entlanggeschrammt und an der Rückseite wieder herausgeflogen. Das Grinsen gefriert ihm im Gesicht und unwillkürlich fährt er sich mit der Hand durch die Haare. Dann hebt er mit einem Ruck den Kopf und blickt Kahlo wütend an.

„Beim nächsten Mal ziele ich tiefer", sagt sie kühl, und Sebastian und Florentin brechen in Gelächter aus.

Lässig steckt sich Kahlo Florentins Pistole in den Gürtel und geht weiter. Die zwei Männer lässt sie mit offenem Mund zurück.

Sabotage

Als die drei Victor erzählen, was geschehen ist, muss er fürchterlich lachen. „Die haben bestimmt eine ziemlich komische Figur abgegeben, was?“

„Das kann man wohl sagen!“ Florentin lacht ebenfalls. „Du hättest ihr Gesicht sehen sollen!“

„Trotzdem sollte ich ihnen in Zukunft lieber aus dem Weg gehen“, meint Kahlo, und da sind sie alle ihrer Meinung.

Eine halbe Stunde später planschen sie im angenehm warmen Meerwasser und die Begegnung mit den Männern ist schnell vergessen. Sebastian gibt sich die größte Mühe, ein paar Fische für seine Freunde zu fangen, aber genau wie voriges Mal scheitert er jämmerlich. Glücklicherweise kann er inzwischen selbst darüber lachen. Als sie nach einer Weile Hunger kriegen, sammelt Kahlo im Urwald ein paar Früchte, doch schon kurze Zeit später beschließen sie, ins Dorf zurückzukehren, um eine richtige Mahlzeit zu sich zu nehmen.

Dort herrscht eine aufgeheizte Stimmung, da sich scheinbar alles um *die* Neuigkeit des Tages dreht: Die *Black Joke* wird morgen wieder rausfahren. Die Leute stehen in Gruppen zusammen und reden und auch Sebastian spürt sofort ein aufgeregtes Kribbeln im Bauch – obwohl das natürlich auch der Hunger sein kann.

„Heute Abend also früh ins Bett, Jungs", sagt Florentin und schlägt Sebastian und Kahlo auf die Schulter. Kahlo sieht ihn warnend an, denn schließlich soll nicht jeder wissen, dass sie an Bord ist.

Am nächsten Morgen ist Sebastian der Erste, der auf der *Black Joke* anheuert. Es ist etwa sechs Uhr und die Sonne steht schon hell am Himmel. Er hat nicht erwartet, der Erste an Bord zu sein und ist deshalb auch nicht erstaunt, als er dort bereits Fenmores lange Gestalt sieht. Aber was ihn sehr wohl überrascht, ist die Stimmung, in der er den Kapitän antrifft. Er hatte erwartet, dass er fröhlich, vielleicht sogar aufgeregt sein würde. Stattdessen aber ist Fenmore schlecht gelaunt und brüllt über Deck.

„Wir legen nicht ab", ist das Erste, was er ruft, als er Sebastian sieht.

„Was?", fragt Sebastian überrascht, als er über die Laufplanke an Bord klettert und seinen Seesack abstellt. „Warum nicht?"

Als Antwort winkt Fenmore ihm, und Sebastian folgt ihm die Laufplanke hinab. Der Kapitän nimmt ihn mit zum Bug des Schiffes, wo zu Sebastians Entsetzen ein riesiges Loch klafft.

„Wie kann so was passieren?", fragt er. „Ist sie irgendwo gegengeschlagen?"

„Schau mal genau hin", fordert Fenmore ihn auf. „Es sind Beilhiebe."

Sebastian sieht Fenmore fassungslos an. Aber als er den gequälten Blick in den Augen des Kapitäns bemerkt, als ob er sich nicht vorstellen könne, welcher Vandale seine geliebte *Black Joke* absichtlich so zurichten würde, weiß er, dass es kein Witz ist.

Sebastian beugt sich nach vorn und sieht Splitter, die aus dem klaffenden Loch am Bug herausragen. Das Loch ist so groß wie eine halbe Schaluppe. Auf manchen Brettern sind deutliche Linien zu erkennen, die tatsächlich nur mit einem scharfen Gegenstand gemacht worden sein können. Bei einer Kollision mit einem Felsen wäre das Holz richtig zersplittert gewesen.

Sein Gesicht ist ernst, als er Fenmore wieder ansieht. Wer kann das getan haben? Sebastian ist sich sicher, dass auch Fenmores Verdacht sofort auf die Neuankömmlinge fällt.

„Wer sollte …", beginnt er, bekommt aber nicht die Möglichkeit, seine Frage zu stellen.

„Morgan und Johansson und wie sie alle heißen." Fenmore spuckt ihre Namen beinahe aus.

„Und Singleton?", fragt Sebastian.

Fenmore schüttelt entschieden den Kopf. „Der nicht. Wir kennen uns schon ewig. Er würde so etwas niemals tun."

„Müssen wir ihn dann warnen?"

Fenmore denkt kurz nach und nickt dann. „Wir warnen einige Männer. Dem Rest erzählen wir, dass die Havarie vom letzten Mal nicht vollständig wiederhergestellt ist und dass wir vorerst nicht auslaufen."

Sebastian nickt. „Wer sollte alles informiert werden?"

„Knut zuallererst", antwortet Fenmore grimmig. „Der Schaden muss so schnell wie möglich behoben werden. Und ich will wissen, ob die *Black Joke* das einzige Schiff ist, das beschädigt ist. Aber ob das so ist oder nicht, alle Schiffe müssen vorübergehend gut im Auge behalten werden. Wir müssen dafür sorgen, dass ständig ein paar Männer an

Bord sind – was natürlich bedeutet, dass wir alle Kapitäne informieren müssen. Claude Tempest, Walter Kirby, William Saunders, Alan Singleton und die anderen. Sie bestimmen selbst ein paar Männer, denen sie vertrauen. Und Knut und seine Männer auf der Werft behalten die Schiffe dort im Auge."

„Gut", sagt Sebastian. „Ich kann heute Abend zusammen mit Florentin und Kahlo die *Black Joke* bewachen."

Fenmore nickt zustimmend. „Dann sorge ich mit Walter Karbijn und Patrick für Ablösung."

Die Mannschaft, die bald in kleinen Gruppen eintrudelt, wird enttäuscht wieder nach Hause geschickt. Die Männer hatten sich auf die Fahrt gefreut, aber vorläufig findet sie also nicht statt. Als alle weg sind, macht sich Fenmore zur Werft auf, um Knut und danach die anderen zu informieren.

Sebastian bleibt an Bord des zerstörten Schiffes. Nach einer Stunde hört er in der Ferne das Rattern eines Wagens und kurz darauf erkennt er durch die Bäume Knut und Victor. Ihr Wagen ist mit gebogenen Brettern und Geräten beladen. Als sie den Zustand des Schiffes sehen, sind sie beinahe genauso empört wie Fenmore. Unvorstellbar, dass jemand einem guten Schiff mutwillig so viel Schaden zufügen kann. Sie beginnen sofort mit der Arbeit und als eine halbe Stunde später auch Florentin und Kahlo an Bord kommen, helfen sie alle mit.

Sebastian fragt Victor, ob es auf der Werft auch unvorhergesehene Schäden gegeben habe, aber Victor schüttelt den Kopf. „Soweit ich weiß, nicht."

Doch plötzlich richtet Knut sich auf und sieht Sebastian nachdenklich an.

„Hm, wenn ich jetzt darüber nachdenke … Erinnerst du dich noch an das mit der *Lorenzo*, Victor? Dass ich dich angeschnauzt habe, weil immer noch ein Loch im Heck war? Und dass du gesagt hast, du hättest es schon lange abgedichtet?"

Victors Miene hellt sich auf einmal auf, als ob ihm ein Licht aufgeht. „Das stimmt", sagt er. „Ich hatte es wirklich schon repariert. Und später war es dann doch noch nicht dicht."

„Wann war das?", fragt Sebastian.

„Gerade erst", antwortet Knut.

„Waren die Neuankömmlinge da schon hier?", fragt Kahlo.

Victor und Knut nicken gleichzeitig und ihre Gesichter werden ernst. Mehr wird an diesem Nachmittag nicht gesprochen und die Arbeit geht schneller voran, als Sebastian gedacht hätte. Als es Abend wird, ist das Schiff so gut wie neu. Victor und Knut gehen zurück zur Werft und Sebastian, Florentin und Kahlo bleiben allein auf der *Black Joke* zurück.

„Hier", sagt Kahlo und überreicht beiden eine Muskete. „Habe ich bei Bonne aufgestöbert. Selbst meinem Vater fehlt ein Großteil seiner Waffen. Ich dachte ja, dass er meine versteckt hätte, aber das stimmt nicht."

„Das kann kein Zufall sein", stellt Sebastian fest, dem die Bedeutung der verschwundenen Pistolen erst jetzt klar wird. „Es geschehen hier in letzter Zeit merkwürdige Dinge."

„Warum nehmen wir die Leute nicht sofort gefangen?", fragt Florentin kampflustig. „Wir wissen doch genau, dass sie dahinterstecken, oder?"

„Das wissen wir leider noch *nicht*", erwidert Sebastian. „Außerdem sind wir doch gerade dabei, Beweismaterial zu sammeln."

„Doch", behauptet Florentin hartnäckig, „diese Leute machen uns hier alles kaputt."

Ein außergewöhnlicher Sonnenuntergang, der den Himmel erst rot, dann gelb, dunkellila und hellblau färbt, lenkt sie kurz ab. Aber lange dauert es nicht, und dann ist es dunkel. Schweigend sitzen sie zusammen, alle drei in ihre eigenen Gedanken versunken. Und die Nacht ist lang, wenn man warten muss.

Erst schrecken sie bei jedem Geräusch auf, das sie hören, aber als es sich dann immer als Vogel oder irgendein anderes Tier entpuppt, werden sie ruhiger.

Sebastian ist kurz davor einzunicken, als er erneut Geraschel hört. Träge hebt er den Kopf. Soll er zur Reling laufen und nachschauen? Doch dann hört er Stimmen. Leise, aber unmissverständlich. Er versetzt Florentin und Kahlo einen Stoß und bedeutet ihnen, kein Geräusch zu machen. Zu dritt schleichen sie zur Reling, die geladenen Musketen im Anschlag.

Sie hören immer noch Geraschel und es ist zweifellos kein kleines Tier, das dieses Geräusch macht.

„Pst", hören sie dann aus der Dunkelheit und wissen sofort, dass der Eindringling nicht allein ist. Der plötzliche Klang eines Beilhiebs am Rumpf schallt hohl durch den Urwald, doch Kahlo reagiert blitzschnell und feuert ihre Muskete ab. Das Geräusch ist ohrenbetäubend, so nah. Sie hören Schreie, den Klang weglaufender Schritte, und dann eröffnen auch Sebastian und Florentin das Feuer. Plötzlich hören sie einen Schmerzensschrei.

„Wir haben einen getroffen", ruft Sebastian.

Sie rennen alle drei die Laufplanke hinab, hinter den Saboteuren her, zwischen den Bäumen hindurch.

„Wir müssen sie finden", sagt Sebastian gehetzt. „Sie können nicht weit sein."

Aber es ist zwischen den Bäumen noch dunkler als auf dem Schiff und sie können nicht mal die eigene Hand vor den Augen sehen. Enttäuscht müssen sie schon bald darauf die Verfolgung aufgeben.

Ein scharfer Schnitt in die neuen Planken des Bugs, mehr Schaden haben die Männer gestern Abend nicht angerichtet. Aber Fenmore ist trotzdem fuchsteufelswild. Dass jemand so dreist ist, direkt vor ihrer Nase …

„Und ihr habt nicht gesehen, wer es war?"

„Überhaupt nichts", antwortet Kahlo.

„Nicht, dass wir nicht wüssten, wer es war", fügt Florentin böse hinzu.

„Singleton behauptet, dass seine Männer nichts damit zu tun haben", berichtet Fenmore. „Er sagt, dass er für sie seine Hand ins Feuer legen würde und dass sie so etwas niemals tun würden."

„Aber all diese Dinge passieren erst, seitdem sie hier sind", wendet Sebastian ein.

Fenmore seufzt und fährt sich müde mit den Händen über das Gesicht.

„Holt jetzt erst mal was zu essen aus dem *Stillen Papagei*. Dann beraten wir darüber, wie wir weiter vorgehen."

Kahlo bleibt bei ihrem Vater, während Sebastian und Florentin zum *Stillen Papagei* laufen. Dort ist es voller als je zuvor und sogar Gort steht redend inmitten der Menge.

„Was macht der denn hier? Der Überläufer!“, sagt Sebastian grinsend zu Florentin, während sie sich einen Weg nach vorn bahnen.

„Die Schuldigen müssen bestraft werden“, wird gerufen.

„Wir können das nicht auf sich beruhen lassen!“

Sebastian blickt suchend um sich und hält Ausschau nach Gesichtern von Neuankömmlingen, aber es sind alles alte Bekannte.

„Wir wollen einen Prozess!“

„Sie müssen verurteilt werden!“

„Bestraft!“

„Aufgehängt!“

Mit jedem Ruf wird die Stimmung aufgebrachter.

„Ein Prozess?“, fragt Sebastian erstaunt.

„Das kommt hier öfter mal vor“, erklärt Florentin. „Ist an sich nichts Neues. Und es dient eigentlich mehr der Unterhaltung als allem anderen. Obwohl, dieses Mal …“

Durch die vielen Leute sind Olivier Flinders die Vorräte ausgegangen und letztendlich kommen Sebastian und Florentin nur mit ein paar trockenen Keksen aus der Schenke, die trotzdem mit Appetit gegessen werden. Florentin erzählt Fenmore und Kahlo, dass die Stimmung im Dorf aufgebracht ist und alle dort einen Prozess fordern.

„Jetzt?“, ruft Fenmore entrüstet. „Als ob wir dafür Zeit hätten! Wir wissen doch noch überhaupt nichts. Und davon abgesehen, wer bewacht währenddessen die Schiffe?“

Darüber haben die Jungen noch nicht nachgedacht.

„Vielleicht nutzen sie den Prozess gerade dafür, noch mehr Schiffe zu sabotieren.“

„Nur über meine Leiche“, sagt Fenmore fest entschlossen. „Wenn so dringend ein Prozess gehalten werden muss, werde ich dafür sorgen, dass alle anwesend sind. Und dann meine ich auch *alle.*“

Beinahe kommt es zu einem Streit zwischen den beiden eingeschworenen Kameraden, Fenmore und Singleton. Singleton wirft Fenmore vor, dass er seinen Männern nicht vertraut, und Fenmore versucht, Singleton davon zu überzeugen, dass es im Interesse aller ist, die Saboteure zu finden. Und dass darum jeder bei dem Prozess anwesend sein muss.

Um die beiden Männer herum wird lauthals Fenmores Vorschlag zugestimmt und schließlich lässt sich Singleton überreden. Der *Stille Papagei*, in dem die erhitzte Diskussion stattgefunden hat, leert sich unterdessen, da sich alle zur großen Lichtung im Urwald begeben, wo gewöhnlich die Prozesse geführt werden.

„Sorgt dafür, dass alle anwesend sind!“, ruft Fenmore über die Menge hinweg. „Wenn ihr jemanden vermisst, dann gebt das an eure Kameraden weiter.“

Sebastian, Florentin, Kahlo, Victor und Bonne wollen in erster Linie beobachten, ob alle Neuankömmlinge anwesend sind – und vor allem auch bleiben. Zu fünft suchen sie sich einen Platz in dem Kreis von Menschen, die sich rund um ein paar wackelige Tische und ein paar umgesägte Baumstämme versammelt haben.

„Wie läuft das jetzt genau ab?“, erkundigt sich Sebastian. Für ihn ist es das erste Mal, dass er an so etwas teilnimmt.

„Na ja“, beginnt Florentin, „es gibt einen Richter und ein paar Geschworene.“

„Meistens zwei." Kahlo fällt ihm ins Wort.

„Und die rufen ein paar Männer nach vorne, um ihnen Fragen zu stellen und so."

„Ist das alles?", fragt Sebastian, als Florentin nicht weiterspricht. Das ganze Geschehen kommt ihm immer noch ziemlich seltsam vor.

„Hm. Das hängt davon ab", sagt Bonne vage.

Bevor Sebastian weiterfragen kann, sind drei Männer nach vorn getreten, und die Zuschauer verstummen.

„William Saunders", flüstert Florentin, „der Kapitän der *Invader*, du weißt schon. Der ist dieses Mal der Richter, das erkennt man an der Perücke, die er da trägt. Der Geschworene rechts von ihm ist Chris Edgar, sein Erster Steuermann."

Sebastian nickt zustimmend, denn er hat die beiden Männer ebenfalls erkannt. „Und der andere?"

„Das ist Kapitän Ferdinando Braganza, Kapitän der *Lorenzo*. Portugiese. Ziemlich aufbrausender Typ, aber er taugt was."

Nur die Anklagebank ist leer und die Spannung unter den Zuschauern steigt.

Saunders räuspert sich. „Wir haben uns heute hier versammelt, um herauszufinden, wer für die Sabotage an unseren Schiffen verantwortlich ist."

Laute Buhrufe tönen aus den Reihen der Zuschauer.

„Das wollen wir natürlich völlig unparteiisch tun. Ich nenne darum ein paar beliebig ausgewählte Namen und diese Verdächtigen kommen nach vorne."

Als der Richter zu Ende gesprochen hat, tritt gespannte Stille ein. Wer würden die willkürlich ausgewählten Verdächtigen sein?

„Ich rufe auf: Edward Ferguson", erklingt dann Saunders' laute Stimme.

„Er!", zischt Kahlo, und Sebastian sieht, dass der Mann, dessen Hut Kahlo mit ihrem Schuss durchbohrt hat, nach vorn tritt.

„Peter Drake."

Als Peter Drake nach vorn geht, bemerkt Sebastian, dass er leicht hinkt. Er stößt Sebastian und Kahlo an.

„Was der wohl mit seinem Bein gemacht hat?", fragt er flüsternd und bemerkt, wie die Gesichter seiner Freunde erstarren.

„Und Conrad Johansson."

Noch ein Bekannter. Es sieht so aus, als ob der Mann, der ihnen vor ein paar Tagen in der Schenke so viele Fragen gestellt hat, jetzt selbst ein paar Antworten geben müsse.

Aber da steht Singleton auf und sein Gesicht läuft rot an.

„Nennen Sie das eine beliebige Auswahl?", brüllt er wütend.

„Ruhe!", mahnt Saunders. „Setzen Sie sich! Dies ist die Auswahl des Richters und darüber wird nicht diskutiert."

Für die Entscheidung des Richters kommt so viel Beifall aus dem Publikum, dass Singleton sich wieder setzen muss, doch sein Gesicht bleibt finster. Saunders kündigt an, dass die Geschworenen die Befragung durchführen werden und der Richter anschließend das Urteil fällt.

„Beginnen Sie bitte, meine Herren."

Ferdinando Braganza steht sofort auf. „Ich möchte gern ein paar Fragen an Conrad Johansson stellen."

Johanssons Gesicht wird ernst und er tritt einen Schritt nach vorn.

„Sie sind erst seit kurzer Zeit bei uns auf Madagaskar", beginnt Braganza. „Darf ich fragen, warum Sie hierhergekommen sind?"

„Um mich der Piraterie anzuschließen!", ruft Johansson laut.

Die Neuankömmlinge unter den Zuschauern jubeln bei seinen Worten.

„Sind Sie hergekommen, um uns zu verraten?"

„Nein, gewiss nicht!", antwortet Johansson. „Das schwöre ich!"

„Wissen Sie, wer die Schiffssaboteure sind?"

Bei dieser Frage wird es totenstill. Aber Johansson lässt sich nicht aus der Ruhe bringen.

„Nein, mein Herr. Das weiß ich nicht."

„Er soll hängen!", ruft dann jemand aus dem Publikum ungeduldig, und sofort entsteht eine allgemeine Unruhe.

„Er soll hängen! Sie sollen alle hängen!", erklingt es von überall her, und der Prozess droht aus dem Ruder zu laufen.

Saunders schlägt lautstark mit dem Holzhammer auf den Tisch.

„Ruhe! Ruhe!", brüllt er mit einer donnernden Stimme, die es gewohnt ist, selbst Orkane zu übertönen. Noch einmal saust der Hammer auf den Tisch nieder. „Ruhe jetzt! Oder ich lasse *euch* hängen!"

Die Zuschauer beruhigen sich wieder und Braganza fährt mit seiner Befragung fort.

„Kann es vielleicht sein, dass Sie selbst für die Sabotage verantwortlich sind?"

Aus der Menge ertönen wütende und protestierende Stimmen, vor allem von den Neuankömmlingen.

„Nein, mein Herr!", beginnt Johannson. „Ich schwöre es beim Grab meiner seligen Mutter: Ich bin unschuldig!"

Braganza macht noch eine Weile auf dieselbe Art weiter, bekommt aber nur immer wieder die gleichen Antworten. Johansson streitet mit aller Vehemenz ab, irgendetwas mit den Vorkommnissen auf der Insel zu tun zu haben. Es geht nicht wirklich voran und langsam wird das Publikum ungeduldig. Doch plötzlich nehmen die Dinge einen ganz anderen Lauf, als im Publikum jemand aufsteht und das Wort ergreift.

„Was ich mich hingegen frage …"

Sebastian wendet den Kopf und sieht, dass es Snelgrave ist, der spricht.

„… wo ist denn eigentlich Fenmores Gold geblieben?"

Die Zuschauer werden still, und sogar Braganza hat es die Sprache verschlagen.

„Wo ist es, hä? Die Beute war außergewöhnlich fett, habe ich gehört. Wie schön, dass wir nie etwas davon gesehen haben."

Um ihn herum beginnen die Leute zu murmeln und die Menschenmenge wird immer aufgebrachter. Eigentlich hat Snelgrave doch recht.

Dann steht auch Denys Hugo auf. „So ist es!", ruft er wütend. „Und wer glaubt denn allen Ernstes diese unsinnige Geschichte? Ein *Geisterschiff* … dass ich nicht lache!"

In dem Moment, in dem Hugo aufsteht, erinnert sich Sebastian wieder, dass er bei dieser Fahrt tatsächlich nicht an Bord der *Black Joke* war.

Hugo bekommt Zustimmung, denn hier und da wird höhnisch gelacht.

„Pah! Kompletter Unsinn – das ist es!"

Saunders findet, dass es Zeit wird einzugreifen, und schlägt wieder mit seinem Hammer auf den Tisch.

„Ordnung! Ordnung! Wir sind jetzt mit einer anderen Angelegenheit beschäftigt …"

Aber nun ist es zu spät.

„Er betrügt uns", fällt jemand dem Richter ins Wort.

„Fenmore hat die Schätze selbst behalten! Irgendwo vergraben!"

„Er bestiehlt uns!"

„Wir haben ein Recht auf einen Teil des Geldes!"

Fenmore steht mit wutverzerrtem Gesicht auf. Er öffnet den Mund, doch trotz seiner lauten Stimme kommt er nicht zu Wort.

„Lasst den Mann sprechen!", schreit Braganza, aber auch er kann den Lärm nicht übertönen. Ohne zu zögern, zieht er seine Pistole und feuert einen lauten Warnschuss in die Luft ab.

Das hat endlich die gewünschte Wirkung und die Menge beruhigt sich.

„Gebt Fenmore eine Chance, sich zu verteidigen!", ruft Braganza.

Leise vor sich hin murmelnd setzen sich alle wieder hin, wobei sie die Augen fest auf den Kapitän der *Black Joke* gerichtet haben.

Da steht er, eine große, imposante Gestalt in roter Jacke, hohen glänzenden Stiefeln, mit schwarzem Haar, das ihm über die Schultern fällt. Schweigend wartet er so lange, bis es mucksmäuschenstill ist.

„Da war wirklich ein Geisterschiff", stellt er dann klar. „Und ich bin nicht der Einzige, der es gesehen hat."

Und er beginnt zu erzählen. Von dem portugiesischen Königsschiff, das sie überfallen haben, der reichen Beute und dem Geisterschiff. „Es stieg aus einem dichten Nebel auf und es fuhr quer durch die *Black Joke* hindurch, als ob es sie nicht gäbe. Es war größer, als es sich irgendjemand von euch vorstellen kann. Fünfzehnhundert Tonnen, mindestens. Ein Riesenschiff."

Obwohl niemand die Geschichte glaubt, geht ein Raunen durch die Zuschauermenge.

„Und als wir danach die Laderäume inspiziert haben, war alles weg – keine einzige Kiste mit Gold mehr übrig. Kein Sack mit Gewürzen. Nicht mal ein Pfefferkorn. Alles war weg. Sogar ein Uhrwerk, an dem ich sehr hing. Warum sollte ich mir das ausdenken?"

Es bleibt kurz still, aber dann ruft eine wütende Stimme: „Wie kommt es dann, dass wir dieses geheimnisvolle Schiff noch nie gesehen haben?"

„Ja! Geschwätz!"

Die Zuschauer werden wieder unruhig.

„Kapitän Fenmore spricht die Wahrheit! Auch ich habe das Geisterschiff mit eigenen Augen gesehen!" Sebastian ist aufgestanden, um seinen Worten mehr Gewicht zu geben, und alle blicken ihn an.

„Das gilt auch für mich", sagt Patrick, der ein Stück von ihm entfernt sitzt, und steht ebenfalls auf.

„Ich habe es auch gesehen!"

„Und ich auch."

Als Sebastian sich umblickt, sieht er, dass die vollzählige Mannschaft der *Black Joke* aufgestanden ist. Fenmore blinzelt, deutlich gerührt von der Unterstützung seiner Mannschaft, aber sein Gesicht bleibt ernst.

„Wir sind alle beraubt worden“, sagt Walter Karbijn dann. „Das schwöre ich, Hand aufs Herz.“

Aber Snelgrave lässt sich nicht so leicht überzeugen. „Vielleicht lügt ihr ja alle. Wenn der Schatz wirklich so gewaltig war … Da würde ich auch lügen.“

„Ja“, pflichtet Denys Hugo ihm bei. „Vielleicht hat sogar Fenmore selbst die Schiffe sabotiert. Um uns etwas vorzugaukeln!“

Die Neuankömmlinge beginnen begeistert zu jubeln, aber Fenmore explodiert fast vor Wut.

„Sollte ich … meine eigene *Black Joke* …“, beginnt er, aber dann beschließt er, dass es keinen Sinn hat weiterzusprechen. Er zieht seine Pistole und bahnt sich einen Weg durch die Menge auf Denys Hugo zu. Viele Hände versuchen ihn aufzuhalten und Denys macht von der Gelegenheit Gebrauch, so schnell wie möglich in die andere Richtung zu flüchten. Frustriert feuert Fenmore ein paar Schüsse in die Luft ab, die für noch mehr Unruhe sorgen. Saunders versucht währenddessen vergeblich, die Ordnung wiederherzustellen.

„Ordnung! Ordnung! Ich muss noch die Verdächtigen bestrafen! Ruhe!“

„Hängen sollen sie!“, schreit Braganza, bevor er an der Reihe ist, und nun scheint Saunders endgültig genug zu haben.

„Was glaubst du, wer du bist! *Ich* spreche hier die Urteile!“

Er klettert auf den Tisch und springt Braganza in den Nacken. Die Zuschauer deuten dies als ein Zeichen dafür, dass die Sitzung geschlossen ist, und beginnen, aufeinander loszugehen. Bonne hat eine riesige Muskete aus seinem Hosengurt gezogen und erkämpft sich seinen Weg nach vorn, um Fenmore, der von allen Seiten belagert wird, zu helfen.

Victor, Florentin und Kahlo sind in der Menge verschwunden und Sebastian weiß nicht, was er tun soll. Vorsichtshalber behält er seine Muskete im Anschlag, während die wogende Masse ihn hin und her schiebt. Plötzlich steht ihm Snelgrave Auge in Auge gegenüber.

„Du!“, ruft er abfällig. Dass der schmutzige Verräter Fenmore so feige angegriffen hat, ist nicht das Einzige, was Sebastian ihm übel nimmt. Er wird dafür sorgen, dass er von nun an auch Tom in Ruhe lässt. Aber wird er ihn deswegen jetzt kaltblütig niederschießen? Sebastian hadert.

„Wenn das mal nicht Fenmores Liebling ist“, zischt Snelgrave. „Mich einfach für nichts und wieder nichts zur *Black Joke* zu schicken! Was denkst du dir eigentlich? Dass du mich für dumm verkaufen kannst?“

Er hebt seinen Säbel und holt aus. Sebastian schreit, als Snelgrave ihn am Arm erwischt, und lässt vor Schreck seine Muskete fallen. Dadurch löst sich aus Versehen ein Schuss.

Ein lauter Knall ertönt und Snelgraves Gesicht verzieht sich. Sebastian blickt zuerst auf seinen eigenen Arm, aus dem Blut quillt, und dann erst geht sein Blick zu Snelgrave, der am Boden liegt und vor Schmerzen wimmert. Er hält sein gesundes Bein fest und Sebastian sieht, dass er ihn am Fuß getroffen hat.

Er beginnt zu lachen. Zuerst, weil er es lustig findet, aber sehr schnell merkt er, dass er nicht mehr aufhören kann. Die Tränen strömen ihm über die Wangen und sein Körper schüttelt sich.

„Mein guter Fuß. Mein guter Fuß“, jammert Snelgrave. „Ich kann nie mehr laufen.“

Sebastian spürt, wie er erschlafft, und verliert das Gleichgewicht. Er hat nicht gesehen, dass Bonne auf ihn zukommt, aber plötzlich wird er hochgehoben.

„Jetzt kann ich auch mal was für dich tun. Dann sind wir wieder quitt.“

Und plötzlich haben sie die prügelnde Menge hinter sich gelassen.

Bonnes Stimme klingt nah an seinem Ohr, aber gleichzeitig weit weg. „Das hat richtig Laune gemacht, findest du nicht?“

Sebastian sieht, dass Bonne trotz seiner guten Stimmung nicht unversehrt aus dem Streit hervorgegangen ist. Seine Kleider sind zerrissen, hier und da sind Blutflecken. Aber sein Gesicht strahlt. „Guter Prozess. Ich habe schon schlechtere mitgemacht.“

„Was du nicht sagst“, murmelt Sebastian.

„Du hast den Alten richtig gut erwischt. Genau, was der alte Lump verdient.“

Und dann haben sie Bonnes Haus erreicht.

„Ich hole dir was zu trinken“, sagt der Schnapsbrenner, der einen starken Rum für die beste Lösung aller Probleme hält.

Der Angriff

Es hängt noch der Morgennebel über der grünen Insel, als Sebastian durch den Klang von Beilhieben aufgeschreckt wird. Sofort reißt er die Augen auf, greift nach seiner Pistole und springt auf.

„Hör auf damit, oder ich …“ Seine Stimme bricht.

Victor legt sein Beil weg und sieht ihn mit schiefem Grinsen an.

„Oder was?“, fragt er dann. „Oder ich helfe dir schnell?“

Grinsend lässt Sebastian seine Pistole wieder sinken. „Ist es hierfür nicht noch ein bisschen zu früh?“, fragt er und reibt sich das Gesicht.

Victor greift wieder nach seinem Beil und fährt fort, die Bretter für das Haus zu bearbeiten.

„Ich konnte nicht mehr schlafen“, sagt er. „Ich habe jede Menge Ideen, und da wollte ich sofort anfangen.“

Es sind ein paar Wochen vergangen seit dem Prozess und die Gemüter in der Kolonie haben sich wieder etwas beruhigt. Wer wirklich für die Sabotage und das Verschwinden der Waffen verantwortlich war, haben sie zwar nicht herausfinden können, aber seit dem Prozess sind keine Schiffe mehr beschädigt worden und keine Waffen mehr verschwunden. Allerdings behält Fenmore die *Black Joke* noch immer aufmerksam im Auge.

Die Neuankömmlinge beginnen langsam, sich mit den Piraten der Insel zu verbrüdern, denn der Prozess hat trotz der Unruhen wie ein reinigendes Gewitter gewirkt. Das Leben auf Madagaskar wird allmählich wieder so, wie es war, bevor die Neuankömmlinge kamen.

Jetzt, wo Sebastian wach ist, beschließt er, Victor ein bisschen zu helfen. Mit dem Geklopfe und Gesäge um ihn herum wird es mit dem Schlafen sowieso nichts mehr.

„He, Florentin“, ruft er seinem Kameraden zu, der aus unerklärlichen Gründen noch immer leise vor sich hin schnarcht. Erst als er ihm einen heftigen Stoß versetzt, dreht er sich herum.

„Lass mich“, murmelt er schläfrig.

„Wir fangen mit dem Haus an“, sagt Sebastian, indem er versucht, seinen Freund wach zu rütteln. „Beeil dich, Victor hat schon fast eine Wand fertig.“

„Dann wird er auch weiterhin ohne mich klarkommen“, stöhnt Florentin, der jetzt doch den Kopf hebt und mit geschwollenen Augen um sich blickt. Seufzend setzt er sich auf und starrt eine Zeit lang dösig vor sich hin. Dann steht er auf, und nachdem er etwas gegessen und getrunken hat, ist Florentin bereit, Victor zu helfen.

Die Tage vergehen, und das Haus nimmt immer mehr Gestalt an. Sebastian und Florentin erledigen Arbeiten wie Holz schleppen, sägen und nageln, während Victor mit echtem Zimmermannsblick dafür sorgt, dass die Statik des Hauses gut ist und alles gründlich verarbeitet wird. Kahlo hat ein paar ausrangierte Stühle und einen Tisch von zu Hause mitgebracht, sodass die drei auf einmal ein richtiges Wohnzimmer haben.

Die Arbeit macht ihnen Spaß und bald ist es geschafft.

Eines Morgens betrachten sie alle vier zufrieden ihr Haus, als es um sie herum plötzlich merkwürdig still wird.

Dann erklingt ein enormes Dröhnen, das den Boden unter ihnen erzittern lässt. Erschreckt schauen sie sich an. Was war das?

Sebastian lauscht, und es scheint, als ob die gesamte Natur um ihn herum das ebenfalls täte. Es ist totenstill geworden, kein Vogel singt mehr, keine Grille zirpt, und keine Biene summt. Dann ertönt ein zweiter heftiger Knall, gefolgt von einem tiefen Dröhnen.

Sebastian atmet erleichtert auf. „Nur ein Gewitter", sagt er, und auch seinen Freunden scheint ein Stein vom Herzen zu fallen.

Sie erwarten jeden Moment einen heftigen Regenguss und blicken besorgt zum Dach ihres neuen Hauses. Durch die Ritzen fallen immer noch dünne Streifen Tageslicht hinein und wasserdicht ist es bestimmt nicht. Victor seufzt.

„Ich dachte, es dauert noch eine Weile, bis die Regenzeit beginnt", sagt er dann resigniert.

Es folgen noch mehrere Donnerschläge und tiefe grummelnde Geräusche, aber der Regen bleibt aus. Stattdessen ist ihnen, als ob sie Geschrei hörten.

Und plötzlich ist sich Sebastian sicher, dass das Donnern, das sie hören, gar kein Gewitter ist.

„Es kommt aus der Bucht", ruft Kahlo und springt unruhig auf.

„Das sind Kanonenschüsse", entfährt es Sebastian, und er springt ebenfalls auf.

„Vielleicht kehrt ja noch ein verlorener Sohn auf die Insel zurück …", sagt Florentin hoffnungsvoll.

„Lasst uns gucken gehen“, fordert Kahlo die anderen auf, und sie rennt vor den Jungen her zur Bucht.

Als sie dort ankommen, sehen sie Knut schon mit einem Fernrohr inmitten einer kleinen Gruppe am Strand stehen.

„Es ist die *Lorenzo* von Braganza“, informiert er die um ihn herum Stehenden. „Sie sind erst heute Morgen rausgefahren. Es ist Kanonenfeuer.“

„Es sind Warnschüsse“, sagt Fenmore, der sich neben Knut gestellt hat und ebenfalls durch sein Fernrohr späht, um herauszufinden, was los ist.

Aber auch ohne Fernrohr ist es offensichtlich, dass die *Lorenzo* wie vom Teufel gejagt direkt auf die Insel zufährt. Kurz vor der Bucht wendet sie, kann aber nicht rechtzeitig die Geschwindigkeit drosseln, sodass sie mit einem leise kratzenden Geräusch aufläuft. Es herrschen sichtlich große Panik und Durcheinander an Bord. Hastig werden Boote ausgesetzt und die Männer rudern wie besessen an Land. Währenddessen schallt ihr Geschrei über das Wasser.

„Angriff … Marine … Schiffe …!“

Am Strand entsteht sofort große Unruhe.

„Es ist die englische Flotte“, rufen die Männer von der *Lorenzo*, als sie näher kommen. „Eine ganze Flotte Kriegsschiffe!“

Sebastian erstarrt, und Florentin und Kahlo neben ihm blicken genauso fassungslos auf das Meer wie er. Was geschieht hier? Ist dies hier etwa das Ende ihres Lebens auf Madagaskar?

„Zu den Schiffen!“, brüllt Fenmore über den Strand. „Sorgt dafür, dass ihr die *Lorenzo* wieder flottkriegt! Alle Männer auf die *Black Joke*!“

„Das schaffen wir nie", ruft Singleton, der sich unter den Männern am Strand befindet. „Wir sollten hierbleiben! Uns vom Ufer aus verteidigen! Wie eine Festung!"

Er läuft in Richtung Dorf, gefolgt von einer Gruppe seiner treuen Anhänger.

„Wir fahren raus", ruft Fenmore wieder.

Dann wendet er sich an Kahlo. „Geh zu deiner Mutter, und flüchte mit ihr ins Inland. Da ist es sicher. Nimm so viele Frauen und Kinder mit wie möglich."

Kahlo zögert. „Aber ich will mit dir mit!", sagt sie dann.

„Kahlo, jetzt hör mir mal zu", entgegnet ihr Vater ungeduldig. „Das ist zu gefährlich. Es wird ein Kampf um Leben und Tod und da möchte ich dich nicht dabeihaben."

Kahlo steht im Zwiespalt, denn einerseits will sie ihre Mutter warnen, andererseits will sie aber auch mit.

„Die Kinder sind auf dich angewiesen, Kahlo", versucht ihr Vater sie zu überzeugen. „Und Hunderte von unschuldigen Frauen."

„Und Sebastian und Florentin?"

„Die brauche ich."

Kahlo nickt verletzt. Dann dreht sie sich um und läuft davon.

Sebastian sieht ihr nach und fühlt irgendwo in der Herzgegend einen Stich. Vielleicht ist dies ja das letzte Mal, dass er sie sieht …

„Komm mit, Sebastian! Beeil dich!" Es ist Victor, der ihn antreibt, zur *Black Joke* zu laufen, und zu dritt rennen sie zum Fluss. Es herrscht große Aufregung im Dorf und überall um sie herum flüchten Menschen mit ihren Habseligkeiten in den Urwald.

„Was wird Fenmore tun?", fragt Florentin keuchend. „Sich verteidigen oder flüchten?"

„Wenn er flüchten wollte, hätte er sicher seine Familie mitgenommen", erwidert Sebastian schroff.

Dann haben sie das Schiff erreicht und rennen über die Laufplanke. Die Segel sind schon gehisst und Fenmore wartet, bis so viele Männer wie möglich an Bord sind. Aus allen Richtungen kommen sie angelaufen. Knut mit seinem Bruder Olaf auf dem Rücken, die Musikanten Julian Taylor und Arnold Rädelsführer, Ludwig Fass, Lucas Rijker, Bonne Leichtfuß und auch Denys Hugo und Henry Snelgrave. Snelgrave kommt erstaunlich schnell angehinkt und bevor jemand protestieren kann, humpelt er schon über die Laufplanke. Sebastian fragt sich, ob die zwei auf Fenmores Schiff willkommen sind, aber der wird sich darüber unter diesen Umständen wahrscheinlich keine Gedanken machen.

Auch Bonne hat Snelgraves Ankunft bemerkt.

„Also echt, Alter, du traust dich was."

„Wenn ich meine Haut retten muss, dann doch wohl auf dem schnellsten Schiff von Madagaskar", keucht Snelgrave und kehrt ihm den Rücken zu.

„Lichtet den Anker!", ruft Karbijn, und die Laufplanke wird eingezogen. Sebastian eilt zu den anderen und beginnt, zusammen mit Patrick den Anker hochzuziehen. Zu zweit ist das recht mühsam und der Schweiß läuft ihnen über das Gesicht.

„Pfft!" Patrick seufzt. „Es kommt mir noch schwerer vor als sonst!"

„Vielleicht hängt er im Schlamm fest", überlegt Sebastian.

Sobald sie den Anker befestigt haben, setzt sich die *Black Joke* in Bewegung, und sie fahren stromabwärts. Auf offener See sehen sie, dass auch die *Intrepid*, die *Lorenzo*, die *Rogue* und die *Enter* sich dafür entschieden haben rauszufahren, während die *Peril of the Seven Seas* weiterhin in der Bucht liegt.

Sebastian hält sich das Fernrohr vors Auge und ihm bleibt vor Schreck fast das Herz stehen, als er sieht, wie nah der Feind schon gekommen ist. Der Horizont besteht aus einem Meer von Segeln – es müssen Dutzende von Schiffen sein, die sich in rasender Geschwindigkeit nähern. Wenn das so weitergeht, haben sie nicht den Hauch einer Chance. Sebastian lässt das Fernrohr sinken und sieht Karbijn entsetzt an.

„Wir versuchen, von der linken Seite an die Flotte heranzufahren", ruft Fenmore. „Die Männer, auf die wir an den Segeln verzichten können, gehen an die Kanonen."

Victor und Florentin klettern in die Wanten, Sebastian, Knut und Bonne laufen zum Zwischendeck. Zu dritt laden sie die zwölf Kanonen, die an Steuerbord stehen. Es ist eine harte Arbeit. Während Sebastian den Lauf der Kanone mit Schießpulver füllt, rollen Bonne und Knut die bleiernen Kugeln hinein, die so schwer sind, dass man normalerweise zwei Männer benötigt, um sie zu heben. Danach stößt Sebastian das Ganze mit Baumwolltüchern fest. Es muss mit Bedacht geschossen werden, denn nach einem Schuss dauert es mindestens zwanzig Minuten, bis sie nachladen können.

Durch die Geschützpforten sehen sie, wie sich auch die anderen Piraten für den Angriff bereit machen. Sebastian hofft, dass sie der *Black Joke* folgen werden, denn ein frontaler Angriff hat gegen eine solche Übermacht keinen Sinn. Wenn sie Schaden zufügen können, dann nur an den Flanken.

Von der Marineflotte werden die ersten Kugeln abgefeuert. Aber der Abstand ist noch zu groß und die Kugeln landen in den Wellen, die durch die Gewalt des Aufpralls hoch aufspritzen. Fenmore hält einen groben Kurs nach backbord, sodass sie nicht zu schnell unter Feuer geraten. Die *Intrepid* und die *Enter* folgen der *Black Joke*, aber die drei Piratenschiffe sind nicht unbemerkt geblieben, was zur Folge hat, dass an der rechten Seite der Flotten bereits drei Marineschiffe ihren Kurs korrigieren. Aber die meisten steuern noch immer direkt auf Sankt Martin zu.

Eine Kugel schlägt kurz vor dem Bug der *Black Joke* ein und als Sebastian, Bonne und Knut aus den Geschützpforten schauen, sehen sie, dass sie genau ins Schussfeld der Marine geraten sind. So schnell wie möglich entzünden sie alle Lunten, um den Feind auf voller Breite zu erwischen. Das Donnern der zwölf Kanonen, die ihre Kugeln ausspucken, hallt ohrenbetäubend über das Wasser.

Kraak! Sie haben eins erwischt!

Jubel bricht aus, und die Männer beeilen sich, die nächste Ladung Kanonenkugeln anzuschleppen, um sie in die glühend heißen Läufe zu rollen. Der Schweiß läuft Sebastian über das Gesicht, doch sie dürfen sich keine Pause gönnen. Das Schiff tanzt auf den Wellen und bevor sie erneut feuern können, müssen sie warten, bis die *Black Joke* wieder nach oben kommt – sonst landen die Kugeln im Wasser.

Aber dann lässt ein gewaltiger Knall das Schiff bis in die Spanten erzittern. Eine Kanonenkugel ist im Deck eingeschlagen. Hier unten macht das nichts aus, aber an Deck heißt es, sich vor den Splittern in Acht zu nehmen. Der ungleiche Kampf ist in seiner ganzen Heftigkeit losgebrochen.

„Es ist oben nicht auszuhalten“, ruft eine Stimme, und jemand kommt hastig nach unten geklettert. Die Männer blicken auf und sehen zu ihrer großen Überraschung Kahlo.

„Wir haben schon schwere Havarie erlitten“, sagt sie beunruhigt.

„Was machst *du* denn hier?“, fragt Sebastian erschüttert. „Und wie …“

„Auf dem Anker“, entgegnet Kahlo schroff, „so bin ich an Bord geklettert.“

„Und deine Mutter …?“

„Ich habe sie und die anderen gewarnt. Sie sind geflüchtet. Habt ihr eigentlich bemerkt, dass auch aus der Bucht geschossen wird“, fragt sie dann und wechselt das Thema. „Das müssen Singleton und seine Männer sein.“

„Lasst uns hoffen, dass sie eine Zeit lang standhalten können“, versucht Sebastian die anderen zu ermutigen.

„Das kannst du getrost vergessen“, erwidert Knut düster. „Guck dir die Übermacht doch an. Es sieht miserabel aus.“

Auf den Piratenschiffen wird mit dem Mut der Verzweiflung gekämpft. Der einzige Vorteil ist, dass die Marineschiffe so übermächtig sind, dass sie leicht übermütig werden und unnütze Risiken auf sich nehmen. Hierdurch bekommen die Piraten ab und zu ausreichend Raum, gezielt zuzuschlagen. Die *Black Joke* hat einem Marineschiff so viel Havarie zugefügt, dass sein Rumpf immer tiefer ins Wasser sackt und es jeden Moment sinken wird.

Jubel bricht unter der Mannschaft aus, aber dann wird auch die *Black Joke* wieder schwer getroffen. Dieses Mal im Rumpf, und somit ist auch für das stolze Piratenschiff der Kampf beendet.

Sebastian ist mittlerweile an Deck geklettert, um die Gefahr besser einschätzen zu können, und er sieht, dass Fenmore an der Schulter getroffen ist. Ein großer dunkelroter Fleck färbt seine rote Jacke. „Zurückziehen!“ Seine Stimme donnert über das Deck. „Zurück! Sonst sind wir rettungslos verloren!“

Die Segel werden gefiert, und Karbijn reißt das Ruder herum. Während dieses Wendemanövers ist die *Black Joke* ohne jeglichen Schutz, weil sie die Kanonen nicht nutzen kann. Sebastian nimmt einem der getöteten Männer sein Gewehr ab und will es sich gerade an die Schulter setzen, als ihm etwas Merkwürdiges auffällt. Er lässt das Gewehr wieder fallen und greift nach Karbijns Fernrohr. Ein Schock durchzuckt ihn, als er findet, wonach er sucht: die auffallend blaue Flagge der *Peril*! Und es scheint, als ob das Schiff mitten zwischen den Marineschiffen läge! Sebastian kann nicht anders, als Singletons teuflischen Mut zu bewundern. Wenn irgendjemand etwas gegen den Feind ausrichten kann, dann er mit seinem gigantischen Schiff und dem enormen Waffenvorrat. Vielleicht liegt ihr Schicksal in diesem Moment tatsächlich in seinen Händen.

Grinsend lässt er das Fernrohr sinken und setzt das Gewehr wieder an die Schulter. Er eröffnet das Feuer und schießt, bis er hinter sich einen Schrei hört. Als er sich umdreht, sieht er, dass Walter Karbijn getroffen ist. Fenmore rennt zu ihm, aber der Zweite Steuermann ist zusammengebrochen. Sebastian duckt sich vor den Kugeln, die über seinen Kopf hinweg abgefeuert werden, und kriecht zu Fenmore und Karbijn.

„Wie geht es ihm?"

Fenmore hat seine Hand auf Karbijns Brust gelegt, die rot ist vor Blut.

„Er ist hier getroffen worden", sagt Fenmore. „Es sieht schlecht aus."

Karbijn röchelt, aber er kann kein Wort herausbringen. Und dann kippt sein Kopf zur Seite. Er ist tot.

„Wirf das Ruder herum, Sebastian!", ruft Fenmore dann. „Bring uns hier weg!"

Sebastian kriecht zum Ruder, dreht es ein paar Mal heftig herum, und die *Black Joke* bläst zum Rückzug. Zurück nach Sankt Martin können sie nicht, also schlägt Sebastian einen südlichen Kurs ein, Richtung Kap Sankt Marie.

Überall um ihn herum liegen seine toten Kameraden – von den vierzig Männern an Bord sind mindestens zwanzig umgekommen. Als er nach oben schaut, sieht er zu seiner Erleichterung Victor und Florentin, die noch immer in den Wanten hin und her springen, um die Segel zu richten. Es ist ein Wunder, dass sie nicht getroffen worden sind.

Sebastian dreht sich um, weil er sehen will, wie es den anderen Piratenschiffen ergeht, und sieht, dass auch die *Intrepid* den Kampf aufgibt und sich zurückzieht. Die *Enter* und die *Rogue* haben anscheinend schwere Havarie erlitten und die *Rogue* liegt so tief, dass sie wahrscheinlich rettungslos verloren ist. Die *Enter* kommt kaum vorwärts und stellt ein leichtes Ziel für ihre Verfolger dar.

Um den Kampfschauplatz verlassen zu können, muss die *Black Joke* alle Segel setzen. Einige Marineschiffe haben die Verfolgung aufgenommen und eine Zeit lang sieht es schlecht aus für das schwarze Piratenschiff. Aber das Glück ist auf ihrer Seite, als es zu dämmern beginnt, und erleichtert atmen alle auf. Die Männer von der Marine denken wahrscheinlich, dass sie noch genügend Zeit haben, doch die Sonnenuntergänge in diesen Breiten sind überraschend kurz. Und wenn es dunkel wird, ist die *Black Joke* nicht mehr zu sehen.

Sobald das Schiff in sicherem Fahrwasser ist, gibt Fenmore den Befehl, die Toten über Bord zu werfen. Zeit für eine lange Zeremonie haben sie nicht, doch immerhin spricht der Kapitän für jeden getroffenen Mann ein paar kurze Worte, bevor sein Körper dem Meer anvertraut wird.

Sebastian und Fenmore hieven gemeinsam den leblosen Körper von Walter Karbijn hoch.

„Du warst ein guter Freund, Walter. Und mein bester Steuermann", sagt Fenmore mit Tränen in den Augen. Und dann lassen sie auch ihn von Bord gleiten. Sebastian beugt sich über die Reling, aber Karbijn ist beinahe sofort in dem dunklen Wasser verschwunden.

Auch wenn er dafür gerade nicht in Stimmung ist, stellt sich Sebastian gleich wieder ans Ruder. Ein paar Stunden später steuert er das Schiff einen Fluss hinauf, so weit wie möglich ins Inland hinein.

Unter der Mannschaft herrscht eine niedergeschlagene Stimmung, denn dies muss die größte Niederlage sein, die die Piratenkolonie je erlitten hat. Niemand weiß, wie es den anderen Kameraden ergangen ist, und jeder hofft, dass der Kampf an Land erfolgreicher war als auf See. Sebastian denkt an die Männer auf der *Intrepid* und der *Peril*. Ob sie eine Chance gegen den Feind haben? Wenn nicht, sind die Besatzungsmitglieder der *Black Joke* vielleicht wirklich die einzigen Überlebenden der Katastrophe.

Der Kaktuswald

Nachdem die *Black Joke* angelegt hat, wird deutlich, dass die Havarie am Schiff viel schwerer ist als zunächst angenommen. Es ist ein Wunder, dass sie es überhaupt bis hierher geschafft haben.

Fenmore begutachtet zusammen mit Knut den Schaden, aber sie werden sehr viel Holz brauchen, um das Schiff wieder fahrtüchtig zu machen. Als er kurze Zeit später über das Deck spaziert, steht er plötzlich Kahlo gegenüber. Sie lächelt zaghaft.

Fenmore sieht sie mit finsterem Blick an, aber gleichzeitig auch müde und angeschlagen.

„Tut mir leid", beginnt Kahlo, aber Fenmore zieht sie an sich und streichelt ihr übers dunkle Haar. „Vielleicht sollte ich böse auf dich sein, Kahlo, aber ich bin auch froh, dass du da bist. So weiß ich zumindest, dass du noch lebst."

Sie lächelt und umarmt ihn fest. Dann geht er wieder zu Knut, um mit ihm die weitere Vorgehensweise zu besprechen.

Sebastian hilft währenddessen beim Versorgen der Verwundeten und beim Verteilen des wenigen Essens und Wassers. Sie verbringen eine unruhige Nacht, auch wenn jeder erschöpft ist.

Am nächsten Morgen ruft Fenmore Sebastian, Patrick, Knut und Bonne zu sich.

„Wir müssen schauen, ob wir hier in der Gegend Holz finden, um das Schiff zu reparieren. Nehmt so viel mit wie möglich, jeder, der nicht verletzt ist, soll helfen."

Sie ziehen in Gruppen aus, Säbel und Messer kampfbereit.

Sebastian, Florentin und Victor gehen mit Knut, der ein schweres Beil in der rechten Hand hält.

„Sieht nicht gut aus", murmelt der Zimmermann, als er sein Werkzeug in einen Stamm haut. Das Beil gleitet hindurch wie ein Messer durch warme Butter. Diese Pflanzen stehen hier überall und obwohl sie aus der Ferne wie normale Bäume aussehen, scheinen es keine zu sein.

Als sie ein Stück weitergehen, stößt Victor plötzlich einen Schmerzensschrei aus und lässt sich in den Sand fallen. Sebastian rennt zu ihm.

„Was hast du?", fragt er.

Victor hält sich den Fuß und Sebastian sieht, dass sich ein riesiger Dorn durch die Sohle seines Stiefels gebohrt hat. Das Blut beginnt schon herauszuspritzen.

„Aargh", stöhnt er.

Sebastian überlegt nicht lange und zieht den Dorn mit einem Ruck aus der Sohle. Victor schreit noch lauter. „Au, Idiot! Pass doch auf!" Dann packt er wieder ächzend seinen Fuß.

Als Sebastian den Dorn in den Sand wirft, sieht er, dass der Strand um ihn herum voll von Nadeln dieser Art ist.

„Sie kommen von den Bäumen", stellt Florentin fest und zeigt nach oben.

Victor hat inzwischen seinen Stiefel ausgezogen, während Sebastian ein Stück von seinem Hemd abgerissen hat, um ihm damit den Fuß zu verbinden.

„So kannst du weitergehen“, sagt er.

Victor schimpft zwar noch etwas, steht aber auf und hinkt hinter der Gruppe her.

Kurze Zeit später sind sie am Strand und auch hier stehen die gleichen meterhohen Bäume mit scharfen Nadeln. Knut hackt auf die Bäume ein und immer wieder verschwindet sein Beil tief darin.

„Das ist kein Holz“, sagt er. „Kakteen. Bringt uns nichts.“

Überall stehen Stachelbäume, in allerlei Formen, Sorten und Größen. Knut ist inzwischen ein Stück ins Meer hineingelaufen und als er seine Augen über den Strand gleiten lässt, entfährt ihm ein Fluch. Sebastian geht ihm nach, und als er sieht, was Knut sieht, ist auch er entsetzt. Der Kaktuswald erstreckt sich, so weit das Auge reicht, und kein einziger anderer Baum ist in Sicht. Er blickt Knut fragend an. „Wie in Gottes Namen kommen wir hier wieder weg?“

Knut zuckt die Schultern und geht zum Strand zurück.

„Wir brauchen Holz. Sonst können wir das Schiff nicht reparieren. Und wenn wir das nicht tun, können wir zurück *laufen*.“

„Sehr witzig“, murmelt Sebastian, aber er fürchtet, dass Knut recht hat.

Am Strand treffen sie auf Florentin, der wütend mit seinem Säbel auf einen Kaktus einhackt.

„Seht her“, ruft er. „Es kommt nur Saft raus. Vielleicht kann man ihn trinken.“ Er streckt seine Hand aus, um den Saft aufzufangen, und zieht sie gleich drauf mit einem Schrei zurück. „Es beißt!“, schreit er und rennt zum Wasser.

„Du solltest lieber Sand nehmen", ruft Knut ihm nach, und Florentin rennt wieder zurück, um seine Hand in den Sand zu stecken.

„Was für ein *Höllenort*!", brüllt er wütend und schaut auf seinen Finger, der rot anläuft.

„Es hätte schlimmer kommen können", entgegnet Victor. „Wenn du es getrunken hättest, sähest du jetzt von innen so aus."

Florentin sieht ihn böse an, und einige Männer grinsen.

Enttäuscht kehren sie zur *Black Joke* zurück, wo sich herausstellt, dass die anderen ebenso wenig Erfolg gehabt haben. Sie beraten sich darüber, was sie tun sollen, denn in diesem unwirtlichen Wald können sie nicht bleiben.

„Wir müssen über Land zurück", sagt Fenmore. „Uns bleibt keine andere Wahl. Zwischen all diesen Gewächsen ist mir noch kein Stück Holz begegnet."

Alle nicken zustimmend.

„Am Strand entlang wird es nichts", gibt Knut zu bedenken. „Liegt voll mit diesen stacheligen Jungs. Wir müssen durch das Hinterland."

Diese Vorstellung finden die Männer nicht wirklich berauschend. Sie kennen das Hinterland nicht und haben lange genug auf Madagaskar gewohnt, um es mit einem gesunden Misstrauen zu betrachten. Am Strand entlang hätten sie auf jeden Fall das Meer an ihrer Seite gehabt.

„Geht der Wald den ganzen Strand entlang?", fragt Patrick.

„So weit das Auge reicht", bestätigt Knut.

„Gut, Männer!" Fenmore kürzt die Diskussion ab. „Es sieht so aus, als ob wir keine andere Wahl hätten. Wir müssen die *Black Joke* zurücklassen und über Land zurück. Und zwar so schnell wie möglich. Sobald wir das Schiff getarnt haben, machen wir uns auf den Weg."

Hier und da gibt es fragende Blicke. Die *Black Joke* tarnen? Als ob sie nichts anderes im Kopf hätten. Aber was Fenmore befiehlt, wird gemacht, und deshalb sagt auch niemand etwas dagegen. Die Männer, die nicht verletzt sind, ziehen das Schiff weiter an Land, reffen die Segel, räumen sie fort und hacken Kakteen und Sträucher, um damit das Schiff zu bedecken.

Sebastian hilft Fenmore beim Zusammenräumen der Karten, die er in einer Seemannskiste verstaut. Er schließt sie mit einem schweren Vorhängeschloss ab. Andere kostbare Navigationsinstrumente wie seinen Jakobsstab oder seinen Quadranten stopft er in einen Seesack, um sie später mitzunehmen. Danach helfen sie den Männern beim Tarnen des Schiffes und trotz seiner verletzten Schulter arbeitet Fenmore unermüdlich weiter. Es fällt ihm schwer, seine geliebte *Black Joke* zurückzulassen, aber sie haben keine andere Wahl.

Die Stimmung unter den Männern wird nicht besser, als sie sich auf den Weg zurück durch den heißen Sand begeben. Knut trägt seinen Bruder Olaf auf dem Rücken und Victor wird von Florentin und Kahlo gestützt.

„He, du", ruft Snelgrave und hinkt hastig hinter Sebastian her. „Du bist mir noch was schuldig!"

„Ich bin dir überhaupt nichts schuldig", entgegnet Sebastian schroff, aber Snelgrave hat ihn schon an der Schulter gepackt, und seine starken Hände lassen ihn nicht mehr los.

„Deinetwegen kann ich nicht mehr laufen. Du musst

mir helfen!“ Er legt Sebastian den Arm um den Hals und lehnt sich schwer an ihn. Sebastian will ihn abschütteln, fühlt sich aber gleichzeitig schuldig – also lässt er Snelgrave gewähren. Kahlo dreht sich um und wirft Sebastian einen wütenden Blick zu, den er nicht deuten kann.

Der Kaktuswald hat gigantische Ausmaße und ist nahezu undurchdringlich. Fenmore, Bonne, Patrick und Ludwig Fass gehen vor und hacken überhängende Kakteen aus dem Weg.

„Nehmt euch vor dem Saft in Acht!“, ruft Florentin ihnen warnend zu. „Er kann beißen!“

„Ich habe schon mal etwas von diesem Wald gehört“, sagt Fenmore in die Runde. „Aber ich wusste nicht, dass es ihn auch wirklich gibt. Und keine Spur von Lebewesen, wohin man auch blickt.“

„Kein Wunder bei dieser Trockenheit hier“, antwortet Bonne. „Und du kannst deinen Hintern nicht mal einen Meter vorwärtsbewegen, ohne gleich in diesen Stacheln zu hängen.“

Die Männer lachen. Aber im Lauf des Tages stellt sich heraus, dass sie sich geirrt haben. Hier und da nehmen sie Bewegungen zwischen den großen Stacheln wahr, und obwohl sie erst nichts erkennen können, wird schnell deutlich, dass es Tiere sind. Und nicht nur das, es sind Tiere, die man essen kann.

„Guck, da! Eine Schildkröte!“, ruft Patrick.

Und tatsächlich, in einiger Entfernung erkennen sie die langsamen Bewegungen eines riesigen Panzers. Die Männer, die inzwischen hungrig geworden sind, reagieren aufgeregt. Schildkrötenfleisch – darauf haben sie großen Appetit und einige rennen hinter Patrick her in den Wald.

Aber es dauert nicht lange, bis sie enttäuscht zurückkommen. Ihre Hemden sind zerrissen, ihre Haut ist überall zerkratzt. Sie mussten schmerzlich feststellen, dass die Schildkröte durch ihren großen Panzer einen Schutz vor den Dornen und stacheligen Lianen hat, den die Männer nicht haben.

Stundenlang laufen sie durch Disteln und dichte grüne Lianen weiter, ohne dass irgendetwas passiert. Doch dann macht Sebastian eine unerwartete Entdeckung. Als er zufällig einen Kaktusbaum berührt, bemerkt er, dass die Blätter weich und überhaupt nicht scharfkantig sind. Er bricht einen Stängel auf und sieht hellen, wässrigen Saft. Vorsichtig prüft er ihn mit der Zunge. Er ist dicker als Wasser, aber nicht bitter oder scharf. Die Männer sehen gespannt zu, tun es ihm aber gleich, als er nicht mit Krämpfen oder Schaum vor dem Mund zu Boden geht. Die Pflanze ist eine gute Alternative zu Wasser und sie nehmen einen ordentlichen Vorrat Stängel mit.

Ein paar Kilometer weiter entdecken sie Bäume, die sie noch nie zuvor gesehen haben. Einige scheinen lediglich aus einem Stamm zu bestehen, der ein paar Meter hoch ist und an dessen Spitze ein paar lose Äste stecken, die in alle Richtungen zeigen. Andere Bäume haben riesige gelbe Blüten, die mehr als einen Meter hoch sein müssen, weil man sie schon aus großer Entfernung sehen kann. Einige Männer haben ihre Messer in eine Art Kaktus gesteckt, den sie noch nie zuvor gesehen haben, um zu testen, ob auch darin Wasser ist, aber die Flüssigkeit, die herauskommt, ist bitter und klebrig und weiß, und sie wagen es nicht, davon zu trinken.

Als es Abend wird, suchen die Männer Schutz im Windschatten einer Gruppe dicker, runder Bäume. Knut, der eingefleischte Zimmermann, beklopft sie, und es sieht so aus, als ob sie endlich Holz gefunden hätten. Aber sie sind inzwischen viel zu weit von der *Black Joke* entfernt. Sie haben schon einen großen Teil ihres Weges hinter sich und sogar Fenmore findet, dass sie jetzt weitergehen sollten.

Sebastian ist froh, dass er endlich Snelgrave von sich abschütteln kann, und hilft dabei, Holz und trockene Stacheln für ein Feuer zu suchen. Auch Kahlo hilft mit, aber als er sie fragen will, wie es ihr nach diesem langen Marsch geht, wendet sie sich ab. Es ist offensichtlich, dass sie böse ist, aber Sebastian weiß nicht, was er falsch gemacht hat. Er erkundigt sich bei Florentin, aber der windet sich nur heraus.

„Erzähle ich dir ein anderes Mal", sagt er.

Sebastian muss sich beherrschen, ihn nicht anzuschnauzen. Den ganzen Tag über sind Florentin, Victor und Kahlo beieinander gewesen und er hat den mürrischen Snelgrave am Hals gehabt. Und jetzt das ... Er versteht kein Wort. Auch Sebastian wendet sich ab und läuft wütend davon.

Alle versammeln sich um das Feuer, aber es wird nicht mehr viel geredet. Nach einem Tag Laufen sind alle erschöpft und schon bald sind sie eingeschlafen. Sebastian versucht, einen Platz am Feuer zu ergattern, denn er glaubt, im Dunkel überall um sich herum Augen zu sehen. Was zum Teufel sind das für Tiere? Er hofft, dass sie keinen Appetit auf Menschen haben und es dauert eine ganze Weile, bis er in einen unruhigen Schlaf fällt.

Am nächsten Morgen öffnet er die Augen und kann sich

kaum noch bewegen. Die Sonne geht gerade auf, es ist noch sehr früh. Fenmore liegt ein Stück von ihm entfernt und schläft noch – eine Tatsache, die eigentlich gar nicht zu dem Kapitän passt. Es kommt wahrscheinlich von der Wunde an seiner Schulter, denkt Sebastian. Nachdem er aufgestanden ist, beschließt er, sich auf die Suche nach etwas Essbarem zu begeben, und so macht er sich in Richtung der Gewächse auf. Aber der dürre Wald sieht nicht wirklich vielversprechend aus. Als er kurze Zeit später hinter sich Geraschel hört, dreht er sich mit einem Ruck um. Er lächelt, als er sieht, dass es nur die große Gestalt des Schnapsbrenners ist.

Bonne reibt sich müde den Schlaf aus den Augen und seine dicken, graublonden Haare stehen in alle Richtungen ab.

„Guten Morgen“, begrüßt ihn Sebastian.

„Hallo Bold“, sagt Bonne.

Sebastian sieht ihn verständnislos an, und Bonne grinst. „Auf geht’s. Wir müssen versuchen, etwas zu essen zu finden.“

Nach einer halben Stunde findet Sebastian einen Baum mit kleinen mickrigen Früchten. Sie haben eine leicht verschrumpelte gelb-orange Schale, und auch das Fruchtfleisch ist hellgelb.

„Ah, Bitterfrucht“, stellt Bonne zufrieden fest, als er sie sieht. „Die kann man gut essen.“

Sie schmeckt bittersüß und ist tatsächlich lecker. Sebastian und Bonne essen, so viel sie können, bevor sie den Rest der Früchte aus den Bäumen pflücken.

„Was meintest du gerade?“, fragt Sebastian dann. „Warum hast du mich *Bold* genannt?“

„Weil du so ein Tugendbold bist", antwortet Bonne. „Snelgrave", fügt er hinzu, als er Sebastians verständnislosen Blick sieht.

„Wieso?"

„Warum schleppst du denn diesen Kerl?"

„Warum schleppe ich ...?!", beginnt Sebastian empört. „Das wird ja immer schöner! Als ob ich mir das ausgesucht hätte ... Ich würde es lieber sein lassen!"

„Dann lass es halt", sagt Bonne nüchtern.

Sebastians Miene verdunkelt sich. „Das klingt so einfach. Aber ich fühle mich schuldig."

Bonne bricht in ein so donnerndes Gelächter aus, dass Sebastian vor Schreck seine Bitterfrucht fallen lässt.

„Schuldig", ruft er lachend, und als er sich wieder ein bisschen beruhigt hat, leicht wütend: „Warum in Gottes Namen? Was hast du dem Kerl angetan?"

„Ihm in den Fuß geschossen! Und mit seinem Holzbein ... Ich meine, er kann kaum laufen. Soll ich ihn krepieren lassen?"

„Warum nicht?", fragt Bonne lässig. „Und hast du eigentlich eine Ahnung, warum Kahlo so wütend auf dich ist?"

„Was hat denn das jetzt wieder damit zu tun?"

„Alles." Bonne setzt sich hin und schält noch ein paar Früchte. Ganz offensichtlich hat er etwas auf dem Herzen. „Dieser Snelgrave, der ist früher mit Fenmore gefahren. Bis der ihn von der *Black Joke* geworfen hat. Und das kann Snelgrave noch immer nicht verwinden, obwohl er es allein sich selbst zu verdanken hat."

Sebastian setzt sich neben Bonne. „Was ist denn passiert?"

„Kahlo, na ja, du kennst sie ja. Ein Pfundsmädchen. Ihr Vater hat sie immer mitgenommen, von Anfang an, als sie noch ganz klein war. Aber als sie älter wurde ... da wurde das zum Problem. Eine Frau an Bord, das sorgte für Unruhe. Die meisten konnten sich ganz gut beherrschen – auch wenn sie es nur deshalb taten, weil Fenmore wie ein verkappter alter Tiger auf seine Tochter aufpasste. Und jeder, der den Finger nach ihr ausstreckte ... Aber Snelgrave, der war nicht so vorsichtig. Sie war noch ein Kind, höchstens zehn Jahre alt. Es muss jetzt ungefähr vier Jahre her sein."

Sebastian hat plötzlich ein unangenehmes Gefühl im Magen. Will er das wirklich hören?

„Fenmore kam gerade noch rechtzeitig dazu", fährt Bonne unbeirrt fort. „Er war Kahlos Geschrei gefolgt und Snelgrave hatte ihr schon die Kleider zerrissen. Du kannst dir vorstellen, dass Fenmore wie von Sinnen war. An den Haaren hat er Snelgrave an Deck geschleift. Er gab den Auftrag, ihn an einem Bein an die höchste Rah zu hängen. Kopfüber. Da hat er ihn vier Tage hängen lassen. Schreiend und flehend. Aber Fenmore hat sich nicht erweichen lassen. Nach vier Tagen fand Karbijn, dass es genug war. Fenmore hätte ihn hängen lassen, bis er hopsgegangen wäre, schätze ich. Doch als sie ihn runterholten, war sein Bein verloren. Barber musste es ihm bis oberhalb vom Knie absägen. War kein Leben mehr drin."

Sebastian sieht Bonne ernst an und dann beginnt er zu grinsen. Wie gruselig die Geschichte auch ist, sein Schuldgefühl ist mit einem Mal wie weggeblasen. Und endlich versteht er auch, warum Kahlo so wütend auf ihn ist.

Sie stehen auf, und Bonne haut ihm auf die Schulter.

„Du schuldest dem Kerl nichts, was immer er auch behaupten mag. Jetzt aber los, lass uns das Zeug hier mit zurücknehmen."

Sie gehen zurück, beladen mit so vielen Bitterfrüchten, wie sie nur tragen können. Die Männer stürzen sich begeistert darauf und in kürzester Zeit ist alles aufgegessen.

Als sich die Gruppe fertig macht, um weiterzuziehen, hinkt Snelgrave auf Sebastian zu. „Bist du so weit?", erkundigt er sich mit falschem Grinsen.

„Da musst du wohl alleine durch, Snelgrave", antwortet Sebastian kalt. „Von mir brauchst du nichts mehr zu erwarten."

Snelgrave kneift die Augen zu Schlitzen zusammen. „Du bist es mir schuldig, Lucasz!", schnauzt er.

„Ich bin dir überhaupt nichts schuldig", sagt Sebastian, genau wie letztes Mal, aber dieses Mal geht er fort.

„He!", brüllt Snelgrave ihm hinterher. „Komm zurück!"

„Spar dir deinen Atem, Snelgrave", ruft Bonne. „Hier hast du einen Stock von Olaf. Damit kriegst du es alleine hin."

„Ich brauche ihn aber wieder zurück!", schreit Olaf von Knuts Rücken. „Damit du das mal weißt!"

Wütend greift Snelgrave den Stock und hinkt hinter der Gruppe her, die immer tiefer im Kaktuswald verschwindet.

Die Entscheidung

Vierzehn Tage später hinkt Snelgrave als Letzter ins Dorf. Der Marsch nach Sankt Martin hat ihn völlig erschöpft, obgleich er für die anderen kaum weniger ermüdend war. Auch Knut seufzt tief, als er seinen Bruder von den Schultern gleiten lässt, aber er hat keine Zeit, sich auszuruhen. Wie müde er auch sein mag, zuerst muss er nach der Werft schauen. Mit gebeugten Schultern schlurft er zur Bucht.

Der Anblick, den das Dorf bietet, hellt die Stimmung unter den Männern nicht gerade auf – die Häuser, der *Stille Papagei*, das *Heringsfass*, alles ist niedergebrannt. Ein paar Männer laufen durch die Trümmerhaufen, auf der Suche nach Resten ihrer Häuser und Unterschlüpfe. Florentin tritt gegen einen zerschlagenen Stuhl und flucht.

Es ist nirgends eine Menschenseele zu sehen.

Als ob sie sich abgesprochen hätten, versammeln sich alle wieder auf dem Platz und lassen sich seufzend in den Sand fallen, mitten zwischen die verbrannten Reste ihrer Existenz. Doch zu ihrer Überraschung sehen sie keine Toten. Ob die Feinde alle mitgenommen haben?

Knut kommt schon bald mit gebeugtem Kopf zurückgelaufen und setzt sich neben seinen Bruder. Er schüttelt resigniert den Kopf.

„Überhaupt nichts?“, fragt Olaf.

„Ein bisschen Holz. Hier und da ein vereinzeltes Werkzeug. Aber vor allem ein Trümmerhaufen. Ein großer Trümmerhaufen." Er seufzt tief und schließt die Augen.

„Und meine Schnitzarbeiten?", fragt Olaf mit zweifelndem Gesicht.

Knut schüttelt den Kopf. „Ist alles weg. Was sie nicht mitgenommen haben, ist zerstört."

„Das hatte ich schon befürchtet", sagt Olaf heiser, und Sebastian sieht, dass die Augen des alten Mannes feucht werden.

„Nur die *Lorenzo* ist noch da. Jedenfalls ihr Wrack. Und die *Peril of the Seven Seas* ist weg", berichtet Knut. „Mitgenommen natürlich."

„Die Marine wird sich sicher freuen, das Schiff zurückzuhaben." Fenmore lacht bitter. „Was für ein Sieg."

„Sie glauben natürlich, dass sie uns ausgerottet haben", sagt Patrick bissig und springt auf. „Dass sie uns für immer und ewig los sind. Aber da werden sie sich noch wundern!" Er streckt die Faust in die Luft.

Um ihn herum erklingt zustimmendes Gemurmel. Es ist noch zu früh, darüber zu reden, aber sie sind mit ihm einer Meinung.

„Sie müssen sie allesamt mitgenommen haben", vermutet Sebastian, „gefangen genommen. Es gibt keine Toten. Zumindest sehe ich nirgendwo Blut."

Die Männer schweigen, und alle denken daran, welches Schicksal ihre Kameraden und Freunde erwartet, falls sie in England verurteilt werden. Singletons Geschichte hat jeder noch in nur allzu guter Erinnerung.

Dann stellt Fenmore die Frage, die sie alle seit Tagen beschäftigt: „Warum kam der Angriff gerade jetzt? Es hätte zu jedem beliebigen anderen Zeitpunkt geschehen können. Aber warum jetzt?“

Weil die zerstörten Überreste des Dorfes sie deprimieren, haben sich die Männer an den Strand zurückgezogen. Patrick und Ludwig sind in den Urwald gegangen und haben sich auf die Suche nach frei laufenden Ziegen gemacht, die man am Spieß braten könnte. Victor geht mit Bonne zur Schnapsbrennerei, um nachzuschauen, was davon übrig geblieben ist, und um zu gucken, ob die Angreifer seinen gut versteckten Privatvorrat an Rum gefunden haben.

Sebastian und Florentin hingegen haben ein paar Stöcke mit scharfen Spitzen versehen und versuchen, Fische zu fangen, wie sie es von Tom gelernt haben.

„Was wird wohl mit Tom passiert sein?“, fragt Florentin, während er den Speer hebt.

„In den Urwald geflüchtet wahrscheinlich“, vermutet Sebastian. „Das war natürlich seine Chance. Snelgrave hat nichts über ihn gesagt.“

„Warum musstest du Snelgrave eigentlich unbedingt helfen?“, fragt Florentin dann und sieht Sebastian prüfend an. Sebastian seufzt tief und antwortet nicht sofort.

„Ich habe mich schuldig gefühlt“, antwortet er dann. „Wegen dem Fuß.“

Florentin nickt. „Ehm, du weißt, wie das war mit Kahlo und …“

„Ja“, fällt Sebastian ihm ins Wort. „Bonne hat es mir erzählt.“

„Wir sind schon so ein paar raue Piraten, was?“, sagt Florentin ironisch und grinst.

Sebastian muss plötzlich auch sehr darüber lachen.

„*Die Gefahr der Sieben Meere*“, ruft er dann und beginnt, mit seinem Speer in der Luft herumzufuchteln. Florentin hebt seinen ebenfalls, und die Stöcke schlagen mit lautem Klacken aneinander. Sie schreien und lassen sich ins Wasser fallen, womit sie die Fische verjagen, die gerade noch um ihre Beine herumgeschwommen sind. Die Jungen stehen auf und kämpfen weiter, bis sie völlig erschöpft sind.

Als sie wieder tropfend an den Strand laufen, hat Patrick eine Ziege geschlachtet und an den Spieß gehängt. Hungrig sitzen die Männer um das Feuer herum. Endlich wieder gutes Essen. Bonne und Victor kommen mit zwei Fässern Rum aus dem Urwald und ihre Ankunft wird mit lautem Jubel begrüßt. Triumphierend hält Bonne auch einen großen Lederbeutel in die Höhe. „Und mein Gold haben sie auch nicht gefunden!“

Die Männer lachen. Die Fässer gehen von Hand zu Hand und der Rum löst die Zungen. Als das Fleisch gar ist, schneidet Patrick große Stücke davon ab und verteilt sie.

„Schon verrückt, dass wir hier jetzt so sitzen“, beginnt Arnold Rädelsführer, während er auf dem zarten Fleisch herumkaut. „Wer hätte das gedacht?“

„So was kann man nicht voraussehen“, entgegnet Knut.

„Aber das, was Fenmore da angesprochen hat“, mischt sich Olaf ein, „das beschäftigt mich auch schon seit Tagen. Warum wurden wir gerade jetzt überfallen? Ich meine, wir sind schon seit Jahren hier. Niemals hat uns jemand gestört. Und dann plötzlich so was.“

Um ihn herum wird zustimmend gemurmelt.

„Das kann ich euch genau sagen“, krächzt da die Stimme

von Denys Hugo, dem das Kinn vor Fett glänzt. „Es ist *seinetwegen*!" Er streckt einen anschuldigenden Finger in Sebastians Richtung aus.

Es wird still. Sebastian sieht ihn fragend an und vergisst zu kauen.

„Wie meinst du das?", fragt Fenmore.

„*Er* ist es doch, der sich diesen Scherz ausgedacht hat, oder? Mit den Mannschaften der Schiffe, die wir gekapert haben … Sie nicht ermorden, wie wir es immer gemacht haben. Nein, das war nicht gut genug für den Herrn. Ausziehen. Was für ein guter Witz."

„Du hast recht!" Hugo bekommt plötzlich von verschiedenen Seiten Zustimmung. „Wenn wir die Leute ermordet hätten, hätten sie keine Geschichten erzählen können."

Die Männer beginnen, unruhig zu werden.

„Die sind natürlich nach Hause zurückgekehrt und haben uns verraten."

„Haben alles in den schillerndsten Farben dem König erzählt."

„Wir hätten sie ermorden sollen!"

„Dann wäre nichts geschehen!"

Denys, Arnold, Ludwig und Snelgrave springen auf.

„*Er* ist der Verräter!" Sie sehen Sebastian drohend an und ziehen ihre Waffen.

Auch Fenmore ist aufgestanden; er ist leichenblass. Seine Hand ruht auf der Pistole in seinem Gürtel, aber er zieht sie nicht, dennoch scheint er zu zweifeln. Er wird doch den Worten der Männer keinen Glauben schenken?, fragt sich Sebastian unruhig.

Langsam erhebt auch er sich.

„Du hast ihn immer beschützt, Fenmore“, ruft Denys Hugo. „Aber was wissen wir denn eigentlich von ihm?“

Sebastian blickt sich um. Bonne, Knut, Olaf, Patrick, Kahlo, Victor und Florentin sitzen noch um das Feuer herum, aber auch in ihren Gesichtern liest er Zweifel. Das erschreckt ihn. Ist etwa jeder der gleichen Meinung wie Denys Hugo?

„Vielleicht ist er ja sogar geschickt worden.“ Das war Olafs Stimme.

„Von wem denn?“, fragt Sebastian wütend.

„Erzähl du es uns“, sagt Olaf.

„Das ist nicht wahr“, verteidigt sich Sebastian wütend. „Ich bin nicht geschickt worden! Von niemandem! Ich habe hier niemals jemanden verraten! Niemals!“

„Das ist die Wahrheit!“ Kahlo springt auf und blickt die Männer wütend an. „Er hat euch niemals etwas getan.“

Aber trotz ihrer Worte bildet das Grüppchen einen immer enger werdenden Kreis um Sebastian. Fenmore beschließt einzugreifen.

„Genug“, sagt er mit erhobener Stimme. „Alle setzen sich hin. Du auch“, fordert er Patrick auf, der Sebastian noch immer kühl anschaut.

Widerwillig lässt Patrick sich wieder in den Sand fallen. Fenmore und Sebastian sind die Einzigen, die noch stehen, und Sebastian spürt, wie die feindseligen Blicke der Männer ihn durchbohren.

„Wir haben keine Gewissheit“, versucht Fenmore die Männer zu beruhigen. „Und beweisen können wir auch nichts. Ich muss zugeben, dass hier momentan ein seltsames Zusammentreffen von Umständen vorliegt. Vielleicht hat unsere … Vorgehensweise der letzten Zeit …“

Es wird gemurmelt, und Fenmore macht eine kurze Pause.

„… etwas mit dem Angriff zu tun. Aber sicher ist das nicht."

„Er soll beweisen, dass er unschuldig ist!", ruft Denys Hugo.

„Ich glaube nicht, dass hier Absicht im Spiel ist", fährt Fenmore fort, als ob er Hugo nicht gehört hätte. „Ich kenne Sebastian besser als die meisten von euch, und ich vertraue ihm."

Die Männer starren in das Feuer, niemand erwidert etwas. Lange Zeit bleibt es still. Fenmore ist der Einzige, der noch ein Stück Fleisch abreißt und in Ruhe weiterisst.

„Aber ihr zweifelt", sagt er nach einer Weile, „und das ist schlecht. Vor allem, wenn es ein Steuermann ist, an dem ihr zweifelt. Ich denke deshalb auch …" Fenmore macht erneut eine Pause und die Männer sehen auf, „… dass Sebastian uns etwas beweisen muss."

Sebastian sieht Fenmore an; seine Augen sind dunkel und unergründlich.

„Du musst uns beweisen, dass du ein Pirat bist. Dass du treu zu uns stehst und dass du uns nie verraten würdest."

Und als ob damit alles gesagt wäre, setzt sich Fenmore wieder hin und starrt in das Feuer. Alle Augen sind auf ihn gerichtet und die Nerven sind zum Zerreißen gespannt.

Sebastian ist der Erste, der den Mund aufmacht.

„Was genau erwartest du jetzt eigentlich von mir?", fragt er wütend.

Fenmore wirft einen abgenagten Knochen ins Feuer und nimmt einen Schluck Rum. „Das werde ich dir erklären", antwortet er dann. „Wir fragen uns alle, warum dieser Überfall gerade jetzt stattfand. Ich sage nicht, dass du schuld daran bist, aber du kannst etwas dafür tun, den nächsten zu verhindern."

„Den nächsten?", fragt Patrick.

„Dies war zweifellos kein zufälliger Angriff", fährt Fenmore fort. „Denkt an die Zahl der Schiffe. Den ganzen Aufwand. Dahinter steckt eindeutig ein Plan. Wahrscheinlich, die Piraterie hier auszurotten. Für immer. Und das bedeutet, dass wir die englische Marine noch nicht los sind."

Fenmores Worte beunruhigen die Männer. Die meisten hatten darüber noch überhaupt nicht nachgedacht.

„Wir brauchen einen Spion. Ein paar Spione vielleicht. Ein Schiff, das die afrikanische und indische Küste entlangfährt, hier und da anlegt. Männer, die sich in den dortigen Schenken umhören. Was wird geredet? Welche Gerüchte machen die Runde? Welche Gefahr droht? Das müssen wir wissen. Und darüber möchte ich einen Bericht."

„Das klingt eher wie eine Ehrenaufgabe", wendet Patrick empört ein.

„Wenn du dieser Meinung bist, kannst du gerne mitfahren", entgegnet Fenmore unerschüttert.

Patrick verwirrt dies offensichtlich, denn er scheint nicht recht zu wissen, ob er nun gerade bestraft oder belohnt wird. Doch Patrick ist nicht der Einzige, der sich das fragt, denn auch Sebastian ist sich nicht im Klaren darüber, was er von Fenmores Plan halten soll.

„Ein paar Männer fahren mit Sebastian mit. Die anderen bleiben hier, um eine neue Kolonie zu errichten. Denn eins ist sicher“, sagt Fenmore und nimmt einen Schluck. „Wir lassen uns hier nicht verjagen.“

Die Männer nicken. Was das betrifft, sind sich jedenfalls alle einig. Als sie später am Abend schlafen gehen, finden sich überall kleine Grüppchen zusammen, und es wird heftig diskutiert.

Kahlo liegt neben ihrem Vater, und Sebastian zwischen Florentin und Victor. Aber viel Lust, mit ihnen zu reden, hat er nicht. Kahlo ist die Einzige, die deutlich Partei für ihn ergriffen hat, und er will sich nicht anmerken lassen, wie tief ihn die Zweifel von Fenmore, Victor und Florentin verletzt haben.

Er kann nicht in den Schlaf finden und wälzt sich stundenlang herum. Als er endlich einnickt, ist es nur für einen kurzen Moment, denn dann schreckt er durch einen Schlag auf den Kopf hoch. Was geschieht hier? Als er aufsieht, ist sein Blick verschwommen, aber trotzdem erkennt er im Dunkeln die Gestalten von Denys Hugo und Snelgrave.

„Packt ihn!“, zischen sie. „Wir sorgen selbst dafür, dass er eine gerechte Strafe bekommt.“

Jemand fasst Sebastian am Hemd und schleift ihn mit, während Snelgrave ihm bösartig mit einem Stock auf die Beine schlägt. Derjenige, der ihn festgehalten hat, versetzt ihm einen Hieb, und als Sebastian seine Faust festhält, blickt er in Patricks Gesicht.

„Du!“, ruft Sebastian fassungslos. „Du machst mit den beiden gemeinsame Sache! Für so dumm hätte ich dich eigentlich nicht gehalten.“

„Vielleicht hast du mich überschätzt“, sagt Patrick zynisch. „Meine Loyalität hat auch Grenzen.“

„Ihr wisst überhaupt nichts!", schreit Sebastian so laut, dass eigentlich jeder wach werden müsste.

Und da steht Victor neben ihm. „Was geschieht hier?", fragt er, noch ganz verschlafen.

„Kümmere dich nicht darum", brüllt Snelgrave und beginnt, mit seinem Stock auf Victor einzuschlagen, doch da packt ihn jemand von hinten. Es ist Florentin.

„Habt ihr nicht gehört, was Fenmore gesagt hat?", schreit er. „Sebastian wird uns beweisen, dass er treu zu uns steht. Dafür braucht *ihr* nicht zu sorgen!"

Sebastian ist dankbar, dass seine Freunde doch noch auf seiner Seite stehen.

„Was uns betrifft, hat er seine Chance gehabt", erwidert Patrick.

„Das werden wir ja noch sehen", donnert plötzlich Fenmores Stimme hinter der Gruppe. „Ich habe gesagt, dass er noch eine Chance bekommt, und dann kriegt er sie auch."

Er zieht Sebastian von Snelgrave und Hugo weg und stellt sich vor ihn.

„Und jeder, der damit ein Problem hat, soll nur kommen", ruft er zornig und blickt Patrick direkt in die Augen.

Der blinzelt nicht und starrt zurück. „Vielleicht sind wir ja mit deinem Plan nicht einverstanden", sagt er dann herausfordernd.

„Das kann sein", antwortet Fenmore ruhig. „Aber mein Entschluss steht fest. Und solange ich hier noch Kapitän bin, hast du darauf zu hören. Ansonsten steht es dir frei zu gehen."

„Leicht gesagt. Ich habe kein Schiff."

„Dann sorg halt dafür, dass du eins bekommst." Fenmore dreht sich um und greift Sebastian am Arm. Zusammen gehen sie an den Strand und Fenmore scheint schon genau zu wissen, wohin er will. Irgendwann lässt er Sebastian los und der hat Mühe, dem Kapitän zu folgen, weil seine Beine von den Schlägen noch sehr schmerzen. Er hat einen gehörigen Riss auf der Stirn und muss sich immer wieder das Blut aus den Augen wischen.

Dann bleibt Fenmore plötzlich stehen und blickt über das Meer. Die Sonne steigt gerade orange am Horizont auf und lässt das Wasser in den leuchtendsten Farben strahlen. Aber Sebastian lässt sich nur erschöpft in den Sand fallen und ist sich nicht im Klaren darüber, was geschehen ist. Fenmore setzt sich neben ihn.

„Was hältst du von meinem Plan?", fragt er.

Sebastian reibt sich die Augen. „Gute Idee", antwortet er sarkastisch. „Wir können auch die *Black Joke* einholen und alle zusammen fahren."

Neben ihm erklingt Gegrummel, aber als er aufblickt, sieht er, dass Fenmore lachen muss.

„Du hast recht", sagt er. „Es ist eigentlich keine Strafe. Aber wir müssen wirklich wissen, wie die Lage ist."

„Also schlägst du zwei Fliegen mit einer Klappe", entgegnet Sebastian. „Du tust so, als ob du mich bestraftest, um die Männer zufriedenzustellen, und gleichzeitig bekommst du wertvolle Informationen."

„So in der Art", bestätigt Fenmore. „Hör zu", fährt er dann in völlig anderem Ton fort. „Ich glaube nicht, dass du Schuld an der Sache hast. Und das meine ich wirklich. Natürlich habe ich über das, was die Männer gesagt haben, gründlich nachgedacht. Aber sie brauchen einfach einen

Sündenbock, und du hast das Pech, dass sie dich dafür ausgewählt haben. Ich glaube nicht, dass wir durch die Leute verraten wurden, die wir am Leben gelassen haben. Es kann natürlich sein, dass sie irgendeine Bemerkung gemacht haben, bei der richtigen Person im richtigen Moment. Aber zum Teufel noch mal! Sie sind nicht die Einzigen, die jemals einen Piratenangriff überlebt haben. Das ist jedem klar, der einen gesunden Menschenverstand hat."

Sebastian drückt sich den Arm gegen die Stirn und starrt vor sich hin.

„Aber wie ich schon gesagt habe", fährt Fenmore fort, „es muss etwas geschehen. Die Männer zweifeln an dir, und das taugt nicht. Wenn du hierbleibst, untergräbt das auch meine Position, und darauf werde ich nicht warten. Wir sind nur noch gut dreißig Mann und es herrscht schon jetzt genügend Zwietracht. Wenn man etwas aufbauen möchte, kann man so was nicht gebrauchen."

Fenmore starrt auf den Sand, als würde er die einzelnen Körner zählen. Nach einiger Zeit blickt er wieder auf. „Und weil es trotzdem Zwietracht gibt, sollten wir lieber das Beste daraus machen und es zu unserem Vorteil wenden."

Sebastian muss zugeben, dass Fenmore sich kluge Gedanken gemacht hat.

Die folgenden Worte des Kapitäns kommen dann allerdings völlig überraschend für ihn.

„Und ich will, dass du noch etwas anderes für mich tust", sagt Fenmore. „Was mich betrifft, ist das noch wichtiger als dein erster Auftrag. Aber es ist geheim und du darfst mit niemandem darüber sprechen. Wenn du das trotzdem tust, bist du deine Mannschaft mit einem Schlag los." Er starrt einen Moment lang vor sich hin. „Ich will, dass du für mich auf die Suche nach dem Geisterschiff gehst."

„Was?" Sebastian hebt den Kopf mit einem Ruck und blickt Fenmore an, als ob er verrückt geworden sei. „Das ist nicht dein Ernst!" Aber dann sieht er ihm in die Augen und erkennt, dass Fenmore keinen Witz macht.

„Das Geisterschiff? Der *Fliegende Holländer* ist eine Legende!", ruft er fassungslos. „Optische Täuschung! Eine Luftspiegelung im besten Fall!"

Fenmore blickt ihn eindringlich an, erwidert aber nichts.

„Wenn du mich loswerden willst, dann sag es einfach", fährt Sebastian ihn böse an.

„Darum geht es nicht", versucht Fenmore ihn zu beschwichtigen, und seine Stimme klingt ruhig. „Ich will sogar dafür sorgen, dass du hierbleiben kannst und dass dich die Männer akzeptieren."

„Indem ich ein Geisterschiff finde?"

Fenmore seufzt, als würde er mit einem sturköpfigen Kind sprechen.

„Du wolltest doch Kapitän deines eigenen Schiffes werden, oder nicht?", probiert er es dann auf andere Weise. „Tja, dies ist eine gute Gelegenheit."

„Hör auf! Du nimmst mich doch auf den Arm!", sagt Sebastian plötzlich wütend. „Es ist unmöglich, ein Geisterschiff zu finden. Weil es nicht existiert! Es ist nicht mehr als eine Geschichte!"

„Eine Geschichte, die Schätze raubt und Laderäume leert!", antwortet Fenmore zynisch. „Eine starke Geschichte, findest du nicht?" Er blickt Sebastian direkt in die Augen. „Ich glaube, dass mehr dahintersteckt und ich will wissen, was. Ich will meine Schätze zurück und ich würde diesen Kapitän gerne mal sprechen. Vielleicht sogar sein Schiff übernehmen …"

Sebastian traut seinen Ohren nicht. Fenmore ist wirklich verrückt geworden.

„Was wäre das für ein Verbündeter!" Fenmore lacht, und Sebastian findet, dass seine Stimme merkwürdig klingt. „Wir wären mit einem Schlag wieder obenauf. Ein Geisterschiff mit einem Ruf, der jeden schon vor Schreck erstarren lässt, bevor wir selbst erschienen sind. Die Leute haben noch mehr Angst vor dem *Fliegenden Holländer* als vor der *Black Joke*!"

Sebastian blickt den Kapitän an. Irrt er sich, oder funkelt da wirklich eine Art Besessenheit in dessen Augen?

Wütend springt er auf. „Glaubst du, dass ich mein Leben für deine Hirngespinste aufs Spiel setze? Du bist zu lange zur See gefahren. Ich glaube, du bist verrückt geworden!"

Auch Fenmore springt auf, und seine Stimme klingt kälter, als es Sebastian je gehört hat.

„Du hast die Wahl", zischt er. „Entweder du begibst dich auf die Suche nach dem Geisterschiff, oder du verlässt die Insel. Heute noch. Aber dann für immer. Und dann werde ich höchstpersönlich dafür sorgen, dass du nie mehr einen Fuß auf Madagaskar setzt." Er dreht sich um und geht davon. Lange sieht Sebastian der sich entfernenden Gestalt nach, dem langen welligen Haar auf den breiten Schultern, dem fransigen und geblümten Hemd. Dem Mann, dessen Verbündeter er zu sein glaubte, aber den er, so wird jetzt deutlich, eigentlich überhaupt nicht kennt.

Sebastian sitzt jetzt schon seit vier Stunden am Strand. Die Sonne brennt ihm auf den Kopf und er hat über alle Möglichkeiten nachgedacht.

Er wird ein Schiff stehlen und dann flüchten, zusammen mit Kahlo, Florentin und Victor. Sie lassen sich weiter oben an der Küste nieder. Wie sollte Fenmore dahinterkommen? Die Insel ist groß genug, und sie würden einfach ihre eigene Piratenkolonie gründen. Oder vielleicht einfach eine friedliche Siedlung. Leben vom Fischfang und dem, was sie sonst auf der Insel fänden.

Oder soll er nach Amsterdam zurückkehren? Zu seiner Mutter und seiner Schwester Neeltje? Würden sie nicht froh sein, ihn zu sehen?

Aber wäre er selbst denn glücklich in den kalten Niederlanden? Wieder Arbeit in der Schmiede suchen? Oder auf einem Handelsschiff dienen unter einem harten und ungerechten Kapitän?

Er darf gar nicht daran denken. Er will die Freiheit und sein bequemes Leben in Madagaskar nicht aufgeben, denn hier fühlt er sich zu Hause und von hier lässt er sich nicht einfach so wegjagen. Von niemandem. Auch nicht von James Fenmore.

Doch er muss realistisch bleiben, denn wie kommt er an ein Schiff, mit dem er flüchten kann? Ganz zu schweigen von der Mannschaft. Mit Fenmores Hilfe braucht er nicht zu rechnen und er ist sich nicht mal sicher, ob Victor und Florentin sich ihm anschließen würden. Und Kahlo? Würde sie ihren Vater verlassen?

Hat er eigentlich wirklich eine Wahl?

Und wenn er es genau betrachtet – ist denn das, was Fenmore von ihm will, so schlimm? Es spricht doch eigentlich nichts dagegen, eine Zeit lang auf See zu verschwinden, das Schiff zu suchen (das er natürlich nicht finden wird) und dann wieder zurückzukehren. Er wird höchstens drei Monate wegbleiben müssen. Vier vielleicht. Dann haben die Piraten wieder ein Dorf errichtet … die Havarie an der *Black Joke* behoben … vielleicht schon wieder die ersten Schiffe überfallen …

Vergessen, dass sie ihn als Verräter betrachtet haben …

Dann kann er wieder zurückkehren.

Er seufzt und schließt die Augen. Als er sich all die vielen Dinge noch einmal durch den Kopf gehen lässt, sieht er plötzlich das Bild einer Schaluppe mit drei Männern vor sich.

Er reißt die Augen auf und schüttelt den Kopf. Aber das Bild verschwindet nicht. Warum ist er sich eigentlich so sicher, dass er das Geisterschiff nicht finden wird? Wie kann gerade *er* mit solcher Bestimmtheit beteuern, dass der *Fliegende Holländer* nicht existiert?

Teil 2
Das Geisterschiff

Eine seltsame Begegnung

Endlich ist Sebastian Kapitän auf seinem eigenen Schiff, auch wenn er sich das ganz anders vorgestellt hat. Er steht auf dem Vordeck der *Lorenzo* und blickt über das Meer. Sein Haar weht in der leichten Brise und das Wasser wirft leichte Wellen auf. Der Himmel ist rot, und die Sonne hängt wie ein Feuerball tief über dem Horizont, bereit, jeden Moment ins Meer zu sinken.

Es ist jetzt drei Wochen her, dass sie losgefahren sind. Kahlo ist bei ihrem Vater geblieben, aber Victor, Florentin und Bonne haben ihr Schicksal mit dem seinen verbunden. Genau wie Patrick, obwohl Sebastian ihm unterstellt, dass er nur mitgekommen ist, um ihn im Auge zu behalten. Oder vielleicht, um die *Lorenzo* zu übernehmen, sobald sich eine Gelegenheit ergibt.

Nur eine Handvoll der anderen war bereit mitzugehen, unter anderem Ludwig Fass, Daniel Pfau, Richard Finn, Sam Russel und Martin König. Er weiß nicht genau, was er von diesen Männern erwarten kann, aber sie haben sich freiwillig gemeldet, und darüber kann er nur froh sein.

Er dreht sich um und geht wieder in seine Kajüte. Im Vorbeigehen erteilt er den Rudergängern ein paar kurze Befehle und macht sich dann auf den Weg nach unten. Er sinkt auf einen Stuhl nieder und starrt vor sich hin. Als er kurz seine Augen schließt, denkt er an die Nacht vor ein paar Jahren, als er und seine Kameraden von Piraten aus dem Meer gefischt wurden. Schon merkwürdig, wie alles gelaufen ist.

Er schreckt auf, als Sam Russel mit seinem Essen hereinkommt, und brummt etwas Unverständliches. Als er zu essen beginnt, versucht er, nicht an das zu denken, was in den letzten Wochen auf Madagaskar geschehen ist. Immer wieder wandern seine Gedanken zurück zu Fenmore und seinem unmöglichen Auftrag, und immer wieder hört er das Echo seiner Worte, dass er Sebastian nur helfen möchte. Es verwirrt ihn, denn er fühlt sich auch verraten.

Ehrenauftrag hat Patrick es genannt. Schöner Ehrenauftrag. Denn Patrick weiß natürlich nicht, dass Sebastian auf … auf … Er bringt es sogar sich selbst gegenüber kaum heraus. Dass er wortwörtlich auf *Geisterjagd* geschickt worden ist.

Nachdem Sebastian seine Entscheidung gefällt hatte, ist er zu Fenmore gegangen und hat ihm mitgeteilt, dass er die *Lorenzo* mitnehmen würde. Fenmore war damit einverstanden und die folgenden Wochen hat Sebastian wie ein Besessener gearbeitet, um das Schiff für die Fahrt auf Vordermann zu bringen. Tag für Tag zimmern, sägen, Taue knüpfen, kalfatern, Segel nähen. Sebastian war überall dabei und kümmerte sich um alles selbst. Knut, Bonne, Florentin, Victor, Kahlo und Patrick halfen mit. Und weil das Schiff längst nicht so schwer beschädigt war, wie es zunächst ausgesehen hatte, ging es schneller voran, als alle erwartet hatten.

Einen Monat lang waren sie beschäftigt und die ganze Zeit über ließ Fenmore sich kaum blicken. Erst an dem

Tag, an dem sie ausliefen, kam er aus dem Urwald, um ihnen eine glückliche Reise zu wünschen. Er schüttelte Sebastian die Hand und Sebastian blickte ihm in die Augen, um zu sehen, ob er seinen Plan noch immer durchziehen wollte.

„Wir sehen uns wieder", war das Einzige, was Fenmore sagte.

Trotz ihrer Treue hat Sebastian Florentin, Victor und Bonne nichts von dem Auftrag erzählt, den Fenmore ihm erteilt hat. Sie würden ihn für verrückt erklären und sofort das Schiff verlassen. Oder vielleicht probieren, ihn auf andere Gedanken zu bringen.

Es wird laut an die Kajütentür geklopft, und Sebastian blickt auf. Eigentlich ist er nicht in der Stimmung, irgendjemanden zu sehen, aber er brummt trotzdem ein müdes „Herein", und Victor zieht die Tür auf.

„Hallo", sagt er. „Wie geht's?"

„Bestens", murmelt Sebastian und isst weiter.

„Die Männer wollen wissen, wo wir hinfahren", platzt Victor heiter heraus und ignoriert Sebastians schlechte Laune. „Wir haben die afrikanische Ostküste erreicht, wie du es angeordnet hast. Steuern wir einen bestimmten Ort an?"

„Warum nicht die Tafelbucht?", schlägt Sebastian vor.

„Warum nicht die Tafelbucht?", wiederholt Victor irritiert. „Du weißt doch, wohin wir fahren, oder? Ich meine, du hast doch einen Plan?"

Sebastian nickt. „Einen Plan. Ja, den habe ich."

„Mensch, was ist los mit dir?", bricht es jetzt aus Victor heraus. „Du sitzt nur hier und grübelst. Wir sehen dich nie an Deck. Ich weiß, dass du sauer auf Fenmore bist, vielleicht sogar auf uns alle, aber wir haben dich nicht im Stich gelassen."

Wütend steht Sebastian auf und wendet sich zum Fenster.

„Gut", sagt Victor. „Wenn du nicht reden willst, dann nicht."

Er verlässt die Kajüte und schlägt die Tür lautstark hinter sich zu.

Sebastian beginnt, sich für sein Verhalten zu schämen. Victor hat recht. Sie haben vielleicht einen Moment gezögert, bevor sie sich auf seine Seite gestellt haben, aber muss er deshalb noch immer so wütend auf sie sein?

Eigentlich ist er sich nicht mal sicher, ob er überhaupt wütend auf *sie* ist oder vielmehr auf die Situation im Allgemeinen.

Es ist, als ob Victors Zorn ihn wachgerüttelt hätte, denn plötzlich fasst Sebastian einen Entschluss. Victor hat von einem Plan gesprochen und das ist genau das, was er braucht. Er geht zu seiner Seemannskiste und holt eine Feder heraus, ein Tintenfass und ein Logbuch. Einen kurzen Augenblick überlegt er, dann taucht er die Feder in die Tinte und beginnt zu schreiben.

Was weiß er eigentlich über den *Fliegenden Holländer*? Er ist dem Schiff selbst begegnet, seinen Boten sogar zweimal. Und was haben ihm andere darüber erzählt? Der alte Simon wusste davon, und wenn er jetzt so darüber nachdenkt, erinnert er sich auf einmal, dass sein eigener Vater auch manchmal von dem Schiff geredet hat.

Seine Feder macht ein kratzendes Geräusch, während sie über das Papier fliegt:

Der *Fliegende Holländer* ist ein Segelschiff, ein riesiges

Schiff, das an eine Fleute erinnert, aber sehr viel größer ist. Auf dem Achterdeck steht eine altmodische Sturmlampe, von der ein blaues Licht ausgeht. Das Schiff wird schon seit Menschengedenken immer wieder gesichtet und es heißt, dass es vollkommen schwarz ist – auch die Segel.

Er hebt die Feder und starrt vor sich hin. Soweit er sich erinnert, waren die Segel rot, aber man kann ja nie wissen. Wenn sie schwarz sind, ähnelt das Schiff eigentlich der *Black Joke*, was an sich schon bemerkenswert ist. Er schreibt weiter:

Es wird oft am Sturmkap gesichtet und niemand hat je ein Mitglied der Mannschaft an Bord bemerkt. Das ist so ungefähr alles. Oh ja, noch etwas Wichtiges. Das Schiff fliegt.

Das ist natürlich das Rätselhafteste von allem. Dass es fliegt. Das ist doch gar nicht möglich! Oder wirkt es vielleicht nur so?

Er streicht sich mit der Feder übers Kinn, während er seine Zusammenfassung durchliest. Das kitzelt, und er reibt sich das Gesicht. Dann stellt er die Feder wieder in das Tintenfass und streckt sich. Es ist vielleicht noch nicht viel, aber er hat auf jeden Fall den Anfang gemacht. Jetzt muss er dafür sorgen, dass er noch mehr Fakten zusammenbekommt. Aber erst mal schlafen, denn sein Kopf schmerzt schon vor lauter Nachdenken.

Am nächsten Tag fühlt er sich ein bisschen besser. Und die durchschlafene Nacht hat ihn sogar auf neue Ideen gebracht. Er beschließt, zusammen mit seinen Männern zu essen, und klettert an Deck. Das Erste, was er sieht, ist der strahlend blaue Himmel, gegen den sich die markanten Berge der Tafelbucht abzeichnen. In der Mitte der flache Tafelberg, rechts davon der Löwenberg und links der Teufelskopf. Sie sind also beinahe da.

In der Kombüse wird er leutselig von Bonne begrüßt und Florentin grinst ihn an. Victor grüßt ihn auch, allerdings klingt seine Stimme noch etwas mürrisch.

„Wenn das mal nicht unser Kapitän ist", ruft Bonne fröhlich. „Tolles Wetter, was? Schöne steife Brise, Sonne. In einer Stunde können wir an Land und uns kurz die Beine vertreten."

„Bonne und ich werden Vorräte aufnehmen", sagt Florentin. „Du kannst mit, wenn du Lust hast."

Sebastian schüttelt den Kopf. „Wir sollten uns lieber verteilen. Nicht mit der kompletten Mannschaft in dieselbe Schenke stürmen."

„Na ja, komplett", entgegnet Bonne und blickt sich nach dem kleinen Grüppchen um.

„Außerdem muss ich noch ein paar Dinge regeln", erklärt Sebastian. „Ich treffe euch dann später."

„Gehen alle an Land?", fragt Patrick.

„Ich bleibe hier", sagt Victor.

„Vielleicht kannst du gehen, wenn ich wieder zurück bin, Victor", schlägt Sebastian vor. „Du bringst die Menschen leicht zum Reden."

„Wenn er selbst mal die Klappe hält, ja", witzelt Patrick, und die Männer lachen.

„Ich brauche ja wohl nicht zu erwähnen, dass ihr Augen und Ohren offen halten sollt. Vor allem, wenn ihr Vorräte einkauft", sagt Sebastian mit einem Blick auf Bonne und Florentin.

Florentin nickt. „Darum sind wir ja schließlich hier."

Es ist fast zehn, als sie in der Tafelbucht anlegen. Kapstadt ist bunt und sogar zu dieser frühen Stunde schon sehr heiß. Im Hafen wimmelt es von Schiffen jeglicher Nationalität und die *Lorenzo* fällt nicht weiter auf, da trotz der Hitze bereits viel am Kai los ist. Ferkel und Federvieh scharren herum, aber auch exotische Tiere, deren Namen die Männer nicht kennen. Schiffe werden beladen und gelöscht und es laufen schwarze und weiße Menschen in den verschiedensten Gewändern herum. Frauen mit farbigen Röcken und Tüchern um den Kopf tragen Wasserkrüge und große Schalen mit Esswaren, die sie auf dem Markt verkaufen. Die Frauen sind rund und schön und den Männern fallen fast die Augen aus dem Kopf. Sie brennen darauf, das Schiff zu verlassen und alles zu erkunden.

„Ich erwarte euch um Punkt zehn heute Abend wieder zurück“, befiehlt Sebastian. „Dann gibt es Arbeit.“

Es wird ein bisschen gemurrt, aber die Männer versprechen, rechtzeitig zurück zu sein. Die Laufplanke wird ausgelegt und sehr schnell sind alle in der Menge verschwunden.

„Kommst du hier klar?“, fragt Sebastian Victor.

„Kein Problem“, antwortet Victor. „Sam und Richard bleiben auch an Bord.“

„Gut“, sagt Sebastian beruhigt. „Dann gehe ich jetzt.“ Aber er bleibt noch kurz mit einem Fuß auf der Laufplanke stehen. „Übrigens, Victor“, beginnt er dann. „Das mit gestern Abend tut mir leid. Du hattest recht. Ich bin nicht böse auf dich, auf euch. Ich weiß es eigentlich selber nicht so genau, aber …“

„Ist schon gut“, fällt Victor ihm ins Wort. „Du brauchst dich nicht zu rechtfertigen.“ Er lächelt und streckt die

Hand aus. Sebastian schlägt ein und verlässt kurz darauf um einiges erleichterter das Schiff.
Wie abgesprochen sind die Männer gegen zehn Uhr wieder an Bord. Sie haben gute Laune nach ihrem Ausflug an Land und einige von ihnen sind betrunken. Das war natürlich zu erwarten, kommt aber bei Sebastian schlecht an.

„Du steckst deinen Kopf am besten in einen Eimer Salzwasser“, sagt er kurz. „Wir haben viel zu tun, und alle helfen mit.“

Im Hafen ist noch immer jede Menge los, weil auch am späten Abend und nachts ständig Schiffe anlegen. Mitten im Getümmel kommen zwei schwer beladene Karren auf den Kai gefahren, die von Mauleseln gezogen werden. Die Räder knarren unter dem Gewicht der Kisten, mit denen die Karren beladen sind. Kurz vor der *Lorenzo* bleiben sie stehen. Sebastian geht die Laufplanke hinab und inspiziert den Inhalt der Kisten. Dann zeigt er seinen Männern an, dass sie helfen sollen, sie nach oben zu bringen. Wirklich begeistert sind sie nicht über die schwere Arbeit nach einem Tag voll Kurzweil und vor allem die betrunkenen Männer fluchen.

Sebastian trägt zusammen mit Florentin eine der Kisten in den Laderaum.

„Was ist da in Gottes Namen drin?“, japst Florentin.

„Etwas, was wir brauchen“, antwortet Sebastian.

„Aber was denn?“

Sebastian gibt keine Antwort und Florentin wirft ihm einen befremdeten Blick zu, als er den Laderaum verlässt, um neue Kisten zu holen. Sebastian bemerkt es nicht. Er ist damit beschäftigt, die Ladung gleichmäßig zu verteilen, sodass sie nicht rutscht, wenn sie wieder auf See sind.

Die Männer haben sich in Reihen aufgestellt, um die Kisten weiterzugeben, aber es ist schwere Arbeit. Es wird viel geflucht und heftig spekuliert über dieses Unterfangen ihres Kapitäns.

„Was mag in diesen verdammten Dingern stecken?“

„Und seit wann *kaufen* wir Ladung?“

„Wenn die Laderäume unbedingt voll sein müssen, dann nehmen wir uns doch, was wir kriegen können, oder?“

„Wenn wir jetzt ein Schiff überfallen, haben wir nicht mal mehr Platz für die Beute!“

Gegen zwei Uhr nachts sind alle Kisten eingeladen. Die Karren sind inzwischen weggefahren und die Männer hoffen, dass sie nun endlich ihre wohlverdiente Ruhe genießen können. Aber sie werden enttäuscht, denn sobald die letzte Kiste im Laderaum gelandet ist, gibt Sebastian den Befehl auszulaufen. Mitten in der Nacht, in den tückischen Gewässern des Kaps. Selbst so eingefleischte Seeratten wie die Piraten fühlen sich bei dem Gedanken daran unwohl.

„Dieser Lucasz hat vor gar nichts Angst“, sagt Sam Russel mit glänzenden Augen zu Florentin und Bonne. „Der Kerl trotzt noch dem Teufel.“

Bonne und Florentin blicken sich an.

„Kurs Südsüdwest!“, ruft Sebastian und übernimmt das Ruder.

Geschmeidig gleitet die *Lorenzo* aus dem Hafen, während ihr ein einzelner Seemann von einem anderen Schiff nachwinkt.

Mit ihrer schweren Ladung liegt die *Lorenzo* zwar etwas stabiler, aber das ist nicht der Grund dafür, dass Sebastian seine Laderäume vollgestopft hat. Er erinnert sich an Fenmores Worte, dass das Geisterschiff direkt nach dem Überfall erschienen ist und das Schiff tief im Wasser lag. Er hofft, dass er durch diese List eine Begegnung hervorrufen kann.

Doch zunächst steht er vor einem anderen Problem: Die steife Brise, die sie so glücklich aus dem Hafen gepustet hat, schweigt mitten auf dem Meer plötzlich. Es weht nicht mal mehr der leichteste Wind und die *Lorenzo* liegt ziemlich still da. Sebastian gibt den Befehl, alle Segel zu setzen, und murrend klettern die Männer in die Wanten. Aber was sie auch tun, das Schiff kommt kaum vom Fleck. Sebastian begreift, dass er machtlos ist und erteilt seinen Männern die Erlaubnis, in ihre Kojen zu gehen. So bekommen sie dann endlich die Ruhe, die sie sich gewünscht haben.

Die Windstille hält tagelang an. Die Männer essen, schlafen, trinken, spielen Karten, reparieren die Segel, schrubben das Deck und erzählen sich Geschichten. Als der Koch nach dem Mittagessen die übrig gebliebenen Eierschalen über Bord werfen will, gerät Martin König beinahe in Panik. „Lass das“, ruft er. „Hier machen die Seegeister eine Spazierfahrt. Du lockst sie an, wenn du das da über Bord wirfst!“

Sebastian, Bonne und Patrick lachen abfällig: „Seegeister. Ammenmärchen.“

„Der Junge hat recht!“ Victor pflichtet ihm bei. „Unterschätze nie das, was in den Tiefen des Meeres haust. Es scheinen nur unschuldige Hülsen zu sein, aber sie lassen sich von allem anlocken. Die Geister der Verstorbenen kommen durch sie nach oben und ..."

„Mensch, quatsch nicht!", ruft Bonne und bricht in dröhnendes Gelächter aus.

„Lach du nur", sagt Victor. „Habe ich euch noch nie die Geschichte vom Riesenkraken erzählt? Mit Armen, so lang und so dick wie die Masten eines Handelsschiffs? Der jeden Moment aus den Tiefen des Meeres schnellen kann? Und jedes Schiff nach unten zieht, als wäre es nur eine Zigarettenkiste?"

„Nein, Victor, erzähl!", rufen die Männer im Chor.

„Also gut, wenn ihr mich so bedrängt ...", erklärt sich Victor großzügig bereit, obwohl er gewöhnlich keine weitere Ermutigung braucht, um seine Geschichten zu erzählen. „Es war während einer Windstille auf See ...", beginnt er. „Die *Juanita* fuhr ..."

Sebastian grinst und steht auf. Er hat die Geschichte sicher schon Dutzende Male gehört, denn sie ist eine von Victors Lieblingsgeschichten. Weil jetzt weiter nichts zu tun ist, will er die Gelegenheit nutzen, an seinem Logbuch zu arbeiten.

Er schlägt es auf und denkt an den Nachmittag, an dem er in Kapstadt Einkäufe getätigt hat. Dieser Tag war nicht nur deswegen nützlich, sondern auch, weil Sebastian eine sehr interessante Begegnung hatte. Er hatte sich in eine der Schenken gesetzt, an einen Tisch ganz hinten, an dem er nicht weiter auffiel. Mit einem Glas Rum vor sich hatte er sich unauffällig umgesehen. Es war nicht voll. An der Theke saßen ein paar Männer, die offensichtlich Seeleute waren, wie man an ihren zerrissenen Kleidern und schwieligen Händen sah, und ein paar Frauen, die anscheinend darauf aus waren, mit ihnen ins Geschäft zu kommen.

An einem Tisch ein paar Meter von seinem entfernt saß ein etwa vierzigjähriger Mann mit weißem Bart und langem weißem Haar. Sein Gesicht war verwittert und braun gebrannt, und er war allein. Er hatte ohne Zweifel schon eine Weile in der Schenke gesessen, denn er war nicht ganz nüchtern. Aber das Glas, das vor ihm stand, war schon eine Zeit lang leer. Ab und zu blickte er aus den Augenwinkeln zu Sebastian, ehe er dann irgendwann aufstand, um sich zu ihm an den Tisch zu setzen.

„Gönnst du einem alten Seemann noch etwas zu trinken?“, fragte er.

„Warum denkst du, dass ich Geld habe?“, fragte Sebastian ihn.

„Du trinkst doch, oder nicht?“

Er lachte und bestellte ein Glas Rum für den Mann. Es war nicht schwer, ihn zum Reden zu kriegen, denn er war sein ganzes Leben zur See gefahren und hatte mehr als genug zu erzählen. Nachdem er eine Zeit lang zugehört hatte, lenkte Sebastian das Gespräch vorsichtig auf den *Fliegenden Holländer*. Zuerst reagierte der Mann abwehrend. Gerede von hysterischen Seeleuten. Aber nachdem Sebastian ein weiteres Glas Rum für ihn bestellt hatte, gab er zu, dass er vielleicht doch das eine oder andere über das Schiff wusste.

Jetzt, mit seinem Logbuch vor sich und seinem Stift in der Hand, schreibt Sebastian auf, was er gehört hat. Nicht die ausgeschmückte, dramatische Geschichte, die der Mann erzählt hat, sondern die Tatsachen, die Sebastian herausgepickt hat.

Schiff: *die Liguria*
Herkunft: *Italien*
Kapitän: *Roberto Cavalli*
Anzahl Männer an Bord: *53*
Wetterverhältnisse: *stürmisch, Windstärke 8*
Zeitpunkt, zu dem der* Fliegende Holländer *gesichtet wurde: *fünf Uhr nachmittags*
Ort: *in der Nähe des Sturmkaps, Richtung Indien*
Art der Begegnung: *Männer sehen Schiff aus niederprasselndem Regen aufsteigen, es entsteht Panik, das Schiff fliegt über sie hinweg und verschwindet im Regen*
Was geschieht danach: *Ein paar Tage nach der Begegnung strandet das Schiff auf den Felsen und geht unter. Es gibt nur zwei Überlebende.*
Besonderheiten: *Laut dem alten Mann sind die Segel des Geisterschiffes flammend rot und gebläht. Ein bläuliches Licht umgibt das Schiff. Er sagt, dass sehr wohl eine Mannschaft an Bord ist und dass der Kapitän lange Haare hat, die im Wind wehen.*

Sebastian liest sich durch, was er aufgeschrieben hat. Laut Aussage dieses Seemanns waren die Segel also auch rot und es war ein Kapitän mit langem Haar an Bord. Etwas merkwürdig ist allerdings die Tatsache, dass der Mann nichts von einer Schaluppe mit drei Männern erzählt hat, die Briefe bringen. Wenn das passiert wäre, hätte er es mit Sicherheit erwähnt. Außer er dachte, dass die zwei Ereignisse nichts miteinander zu tun hatten …

Einen roten Faden hat Sebastian also noch nicht entdeckt, da der *Fliegende Holländer* anscheinend nicht immer unter denselben Umständen auftaucht. Das Wetter kann völlig verschieden sein und der Zeitpunkt auch. Die Schaluppe erscheint offensichtlich nicht immer. Nicht jeder kriegt Briefe, die er überbringen soll. Er braucht noch viel mehr Informationen, aber trotzdem schlägt er das Logbuch mit einem zufriedenen Gefühl zu.

Als er wieder an Deck klettert, ist Victor mit seiner Geschichte fertig, und die Männer sitzen noch immer im Kreis beieinander.

„Habt ihr irgendwas gehört, als ihr in Kapstadt wart?", fragt Sebastian, während er sich in der Runde umblickt.

Victor nickt. „Es ist immer noch das Gespräch des Tages. Jeder hat etwas dazu beizutragen."

„Und gerade deshalb sollte man lieber nicht jedem zuhören", sagt Bonne.

„Aber die Marine ist noch da", bringt Patrick vor. „Davon können wir getrost ausgehen. Der größte Teil der Flotte ist wieder zu Hause, aber etwa ein Drittel davon soll hier noch irgendwo rumstreunen."

„Die Leute versuchen natürlich auch, Informationen zu kriegen", berichtet Florentin. „Ich meine … über uns."

„Wir müssen gut aufpassen", entgegnet Sebastian. „Dafür sorgen, dass wir nicht mit den Falschen reden."

Die Männer nicken.

Sebastian blickt in den strahlend blauen Himmel und auf die spiegelglatte See. „Noch immer keine Veränderung", stellt er leicht besorgt fest. „Es kann noch gut ein paar Tage dauern."

„Gut, dass wir gerade Vorräte aufgenommen haben", sagt Bonne. „Wir halten eine ganze Weile durch."

Abends kommt endlich der lang ersehnte Wind auf. Mehr als eine leichte Brise ist es nicht, aber trotzdem geht ein Erleichterungsseufzer durch die Mannschaft. Die Segel werden wieder gehisst und das Schiff setzt sich in Bewegung – auch wenn es kaum vorankommt.

Sebastian steht in der einsetzenden Dämmerung am Ruder und hofft, dass der Wind sich noch verstärken wird. Lieber fahren sie nachts als gar nicht.

Plötzlich hört er einen Schrei aus den Wanten. Er blickt auf und entdeckt Florentin, der ängstlich nach unten zeigt.

Im Licht der Dämmerung sieht Sebastian einen Schatten auftauchen. Schräg an Backbord der *Lorenzo*, aber er kann nicht erkennen, was es ist. Er strengt seine Augen an und starrt auf den dunklen Fleck.

„Schiff an Backbord", schreit Florentin da.

Nein!, denkt Sebastian. Wie ist das möglich? Das Geisterschiff! Gerade jetzt, wo er überhaupt nicht darauf vorbereitet ist, taucht es auf. So läuft es immer.

Die Männer stürzen beinahe übereinander, um nach backbord zu gelangen, und Sebastian gesellt sich zu ihnen.

Da kommt ein Schiff, unverkennbar.

„Das Geisterschiff …", hört er Victor flüstern.

Das Schiff ist vollkommen schwarz und als es näher kommt, sehen die Männer, dass die Segel in Fetzen daran hängen. Wie versteinert stehen sie da und schauen zu, wie es sich der *Lorenzo* nähert; aber sie werden wie aus einem Rausch wachgerüttelt, als es plötzlich laut kracht.

„Was geschieht hier? Wie kann das sein?", ruft Sebastian erschrocken.

Offensichtlich besteht das Schiff nicht aus Luft. Und wenn die Männer schon bei dem Gedanken an ein Geisterschiff Angst hatten, sind sie jetzt in Panik.

„Bleibt ruhig“, versucht Sebastian ihr Geschrei zu übertönen. Dann greift er, einer plötzlichen Eingebung folgend, einen der Enterhaken, die an die Reling gebunden sind. Er wirft ihn über Bord und hakt sich im Holz des anderen Schiffes fest.

„Was machst du denn jetzt?“

„Bist du verrückt geworden?“

„Ergreift die Haken!“, befiehlt Sebastian. „Wir gehen an Bord!“

Die Männer zögern, gehorchen aber dann doch und ziehen das Schiff näher an sich heran. Sebastian ist der Erste, der an Bord springt. Victor und Florentin folgen ihm, die anderen bleiben jedoch auf der *Lorenzo*.

Die Planken knarren unter ihrem Gewicht, aber ansonsten ist es schauderhaft still an Bord. Sie halten ihre Pistolen und Gewehre im Anschlag, bereit, bei jeder unerwarteten Begegnung zuzuschlagen. Sebastian geht voraus.

Plötzlich hören sie ein Geräusch, bei dem sich ihnen die Nackenhaare aufstellen. Es ist ein rollendes Geräusch, dem ständig ein harter Schlag folgt, als ob jemand mit einem Holzbein auf sie zugelaufen käme. Sebastian entsichert seine Pistole und bedeutet Florentin und Victor, das Gleiche zu tun. Die Anspannung ist ihnen ins Gesicht geschrieben.

Sebastian geht vor, und plötzlich rollt ihm etwas vor die Füße. Er erschrickt und macht einen Satz nach hinten.

Als er sich nach vorn beugt, um nach dem Gegenstand zu greifen, lacht er erleichtert auf. Es ist ein Zinnbecher mit Henkel, der über das Schiff gerollt ist.

Victor wischt sich mit der Hand über die Stirn. „Gott sei Dank", seufzt er.

Sie gehen weiter, aber begegnen keiner Menschenseele. Sebastian geht vorsichtig zur Treppe, die zum Zwischendeck führt, und klettert nach unten. Die Tür zur Kapitänskajüte schwingt quietschend hin und her. Er schaut hinein, sieht aber niemanden. Auf dem Tisch liegen Karten und einige Messinstrumente. Über einem Stuhl hängt ein Oberhemd, als ob der Kapitän gerade dabei wäre, sich umzuziehen, doch von dem Mann selbst fehlt jede Spur.

Sebastian atmet tief durch und entspannt sich ein bisschen. Sie beschließen, sich zu trennen und alle Decks zu erkunden. Nach etwa zwanzig Minuten treffen sie sich wieder auf dem Poopdeck. Das Schiff ist vollkommen verlassen und außer ihnen selbst ist kein Sterblicher an Bord.

Überall finden sie vermoderte Reste menschlicher Existenz und die Frachträume sind voll von verfaulter Ware. Aber was um alles in der Welt ist mit diesem Schiff geschehen? Und wo ist die Mannschaft geblieben?

„Du hattest recht, Victor", gibt Sebastian zu. „Es ist tatsächlich ein Geisterschiff."

„Das kann man wohl sagen", entgegnet Florentin und blickt mit Unbehagen um sich. „Und wer weiß, wie lange es hier schon treibt."

Schweigend klettern sie wieder an Bord der *Lorenzo*. Sie erzählen den anderen, was sie gesehen haben, und auch wenn sie alle einiges gewohnt sind, überkommt sie ein

Schaudern. Schnell lösen sie die Enterhaken und schieben das Unglücksschiff mit langen Stäben fort.

Zuerst muss der Schaden an der *Lorenzo* repariert werden, auch wenn er nur gering ist. Für das Geisterschiff können sie ohnehin nichts mehr tun.

Der Sturm

Die Monate verstreichen. Sebastians Haar ist lang geworden, und er hat einen Bart. Seine wilden blonden Locken hängen ihm bis zur Schulter, doch das ist nicht das Einzige, was an ihm anders geworden ist. Den fröhlichen, sorglosen Freund, der er immer war, gibt es nicht mehr. Er ist schweigsam und lustlos und macht den Eindruck, als ob irgendetwas seine volle Aufmerksamkeit beanspruche. Aber keiner seiner Kameraden weiß, was.

Die *Lorenzo* hat schon an einer ganzen Reihe von Häfen an der afrikanischen Küste angelegt und es wurden zahlreiche Gespräche geführt. Über die Marine, eventuelle Pläne und neue Angriffe. Laut vielen Seeleuten, mit denen sie sprachen, ist es auf dem Meer ruhiger als je zuvor, und die Aktion der englischen Flotte war ein großer Erfolg. Wenn sie den Gerüchten in den Häfen Glauben schenken können, haben die Engländer zwar ein paar schmerzhafte Verluste erlitten, die aber in keinem Verhältnis stehen zu dem vernichtenden Schlag, den sie der Piraterie zugefügt haben.

Es ist verrückt, die Menschen so reden zu hören über Kaperer, Piraten und Verbrecher, während sie selber bei ihnen am Tisch sitzen und oft auch noch die Getränke bezahlen. Aber sie wissen, wofür sie es tun, und meistens ist es die Mühe wert. In der letzten Schenke, in der Sebastian und seine Männer waren, wusste ein holländischer Kapitän ihnen zu berichten, dass England, Portugal, Spanien und die Niederlande sich verbündet haben, um Erfolg versprechende Aktionen vorzubereiten.

„Und das wird auch höchste Zeit", brummte er, während er seinen letzten Schluck herunterkippte.

Sebastian steht am Ruder und denkt an die Geschichten, die er in den Schenken gehört hat, und an die Aufzeichnungen, die er gleich wieder in seinem Logbuch machen wird. Er schreckt auf, als auf einmal Victor neben ihm steht.

„Wird es nicht mal Zeit für uns zurückzufahren?"

„Zurück?", fragt Sebastian verständnislos.

„Nach Madagaskar. Haben wir nicht langsam genug gehört? Wir wissen jetzt mit Sicherheit, dass es weitere Angriffe geben wird – höchste Zeit, Fenmore und die anderen zu warnen."

Sebastian nickt langsam, als ob der Gedanke neu für ihn wäre.

„Davon abgesehen werden sie unsere Hilfe beim Bauen und beim Verteidigen sicher gut gebrauchen können", fährt Victor fort. „Sie sind nur noch eine Handvoll. Und wir sind doch lange genug weg gewesen, oder nicht? Mehr als ein halbes Jahr. Was mag sich Fenmore vorgestellt haben, wie lange du fortbleibst?"

Sebastian kratzt sich am Kopf. „Eh, wie lange? Ich glaube nicht, dass er eine bestimmte Dauer im Kopf hatte. Aber ja, du hast natürlich recht. Vielleicht sollten wir jemanden schicken, der Bericht erstattet."

„Jemanden schicken?", fragt Victor und schüttelt verständnislos den Kopf. „Warum fahren wir nicht selbst?"

„Wir können noch nicht zurück“, antwortet Sebastian. „Wir brauchen noch mehr Informationen. Schließlich haben wir noch immer keine Gewissheit.“

„Wie viel Gewissheit brauchst du denn? Dieser holländische Kapitän klang doch ganz schön sicher.“

„Schick ruhig jemanden, Victor, wenn du es für so wichtig hältst“, sagt Sebastian schroff. „Aber wir fahren nicht zurück.“

„Wenn *ich* es für so wichtig halte?“ Jetzt wird Victor wütend. „Vielleicht irre ich mich ja, aber ...“

„Ich will nicht weiter darüber reden“, unterbricht ihn Sebastian sehr entschieden. „Du kannst jemanden schicken, wenn du das willst, aber wir fahren nicht zurück. Noch nicht. Und damit basta. Und wenn du schon mal hier bist, kannst du das Ruder übernehmen. Ich habe zu tun.“ Und ohne ein weiteres Wort der Erklärung geht Sebastian davon. Den wütenden Victor lässt er zurück.

In seiner Kajüte beugt er sich wieder über sein Logbuch, in dem er in winzig kleiner Schrift die Seiten vollgeschrieben hat. Es ist erstaunlich, was die Leute alles über ein Geisterschiff zu erzählen haben, auch wenn die Geschichten sehr widersprüchlich sind. Schiffe der verschiedensten Nationalitäten haben das Geisterschiff gesehen: griechische, portugiesische, niederländische, afrikanische, englische. Große Schiffe wie Galeonen, aber auch kleinere und sogar Ruderboote. Einige hatten eine vielköpfige Mannschaft an Bord, andere nur ein paar Mann, manche waren schwer beladen, andere nicht.

Abend für Abend, Tag für Tag sitzt Sebastian über seinen Büchern und versucht, Übereinstimmungen in den Begegnungen zu finden. Was hatten all diese Schiffe, die den

Fliegenden Holländer gesehen haben, gemeinsam? Er liest bei Kerzenschein, bis er nicht mehr kann, und nach einer kurzen Nachtruhe kriecht er mit roten Augen wieder zurück zu seinen Büchern. Oft kommt er tagelang nicht aus seiner Kajüte, außer um den Kurs festzulegen oder etwas zu essen. Wenn er am Tag an Deck kommt, schmerzen seine Augen vom grellen Sonnenlicht, so sehr ist er davon entwöhnt.

Sebastian ist dermaßen in den Bann des Geisterschiffs gezogen worden, dass er nicht bemerkt, wie seine Mannschaft sich langsam gegen ihn stellt. Niemand glaubt mehr an die Mission und die Männer fühlen sich von ihrem Kapitän im Stich gelassen. Sebastian weiß nicht, dass Victor Daniel Pfau und Richard Finn nach Madagaskar zurückgeschickt hat, um Fenmore Bericht zu erstatten. Und auch nicht, dass hinter seinem Rücken über ihn geredet wird, über die Art und Weise, wie er sie immer wieder zu den launischen und stürmischen Gewässern rund um das Kap der Guten Hoffnung zurückführt. Was hat er da zu suchen? Warum sollte ein rechtschaffener Kapitän immer wieder aufs Neue das Schicksal herausfordern und seine Mannschaft in Gefahr bringen?

Sie befinden sich schon eine Zeit lang in der Meerenge zwischen Madagaskar und dem afrikanischen Festland und mit dem Fernrohr vor dem Auge sieht Sebastian, dass schlechtes Wetter im Anzug ist. Der Wind aus Nordosten frischt auf, die Wellen beginnen zu schäumen und immer kräftiger gegen den Bug der *Lorenzo* zu klatschen. Sebastian befiehlt den Männern, die Segel zu reffen, nur die Fock und das Großsegel sollen oben bleiben. Es dauert nicht lange, bis der Sturm in voller Stärke über das Meer wütet. Der Regen peitscht den Männern in den Wanten ins Gesicht, während sie die Segel mit zusätzlichen Knoten fester zurren. Die Wellen türmen sich inzwischen meterhoch und pechschwarz über dem Schiff auf. Bald schon wird das Großsegel losgerissen und es flattern nur noch Fetzen im Wind.

Gerade als die Männer denken, dass es nicht mehr schlimmer werden kann, wird es zu ihrer großen Bestürzung plötzlich totenstill. Von Norden weht kein Lüftchen mehr. Sebastian blickt verwirrt um sich und auch seine Kameraden wissen nicht, wie ihnen geschieht. Sie stehen noch immer unschlüssig an Deck und schauen in die Wellen, die sich binnen Sekunden beruhigt haben, als mit derselben Heftigkeit und Kraft Rückenwind aus dem Osten zuschlägt. Das Meer wird sofort wieder zu einer wilden, tobenden Masse – die Gewalt des Windes ist enorm. Der Großmast fängt den größten Schlag ab und knackt gefährlich. Das Schiff ist so aus dem Gleichgewicht geraten, dass es nach steuerbord kippt und sich nicht aus eigener Kraft wieder aufrichten kann. Es scheint, als ob es von einem Gewicht an einer Seite nach unten gedrückt würde.

Durch den Platzregen hindurch sieht Sebastian, dass Victor zu einer Gruppe Männer läuft. Er spricht und gestikuliert wild, und dann verschwinden alle. Bestürzt blickt er ihnen nach. Was haben sie vor? Er schnürt sich ein Seil um die Hüfte und bindet sich selbst am Ruder fest. Jetzt, wo es auf ihn ankommt, darf er auf keinen Fall über Bord gehen. Seine Hände schließen sich noch fester um das Steuerrad, während ihm der Regen ins Gesicht peitscht. Seine Hände sind so kalt, dass er sie nicht mehr fühlt, als ob sie eins geworden wären mit dem harten, gefühllosen Holz.

Der Sturm tobt in aller Heftigkeit weiter und die Situation wird von Sekunde zu Sekunde brenzliger. Sebastian weiß, dass er es allein niemals schaffen kann, aber wo bleiben seine Männer? Dieser Haufen unzuverlässiger Müßiggänger! Was denken sie sich bloß dabei, das Schiff im Unwetter seinem Schicksal zu überlassen?

Und dann weiß er es plötzlich.

Ein paar Stunden später hat der Sturm seinen Höhepunkt überschritten. Das Schiff hat langsam, aber sicher sein Gleichgewicht wiederhergestellt, es liegt jetzt wieder gerade und die Gefahr ist so gut wie gebannt.

Um Sebastian herum klart die Luft langsam auf. Erschöpft hängt er am Ruder. Er ist durchweicht, sein Haar hängt ihm in nassen Strähnen ins Gesicht, und er zittert am ganzen Körper. Vor lauter Müdigkeit kann er kaum die Augen offen halten – darum hat er auch nicht bemerkt, dass seine Männer einen Kreis um ihn herum gebildet haben.

Jemand wirft ihm etwas vor die Füße, und er schreckt auf. Als er die Augen öffnet, sieht er die wütenden Blicke von Victor, Florentin, Bonne, Patrick, Ludwig und Sam.

„Wie zum Teufel könnt ihr es wagen …“, beginnt er, aber sie hören ihm nicht zu.

Noch mehr rotbraune Gegenstände werden ihm vor die Füße geworfen.

„Was ist das?“, klingt die tiefe Stimme von Bonne über den noch immer heftigen Wind hinweg. „Kannst du uns das vielleicht erklären?“

„Du hast unser Leben riskiert!“, schreit Victor wütend.

„Für einen Vorrat an *Backsteinen*!“, pflichtet ihm Florentin bei. „Du hättest es uns erzählen müssen! Die Ladung ist im Sturm gerutscht! Wenn Victor das nicht erkannt hätte, wären wir allesamt untergegangen!“

„Du spielst mit uns!“

„Was führst du im Schilde, das wir nicht wissen dürfen?“

„Verräter!“

Die Fragen und Verwünschungen werden ihm nur so um die Ohren gehauen und Sebastian weiß nicht, wie er reagieren soll. Dass er noch immer am Ruder festgebunden ist, hilft dabei auch nicht.

„Wir haben dir treu zur Seite gestanden“, wettert Victor. „Und das ist der Dank!“ Er dreht sich um und geht fort. Die anderen folgen seinem Beispiel.

Sebastian hat sich noch niemals elender gefühlt. Er zerrt an dem nassen Seil, aber es ist so stramm gezogen, dass er es nicht bewegen kann. Er fühlt in seiner Hosentasche nach seinem Messer, aber das muss er verloren haben. Wie kommt er hier weg? Ein Gefühl von Panik überkommt ihn. Er beginnt wieder, am Seil zu zerren, aber es scheint, als ob die Knoten sich immer fester zuzögen. Resigniert lässt er seine Arme über das Ruder hängen und spürt, wie ihm die Tränen über die Wangen laufen. Warme, salzige Tränen mitten durch das kalte, salzige Wasser in seinem Gesicht.

Er weiß nicht, wie lange er dort so gehangen hat, als die Seile sich auf einmal lockern und von ihm abfallen. Er wischt sich die Strähnen aus dem Gesicht und blickt auf.

Vor ihm steht Victor. „Komm mit“, sagt er und legt sich Sebastians Arm über die Schulter. Sebastian ist so durchgefroren und übermüdet, dass er sich nicht mehr auf den Beinen halten kann. Victor bringt ihn in seine Kajüte und schenkt ihm ein Glas Rum ein.

Dankbar stürzt es Sebastian runter. Er streckt seine Hand aus, um das Glas erneut füllen zu lassen, aber zittert dabei so heftig, dass es ihm aus der Hand fällt. Victor sammelt ohne Murren die Scherben auf und gibt ihm ein neues Glas. Selbst nach dem zweiten klappert er noch dermaßen mit den Zähnen, dass Victor ihm eine Decke um die Schultern legt. Er setzt sich Sebastian gegenüber und sieht ihn an.

„Ich weiß, dass es für dich eine schwere Nacht war", beginnt er. „Und dass du dich vielleicht erst mal ausruhen solltest. Aber ich will wissen, was du im Schilde führst. Und du wirst es mir erzählen. Vorher verlasse ich diese Kajüte nicht."

Sebastian blickt auf sein leeres Glas. Es hat keinen Sinn, jetzt noch um den heißen Brei herumzureden.

„Ich bin auf der Suche nach dem *Fliegenden Holländer*", sagt er ohne Umschweife.

Victor sieht ihn mit leerem Blick an und antwortet nicht. Sebastians Worte sind offensichtlich nicht zu ihm durchgedrungen. „Was sagst du?", fragt er nach einer Weile.

„Der *Fliegende Holländer*. Das Geisterschiff", verdeutlicht Sebastian.

„Du bist auf der Suche nach … verstehe ich dich richtig, einem *Geisterschiff*? Ist das der Grund, warum wir hier sind?"

Sebastian nickt. „Fenmore wollte … Es war Fenmores Idee. Er wollte …" Aber er beendet seinen Satz nicht. Sogar jetzt noch, nach so langer Zeit, klingt es auch in seinen

Ohren absurd, dass Fenmore das Geisterschiff seiner Flotte hinzufügen will. Er kann es Victor einfach nicht erzählen.

Victor steht auf. „Der *Fliegende Holländer*", sagt er in einem Ton, den Sebastian nicht von ihm kennt. „Wir sind also auf der Suche nach dem Schiff, von dem jeder hofft, dass es ihm niemals begegnet. Das jeder rechtschaffene Seemann fürchtet wie die Pest. Das Tod und Verderben bringt, wo immer es auftaucht."

„Fenmore … Fenmore denkt, dass er seine Schätze … dass er sie zurückkriegen kann. Wenn wir das Schiff finden …", stammelt Sebastian.

Victor streicht sich mit den Händen durch das schwarze Haar, sodass es in alle Richtungen absteht. „Du bist schon selbst ein *Fliegender Holländer* mit deiner verfluchten Fahrt!", schreit er dann unerwartet. Wütend dreht er sich wieder zu Sebastian um. „Sieh dich an, Mann! Was willst du eigentlich? Machen wir so lange weiter, bis du das Unheil über dich selbst gebracht hast? Und über uns? Dass du dein eigenes Leben riskierst, ist deine Sache … Aber auch *wir* sind in Gefahr!"

„Victor, hör mir zu", drängt Sebastian. „Ich habe das Rätsel beinahe gelöst. Sieh her!"

Er greift nach seinem Logbuch und ein fieberhafter Glanz tritt in seine Augen. „Schau, was ich gemacht habe. Allerlei Berichte von Erscheinungen. Während ihr euch in den Schenken über die Angriffe der Kriegsflotte unterhalten habt, habe ich Informationen über den *Fliegenden Holländer* gesammelt. Hier, Schiffe, die das Geisterschiff gesehen haben. Alle Übereinstimmungen und Umstände habe ich herausgearbeitet ..."

Victor blickt auf die eng beschriebenen Seiten. Eine systematische Spalte nach der anderen, immer wieder dieselben Fakten, jedes Mal mit einer kleinen Variante. Blatt für Blatt für Blatt. Das große Logbuch ist ganz vollgeschrieben – es wirkt wie das Werk eines Wahnsinnigen.

In Victors Blick tritt etwas Zögerliches und seine Stimme klingt viel freundlicher, als er zu Sebastian sagt: „Du hast mir noch immer nicht erzählt, wofür die Ladung gedacht war."

„Sie war dafür gedacht, den *Fliegenden Holländer* anzulocken. Jedes Mal, wenn Fenmore dem Schiff begegnet ist, waren die Laderäume gefüllt. Ich dachte, dass das Geisterschiff dann vielleicht eher kommen würde ..."

Victor setzt sich und sieht zu Boden. „Aber das ist bisher nicht geschehen."

„Nein", antwortet Sebastian mit Enttäuschung in der Stimme. „Das ist nicht geschehen. Aber das Schiff war viel stabiler mit der Ladung, es war nur gut, dass ... Wenn es nicht gekippt wäre jedenfalls ..."

Victor nickt. „Versuch, etwas zu schlafen", sagt er dann. „Ich muss jetzt den Rudergänger ablösen." Er verlässt die Kajüte und schließt leise die Tür hinter sich.

Sebastian weiß nicht, wie lange er geschlafen hat, aber als er wieder an Deck kommt, sieht er die hohen schwarzen Berge des Festlands. Er nimmt an, dass es Afrika ist, aber es kann auch Indien sein. Das Wetter ist fantastisch – die Sonne strahlt hoch am strahlend blauen Himmel und es weht ein kräftiger Nordostwind, der die Segel bläht. Das Großsegel und die Fock haben schweren Schaden erlitten, sieht Sebastian. Das war auch fast nicht anders möglich. Sobald die *Lorenzo* im Hafen anlegt, müssen sie repariert werden, denn es gibt keine Reservesegel. Er hört Gehämmer, das darauf hinweist, dass die Männer damit beschäftigt sind, das Schiff wieder instand zu setzen. Als er weiter über das Schiff läuft, stellt er fest, dass der Großmast noch einigermaßen zu gebrauchen ist. Es scheint offensichtlich noch genug Bewegung in dem Holz zu sein, wenn es solche enormen Schläge abfangen kann.

Sebastian fragt sich, wie er seine Männer antreffen wird nach den Ereignissen der vergangenen Tage. Aber die Luft scheint auch hier bereinigt zu sein, denn als er Bonne und Florentin entdeckt, begrüßen sie ihn grinsend. Und auch Ludwig und Sam, die dabei sind, die kleinen Segel zu reparieren, strecken ihm die Hand entgegen.

Gegen Abend legt das Schiff in einem Hafen an und Sebastian hört, dass sie in Afrika sind. Die Segel werden eingeholt und eingerollt, sodass sie repariert werden können. Die Luft ist warm und angenehm und auch wenn der Hafen deutlich kleiner ist als der in der Tafelbucht, herrscht auch hier ein reges Treiben. Sebastian hilft dabei, die Segel einzuholen und gegen sieben Uhr ist alles erledigt.

Die Männer wollen an Land, um etwas zu essen, und Sebastian spricht mit ihnen ab, dass er so lange an Bord bleibt, bis sie kommen, um ihn abzulösen. Vom Kai her winken sie ihm zu, Victor, Florentin und Bonne. Patrick, Ludwig und Sam sind schon in den vollen Straßen verschwunden. Sebastian winkt zurück.

Dann holt er sich etwas zu essen aus der Kombüse, einen Stuhl und eine Flasche Wein aus seiner Kajüte und macht es sich an Deck gemütlich. Von hier aus hat er einen großartigen Blick über den Hafen und die Berge dahinter. Afrika ist ein prächtiger Kontinent, und er beschließt, irgendwann noch einmal herzukommen und durch das Hinterland zu reisen. Aus Erzählungen weiß er, dass hier die schönsten und ungewöhnlichsten Tiere leben, und die will er einmal mit eigenen Augen sehen. Viel Erfahrung mit ungewöhnlichen Tieren hat er nicht. Bären kennt er schon, noch aus seiner Zeit in Amsterdam, denn in den Schenken ließen Dompteure ihre Tiere Kunststücke machen und verdienten damit gutes Geld. Ob es hier in Afrika auch Bären gibt? Sebastian nimmt einen Schluck und fragt sich plötzlich, wie es wohl seiner Mutter und seiner Schwester geht. Er hat seit Ewigkeiten nicht mehr an sie gedacht.

Der Fliegende Holländer

Am nächsten Morgen hat Sebastian einen Kater und es ist schon fast zwölf, als er endlich aufwacht. Er geht zum Wasserfass und kippt sich ein paar Kellen Wasser über den Kopf. Das hilft. Dann schöpft er noch ein paar und trinkt sie. Seine Zunge fühlt sich an wie Leder.

Es ist still an Deck und Sebastian kann sich nicht vorstellen, dass seine Männer alle noch in den Kojen liegen. Die Segel liegen aufgerollt und unberührt auf demselben Platz, an dem sie gestern niedergelegt worden sind. Als er das sieht, wird er unruhig. Es ist normalerweise nicht die Art seiner Männer zu trödeln. Sie sind es gewohnt, hart zu arbeiten, weil sie nur sehr wenige sind. Er hängt die Kelle wieder an das Fass und geht zur Treppe zum Zwischendeck.

„Victor!", ruft er.

Die einzige Antwort ist das Geschrei einiger Möwen, die über dem Schiff kreisen. Er beugt sich nach vorn, aber bei der plötzlichen Bewegung fühlt sich sein Kopf an, als ob er jeden Moment platze. Sebastian hat seit Ewigkeiten nicht mehr so viel getrunken.

Langsam und mit pochenden Schläfen geht er die Treppe hinab. Die Kojen sind unbenutzt. Genauer gesagt, sie sind nicht mehr da. Die Männer haben ihre Hängematten und Decken mitgenommen, ohne dass Sebastian irgendetwas bemerkt hat. Wann haben sie bloß ihre Sachen geholt? Er durchsucht das ganze Schiff, aber findet keinen einzigen seiner Mannschaftskameraden.

Ob sie vielleicht doch wieder zurückkommen? Manchmal bleiben sie tagelang weg und vielleicht macht er sich umsonst verrückt.

Vielleicht sollte er lieber erst mal etwas essen. Zur Sicherheit schnappt er sich seine Wertsachen und alle Messinstrumente, die er allein tragen kann, und bringt sie in seine Kajüte. Er schließt sie ab, bevor er das Schiff verlässt.

In einer Schenke bestellt er etwas zu essen und blickt sich um, während er wartet. Es ist voll, aber er sieht keine bekannten Gesichter.

Nach dem Essen beschließt er, dass die Vorräte auf dem Schiff aufgefüllt werden müssen. Und da er allein übrig ist, wird er es dieses Mal selbst tun müssen. Er kauft gepökeltes Fleisch, frisches Wasser, Reis, Gemüse, Orangen, Zitronen, Zucker, Tee, alles, was ihm nur einfällt. Einer Eingebung folgend beschließt er, auch ein neues Großsegel und ein paar Focken zu kaufen. Von dem Gold, das Bonne ihm bei ihrer Abfahrt aus Madagaskar gegeben hat, ist noch genug übrig, und mit der Reparatur wird es ohne seine Männer jetzt doch nichts. Die Segelmacherwerkstatt hat nicht viel zu tun und die Segel können in der folgenden Woche schon fertig sein. Seine anderen Einkäufe lässt er mit Wagen anliefern und von den Händlern an Bord bringen.

Es wird Nacht. Der erste Tag ist vorbei, und noch immer keine Spur von der Mannschaft. Am nächsten Morgen frühstückt Sebastian wieder in derselben Schenke und danach beschließt er, die Hafenstadt unsicher zu machen. Es wird ein enttäuschender Tag, denn außer im Hafen gibt es in der kleinen Stadt nicht viel zu erleben, und auf seine Fragen nach der Mannschaft wird er ausgelacht. Ein Kapitän, der auf der Suche nach seiner Mannschaft ist! Es ist nicht das erste Mal, dass eine komplette Besatzung spurlos an Land verschwindet. Es gibt genug andere Schiffe, auf denen die Männer anheuern können, wenn ihnen ihr Kapitän nicht passt – er würde daher gut daran tun, sich selbst ebenfalls auf die Suche nach neuen Leuten zu begeben.

Sebastian geht zurück zur *Lorenzo*. Er isst, er schläft, er erledigt hier und da kleine Arbeiten auf dem Schiff und bevor er sich's versieht, ist eine Woche vorbei.

Es ist ein heller, warmer Morgen, als der Wagen kommt, um die neuen Segel zu bringen. Zu viert heben die Männer die schwere Fracht an Bord und Sebastian sieht, wie sie mit Mühe die Laufplanke heraufkommen. Er hatte eigentlich vorgehabt, die Segel allein wieder aufzuhängen, aber das kann er getrost vergessen. Die Lieferanten schütteln den Kopf, als er sie um Hilfe bittet. Das ist nicht ihre Aufgabe.

Die kleineren Segel kann er sicher selbst wieder an ihren Platz bringen, das ist kein Problem. Aber das Großsegel kann er nicht mal an einer Seite anheben, geschweige denn damit in die Wanten klettern.

Er geht zur Reling und blickt über den Kai. In jedem Hafen gibt es Männer, die Arbeit suchen. Deshalb dauert es dann auch nicht lange, bis sein Blick auf eine Gruppe junger Burschen fällt, die mit allen Wassern gewaschen zu sein scheinen und ziellos herumschlendern.

„Ahoi", ruft er ihnen vom Schiff aus zu. „Wollt ihr Geld verdienen? Gold?" Er hält ein paar Münzen hoch, um sie anzulocken. Ein Grinsen macht sich auf ihren Gesichtern breit, und sie stürzen an Bord. Aber ihre Begeisterung hält nicht lange an. Falls sie diese Arbeit schon früher einmal gemacht haben, ist davon nichts zu bemerken, und darüber hinaus geht es dann auch nicht wirklich schnell.

Sebastian schnauzt ihnen seine Anweisungen zu, doch sie sind so ungeschickt, dass er immer wieder fürchtet, die Segel könnten dem Ganzen nicht standhalten. Schließlich gelingt es aber doch, die neuen Segel an die Rahen zu bekommen. Sebastian bezahlt die Männer, die sofort das Schiff verlassen. Er selbst ist auch mehr als erleichtert, sie gehen zu sehen.

Jetzt muss er die Segel noch weiter festknoten, aber das schafft er gut allein. Außerdem hat er aus den Wanten einen hervorragenden Blick über den Hafen. Hinter dem Städtchen liegen dunkelbraune Hügel und dichte Wälder. Während er seinen Blick schweifen lässt, überlegt er, dass seine Männer überall sein könnten, und langsam muss er sich eingestehen, dass sie wohl nicht zurückkommen werden. Aber das kostet ihn sehr viel Überwindung. Würde selbst Victor ihn im Stich lassen? Nach all der Zeit? Und Florentin? Nach allem, was sie zusammen durchgemacht haben? Oder Bonne? Auf den er sich immer verlassen konnte?

Während seine Hände arbeiten, gehen seine Gedanken in alle Richtungen. Er denkt daran, wie alles angefangen hat, der Schiffbruch der *Katharina*, die Ankunft in Madagaskar, das erste Zusammentreffen mit Fenmore …

Hier oben weht der Wind kräftiger und seine Augen beginnen zu tränen. Wütend wischt er sie weg. Es ist der Wind, mehr nicht.

Ein altes, ausgefranstes Stück Seil reißt unter seinen Händen ab und grimmig wirft er es über Bord. Die Möwen, die über dem Kai kreisen, stürzen sich hinunter, um zu schauen, ob es etwas Essbares ist.

„Dumme Viecher", schimpft Sebastian, während er nach unten klettert. „Ihr wisst ja gar nicht, was gut für euch ist."

Es ist noch früh am Morgen, als Sebastian wach wird, höchstens sechs Uhr, schätzt er. Er fühlt sich ausgeruht, als ob er mehrere Tage hintereinander geschlafen hätte. Er geht an Deck und schaut in den Himmel. Es wird ein schöner Tag und es weht ein strammer Landwind. Ideales Wetter, um in See zu stechen. Es liegen viel weniger Schiffe im Hafen als zu der Zeit, als er schlafen gegangen ist, was seine Vermutung bestätigt, dass er eine ziemlich lange Zeit geschlafen hat. Hinter ihm erwacht der Hafen. Die Ersten sind schon bei der Arbeit, aber es ist noch sehr ruhig.

Sebastian will nicht länger an Land bleiben. Was hat er hier verloren? Er muss zusehen, dass er eine Mannschaft zusammenkriegt, damit er wieder in See stechen kann. Seine Mission zu Ende bringen … Er fragt sich, ob er jemanden finden kann, der so verrückt ist, bei ihm anzuheuern. Vielleicht kursieren die wildesten Gerüchte über ihn …

Aber dann hat er einen grandiosen Einfall. Er braucht überhaupt keine Mannschaft! Ohne Mannschaft muss er sich auch nicht mit deren Nörgelei herumschlagen. Niemand, der etwas von ihm will oder ihn für verrückt erklärt. Keine Gelegenheit zur Meuterei. Dann kann er einfach seinen Weg gehen und so lange weitersuchen, bis er das Geisterschiff findet. Es wird vielleicht schwierig sein, das Schiff allein aus dem Hafen zu bekommen, aber auf hoher See … Bei gutem Wetter und einem sicheren Kurs … Meistens gibt es dann gar nichts zu tun und das bisschen sollte er auch allein schaffen.

Voll neu gewonnener Energie macht er sich an die Arbeit. Mit den Vorräten, die er gerade an Bord genommen hat, sollte er es ein paar Monate aushalten. Er weiß, dass alle Segel und Instrumente in gutem Zustand sind, und er kontrolliert noch einmal die Reparaturen, welche die Männer an der *Lorenzo* erledigt haben. Bis zum Schluss haben sie gute Arbeit geleistet, obwohl sie da schon wussten …

Hastig kehrt er zum Ruder zurück, denn jetzt muss er zusehen, dass er aus dem Hafen kommt. Er prüft den Wind und sieht, dass er nicht günstiger stehen könnte. Mit ein bisschen Glück wird er direkt aus dem Hafen geblasen. Sebastian beschließt, nur die Fock und das Voruntermarssegel zu hissen. So fangen die Segel den Wind vorn am Schiff ab, und er hat die größtmögliche Kontrolle. Er hofft nur, dass er keine anderen Schiffe rammen wird. Ob es schon je zuvor jemanden gegeben hat, der ganz allein mit einem so großen Schiff auf See gefahren ist?

Unwillkürlich muss Sebastian lachen. Was würde er dafür geben, jetzt die Gesichter seiner Männer sehen zu können. Sie würden ihren Kapitän für noch verrückter erklären als ohnehin schon.

Als sich die *Lorenzo* in Bewegung setzt, sind Sebastians

Nerven zum Zerreißen gespannt. Schwitzend steht er am Ruder und ist froh, dass es im Hafen so ruhig ist, sonst hätte es vielleicht schlecht ausgesehen. Aber wie er es schon prophezeit hat, könnte der Wind nicht günstiger stehen; die vorderen Segel fangen den Wind ab und treiben das Schiff genau in die richtige Richtung. Es gelingt ihm dann auch, die *Lorenzo* sicher aus dem Hafen zu lotsen.

Als er erst einmal auf offener See ist, frischt der Wind auf, und es müssen weitere Segel gesetzt werden, um Fahrt aufzunehmen. Sebastian stellt das Ruder fest, obwohl er weiß, dass das Schiff noch nicht wirklich einen festen Kurs halten kann. Aber das Großsegel und das Großmarssegel müssen hoch, sonst ist er nicht schnell genug. Es ist entsetzlich schwer für ihn, die Segel zu hissen. Zu zweit hat man die Aufgabe schnell bewältigt, aber allein ist es beinahe nicht zu schaffen. Trotzdem gelingt es ihm, das Großsegel an seinen Platz zu kriegen, indem er blitzschnell in den Wanten hin und her schießt. Er hisst die eine Seite, bis es nicht mehr weitergeht, befestigt das Seil und zieht dann die andere Seite hinterher. Er ist erleichtert, als die Segel endlich gesetzt sind, und stößt einen tiefen Seufzer aus. Es ist eine ermüdende Arbeit, deshalb würde er sich gern einen Moment hinsetzen. Aber gerade jetzt muss er gut aufpassen, da es hier heimtückische Sandbänke geben könnte. Wenn er eine Mannschaft hätte, würde er jetzt in seiner Kajüte die Route austüfteln und diese dann an den Steuermann weitergeben, doch jetzt muss er aufs Geratewohl fahren und beten, dass alles gut geht.

Und es geht gut. Das Schiff kommt schnell voran und hält Kurs, sodass sich Sebastian ein bisschen entspannen kann. Wenn seine Männer geglaubt haben, ihn von seinem Plan abbringen zu können, wenn sie ihn im Stich lassen, dann haben sie sich getäuscht. Da kennen sie ihren Kapitän schlecht. Plötzlich fühlt er sich großartig. Wenn Fenmore ihn so sehen könnte oder Kapitän van Straeten, wie würden die staunen! Niemand hält es doch für möglich, dass man so ein großes Schiff allein steuern kann. „Aber ich schon!", schreit Sebastian übermütig über die Wellen. Und er wirft noch ein paar Freudenschreie hinterher. Er wird ihnen allen noch zeigen, was er wert ist.

Nach einer Weile stellt er das Ruder wieder fest und geht etwas essen. Endlich kann er selbst entscheiden, worauf er Appetit hat, obwohl es nichts anderes wird als ein Stück hartes Brot mit Speck. Dann begibt er sich auf einen Kontrollgang über das Schiff. Es läuft genauso, wie er es sich vorgestellt hat. Mitten auf dem Meer, wenn das Schiff stabil Kurs hält, ist es ein Kinderspiel. Er setzt hier und da ein zusätzliches Segel und geht wieder ans Ruder. Vielleicht sollte er heute Nacht aufbleiben, um rund um die Uhr Wache zu halten. Wenn er sich einen Stuhl ans Ruder stellt, sollte er doch ab und zu ein Auge zumachen können.

Aber daraus wird nicht viel. Auf dem Stuhl findet er nur schlecht in den Schlaf, und außerdem ist er zu unruhig. Er kennt diese Gewässer inzwischen gut und weiß, was für nächtliche Gefahren dort drohen. Von Piraten zum Beispiel. Er könnte theoretisch im Dunkeln von der *Black Joke* überfallen werden – das wäre mal ein guter Witz! Sebastian lacht, und das Geräusch schallt hohl über das Deck.

Er ist allein.

Er scheint verrückt zu sein.

Aber er unterdrückt das Gefühl plötzlich aufkommender Panik. Als die ersten Sonnenstrahlen am Horizont erscheinen, fühlt er sich wieder ein bisschen besser. Mit leicht verschleiertem Blick schaut er in das sanfte orangefarbene Licht, das dem feurigen gelben Ball vorausgeht. Sein zweiter Tag allein. Und es geht sehr gut, auch wenn das wie Eigenlob klingt. Er weiß nicht genau, wo er ist, aber wirklich wichtig ist das auch nicht.

Am Nachmittag kommt ein stärkerer Wind auf. Es müssen Segel gerefft werden, obwohl es eigentlich keine gute Idee ist, ausgerechnet jetzt das Ruder festzustellen. Doch Sebastian hat keine Wahl. Er drückt die hölzerne Ruderklappe nach unten und klettert in die Wanten.

Aber gerade als er das Seil befestigen will, reißt die Klappe los, und das Ruder geht durch. Das Schiff macht eine unerwartete, scharfe Wendung, und Sebastian verliert das Gleichgewicht. Er kann das Seil noch einen Moment festhalten, aber er selbst rutscht ab und fällt aus den Wanten. Das Seil, mit dem das Segel aufgerollt wird, schießt nach unten, während das Segel nach oben fährt. Wenigstens etwas, denkt Sebastian zynisch – zumindest ist das Segel eingeholt. Er hängt zu hoch, um sich einfach fallen zu lassen, er würde sich dabei beide Beine brechen und dann wäre er völlig verloren. Krampfhaft überlegt er, wie er sich selbst aus der bedrängenden Situation befreien kann – dass er vorher schon müde war, ist nun nicht gerade hilfreich. Irgendwie muss er es schaffen, sich selbst mit dem Seil in die Wanten zu schlingen, und so beginnt er, wilde Bewegungen auszuführen. Das klappt gut, denn das Seil schwingt in die richtige Richtung, und Sebastian lässt los, um die Wanten zu packen. Seine Hände greifen nach den

Seilen, während seine Füße Halt suchen, doch plötzlich fährt das Schiff irgendwo gegen. Es folgen ein heftiger Schlag und ein Ruck, durch den Sebastian aus den Wanten geworfen wird. Direkt ins Meer.

Die *Lorenzo* ist auf eine Art Sandbank gelaufen und scheuert nun quer darüber. Sie läuft nicht auf Grund, und obwohl sie nach steuerbord geneigt ist, hält sie die Geschwindigkeit. Sebastian flucht und zetert und schlägt machtlos auf den Rumpf des Schiffes, das haarscharf an ihm vorbeistreift. Dann löst sie sich und federt wieder nach oben. Sebastian sieht machtlos zu, wie das Schiff abdriftet. Verlassen und steuerlos.

Er schließt die Augen, um sie gleich wieder zu öffnen – das hier kann nichts anderes sein als ein böser Traum! Er blickt sich um, auf der Suche nach etwas, woran er sich festhalten kann, aber so weit sein Auge reicht, sieht er nur Wasser. Wasser, Wasser und noch mal Wasser. Wünscht er sich jetzt noch immer, dass Fenmore oder van Straeten ihn sehen könnten? Wie würden sie lachen!

Sebastian weiß nicht, wie viel Zeit verstrichen ist, aber seine Beine sind schwer und verkrampft, und er ist vollkommen erschöpft. Ab und zu taucht er schon mit dem Kopf unter und es wird nicht mehr lange dauern, bis er sich nicht mehr über Wasser halten kann. So weit sein Auge auch reicht – er entdeckt weder Schiffe noch Vögel, was darauf hindeutet, dass kein Land in der Nähe ist. An das Leben im Meer will er lieber nicht denken. Es wird schon dunkel, und er sieht zitternd der Nacht entgegen. Begeben sich die Haie, von denen Victor immer erzählt, nicht gerade dann auf die Jagd?

Victor und seine Geschichten …

Aber dann bemerkt er etwas in der Ferne. Es ist ein blaues Licht. Mitten auf dem Meer. Ein Höllenfeuer, das unschuldige Seeleute in den sicheren Tod lockt? Die Angst schließt sich Sebastian wie eine eiskalte Hand ums Herz und trotz der Müdigkeit, die er verspürt, beginnt er zu schwimmen, weg vom Licht. Ab und zu dreht er sich um und sieht dann, dass das Licht immer näher kommt.

Er muss sich einen Moment ausruhen, die plötzliche Anstrengung hat ihn erschöpft. Als er einen Moment innehält und in die Ferne lauscht, hört er das platschende Geräusch von Rudern im Wasser. Es ist eine Schaluppe – eine Schaluppe mit einer Sturmlampe an Bord!

Erleichtert fängt er zu schreien an: „Ahoi! Hier bin ich! Hier! Hilfe!"

Das blaue Licht der Schaluppe kommt immer näher. Sebastian erinnert sich plötzlich an die Nacht vor Jahren, in der er, Victor und Gort aus dem Wasser gerettet wurden. Er würde alles dafür geben, diesen Piraten jetzt wieder zu begegnen.

Die Schaluppe ist inzwischen so nahe, dass er den Rand greifen kann, und er zieht sich hoch. In dem kleinen Boot sitzen drei Männer. Sie tragen schwarze Kleidung und in dem blauen Licht wirken ihre Gesichter leichenblass. Sie helfen Sebastian an Bord.

„Danke, vielen Dank", keucht er. „Es sah schlecht für mich aus … Wenn Sie nicht gekommen wären …"

Erschöpft lässt er sich in die Schaluppe fallen und bemerkt nicht, dass die Männer noch kein Wort gesprochen haben. Es kostet ihn die größte Mühe, die Augen offen zu halten.

„Wohin fahren wir?“, fragt er dann.

„Zu unserem Schiff“, sagt eine hohle Stimme.

„Wo liegt es? Hier in der Nähe?“

Als Antwort weist einer der Männer schräg nach oben.

Sebastian dreht sich um. Er sieht nichts. Aber dann wird seine Aufmerksamkeit auf einen riesigen schwarzen Schatten über ihm gelenkt und mit einem Schlag ist er hellwach. Er reißt den Mund auf und alle Farbe weicht aus seinem Gesicht.

Über ihm hängt das Schiff, das er so lange gesucht hat. Das er beinahe nicht mehr zu finden geglaubt hatte. Meterhoch türmt sich das gigantische Gefährt über ihm auf und er blickt direkt in das hohle Grinsen des Skeletts, das am Bug hängt.

Plötzlich kommt ihm seine Suche wie der Plan eines Verrückten vor. Wie konnte er je auf die Idee kommen, absichtlich das Unheil heraufzubeschwören? Alles nur, um Fenmores geraubte Schätze zurückzuholen? Das Herz schlägt ihm bis zum Hals vor Angst.

Über ihm wird eine Strickleiter ausgeworfen, die bis in die Schaluppe reicht.

„Du wirst erwartet“, sagt einer der Männer mit tonloser Stimme. Sebastian blickt von ihren eingefallenen Gesichtern zum Meer, das schwarz und bedrohlich ist, so weit das Auge reicht. Wofür soll er sich entscheiden? Für das unsichere Schicksal über ihm? Oder für den sicheren Tod unten?

Er ergreift die Strickleiter.

Auf halbem Weg blickt er sich um und sieht das blaue Licht der Schaluppe in der Ferne verschwinden. „He!“, ruft er den Fremden beunruhigt nach. „Müsst ihr nicht mit?“

Er bekommt keine Antwort. Einer der Männer winkt und Sebastian sieht, dass er einen Packen Briefe in der Hand hält …

Er klettert über die Reling und dann ist er an Bord des *Fliegenden Holländers.*

Das Logbuch

Das Holz unter seinen Füßen fühlt sich warm und trocken an. Das Schiff ist vollkommen schwarz und als er sich bückt, um die Planken des Decks zu berühren, spürt er, wie porös sie sind. Das Holz muss im Laufe der Jahre enorm aufgequollen sein, denn der *Fliegende Holländer* hat unglaubliche Ausmaße. Er ist größer als jedes Schiff, das Sebastian jemals gesehen hat. Die Segel sind tatsächlich rot, allerdings brennen sie nicht. Aber er kann sich gut vorstellen, dass sie lichterloh leuchten, wenn die Sonne darauf scheint.

Das Herz klopft ihm noch immer wie wild bis zum Hals, aber gleichzeitig verspürt er eine gewisse Neugier. Langsam setzt er sich in Bewegung, als er plötzlich das Echo eines hohlen Lachens hört. Er bleibt stehen und blickt sich panisch um. Wo kommt es her?

Bevor er der Sache auf den Grund gehen kann, weht ihm eine sanfte Brise ins Gesicht. Das Holz um ihn herum knackt. Der *Fliegende Holländer* hat sich langsam in Bewegung gesetzt und Sebastian läuft zur Reling, um zu sehen, wie weit unter ihm das Wasser verschwindet. Sie fliegen zwischen den nächtlichen Wolken hindurch und die große blaue Schiffslaterne wirft einen geisterhaften Schimmer über die Wellen. Minutenlang bleibt er stehen und schaut zu – so hat er das Meer noch nie gesehen.

Wieder erklingt das abscheuliche Lachen über das Deck. Er dreht sich um und läuft in die Richtung, aus der das Geräusch kommt. Bruchstücke der Geschichten, die er über den *Fliegenden Holländer* gehört hat, schießen ihm durch den Kopf. „Das Schiff hat keine Besatzung und fliegt von selbst“ und „Sie stehen allesamt bewegungslos an Deck“ oder „Es gibt dort Männer, aber sie sind alle tot ...“

Eine der Geschichten entspricht der Wahrheit, erkennt Sebastian geschockt, als er zum Großmast blickt. Neben dem Mast steht eine bewegungslose, geisterhafte Gestalt, deren langes silberweißes Haar im Wind weht.

„Ich habe auf dich gewartet ...“, sagt die hohle Stimme. Sebastian erkennt, dass dies die Stimme ist, die er gerade eben schon gehört hat.

Der Mann steht mit dem Rücken zu ihm, und er ist groß, sicher einen Meter neunzig, schätzt Sebastian. Er ist entsetzlich dünn, das lässt sich durch die schwarzen Kleider hindurch erkennen.

„Lange gewartet ...“

Hat er wieder gesprochen? Oder ist es ein Echo? Und wie kann der Mann wissen, wer er ist?

„W-was meinen Sie?“, fragt Sebastian mit einer Stimme, die sich mutiger anhört, als er sich fühlt. „Wissen Sie, wer ich bin?“

Als Antwort erklingt wieder das hohle Lachen. „... warte auf Ablösung ...“, sagt die tonlose Stimme. „Schon seit Jahren ... viele lange Jahre ... hatte es nicht mehr geglaubt ...“

Sebastian geht nach vorn, sodass er den Kapitän anschauen kann, und sogleich wünschte er, dass er es nicht getan hätte. Sein Gesicht ist leichenblass und schwarze

Augen blicken hohl aus riesigen Augenhöhlen. Der Mann hat eine hohe und viereckige Stirn und eine krumme Nase. Sein Bart, der genauso silberweiß ist wie sein Haar, kann nicht verbergen, wie eingefallen seine Wangen sind. Und das, was Sebastian von der Haut sehen kann, wirkt wie Pergament. Dies ist nicht das Gesicht eines Lebendigen. Sebastian steht wie erstarrt beinahe direkt vor ihm, aber der Mann scheint ihn nicht zu sehen. Seine Augen starren leer in die Ferne.

Plötzlich nimmt Sebastian eine Bewegung wahr und dreht sich schnell um. Ein Schatten kommt auf ihn zu und Sebastian hält es für besser, sofort die Flucht zu ergreifen.

Was ist das nur für ein Höllenort, schießt es ihm durch den Kopf, als er wegrennt. Seine Füße bringen ihn zur Treppe, die zum Zwischendeck hinabführt, und hastig lässt er sich nach unten gleiten.

Er zieht die erste Tür auf, die er entdeckt. Es ist seltsam, dass alles hier so aussieht, wie es vor Hunderten von Jahren gewesen sein muss. In der Kajüte steht ein hölzernes Bett, und darauf liegen Decken – als ob gerade eben hier noch jemand geschlafen hätte. Aber als Sebastian die Decken berührt, zerfallen sie in seinen Händen zu Staub. Er erschrickt und stolpert zurück, doch durch seine plötzliche Bewegung wirbelt der Staub auf, und er muss niesen. Zu Tode erschrocken läuft er rückwärts aus dem Raum und zieht rechts und links Türen auf. Sie sehen alle gleich aus und es hat nicht viel Sinn hineinzugehen. Plötzlich spürt er, wie seine Beine vor Erschöpfung nachzugeben drohen: Er muss sich hinlegen, auch wenn die Betten nicht sonderlich einladend wirken. Da er keine Wahl hat, öffnet er erneut die Tür der ersten Kajüte und geht hinein. Wenn er jetzt die Decken, oder was von ihnen übrig ist, wegfegt, kann er sich auf das hölzerne Bettgestell legen.

Was er berührt, zerfällt in seiner Hand wie Spinnweben, und es überrascht ihn, wie wenig Staub von so einer Decke übrig bleibt. Zum Glück fühlt sich das Holz selbst stabil an, und er legt sich hin. Er schließt die Augen, aber er kann nicht schlafen, weil er hinter den geschlossenen Lidern nichts als brennende Segel und dunkle Gestalten sieht. Schnell öffnet er die Augen wieder und sein Herz bleibt beinahe stehen, als im Türrahmen tatsächlich eine schattenhafte Gestalt steht.

Er will aufspringen, aber sein Körper ist wie gelähmt. Die Gestalt betritt den Raum und geht langsam zum Bett. Sebastian öffnet den Mund, um zu schreien, aber es kommt kein Laut über seine Lippen.

Der Mann setzt sich hin.

Sieht er Sebastian denn nicht?

Er beugt sich nach vorn, so als ob er seine Stiefel ausziehen wolle, aber Sebastian sieht keine Stiefel. Und dann lässt sich die Gestalt hintenüberfallen und legt sich aufs Bett. Es ist, als ob ein kalter Wind durch die Kajüte wehte, und Sebastian hat das Gefühl zu ersticken. Was geschieht hier? Der Mann hat sich auf ihn gelegt, aber er spürt es überhaupt nicht! Dann endlich bekommt er wieder Kontrolle über seinen Körper und springt auf, als hätte ihn der Teufel gebissen. Schreiend stürmt er aus der Kajüte und durch eine andere Tür in den nächsten Raum. Mit einem lauten Knall schlägt er die Tür hinter sich zu und bleibt keuchend stehen, mit weit aufgerissenen Augen, die Nerven bis zum Äußersten angespannt.

Als seine Augen wieder scharf sehen, bemerkt Sebastian, dass er sich in der Kapitänskajüte befindet. Diese Kajüte ist viel größer als die anderen und hat ein Fenster, auch wenn es kleiner ist als alle Schiffsfenster, die er kennt.

Die Kajüte sieht nicht so aus, als ob der Kapitän sie täglich benutzen würde – die Holzstühle sind an den Tisch herangeschoben, und alles ist aufgeräumt. Nirgends steht ein Becher herum, keine Flasche, kein Teller. Auf dem Tisch liegt lediglich ein dickes, in Leder gebundenes Buch.

Sebastian läuft zum Fenster und blickt hinaus. Das Einzige, was er sieht, sind Himmel und Wolken, nicht mal eine Spiegelung des Wassers. Es bleibt ein seltsamer Anblick.

Er seufzt tief, und sein Herz beginnt, wieder etwas normaler zu schlagen, als er einen der Stühle unter dem Tisch hervorzieht und sich hinsetzt. Das Holz knarrt, aber glücklicherweise bricht der Stuhl unter seinem Gewicht nicht zusammen. Also zieht er das Buch zu sich heran und schlägt es auf.

„Logbuch des Schiffers Willem VanderDecken, anno 1497", liest er.

Das ist eine Ewigkeit her, überlegt er. Jetzt haben sie wahrscheinlich das Jahr 1700 oder sogar 1701 – ein paar Hundert Jahre später also.

Das Buch ist dick, und es macht den Eindruck, als ob der Kapitän oder der Schiffer, wie er sich selber nennt, es regelmäßig führe. Neugierig blättert Sebastian erst einmal ans Ende des Buches, aber zu seiner Enttäuschung stehen über den letzten Einträgen keine Daten mehr. Die dicken pergamentartigen Blätter des Buches sind vollkommen vergilbt und die Tinte ist, vor allem auf den Anfangsseiten, ausgeblichen. Doch Sebastian kann noch gut lesen, was Schiffer VanderDecken alles aufgeschrieben hat. Seine Notizen beginnen am 8. Januar 1497, als das Schiff *Der Holländer* Amsterdam verlässt. VanderDecken gibt eine Beschreibung des Schiffes, der Takelage, der Ladung, der Größe der Mannschaft, der Bewaffnung, des Wetters, als er in See stach, und so weiter. Die Art von Dingen, die gewöhnlich in Logbüchern stehen. Sebastian liest es mit großem Interesse, aber er kann an den Einträgen nichts Ungewöhnliches entdecken. Er will wissen, seit wann und vor allem warum das Schiff durch die Lüfte fliegt, aber dafür wird er wohl doch das ganze Buch lesen müssen. Die Reise des *Holländers* verläuft erfolgreich. Das Schiff ist augenscheinlich ein außerordentlicher Segler und Schiffer VanderDecken ein mehr als tüchtiger Steuermann. Seine Männer haben großen Respekt vor ihm, aber Sebastian wird schnell klar, dass VanderDecken nicht sehr beliebt ist.

12. März 1497

Wenn alles nach Plan verläuft, erreichen wir in drei Tagen die Tafelbucht. Die Mannschaft klagt schon seit Wochen über Skorbut, und es gibt viele Tote. Barendsen ist heute Morgen schon wieder bei mir gewesen, um zu fragen, ob wir das Festland nicht früher ansteuern können. Ich habe ihm gesagt, was ich ihm schon seit Wochen sage. Der erste Hafen, den wir anfahren, ist die Tafelbucht am Kap der

Guten Hoffnung. Er war etwas besser gestimmt als in den vergangenen Wochen, weil es schon in drei Tagen so weit ist. „Kann ich das den Leuten sagen?“, fragte er. „Erzähle es weiter!“, antwortete ich.

13. März 1497

Das Schiff kommt gut voran. Unter vollen Segeln schießt es mit einer Geschwindigkeit von sicher vierzehn Knoten über das Wasser. Es gibt kein schnelleres Schiff als den *Holländer*. Wenn wir in dieser Geschwindigkeit weiterfahren, werde ich sogar noch den Rekord brechen, den ich auf meiner letzten Reise nach Java aufgestellt habe. Drei Monate und vier Tage habe ich damals dafür gebraucht. Andere Handelsschiffe brauchen für die Reise bestimmt ein halbes Jahr, aber die Schnelligkeit des *Holländers* hat mir nicht zum Vorteil gereicht. Die Leute sollten dankbar sein, weil sie auf einem so guten Schiff fahren dürfen. Stattdessen wird ständig gemurrt.

14. März 1497

Heute Morgen haben wir wieder drei Männer den Wellen anvertraut. Obwohl der Hafen so nah ist, haben sie es nicht mehr geschafft. Ich habe ein paar Worte gesprochen. Die Leute denken, dass ich ihre bösen Blicke nicht sehe, aber das ist nicht wahr.

15. März 1497

Heute Morgen bei Sonnenaufgang bekamen wir die drei Berge der Tafelbucht in Sicht, die flache Spitze des Tafelbergs in der Mitte. Noch eher, als ich gedacht hatte. Unter der Mannschaft brach Jubel aus. Die Männer sind froh, Land zu sehen und dass wir jetzt wieder Lebensmittel und Frischwasser aufnehmen können. Viel Dankbarkeit für das Schiff, das sie so schnell hierhergebracht hat, wird es nicht geben.

Tafelbucht, 16. März 1497

Es wurden frisches Trinkwasser und Lebensmittel an Bord gebracht. Barendsen sagte, dass die kranken Männer sich zusehends erholen. Alles in allem sind sechzehn Männer umgekommen. Ich habe schon Schlimmeres erlebt.

Tafelbucht, 17. März 1497

Barendsen kam heute Morgen zu mir mit der Bitte, ob wir noch einen Tag länger in der Tafelbucht liegen bleiben können. Mit Hinblick auf die Erholung der Besatzung. Ich fragte ihn, ob es wirklich nötig sei. Er sagte ja. Im Allgemeinen vertraue ich dem Steuermann, einem Mann, der wenig Worte macht. Dieses Mal hat er sich allerdings sehr für die Mannschaft eingesetzt. Er sah schlecht aus. Ich habe ihm mitgeteilt, dass wir morgen in See stechen.

Tafelbucht, 18. März 1497

In der Nacht ist ein heftiger Sturm losgebrochen. Um vier Uhr bin ich aus meiner Koje gekommen, aber ich konnte es an Deck kaum aushalten. Im Moment prasselt noch immer peitschender Regen herunter, und meterhohe Wellen brechen sich tosend an der Küste. Die Wolken jagen drohend über den Himmel. Ich hoffe, dass sich der Sturm schnell wieder legt, obwohl es im Moment nicht danach aussieht.

Tafelbucht, 19. März 1497

Der Sturm ist noch immer nicht zur Ruhe gekommen. Andere Schiffer, die im Hafen festliegen, sagen, dass es noch Tage dauern kann. So lange kann ich nicht warten. Die Zeit, die ich inzwischen verloren habe, kostet mich sowieso schon eine Stange Geld, und ich will hier weg. Die Männer sind an Land gegangen, aber ich habe sie aufgefordert, heute Nachmittag um zwei Uhr zurück zu sein. Ich will nicht, dass meine Männer im Hafen Müßiggang üben, während das Wetter jeden Moment umschlagen kann. Sie haben sich bereits genug vergnügt.

Tafelbucht, 20. März 1497

Barendsen berichtet, dass es düster aussehe. Vom schwarzen Himmel her betrachtet klare das schlechte Wetter vorläufig noch nicht auf. Er irritiert mich. Dass es so aussieht, wusste ich schon. Ich sagte ihm, dass er lieber an die Arbeit gehen soll, wenn er mir nichts Neues zu erzählen hat.

Tafelbucht, 21. März 1497

Jetzt reicht es! Ich habe genug. Dies ist jetzt der vierte Tag, und das schwere Unwetter hat sich noch nicht beruhigt. Ich kann es mir nicht leisten, noch länger mit meiner kostbaren Ladung im Hafen liegen zu bleiben. Morgen fahren wir! Der Himmel möge mich verfluchen, wenn das nicht wahr ist. Der Schiffer der *Utrecht*, die neben uns liegt, hat gesagt, dass morgen Ostern ist und da gewöhnlich niemand in See sticht. Ich habe geantwortet, dass mir das egal ist. Ich segle, wann ich will!

22. März 1497

Ich habe heute Nacht tiefer geschlafen als seit Tagen, weil ich so froh war, eine Entscheidung gefällt zu haben. Die Mannschaft ist damit nicht einverstanden, hat mir Barendsen heute Morgen erzählt. Für sie ist heute ein heiliger Tag, und den möchten sie an Land verbringen. Ich habe ihm ins Gesicht gesagt, dass das Pack uns jede erdenkliche Geschichte auftischen würde, nur um länger an Land zu bleiben. Wenn sie denken, dass wir dafür zur See fahren, werden sie noch ihr blaues Wunder erleben. Ich habe ihn mit dem Befehl zu ihnen geschickt, das Schiff in Ordnung zu bringen. Wir fahren heute raus.

Die Prophezeiung des Schiffers der *Utrecht*, dass wir gegen den Kai geschleudert würden, noch bevor wir überhaupt erst aus dem Hafen sind, hat sich nicht bewahrheitet. Es herrschte Hochbetrieb, lauter Menschen, die dem schweren Unwetter trotzten, nur um uns rausfahren zu sehen. So etwas erleben sie schließlich nicht jeden Tag! Vom Ufer aus riefen sie mir Warnungen zu. So beschwört man Unglücke herauf, behaupten sie. „Du wirst die Küste nie wiedersehen!" Glauben sie etwa, dass sie mir mit diesem Gerede Angst einjagen können? Ich fahre aufs Meer. Und wenn ich bis in alle Ewigkeit weiterfahren muss, ich fahre!

Alle Segel sind gehisst. Der Wind wird uns aus dem Hafen blasen, denn lavieren können wir in der kleinen Hafenanlage nicht. Der pfeifende Wind lässt die Segel flattern. Trotzdem habe ich den Befehl erteilt, unter vollen Segeln zu fahren. Als wir aufbrachen, hörte ich in der Ferne das Läuten der Osterglocken und die Besatzung wurde plötzlich ganz still. Ich habe sie ermahnt, die Arbeit wiederaufzunehmen.

Sebastian ist beeindruckt von VanderDeckens Mut, aber es erstaunt ihn nicht, dass er unbeliebt ist. Trotzdem findet er es aufregend, das Ganze einmal aus der Sicht des Schiffers selbst zu hören. Er kennt inzwischen so viele Versionen und hat eigentlich immer geglaubt, dass es nur Geschichten seien. Ob der Himmel wirklich aufgebrochen ist, als das Schiff gerade den Hafen verlassen hat? Und hat tatsächlich ein greller Sonnenstrahl die Segel so erleuchtet, dass es aussah, als ob sie in Brand standen? Die

Seeleute, die ihm das erzählt haben, sagten, dass es die Hand Gottes war, die den Schiffer für seinen Hochmut strafte.

Später

Erst jetzt habe ich die Gelegenheit, mein Logbuch weiterzuführen. Ich weiß nicht, wie viel Zeit inzwischen verstrichen ist, aber die Ereignisse der letzten Zeit spotten jeder Beschreibung. Ich bin allein mit einer Handvoll Männer übrig geblieben. Ich werde versuchen, ein möglichst wahrheitsgetreues Bild von dem zu skizzieren, was vorgefallen ist.

Das Unglück traf uns, als wir gerade aus der Bucht heraus waren. Der Sturm nahm so sehr an Heftigkeit zu, dass Barendsen die Gewalt über das Schiff verlor. Zu allem Übel brach ein Gewitter los und wir wurden vom Blitz getroffen, wodurch die Segel in Brand gerieten.

Die Mannschaft war panisch vor Angst, die Männer sagten, dass es eine Strafe Gottes sei, weil wir am heiligen Tag auf See gefahren waren. Ich versuchte, sie zur Ruhe zu ermahnen, aber sie wollten keine Vernunft annehmen. Viel Zeit, sich querzustellen, hatten sie nicht, denn der *Holländer* war bei Windstärke neun abgetrieben, und es gab genug zu tun an Bord. Das Unwetter hielt tagelang an, und niemand kam zum Essen oder zum Schlafen. So lange es ging, habe ich sie zum Arbeiten angehalten und versucht, mein Schiff zu retten. Aber nach ein paar Tagen verloren alle das Bewusstsein vor Erschöpfung. Ich selbst auch.

Als ich wieder zu mir kam, stand die Sonne hoch am Himmel, und der Himmel war strahlend blau. Das Unwetter hatte sich gelegt, und es war vollkommen windstill. Das Meer war spiegelglatt. Aber das Schiff war ein Trümmerhaufen. Überall lagen Tote und Verletzte. Einer der Männer hing in den Wanten, erwürgt von den Seilen. Ich schüttelte die Überlebenden wach und drängte diejenigen, die dazu noch in der Lage waren, die Toten über Bord zu werfen. Sie waren unwillig und verlangten selbst in ihrem Zustand der Erschöpfung, dass die Toten ein ordentliches Seemannsgrab bekommen sollten. Ich sagte, dass sie verfault sein würden, bevor wir dazu kommen würden. Es war heiß, und die Leichen begannen schon zu stinken. Ich habe die Toten ohne Zeremonie über Bord geworfen, und es blieben nicht viele Überlebende übrig. Die Verletzten wurden versorgt, so gut es ging.

Die Windstille hielt an. Der Lebensmittelvorrat ging zur Neige und die Männer wurden unruhig. Einer nach dem anderen starb. Ich selbst litt kaum unter den irdischen Entbehrungen, doch auch Barendsen wurde krank und ließ mich zu sich rufen. Er lag in seiner Kajüte und sah schlechter aus als je zuvor. Sein Zahnfleisch blutete und war so geschwollen, dass er kaum noch ein Wort herausbringen konnte. Aber er strengte sich sehr an, weil er mir etwas sagen wollte. „Haben wir das selbst heraufbeschworen?“, fragte er mich flüsternd. Ich bat ihn, etwas deutlicher zu werden. „Das Unheil“, flüsterte er erneut. „Dieser Kahn ist verflucht.“ Das waren seine letzten Worte und ich begriff nicht, was er meinte.

Aus den Wochen wurden Monate und das Schiff kam nicht vom Fleck. Das Holz war so vertrocknet, dass es porös geworden und auf den doppelten Umfang aufgequollen war. Wir begegneten keinem anderen Schiff, was unter den gegebenen Umständen natürlich nicht so verwunderlich war. Dann erschienen eines Tages Wolken am Himmel und der Himmel war nicht mehr so strahlend blau, wie er monatelang gewesen war. Bald schon kam Wind auf. Erst nur leicht, aber sehr schnell nahm er an Stärke zu. Ich kann nicht beschreiben, wie erleichtert ich war, als ich das bemerkte. Nach einer Weile kam Bewegung in das Schiff. Ich hatte während der ganzen Zeit, die wir still gelegen hatten, die Segel nicht gerefft, daher konnten sie jetzt jeden Windhauch einfangen. Das Schiff knackte und knarrte in all seinen ausgetrockneten Spanten, aber im Wesentlichen war alles mit ihm in Ordnung, und es ging schnell voran – das Schiff ist nicht umsonst ein guter Segler. Es war, als ob die Wolken auf mich herabkamen, ich wurde ganz schwindelig von der Bewegung. Schwindelig vor Freude, zweifellos. Ich nahm am Ruder Platz und steuerte den *Holländer* wie eh und je. Er fuhr sich noch besser als sonst und reagierte auf jede Bewegung des Ruders.

Während der Zeit auf dem offenen Meer hatte ich vollständig die Orientierung verloren, denn nach dem Sturm wusste ich nicht, wo das Schiff gelandet war. Weil wir ohnehin nicht wegkamen, hatte ich mich damit nicht ernsthaft befasst. Aber jetzt beschloss ich, Kontakt mit dem Steuermann eines anderen Schiffes aufzunehmen, um unsere Position zu bestimmen. Es dauerte nicht lange, bis wir einem Schiff begegneten. Ich versuchte, mein Schiff so zu lenken, dass es längs neben dem anderen beidrehte, aber der *Holländer* hatte zu viel Fahrt und es gelang mir nicht. Es gab keinen Ausweg und es war klar, dass ich mit dem anderen Schiff zusammenstoßen würde, was eine gewaltige Schande für einen Schiffer wie mich gewesen wäre, der weit und breit bekannt ist für seine Steuermannskünste. Aber es kam nicht zu einem Zusammenstoß. Die Schiffe berührten sich nicht und zu meinem Erstaunen sah ich die Mannschaft des anderen Schiffs voller Entsetzen nach oben schauen, als mein *Holländer* direkt durch sie hindurchfuhr. In diesem Moment wusste ich, dass mein Schiff flog. Und dass es das Wetter bezwang, denn der *Holländer*, den ich bei mir von diesem Moment an den *Fliegenden Holländer* nannte, fuhr mit dem Wind, während das andere Schiff mir unter vollen Segeln aus der umgekehrten Richtung entgegenkam.

Nach einer Woche auf dem Wasser glaubte ich, in der Ferne die drei Bergspitzen des Kaps zu erkennen. Ich griff nach meinem Fernrohr und sah, dass es in der Tat die vertrauten Berge waren, das Wahrzeichen des Kaps der Guten Hoffnung. Links der Teufelskopf, rechts der Löwenberg und in der Mitte der flache Tafelberg. Auf der einen Seite war ich froh, endlich wieder zu wissen, wo ich war, auf der anderen Seite fühlte ich Enttäuschung, weil ich geglaubt hatte, schon viel weiter in Richtung Indien zu sein. Für einen Moment gingen mir Zweifel darüber durch den Kopf, ob ich angesichts der widrigen Umstände des letzten Mals probieren sollte, das Kap zu umrunden. Aber ich musste über meine eigene Albernheit lachen, denn schließlich war ich nicht mehr abhängig von den Elementen, so wie andere Schiffe! Ich konnte sie sogar beherrschen, der Traum eines jeden Schiffers.

Wohin ich auch fuhr, immer hatte ich den Wind voll in den Segeln – egal, wie rau das Wetter war. Bei den Schiffen, denen ich entgegenkam, verursachte dieses seltsame Phänomen ausnahmslos Panik. Es muss auch wirklich ein imposanter Anblick gewesen sein, mein großes Schiff, das auftaucht und sich über den Wellen auftürmt, manchmal direkt gegen den herrschenden Wind. Aber ich hatte nichts Böses im Sinn.

Und so ging es weiter. Es kostete mich keine Mühe, das Kap zu umsegeln, und jetzt, wo mir der Osten offen stand, konnte ich endlich meine Ladung verkaufen und neue Waren aufnehmen. Meinen Geschwindigkeitsrekord würde ich nicht mehr brechen, diese Illusion hatte ich nicht, aber das war für mich unwichtiger als je zuvor. Jetzt wollte ich so schnell wie möglich Geschäfte machen und zurück nach Hause fahren, zu meiner lieben Frau Catharina. Wir hatten uns schon lange nicht mehr gesehen. Das Schiff machte gute Fahrt und an Backbord glaubte ich, in der Ferne schon die Berge des Festlands von Afrika zu sehen. Ich holte mein Fernrohr und es durchfuhr mich ein Schock: Soweit ich wusste, gab es keinen zweiten derart markanten Berg mit abgeflachter Spitze wie den Tafelberg. Aber jetzt sah ich einen zweiten. Es wunderte mich, dass ich noch niemals etwas davon gehört hatte. Ich behielt das Fernrohr vor dem Auge und zu meiner Beruhigung sah ich, dass dieser Berg viel kleiner war als der eigentliche Tafelberg. Ich hielt das Schiff auf Kurs. Doch als ein paar Stunden verstrichen waren, konnte ich es nicht länger leugnen. Es war der Tafelberg, auf den ich blickte, und nichts anderes, jetzt erkannte ich auch die umliegende Landschaft. Ich war also nicht um das Kap herumgesegelt!

Ich merke gerade, dass ich das Logbuch schon lange nicht mehr datiere. Das liegt daran, dass ich nicht mehr weiß, welchen Tag wir haben. Schon seit dem Sturm nicht mehr. Aber ich bin mir sicher, dass ich nach meiner schockierenden Entdeckung wochenlang nichts aufgeschrieben habe. Ich gab nicht auf und versuchte es erneut. Und wieder geschah dasselbe. Drei Mal habe ich es probiert, aber es gelang mir nicht, das Kap zu umrunden. Ich beherrschte die Elemente also doch nicht so, wie ich gedacht hatte. Und selbst mein eigenes Schiff hatte ich weniger unter Kontrolle als je zuvor.

Sebastian reckt sich und schließt die Augen. Er versucht, die merkwürdige Geschichte des Schiffers VanderDecken zu sich durchdringen zu lassen. Wenn er das hier nicht alles selbst sehen würde, hätte er noch immer Schwierigkeiten, es zu glauben. Aber gerade als er umblättern will, um weiterzulesen, hört er über sich lautes Geschrei. Was geschieht dort? Er lässt das Buch offen auf dem Tisch liegen und stürzt an Deck. Als er dort ankommt, erwartet ihn ein seltsamer Anblick. Einige dunkle Gestalten stehen um ein paar andere herum, und es herrscht große Unruhe. Der weiße Kopf von VanderDecken ragt zwischen seinen Männern hervor und er ermahnt sie zur Stille.

„Nehmt sie mit!“, ruft seine hohle Stimme. Zwei Männer werden gepackt und nach unten geschleift, die Treppe hinab, auf der Sebastian gerade an Deck geklettert ist.

„Ich bin unschuldig! Es war seine Idee!“, klagt der eine.

„Du lügst“, ruft der andere.

„Auf meinem Schiff wird nicht gespielt und für die Lügerei bekommt ihr noch drei Tage zusätzlich. Werft sie in die Arrestzelle! Ich will sie sieben Tage lang nicht sehen.“

Die Männer jammern, werden aber trotzdem von ihren Kameraden mitgenommen. Neugierig geht Sebastian ihnen nach.

„Du bist selbst schuld, Jan Hendricks“, sagt einer der Männer, der den Spieler immer noch festhält.

„Es war Winands Idee. Er hat angefangen.“

„Ja, und wenn van Vliet über Bord springt, tust du das vermutlich auch.“

Sebastian schleicht vorsichtig hinter der Gruppe her und ab und zu kommt das seltsame Gefühl in ihm auf, dass er mitten durch sie hindurch das Schiff sehen kann. Sie laufen zum Vorschiff, wo ein flaches Stück Holz mit sechs halben Löchern an den Bug geschraubt ist. Die Männer werden jeweils mit dem Hals gegen ein Loch gestellt und dann kommt ein anderes Brett mit halben Löchern dagegen, sodass sie mit dem Kopf in einem runden Loch feststecken. In die Seitenflächen werden hölzerne Nägel gedrückt, bevor die anderen gehen und ihre Kameraden jammernd zurücklassen.

Verrat

Verwirrt läuft Sebastian wieder in VanderDeckens Kajüte und er weiß nicht, was er von den Geschehnissen halten soll. Er findet das Logbuch auf der Seite aufgeschlagen, auf der er es zurückgelassen hat, und setzt sich wieder hin. Sobald er zu lesen beginnt, verschwinden all seine anderen Gedanken.

Ich habe lange nicht geschrieben, weil es nichts Neues zu berichten gab. Wie viel Zeit inzwischen verstrichen ist, kann ich nicht sagen. Dass sie überhaupt weiterläuft merke ich nur daran, dass die Schiffe sich verändern. Sie sind jetzt gerader gebaut und größer als früher. Noch immer habe ich es nicht geschafft, das Kap zu umsegeln. Trotz wiederholter Versuche. Mehr als das, denn ich habe die ganze Zeit über nichts anderes getan. Es ist, als ob ich nicht in der Lage bin, jemals wieder etwas anderes zu tun. Es ist ein Teufelswerk, aber ich sollte mich lieber nicht zu einer solchen Aussage hinreißen lassen. Damit habe ich das Unheil über mich selbst heraufbeschworen, das wird mir langsam klar. Bis zu einem gewissen Punkt habe ich mein Schiff unter Kontrolle, aber ich kann nicht fahren, wie ich will. Ich komme von diesem verfluchten Ort nicht los!

Ich habe meiner lieben Catharina schon viele Briefe geschrieben, um sie zu beruhigen, ihr zu sagen, dass es mir gut geht und dass sie auf mich warten soll. Aber ich kann sie ihr nicht selbst überbringen. Also lasse ich sie zu den Schiffen bringen, denen wir unterwegs begegnen. Eine Schaluppe mit einigen meiner Männer bringt sie. Manchmal gelingt es ihnen, die Briefe zu übergeben, aber es glückt nicht immer. Mir wird das Herz schwer, wenn sie mit den Briefen wieder zurückkommen.

Das waren die Briefe, natürlich! Briefe, die der Schiffer und die Besatzung an ihre Familienangehörigen zu Hause geschickt haben. Sebastian hat in den Häfen gehört, dass seltsame Namen auf den Briefen stehen, Namen von Menschen, die schon Hunderte von Jahren tot sind, Namen von alten Straßen, in denen jetzt andere Leute wohnen, von Häusern, die nicht einmal mehr stehen ... Er fröstelt, wenn er daran denkt, und sieht wieder die *Katharina* vor sich, die, kurz nachdem sie die Briefe empfangen hatte, in ein schweres Unwetter geriet.

Plötzlich durchlebt Sebastian den schicksalhaften Tag wie zum zweiten Mal und ihm ist, als ob er für einen Moment wieder an Bord seines alten Schiffes sei. Er reibt sich die Augen, aber liest dann doch schnell weiter.

Es geschieht in letzter Zeit immer öfter, dass die Männer unverrichteter Dinge zurückkehren. Die Briefe werden zwar abgegeben, werden aber dann – vor unseren Augen – von einem respektlosen Schiffer an den Großmast genagelt, wo sie natürlich zerfallen, bevor sie je zugestellt werden können. Noch öfter werden sie einfach über Bord geworfen, was noch schlimmer ist. Es macht mich rasend, so ein Mangel an Respekt für unseren Versuch, mit unseren Familienmitgliedern in Kontakt zu treten. Dies ist der einzige Weg, der uns bleibt. Welcher ehrbare Seemann würde ein so edles Ansinnen so wenig ernst nehmen?

Mir ist aufgefallen, dass die Schiffe, die die Briefe ins Meer werfen, von einem ganz bestimmten Schlag sind. Die Schiffer und ihre Besatzung haben oft rote Tücher um den Kopf gebunden, tragen keine Seemannskluft, wie ich sie kenne. Sie sind mit geschmacklosem goldenem Zierrat behängt und tragen mehr Waffen, als ein redlicher Seemann braucht. Häufig führen sie keine Flagge, aber es sind Seeräuber. Davon bin ich überzeugt. Wenn ich noch einmal auf die gleiche Weise beleidigt werde, werde ich dafür sorgen, dass sie ihrer Strafe nicht entgehen.

Und so hat es sich entschieden. Ob es dieses Mal Seeräuber waren, weiß ich nicht sicher. Ihr Schiff war auf jeden Fall das größte, das ich je gesehen habe. Reich verziert und auf dem Weg nach Hause. Wir setzten die Schaluppe aus und waren uns sicher, dass uns ein freundlicher Empfang erwartet. Aber wir mussten teuer bezahlen. Bevor die Schaluppe das Schiff erreichen konnte, wurde das Feuer eröffnet. Ich war wie von Sinnen! Ich habe das Ruder rumgerissen und bin direkt auf sie zugefahren. Die Mordskerle erbleichten beim Anblick meines gewaltigen Schiffes, das noch um einige Male größer war als ihres. Sie fielen unwürdig auf die Knie und riefen nach ihrer Mutter. Doch ich habe es nicht dabei belassen. Ich habe ihre Laderäume geleert. Das wird sie lehren, den *Fliegenden Holländer* nicht zu verspotten.

Obwohl VanderDecken hier ohne Zweifel nicht über die *Black Joke* schreibt, weiß Sebastian, dass genau das auch ihnen geschehen ist. Sie müssen den *Holländer* auf irgendeine andere Weise erbost haben, aber er kann sich nicht erinnern, dass Fenmore oder einer aus der Besatzung je etwas über Briefe oder eine Schaluppe gesagt hätten.

Ob alle Schätze, die der *Fliegende Holländer* je erbeutet hat, noch immer in den Laderäumen liegen?

Sebastian schiebt das Logbuch auf die Seite und verlässt die Kajüte. Er läuft über die Zwischendecks des verlassenen Schiffes und ist schon bald bei der Luke, die den Laderaum verschließt. Sie ist so morsch, dass es ihn keine Mühe kostet, sie zu öffnen. Er hofft bloß, dass die Treppe nicht unter seinem Gewicht zusammenbrechen wird, denn dann kommt er nie wieder aus dem Laderaum heraus. Das Holz knackt, als er seinen Fuß daraufsetzt, und er klammert sich fest. Plötzlich brechen einige Stufen unter seinem Gewicht zusammen. Er schreit, während er nach unten fällt, doch zum Glück findet er auf den untersten Stufen wieder Halt.

Durch die Ritzen im Holz fällt ein wenig Sonnenlicht in den Laderaum und Sebastian kann in etwa erahnen, dass dieser so groß ist wie eine ganze Lagerhalle.

Als seine Augen sich an die Dunkelheit gewöhnt haben, blickt er sich um. Er kann beinahe nicht glauben, was er sieht: Überall stehen mit Münzen gefüllte Kisten und Fässer, Säcke voller Gewürze, kleine Schmuckkästen und große

Seemannskisten, meterweise farbige Seide und noch vieles mehr. Dies ist der größte Schatz, den er je gesehen hat.

Auch Fenmores Sachen müssen hier irgendwo sein, aber wie soll er sie finden inmitten von diesem Überfluss?

Bei dem Gedanken an Fenmore erinnert Sebastian sich wieder daran, dass dieser das Geisterschiff seiner Flotte hinzufügen wollte, und muss unwillkürlich lachen. Das wäre wahrscheinlich nahezu unmöglich, ganz abgesehen von der Tatsache, dass Fenmore nicht viel von einem Schiff hätte, das schon seit ein paar Hundert Jahren nicht am Kap der Guten Hoffnung vorbeikommt.

Während ihm diese Gedanken durch den Kopf gehen, kniet er sich vor eine Seemannskiste und öffnet den Deckel. Die Stoffe, die sich darin befinden, zerfallen ihm nicht in den Händen, was darauf hindeutet, dass dies Teil einer Beute sein muss, die noch nicht lange an Bord ist. In der Kiste ist nichts Besonderes, ein paar große, seltsam geformte Muscheln, ein kupferner Flaschenzug, vermutlich von einem Schiff, auf dem der Besitzer der Kiste gearbeitet hat, einige persönliche Sachen und ein Beutel mit Gold- und Silberstücken. Sebastian legt alles zurück und schließt die Kiste.

Er stöbert in dem überfüllten Laderaum herum, auf der Suche nach etwas, was ihn an die *Black Joke* erinnert, aber er erkennt nichts. Er schiebt hier einige Säcke auf die Seite, öffnet dort ein paar Kisten und will sich gerade umdrehen, um den Laderaum zu verlassen, als er einen glänzenden Gegenstand bemerkt, der auf einer Kiste mit Geld liegt. Sebastian greift danach – und weiß sofort, dass er Fenmores Uhr gefunden hat. Er öffnet sie, und sogar in diesem schlechten Licht glitzert die Sonne und funkeln die

Sterne vor dem tiefblauen Hintergrund. Als er sie an sein Ohr hält, bemerkt er, dass sie stehen geblieben ist, doch das war auch gar nicht anders zu erwarten. Erfreut steckt er die Uhr ein und nimmt, einem plötzlichen Impuls folgend, auch eine Schmuckkiste mit, die daneben steht. Das kann als Beweis dafür dienen, dass er wirklich hier gewesen ist.

Die Treppe bricht nicht weiter zusammen, trotzdem kostet es Sebastian viel Mühe, mit der Kiste unter dem Arm über die zerstörten Stufen zu klettern. Als er aus dem Laderaum heraus ist, bringen seine Füße ihn wie von selbst wieder zur Kajüte des Kapitäns. Dort stellt er die Kiste vor sich auf den Tisch und betrachtet sie. Irgendwie kommt sie ihm bekannt vor, aber er kann nicht sagen, warum. Ob sie auch Fenmore gehört? Er will die Kiste öffnen, aber sie hat ein stabiles Schloss. Auch als er kräftig daran ruckelt, tut sich nichts, und er blickt sich suchend nach einem Gegenstand um, mit dem er das Schloss aufbrechen kann. Vergebens.

Es bleibt ihm also nur das hölzerne Stuhlbein. Sebastian stellt die Kiste auf den Boden und schmettert den Stuhl mit einer solchen Gewalt auf das Schloss hinab, dass ein Stückchen Holz absplittert und wegspringt. Er lässt das Stuhlbein erneut fallen, und noch mal und noch mal. Als wieder ein großes Stück Holz vom Stuhlbein absplittert, hebt er es auf und schiebt es hinter das Schloss. Das ist inzwischen so beschädigt, dass es sich recht einfach öffnen lässt. Sebastian setzt sich auf einen anderen Stuhl und stellt die Kiste direkt vor sich, um sie sofort zu öffnen. Neben Bergen von Dublonen und Gulden glänzen ihm wertvolle Schmuckstücke entgegen. Er nimmt ein mit dunkelroten Rubinen besetztes Collier heraus und als er es sich umhängt, fühlt sich das Gold kalt an seinem Hals an. Dann sieht er zwischen den restlichen Münzen und Schmuckstücken auf einmal etwas Weißes aufblitzen und schöpft schnell mit beiden Händen die Münzen heraus. Seltsam, ganz unten in dem Kästchen liegt ein Stück Segeltuch. Was ist daran wohl so wichtig? Er nimmt es heraus und als er es auseinanderfaltet, rollt ein Stück Pergament daraus.

Es ist dick und sieht wichtig aus, mit offiziellem Siegel und Unterschriften. Unten links ist ein Porträt abgebildet und daneben steht in großen Schmuckbuchstaben ein Name: RICHARD DER NEUNTE. Darunter kleiner: von Gottes Gnaden, König von England, Schottland, Frankreich und Irland.

Ein königliches Dokument! Sebastian hält den Atem an und beginnt schnell zu lesen.

ABKOMMEN BEZÜGLICH DES AUSROTTENS DER PIRATERIE AUF MADAGASKAR

Schon seit geraumer Zeit dient Madagaskar als sehr beliebter Unterschlupf für Piraten, und es ist festzustellen, dass von dort aus zahlreiche zersetzende Geschäfte abgewickelt werden. Die Zahl der Piraten ist so gewachsen, dass sie eine ernste Bedrohung für unseren Handel darstellen und einen Skandal für unsere Nation.

Madagaskar ist eine der größten Inseln der Welt und sehr fruchtbar. Sie bildet die Öffnung zu den Ostindischen Gebieten und ist in eine große Anzahl sehr kleiner König-

reiche unterteilt. Diese Königreiche sind unabhängig voneinander, und aus diesem Grund können die lokalen Behörden uns in unserem Kampf, die Piraten zu vernichten, nicht unterstützen.

Um den Frieden wiederherzustellen, haben wir beschlossen, den Vorschlag eines Ortskundigen anzunehmen. Heute, im Jahr 1699 des Herrn, ist Herr Alan John Singleton vor uns erschienen, Handelstreibender in der Piratenkolonie Sankt Martin auf der besagten Insel Madagaskar.

Es kostet Sebastian Mühe, das Dokument, das in sehr formeller Sprache abgefasst ist, zu lesen. Aber jetzt blinzelt er und liest den Namen noch einmal. Alan John Singleton? Was hat das zu bedeuten? Mit weit aufgerissenem Mund liest er weiter.

Alan John Singleton ist zur Einkehr gekommen und mit einem Vorschlag an uns herangetreten, der für unseren Kampf gegen die Piraterie auf Madagaskar von großer Bedeutung ist. Er wird unter Einsatz seines Lebens zurückkehren und die Piraten an uns ausliefern. Ihm wird hierfür der Stolz der englischen Flotte zur Verfügung gestellt: The Pearl of the Seven Seas, *unsere neueste und kostbarste Errungenschaft, welche er nach Beendigung seiner Mission unversehrt an uns zurückgeben wird. Zur Verstärkung und zur Gewähr des Abkommens zwischen Alan John Singleton und der englischen Krone wird er von einer 50-köpfigen Delegation der englischen Marine begleitet werden.*

Sebastian traut seinen Augen nicht. Hat Singleton das Schiff vom englischen König bekommen? Dann muss seine Geschichte von vorne bis hinten gelogen gewesen sein … Und die Männer, die sich ihm angeblich angeschlossen hatten, müssen die Delegation der englischen Marine gewesen sein! Es war, wie Sebastian und seine Freunde es sich schon gedacht hatten – man konnte ihnen also tatsächlich nicht trauen. Fieberhaft liest er weiter.

Als Gegenleistung für die Auslieferung seiner früheren Kameraden erlangt Alan John Singleton königliche Gnade für seine Fehlschritte. Zusätzlich erhält er fünfzig Pfund für jeden gefangen genommenen Piraten und fünfhundert Pfund für jeden Kapitän, den er an uns ausliefert. Nach seiner wohlbehaltenen Rückkehr wird er zudem eine einflussreiche Position am englischen Hof bekleiden.

Gezeichnet König Richard der Neunte.

Eingefrorene Zeit

Das Pergament rollt sich langsam von selbst wieder auf, während Sebastian vor sich hinstarrt. In seinem Kopf geht alles durcheinander und sein Herz fühlt sich kalt und schwer wie Stein an. Aber eines weiß er genau. Er muss hier weg. Weg von diesem verfluchten Schiff. Er muss Fenmore und den anderen erzählen, was wirklich passiert ist, und deutlich machen, dass ihn, Sebastian, keine Schuld trifft. Nicht er ist der Verräter. Langsam steht er auf und geht an Deck. Tief hängende Wolken fliegen an der Reling vorbei und es ist, als ob er sie berühren könne. Unter ihm schimmert das Meer. Warum sollte er nicht einfach über Bord springen? Wie idiotisch, dass er daran noch nicht früher gedacht hat. Aber wenn er es tut, muss er erst …

Er läuft zurück in die Kajüte und packt das Pergament wieder fest in das Segeltuch. Das stopft er sich unter die Kleider, wohingegen er Geld und Juwelen einfach liegen lässt. Als er zurück an Deck ist, klettert er über die Reling. Er hält sich selbst an den Seilen im Gleichgewicht und schaut nach unten.

Jetzt!

Er springt.

Der Wind saust ihm um die Ohren und er hält die Augen fest zugekniffen. Er fühlt nichts. Oder doch … ein Schlag … das harte Wasser … Nässe …

Es ist geglückt!

Er öffnet die Augen und glaubt zu träumen: ein breites, ausgedehntes Deck mit trockenen Planken, feuerroten geblähten Segeln und einer blauen Sturmlampe. Er ist noch immer an Bord des *Fliegenden Holländers*, wo er mit einem schmerzhaften Schlag wieder gelandet ist. Er springt auf und blickt über die Reling, aber im Wasser ist nichts zu sehen.

Er ist nie von Bord gewesen.

Ein lauter frustrierter Schrei ertönt in seinen Ohren und es dauert eine Weile, bis er erkennt, dass es seine eigene Stimme ist. Vielleicht ist er genauso verflucht wie VanderDecken und kann das Schiff nie wieder verlassen …

Die Tage reihen sich in grenzenloser Eintönigkeit aneinander. Sebastian weiß mit sich selbst nichts anzufangen. Immer wieder läuft er Runden über das Deck und versucht, nicht zu der bewegungslosen Gestalt neben dem Mast zu blicken.

Manchmal steht er eine Zeit lang einfach da und starrt vor sich hin. Er gleicht VanderDecken immer mehr: ein einsamer Sonderling. Aber es besteht auch ein entscheidender Unterschied, denn Sebastian ist verzweifelt, während sich VanderDecken schon vor langer Zeit seinem Schicksal gefügt zu haben scheint. Warum kann er das Schiff nicht verlassen? Wie ist es möglich, dass er zurück an Bord katapultiert worden ist? Er muss wissen, was es mit diesem verdammten Geisterschiff auf sich hat.

Sebastian begibt sich wieder zur Kajüte und nimmt mit, was ihm dort als Erstes in die Hände fällt. Einen Stuhl, einen Kompass und ein paar Münzen. Er geht damit zur Reling, wobei er immer wieder über den Stuhl strauchelt, und ohne Zögern wirft er die Sachen Stück für Stück über Bord. Gespannt sieht er zu, wie sie in der Tiefe verschwinden. Er lehnt über der Reling, bis er nichts mehr sieht. Sind sie wirklich fort?

Aber dann ertönt hinter ihm ein lauter Schlag und als er sich umdreht, sieht er den Stuhl, der wieder auf dem Deck gelandet ist. Kurz darauf folgen der Kompass und die Münzen, die in alle Richtungen rollen. Langsam beginnt er, sie wieder aufzusammeln, aber als er fast fertig ist, setzt er sich mutlos an die Reling. Was einmal an Bord des *Fliegenden Holländers* ist, kann eindeutig nie wieder weg.

Als er zurück in der Kajüte ist, blättert Sebastian ein wenig im Logbuch von VanderDecken, aber viel Lust weiterzulesen hat er nicht. Hier und da entdeckt er eine Stelle über Seeräuber und Versuche, das Sturmkap zu umrunden, aber der Kapitän scheint immer wieder mit den gleichen Geschichten aufzuwarten.

Er schlägt das Buch zu und dann durchzuckt ihn plötzlich ein Gedanke. Seeräuber! Das ist es! Er muss ein Treffen mit einem Schiff herbeiführen! Und wenn dann der *Fliegende Holländer* hindurchfährt, muss er springen. So ist es mit den Schätzen im Laderaum schließlich auch gegangen. Aber wie richtet er eine Begegnung mit einem Schiff ein?

Er geht wieder nach oben, um VanderDecken aufzusuchen. Vielleicht kann er mit ihm reden. Sebastian findet den Schiffer am Ruder, das er allerdings nicht zu berühren scheint. Und trotzdem dreht es sich ein Stück, sieht Sebastian. Ganz von selbst.

Er schaudert. Hier geschehen unerklärliche Dinge.

Sebastian stellt sich neben den Schiffer und blickt sich um. Weiter unter ihm ist das Wasser, doch wo er auch hinschaut – es ist nirgends ein anderes Schiff zu sehen.

Er öffnet den Mund, um etwas zu sagen, aber genau in diesem Moment ziehen streitende Stimmen ein Stück weiter oben an Deck seine Aufmerksamkeit auf sich. Auch VanderDecken sieht auf und setzt sich – ein bisschen hölzern, als ob er das Laufen nicht mehr gewohnt ist – in Bewegung.

„Er spielt falsch!“, hört Sebastian jemanden rufen. Als er näher kommt, sieht er, dass es Jan Hendricks ist. Ihm gegenüber sitzt Winand van Vliet und zwischen ihnen steht eine Kiste, auf der Karten liegen.

Nicht zu glauben! Dieselben Männer, die vor ein paar Tagen in die Arrestzelle geworfen worden sind, spielen hier schon wieder Karten. Woher haben sie diesen Mut? Das hätten sie auf der *Katharina* nicht gewagt, und VanderDecken ist ein strengerer Kapitän als van Straeten. Sebastian ist neugierig, was er tun wird.

VanderDecken läuft auf die Männer zu und ermahnt sie zur Stille. „Nehmt sie mit!“, ruft seine hohle Stimme. Die zwei werden gepackt und die Treppe hinab nach unten geschleift.

„Ich bin unschuldig! Es war seine Idee!“, schreit Jan Hendricks.

„Du lügst“, ruft Winand van Vliet.

„Auf meinem Schiff wird nicht gespielt und für die Lügerei bekommt ihr noch drei Tage zusätzlich. Werft sie in die Arrestzelle. Ich will sie sieben Tage lang nicht sehen.“

Sebastian verspürt ein seltsames Gefühl im Bauch. Er wundert sich, dass VanderDecken nicht verrückt vor Zorn darüber ist, dass seine Strafe so leicht vergessen ist, denn die Verfehlung von vor einigen Tagen wird mit keinem Wort erwähnt.

Die Männer jammern, aber ihre Kameraden schleifen sie mit.

„Du bist selbst schuld, Jan Hendricks“, sagt einer der Männer, der den Spieler immer noch festhält.

„Es war Winands Idee. Er hat angefangen.“

„Ja, und wenn van Vliet über Bord springt, tust du das vermutlich auch.“

Sebastian bleibt stehen. Jetzt hat er Gewissheit: Er muss den Männern nicht hinterhergehen, denn er weiß schon jetzt, was geschehen wird.

Kalte Angst legt sich um sein Herz, aber er mahnt sich selbst zur Ruhe.

VanderDecken hat sich wieder auf seinen Stammplatz neben dem Mast gestellt, und Sebastian folgt ihm. Zusammen starren sie auf das Meer, vielleicht sogar stundenlang.

Wonach VanderDecken wohl Ausschau hält?

„Du fragst dich, ob du hier je wieder wegkommst“, sagt plötzlich eine schnarrende Stimme neben ihm. Sebastian ist so erstaunt, dass es einen Moment dauert, bis er begreift, dass VanderDecken gesprochen hat. Er schaut zur Seite, aber der Schiffer starrt noch immer nach vorn. Erst als er den Mund wieder öffnet, sieht Sebastian, dass er sich nicht geirrt hat. Es war wirklich VanderDecken, der etwas zu ihm gesagt hat.

„Die Antwort ist nein“, fährt er fort. „Es sei denn … ich

schweife jetzt schon viele Jahre ... viele Jahre auf dem Meer umher. Und es wird Zeit, dass ein ... Nachfolger meine Aufgabe übernimmt. Und dieser Nachfolger ... das bist du."

Sebastian hört aufmerksam zu. Er lässt sich nicht anmerken, dass ihn irgendwo in der Herzgegend ein Gefühl von Kälte ergreift. Er starrt vor sich hin und hofft zu verstehen, worauf VanderDecken hinauswill.

„Es muss ein Holländer sein ... Das erklärt sich von selbst. Ein mit allen Wassern gewaschener ... gesunder ... junger Kerl. Die gibt es genügend ... aber er muss auch den richtigen Charakter haben. Keine Angst haben ... das Herz am rechten Fleck. Das sehe ich bei dir, Junge ..."

Warum sollte das so wichtig sein, um ein Geisterschiff zu steuern, fragt sich Sebastian erstaunt. VanderDecken raubt doch, dass es eine wahre Lust ist. Als er sieht, dass VanderDeckens Blick noch düsterer wird als vorher, bemerkt er, dass er seine Gedanken laut ausgesprochen hat.

„Ich habe mich in der Tat durch Rachegefühle leiten lassen ... Verfehlungen, Junge. Das solltest du nicht tun."

„Aber was soll ich denn dann tun?", wirft Sebastian verzweifelt ein. „Die nächsten hundert Jahre am Ruder stehen? Nie am Kap vorbeikommen? Es war immer mein größter Wunsch, Schiffer auf meinem eigenen Schiff zu sein. Aber nicht um jeden Preis ..."

Natürlich spielt Sebastian einen Moment mit dem Gedanken, das Steuer des ruhmreichen Schiffes zu übernehmen. Man stelle sich das vor! Keine Probleme mit Sturm oder Unwetter, rasend schnell über den Wolken fliegen, Angst und Verderben säen, wo immer man hinkommt ...

Aber selbst in seiner Fantasie ist der Spaß daran schnell

vorbei. Vor allem natürlich, weil er hier schon eine Weile herumsitzt und weiß, wie das Leben auf dem Schiff verläuft. Überhaupt, Leben ... Und er verzichtet auch gern auf die Ehre, Hendricks und van Vliet immer wieder in die Arrestzelle sperren zu lassen!

„Ich mache das nicht“, sagt er resolut. „Suchen Sie sich ruhig jemand anders.“

VanderDeckens freudloses, hohles Lachen hallt über das Schiff. „Du begreifst es nicht, Junge. Du hast ... keine Wahl. Du bist schon hier. Und was einmal an Bord des *Fliegenden Holländers* ist ... kommt nicht mehr davon weg.“

VanderDeckens Worte hallen ihm noch lange im Ohr. Er ist Gefangener auf diesem Schiff, ein Gefangener in der Zeit. Er mag vielleicht die Aussicht haben, Befehlshaber auf dem *Fliegenden Holländer* zu werden, aber das wird ihn nicht freier machen. Er kann nirgendwohin.

Wie lange er schon gedankenverloren neben dem Kapitän steht, weiß er nicht, als ihn plötzlich eine leichte Drehung des Schiffs aufschrecken lässt. Was geschieht hier? In der Ferne sieht Sebastian einen schwarzen Punkt und trotz VanderDeckens Worten macht sein Herz einen Sprung. Ein Schiff!

VanderDecken hat das Ruder in die Richtung des Schiffes gedreht, also hat er nicht vor, es unbehelligt zu lassen. Mit einem grimmigen Zug um den Mund geht Sebastian zur Reling. Er wird dem alten Banditen zeigen, dass er sich nicht so einfach vor seinen Karren spannen lässt. Was immer er auch dafür tun muss – er wird dafür sorgen, dass er von diesem Schiff wegkommt.

Er wartet an der Reling, bis das andere Schiff ganz nah ist.

Was wird VanderDecken tun? Es ausrauben? Oder nur Angst und Schrecken verbreiten?

Dann ist der *Holländer* auf Höhe des Schiffes und Sebastian sieht, wie die Männer leichenblass und erstarrt nach oben blicken. Dies ist der Moment, auf den er gewartet hat, aber trotzdem zögert er. Warum sollte es dieses Mal funktionieren?

Dann, als ob sein Körper sich selbst steuere, springt er.

Der Wind saust ihm um die Ohren, er fühlt einen heftigen Schlag. Holz.

Er öffnet die Augen und erwartet, die ängstliche Mannschaft zu sehen. Aber das Deck ist leer und das Einzige, was er sieht, sind die feuerroten, geblähten Segel …

Die Zeit vergeht. Wie lange ist er jetzt schon auf dem verfluchten Schiff? Ein Jahr? Vielleicht zwei? Er denkt an Kahlo und fragt sich, ob sie ihn vielleicht schon längst vergessen hat. Er sieht ihr schönes Gesicht mit den lieben hellbraunen Augen vor sich. Er lächelt, als er sie in Gedanken wütend auf sich zustürmen sieht. Denn was kann sie wütend sein! Wäre sie doch hier, um ihn ein bisschen zu ärgern, wie sie es so gerne gemacht hat! Ob sie hofft, dass er wieder zurückkommt? Oder ob sie die Hoffnung aufgegeben hat?

Vielleicht sind ja sie und Florentin …

Er schüttelt den Kopf. Daran will er jetzt gar nicht denken. Unruhig steht er auf und beginnt, zum soundsovielten Mal ziellos über das Schiff zu laufen.

Aber als seine erste Wut verraucht ist, werden seine Schritte immer langsamer.

Er geht zum Bug und lässt sich den Wind durch die Haare wehen, während er in die Ferne starrt, ohne etwas zu sehen. Seine Verzweiflung wird immer leiser. Er hat so lange nicht gesprochen, dass er sich fragt, ob wohl noch ein Geräusch aus seiner Kehle käme, wenn er es probieren würde.

Immer wieder aufs Neue hört er die streitenden Stimmen. Immer wieder aufs Neue spielen Jan Hendricks und Winand van Vliet Karten. Immer wieder aufs Neue spielt Winand falsch und immer wieder aufs Neue werden die zwei Männer in die Arrestzelle gesperrt.

Es scheint, als ob sich niemals etwas verändere.

Aber als Sebastian eines Tages an Deck kommt, steht VanderDecken zu seiner Verwunderung nicht neben dem Mast oder am Ruder. Wo ist der Kapitän? Er sucht mit den Augen das Schiff ab, aber er kann ihn nirgends entdecken. Als er gerade zu seiner Kajüte gehen will, taucht der silberweiße Kopf von VanderDecken wie aus dem Nichts auf. In der Hand hält er ein Päckchen.

Das müssen Briefe sein, die er nach Hause schicken will … an seine Frau Catharina, schießt es Sebastian durch den Kopf. Und als er die Briefe sieht, ist es, als ob neue Hoffnung in ihm aufsteige.

Die Schaluppe! Wie hat er die vergessen können! Die Männer werden die Briefe abholen und das ist seine Chance, von dem Schiff wegzukommen.

VanderDecken nimmt wieder seinen Platz am Mast ein und wartet.

Aber Sebastian hat jetzt keine Zeit mehr zu verlieren. Er läuft nach steuerbord und beugt sich über die Reling. Nichts. Nach backbord, nichts. Zum Heck, zum Bug. Keine Spur von der Schaluppe. Erneut blickt er nach steuerbord, und dann sieht er endlich etwas in der Ferne auftauchen. Eine Welle der Erinnerung erfasst ihn, als er einen kleinen schwarzen Punkt wahrnimmt, an dessen Seiten die Bewegung von zwei Rudern zu erkennen ist. Dies ist seine letzte Chance.

Hinter sich hört er Schritte. Es ist VanderDecken. Bevor Sebastian sich's versieht, reißt er dem Schiffer das Päckchen mit den Briefen aus den Händen.

„Ich überbringe sie für Sie", sagt er gehetzt.

„Ahoi!", erklingt eine Stimme von unten, und als Sebastian über die Reling blickt, sieht er die Schaluppe mit den drei Männern.

„Wirf die Briefe nach unten!", ruft eine Stimme.

„Ich bringe sie euch", erwidert Sebastian und setzt seinen Fuß auf die Strickleiter. Die Hand mit den Briefen ruht noch auf dem Geländer, aber gerade als er einen weiteren Schritt nach unten machen will, nimmt ihm VanderDecken die Briefe ab. Vor seinen Augen wirft er sie zu den Männern in die Schaluppe. Sobald diese das Päckchen aufgefangen haben, setzt sich das Boot wieder in Bewegung.

Mit offenem Mund sieht Sebastian den Männern nach und macht unwillkürlich einen weiteren Schritt nach unten. Aber auf mysteriöse Weise führt dieser ihn nicht nach unten, sondern wieder an Bord des *Fliegenden Holländers*.

„Ich habe es dir doch gesagt", hallt VanderDeckens Stimme. „Du kommst nie mehr von hier weg … Nicht mehr lange … Es ist bald Zeit …"

Sebastian hängt über der Reling und sieht der Schaluppe

nach, als ob er sie durch seinen Blick noch aufhalten könnte.

„Nein!“, flüstert er verzweifelt.

Die langsamen regelmäßigen Schläge der Ruder führen die Schaluppe immer weiter weg. Und mit der Schaluppe schwindet auch seine Hoffnung.

Er ist verloren.

Begegnung in der Tafelbucht

Alle Tage sind gleich.

Oft macht sich Sebastian nicht einmal die Mühe aufzustehen und liegt tagelang in VanderDeckens Koje und starrt mit weit aufgerissenen Augen an die Decke.

Sie begegnen Schiffen, rauben sie aus, aber die Laderäume des *Fliegenden Holländers* werden niemals voll.

VanderDecken schreibt seine Briefe, die Schaluppe holt sie ab, aber sie werden nie zugestellt.

Sie versuchen wieder und wieder, das Kap der Guten Hoffnung zu umrunden, kommen aber niemals ein Stückchen weiter.

VanderDecken hat seinen Spaß. Nicht nur, dass er die Mannschaften anderer Schiffe erschreckt, er lässt sein Geisterschiff auch gerne in Häfen fahren und auf den Kai zusteuern. Es ist noch einmal etwas anderes, die Menschen am Kai vor Schreck erstarren zu sehen, denkt Sebastian, der seine Koje dafür mittlerweile nicht mehr verlässt.

Über sich hört er den Wind aufkommen und gelangweilt wirft er seine Beine vom Bett. Eine frische Brise wird ihm guttun, macht er sich selbst weis, und er schlurft nach oben.

Das Deck ist verlassen; Hendricks und van Vliet sitzen vermutlich wieder in der Arrestzelle.

Am Stand der Sonne sieht er, dass es etwa zwei Uhr

nachmittags sein muss. Es ist ein strahlend heller Tag, auch wenn über dem *Fliegenden Holländer* die immer gleichen Wolken hängen, die dem Schiff folgen wie ein Fluch.

Als er zum Bug geht, sieht er in der Ferne den Tafelberg mit seinen zwei treuen Kumpanen an der Seite. Der soundsovielte Besuch an der Tafelbucht, denkt Sebastian zynisch. Er muss VanderDecken schon dafür bewundern, dass er sich nach all den Jahren noch Dinge einfallen lässt, die ihn amüsieren. Vielleicht geht das aber auch von selbst, wenn man seinen ersten buchstäblichen Tod hinter sich hat.

Der Hafen nähert sich rasend schnell und schon von Weitem kann Sebastian sehen, wie die Menschen am Kai entsetzt auf das Schiff zeigen, das sich vor ihnen auftut. Jetzt muss er selbst darüber lachen. Es ist natürlich nach wie vor lustig, dass etwas, woran man schon so lange gewöhnt ist, andere Leute noch dermaßen aus der Fassung bringen kann.

Aber als VanderDecken auf das Kai zusteuert, sieht Sebastian etwas, wobei ihm das Lachen vergeht.

Im Hafen liegt ein Schiff. Es ist pechschwarz und hat einen Bugspriet, der beinahe genauso lang ist wie das Schiff selbst. Auch seine Segel sind pechschwarz, nur oben im Mast weht eine Flagge, die er nicht kennt.

Sebastian blinzelt, aber das Schiff ist noch immer da. Und es ist ohne Zweifel die *Black Joke*. Er beginnt zu brüllen und zu winken. Unter ihm erbleichen die Menschen und flüchten vom Kai, aber Sebastian sieht nur das schwarze Schiff. Wo ist die Besatzung?

Dann erscheint Fenmores bekanntes Gesicht an Deck.

Auch er ist bleich geworden, genau wie Kahlo, Florentin und Victor, die neben ihm stehen. Er ist ja so froh, sie zu sehen!

Er schreit so laut und so lange, bis er vollkommen heiser ist. Er klettert auf die Reling und hüpft auf und nieder. Einem plötzlichen Impuls folgend lässt er sich über Bord fallen, um kurz darauf wieder unsanft auf den Planken des *Fliegenden Holländers* zu landen. Das wusste er natürlich vorher, und er klettert schnell wieder hoch, um über die Reling zu schauen. Er winkt weiter und schaut so lange zu ihnen, wie er kann.

Und dann sind sie wieder auf dem Meer. Sebastian läuft zum Heck und kann in der Ferne noch immer die Tafelbucht sehen. Ihm krampft sich das Herz zusammen, als er sieht, wie die *Black Joke* kleiner wird, so klein, dass das Schiff langsam aus dem Blick gerät. Er kann nicht aufhören, ihr hinterherzuschauen, und lange nachdem sie die Bucht verlassen haben, sieht er immer noch die schwarzen Konturen vor sich.

Die Augen tun ihm weh und er kann nicht mehr scharf sehen. Durch den heftigen Wind haben sie auch noch zu tränen begonnen und obwohl er ständig blinzelt, sieht er noch immer den schwarzen Fleck. Wie weit mag der *Fliegende Holländer* inzwischen schon von der Tafelbucht entfernt sein? Sebastian dreht eine Runde über das riesige Deck, um seinen Kopf wieder klar zu bekommen. Und als er kurze Zeit später wieder am Heck steht, bemerkt er, dass der Fleck größer geworden ist.

Es ist die *Black Joke*. Und sie verfolgt den *Fliegenden Holländer*! Sebastian beginnt zu lachen. Zuerst leise, dann immer lauter. Er hält sich an der Reling fest, bis sich sein ganzer Körper schüttelt. Sie kommen, ihn zu retten!

Er läuft zum Großmast, um zu sehen, wie VanderDecken reagiert, und beobachtet ein hämisches Lächeln. Augenscheinlich hat er das Schiff auch bemerkt und betrachtet die Verfolgung eher als einen Wettstreit denn als etwas, was ihm bedrohlich sein könnte.

Die *Black Joke* hat alle Segel gesetzt und ist schneller als je zuvor. Der *Fliegende Holländer* saust durch die Wolken, während die *Black Joke* über das Wasser schießt. Ist es ein redlicher Wettkampf? Kann die *Black Joke* ihn gewinnen?

Beide Schiffe sind rasend schnell, Sebastian könnte nicht sagen, welches das bessere ist. Unter günstigen Wetterbedingungen kann die *Black Joke* sicher vierzehn Knoten schaffen, aber der *Fliegende Holländer* ist natürlich nicht von den Wetterverhältnissen abhängig.

Durch eine plötzliche Kursänderung von VanderDecken verliert Sebastian das Gleichgewicht, und bevor er weiß, wie ihm geschieht, liegt er mit dem Gesicht auf den Planken. Als er wieder aufsteht, sieht er, dass Fenmore blitzschnell reagiert und ebenfalls gewendet hat. Sebastian ist sich sicher, dass VanderDecken so etwas noch nie erlebt hat. Welcher Kapitän würde je eine solche Unerschrockenheit an den Tag legen wie James Fenmore mit seiner *Black Joke*? Sebastians Herz schwillt vor Stolz, während er zu dem schwarzen Schiff blickt.

Als es Nacht wird, verschwindet die *Black Joke* im Dunkeln. Sebastian hofft, dass Fenmore das Geisterschiff nicht aus den Augen verliert, aber aus irgendeinem Grund vermutet er, dass VanderDecken schon dafür sorgen wird, dass das nicht geschieht. Die ganze Nacht über bleibt er an der Reling stehen, bis der Morgen dämmert.

In dem hellen orangefarbenen Licht beginnt sich das schwarze Schiff mit dem langen Bugspriet langsam deutlich abzuheben. Sie ist immer noch da!

Die Verfolgung geht über Tage, aber zu Sebastians größter Enttäuschung sieht er am Nachmittag des dritten Tages, dass der Abstand zwischen den Schiffen sich vergrößert. Die *Black Joke* kann mit dem *Fliegenden Holländer* nicht mithalten.

Er muss etwas tun – aber was? Kann er Kontakt zu ihnen aufnehmen? Ihnen etwas zuwerfen? Verzweifelt durchwühlt er seine Sachen und da fühlt er etwas Glattes und Rundes. Die Uhr! Er starrt sie an, und ein merkwürdiges Gefühl macht sich in ihm breit. Die Uhr … die Zeit …

Dass er daran nicht eher gedacht hat …

Er klappt sie auf und sieht wieder das Glitzern der Sterne, der Sonne, des Mondes. Er bemerkt auch jetzt erst, dass die Uhr um fünf vor zwölf stehen geblieben ist … Was würde geschehen, wenn sie wieder laufen würde? Er blickt sich um und sieht die dunklen Wolken, die über dem *Fliegenden Holländer* hängen, sieht den Schiffer in einem seltsamen hellen Licht stehen, welches die Wolken auf das Deck werfen, sieht die Schatten der Mannschaft, die immer mit derselben Arbeit beschäftigt ist …

Was würde geschehen, wenn er die Zeit wieder zum Laufen bringen würde, auf einem Schiff, auf dem die Zeit schon seit zweihundert Jahren stillsteht …

Und was würde mit ihm geschehen, wenn er das tut?

Würde das Schiff verschwinden? Würden sich alle in Luft auflösen? Er denkt daran, wie lange er schon nichts mehr gegessen und getrunken hat. Auf dem *Fliegenden Holländer* ist das aus irgendwelchen Gründen nicht nötig.

Sebastian kneift die Augen zu und holt tief Luft. Es ist ein Risiko, aber er hat keine Wahl.

Er öffnet die Augen wieder, nimmt den Knopf oben auf der Uhr zwischen die Finger und dreht …

Ein ohrenbetäubender Blitz durchschneidet die Stille hinter ihm und schlägt in das Schiff ein. Geschockt dreht Sebastian sich um, um zu sehen, was geschehen ist. Aber das Feuer ist wieder weg und hat keine Spuren hinterlassen. In der Hand fühlt er das leise Ticken des Uhrwerks und dann wird es plötzlich Nacht um ihn herum, als ob jemand ein Tuch über das Schiff hätte fallen lassen. Was geschieht hier? Ist ein Sturm losgebrochen?

Aber das Meer ist glatt, der Wind ruhig, und über ihm funkelt ein helles Sternenmeer.

Ein helles Sternenmeer?

Als Sebastian nach oben schaut und die Sterne funkeln sieht, wird ihm bewusst, wie lange er die schon nicht mehr gesehen hat. Die ewigen Wolkenfetzen, die den *Fliegenden Holländer* begleiteten wie ein Fluch, sind verschwunden, und der Himmel ist klar!

Während er mit offenem Mund nach oben schaut, knicken ihm die Knie ein, und es überfällt ihn ein fürchterlicher Durst. Er fühlt sich so schlapp, dass er nicht mehr stehen kann und erschöpft zu Boden fällt.

Dann klingen hinter ihm hohle Fußstapfen über das Deck.

„Junge, was hast du getan?“, sagt VanderDecken, und als der Schiffer sich über Sebastian beugt, fühlt er eine eisige Kälte, die ihn bis tief ins Innerste erschaudern lässt.

„Was hast du …?“, beginnt VanderDecken wieder und greift nach dem Uhrwerk, das Sebastian noch immer in seiner Faust hält.

„Nein“, flüstert er. „Das gehört mir.“

VanderDeckens eisige, skelettartige Finger schließen sich um Sebastians Hand. „Gib mir das, was du da hast. Es ist die Zeit, weißt du das? Ist dir bewusst, was das bedeutet?“

Sebastian schüttelt den Kopf, denn er begreift es noch immer nicht ganz. Aber er weiß aus irgendwelchen Gründen genau, dass er die Uhr behalten muss, bis er von Bord geht.

„Ich gebe Ihnen die Uhr“, flüstert er. „Wenn Sie mich ziehen lassen.“

Ein kühles Lächeln legt sich über die pergamentartigen Züge des Schiffers. „Wenn ich die Zeit habe, brauche ich dich nicht mehr“, entgegnet seine heisere Stimme. „Dann bin ich frei. Frei, meine Frau in den Niederlanden zu besuchen. Oder mit meinem Schiff um die ganze Welt zu fahren …“

Sebastian starrt in die trüben Augen von VanderDecken und fühlt sich gelähmt, nicht in der Lage, sich zu bewegen.

„Dann geh! Geh! Worauf wartest du?“, erklingt VanderDeckens Stimme drängelnd und ungeduldig.

Mit äußerster Anstrengung kämpft sich Sebastian hoch und auf die Reling. Warum genau er es tut, weiß er nicht, aber sobald er auf der Reling sitzt, wirft er die Uhr mit letzter Kraft in die Luft.

Und dann lässt er sich über Bord fallen.

Die Uhr taumelt durch die Nacht, während das Gold das Glitzern der echten Sterne widerspiegelt. Sie dreht sich ein paarmal, bevor sie von einer skelettartigen Hand aufgefangen wird, im selben Moment, in dem Sebastian das Wasser berührt …

Ein neuer Anfang

Sebastian hat nicht mehr die Kraft zu schwimmen und er verschwindet immer tiefer in dem undurchdringlichen, dunklen Wasser. Er weiß nicht, dass über ihm zwei Schaluppen unterwegs sind, die allerdings völlig unterschiedliche Ziele haben. In der einen sitzen drei Männer, die im bläulichen Schein ihrer Lampe zu ihrem mächtigen Schiff zurückrudern und noch nicht wissen, dass sie kurz vor einer Weltreise stehen.

Die drei Männer in der anderen Schaluppe rudern, als würde ihr Leben davon abhängen. Sie wissen genau, *was* sie suchen, aber nicht genau, *wo*.

„Hier! Hier muss es ungefähr sein!", ruft einer von ihnen.

„Mehr Licht!", bellt eine andere Stimme über das Wasser, und der gelbe Schein ihrer Lampe bildet einen großen Kreis.

Kurz darauf folgt ein plätscherndes Geräusch und gleich darauf noch eins. Hände tauchen und suchen im Dunkeln, aber sie finden nichts.

Dann bekommt eine Hand einen Körper zu fassen und prustend wird er mit nach oben gezogen.

„Das bist ja *du*!"

„Du hast den Falschen erwischt!"

Sie tauchen wieder hinunter.

Der Mann mit der Lampe, der im Boot zurückgeblieben ist, späht über das Wasser und mahnt seine Kameraden, sich zu beeilen.

„Fenmore! Victor! Macht hin! Sonst nützt es ihm nichts mehr."

Sie bleiben dieses Mal lange unten, aber dann bricht die Wasseroberfläche auf, und keuchend kommen die Männer nach oben.

„Ich habe ihn! Victor, ich habe ihn!"

„Florentin, hilf uns, ihn an Bord zu bekommen!"

Drei Paar Hände wuchten den scheinbar leblosen Körper an Bord.

„Ist er …", fragt Florentin.

„Wir müssen zur *Black Joke*! Rudern!", brummt Fenmore, während sich die beiden Männer allein ins Boot hieven.

Victor hat Sebastian inzwischen umgedreht. Aus dessen Mund strömt Wasser.

„Wie dünn er ist", flüstert Victor erschreckt. „Und wie bleich!"

Florentin hat vorerst keinen Blick für Sebastian übrig, so gebannt schaut er auf den schwarzen Koloss, der über ihnen hängt.

„Seht doch nur! Wie groß es ist!", flüstert er entsetzt.

„Dafür haben wir keine Zeit", weist Fenmore ihn zurecht und ergreift ungeduldig die Ruder. „Wir haben das Schiff doch gerade erst drei Tage angestarrt. Hast du noch nicht genug davon?"

Aber obwohl er die Ruder in der Hand hält, macht auch Fenmore keine Anstalten, die Schaluppe in Bewegung zu setzen. Stillschweigend schauen die drei Männer zu, wie eine Strickleiter vom Geisterschiff ausgeworfen wird. Drei schwarze Schatten zeichnen sich vor der Leiter ab, die lose in der Luft zu hängen scheint. Die Sturmlampe ihrer Schaluppe wirft ein bläuliches Licht über das Wasser, als das Gefährt an Bord gehievt wird. Sobald die Männer an Bord sind, wird die Strickleiter eingeholt, und der *Fliegende Holländer* setzt sich in Bewegung …

Dann senkt auch Fenmore die Ruder ins Wasser und hält Kurs in Richtung der *Black Joke*. Er keucht vor Anstrengung und schon bald taucht vor ihnen der schwarze Schatten des Schiffes auf. Er nimmt den noch immer bewegungslosen Sebastian auf die Schulter und klettert gefolgt von Florentin an Bord. Victor, der erst noch die Schaluppe befestigt, ist der Letzte.

Es ist ihnen, als ob noch eine vage Stimme durch die Nacht klinge, aber mehr als ein paar Fetzen können die Männer nicht verstehen:

„Danke … für … die Zeit …“

Einige Tage balanciert Sebastian auf der Schwelle zwischen Leben und Tod. Er hat Fieber und Schüttelfrost. „Verräter … Zeit … Richard … kalt.“ Seine Freunde können sich keinen Reim darauf machen. Aber nach anderthalb Wochen schlägt er plötzlich die Augen auf und zum ersten Mal ist sein Blick klar. Er sieht in das freundliche Gesicht einer unbekannten Frau.

„Hier, trink was“, sagt sie und hält ihm eine Schüssel Wasser an die Lippen. Schräg hinter ihr steht eine schlanke Gestalt und erst als sie sich auf sein Bett setzt, erkennt er, dass es Kahlo ist. Sie ist noch hübscher, als er es in Erinnerung hatte, obwohl ihr Gesicht nass ist vor Tränen. Ihre Formen sind fraulicher und sie ist nicht mehr das Mädchen, das sie war, als er aufgebrochen ist.

„Oh, Gott sei Dank …“ Sie weint. „Ich dachte, du würdest niemals …“ Ihr stockt der Atem und sie kann nicht weitersprechen. Die Frau streicht ihr übers Haar und Sebastian wird klar, dass das ihre Mutter Sula sein muss.

Nach einer weiteren Woche ist er wieder einigermaßen hergestellt und begibt sich zum ersten Mal an Deck der *Black Joke*. Breit grinsend begrüßen ihn Fenmore, Florentin und Victor, die ihn alle umarmen. Als er hört, wie die Wellen gegen den Bug klatschen, kann er es nicht lassen und muss kurz über die Reling schauen.

„Ich kann euch gar nicht sagen, wie froh ich bin, dieses Geräusch zu hören“, verkündet er fröhlich.

„Also ist ein fliegendes Schiff auch nicht alles“, sagt Fenmore, und als Sebastian aufblickt, sieht er in seinen Augen etwas glitzern.

„Man sollte doch denken, dass es die Vollkommenheit für jeden Seemann bedeutet, die Elemente zu beherrschen.“

Sebastian schaudert. „Vielleicht, wenn man sie *wirklich* beherrscht. Aber VanderDecken war viel mehr ein Opfer der Elemente als jeder andere Schiffer. Obwohl, jetzt zum ersten Mal …“

Er blickt einen Moment vor sich hin und denkt an die Weltreise, die VanderDecken machen will. Er hofft, dass es dem Schiffer gelingen wird.

„Schiffer?“ Victor lacht erstaunt auf. „Das ist ein Wort, das man nicht mehr alle Tage hört.“

Victors Bemerkung erinnert Sebastian an etwas. „Wie lange bin ich eigentlich weg gewesen?“, fragt er.

Die Männer blicken sich an.

„Weißt du das denn nicht?“, fragt Florentin. „Mehr als anderthalb Jahre!“

Ungläubig schaut Sebastian ihn an. „Das ist nicht dein Ernst!“

„Doch, wirklich.“

„Und wir sind sehr neugierig, was in all der Zeit mit dir geschehen ist.“

„Weniger, als ihr euch vorstellt“, sagt Sebastian langsam. Es kostet ihn Mühe, Florentins Worte zu sich durchdringen zu lassen. Er muss also mehr als ein Jahr an Bord des *Fliegenden Holländers* gewesen sein! Sebastian beugt sich wieder über die Reling und schaut hinunter. Er scheint seine Augen vollsaugen zu müssen mit dem Bild der Wellen, die gegen den Bug spritzen und das Holz des Schiffes glänzen lassen. Als er die Augen schließt, durchströmt ihn ein Gefühl von Glückseligkeit.

„Wo sind wir?“, erkundigt er sich, als er wieder aufsieht.

„Westküste von Afrika“, antwortet Fenmore.

„Fahren wir nicht zurück?“, fragt Sebastian.

Es wird still.

„Du weißt nicht, was alles geschehen ist, stimmt’s?“, sagt Fenmore. Eigentlich ist es keine Frage, sondern eher eine Feststellung.

Sie beginnen, ihm alles über die Kolonie zu erzählen. Dass sie zunächst probiert haben, sie wieder aufzubauen, aber dass es ihnen nicht gelungen ist. Wie die Übriggebliebenen von der Erinnerung an ihre verschwundenen

Kameraden verfolgt wurden, wie sie nur noch daran denken konnten, warum das Schicksal so viele ihrer Freunde getroffen hat und sie selbst verschont geblieben waren. Sie waren alle nicht mehr motiviert, die Kolonie aufzubauen, und selbst wegen Kleinigkeiten kam es ständig zu wilden Streitereien. Das Schicksal der Kolonie schien bereits entschieden, als Daniel Pfau und Richard Finn schließlich auch noch mit Berichten über mögliche neue Angriffe zurückkamen. Als kurze Zeit später der Rest der Mannschaft der *Lorenzo* eintraf, war klar, dass etwas geschehen musste.

Denys Hugo brach auf eigene Faust mit einer Handvoll Männern auf und die Übriggebliebenen, unter anderem Fenmore, Sula, Kahlo, Victor, Florentin, Bonne, Knut, Olaf und Patrick, setzten die *Black Joke* wieder instand und reparierten sie. Sie sind seitdem nicht mehr nach Sankt Martin zurückgekehrt.

„Wir wissen immer noch nicht, was tatsächlich während und vor dem Angriff geschehen ist", sagt Fenmore. „Und das lässt mich nicht los. Ich denke weiterhin, dass es kein Zufall war." Er räuspert sich und blickt auf einen unbestimmten Punkt irgendwo in der Ferne. „Wir, eh, waren auf dem Weg nach England, als der *Fliegende Holländer* in der Tafelbucht auftauchte."

„Was waren wir erstaunt, als wir dich sahen!", ruft Florentin aufgeregt. „Stell dir das vor! Wir dachten, du wärst tot!"

„Und das dachte ich noch immer, als ich dich auf dem verfluchten Schiff sah", fügt Victor nüchtern hinzu. „Wenn Fenmore nicht so dickköpfig gewesen wäre, wären wir nie und nimmer hinterhergefahren."

„Fenmore und VanderDecken haben mehr gemeinsam, als man auf den ersten Blick denken würde.“ Sebastian lacht.

„Spotte nicht darüber“, mahnt Fenmore. „Ehe du dich’s versiehst, rufst du das Unheil über dich herab.“

Sebastian weiß nur zu gut, wie wahr Fenmores Worte sind.

„Was wollt ihr in England?“, fragt er und wechselt damit das Thema.

„Antworten finden“, erwidert Fenmore prompt. „Inzwischen ist genug Zeit verstrichen, dass wir uns dorthin wagen können. Wenn wir dafür sorgen, dass wir nicht gesehen werden, natürlich.“

Plötzlich erinnert sich Sebastian an das Pergament in seinem Hemd.

„Wir brauchen uns nicht dorthin zu wagen“, sagt er. „Die Antworten, die du suchst, habe ich hier.“

Er steckt seine Hand ins Hemd, aber bemerkt dann zu seinem großen Schrecken, dass das Päckchen weg ist.

„Suchst du vielleicht das?“, fragt Fenmore und holt ein Stück Segeltuch aus seiner Jacke.

Sebastian stößt einen Seufzer der Erleichterung aus. „Das ist es tatsächlich.“ Als er das Tuch auseinanderfaltet, sieht er, dass das Pergament unberührt ist.

„Ich habe es nicht gelesen“, antwortet Fenmore.

„Ich weiß“, sagt Sebastian. „Wenn du es gelesen hättest, würdest du hier nicht so ruhig stehen.“

Drei Augenpaare blicken ihn neugierig an. Wovon spricht Sebastian?

Sebastian drückt Fenmore das Pergament in die Hand. „Hier, lies selbst.“

Als Fenmore das Pergament aufrollt, steht ihm die Überraschung ins Gesicht geschrieben.

„Das ist ein königliches Dokument! Von Richard dem Neunten! Wie kommst du daran?"

„Ich habe es im Laderaum des *Fliegenden Holländers* gefunden. VanderDecken muss es von Singleton gestohlen haben."

„Singleton? Was hat der damit zu tun?"

„Lies einfach", wiederholt Sebastian und macht eine Kopfbewegung in Richtung Pergament.

Fenmore beginnt, das Dokument vorzulesen. Die Bestürzung auf den Gesichtern wird immer größer und ab und zu verhaspelt sich Fenmore, als ob er nicht glauben könne, was er liest. Die Hand, mit der er das Pergament festhält, verkrampft sich immer mehr, und seine Knöchel treten weiß hervor. Als er fertig gelesen hat, lässt er das Dokument sinken. Niemand sagt etwas. Dann fasst sich Fenmore ins Gesicht und wischt sich über die Augen, als ob er damit den Verrat auslöschen könnte. Victor lehnt über der Reling und blickt auf das Meer. Florentin steht der Mund offen. Aber für Sebastian ist es nichts Neues mehr.

„Was wir auch tun, wir müssen jedenfalls nicht nach England", sagt er. „Wir haben dort nichts zu suchen, und wenn Singleton wirklich Mitglied der Regierung geworden ist …"

Aber das ist augenscheinlich nicht das Einzige, woran Fenmore denkt. Er packt Sebastian an der Schulter. „Wie soll ich es sagen, Sebastian. Es tut mir schrecklich leid. Wir haben dich ungerecht behandelt."

Und da begreift Sebastian, dass Fenmore über das

spricht, was in Madagaskar geschehen ist. Daran hatte er zwar überhaupt nicht mehr gedacht, aber er ist trotzdem froh, dass Fenmore sich entschuldigt hat. Als auch Victor ihm auf die Schulter schlägt und Florentin ihn kurz darauf grob umarmt, wird Sebastian richtig verlegen.

„Wenn dieses Dokument echt ist", fährt Fenmore fort, „und ich habe keinen Grund, daran zu zweifeln, dann müssen wir jetzt erst recht nach England! Um Rache an diesem Verräter zu nehmen! Glaubt ja nicht, dass ich ihn da am Hof herumscharwenzeln lasse in seinen schönen samtenen Anzügen."

„Lasst uns erst mal irgendwo anlegen, damit wir uns beraten können", schlägt Sebastian vor. Damit sind alle einverstanden.

Er selbst ist noch nicht wieder ausreichend bei Kräften, um an die Arbeit zu gehen, und während die anderen die *Black Joke* zu einem passenden Hafen steuern, steht Sebastian allein an der Reling. Er blickt über das Land und sieht auf einem Berg die schwarzen verbrannten Reste einer Art Fort. Die Kanonen scheinen noch zu stehen. Als er die Waffen sieht, muss er sofort an Kahlo denken. Und als ob er ihre Nähe gespürt hätte, steht sie plötzlich neben ihm.

„Mein Vater hat mir von dem Dokument erzählt", sagt sie.

„Aber du hast schon gewusst, dass ich kein Verräter war", entgegnet Sebastian und lächelt sie an.

„Ja", antwortet sie. „Daran habe ich nie gezweifelt."

Er spürt eine warme Welle durch den Körper strömen. Ihm wird jetzt erst bewusst, wie schrecklich er Kahlo vermisst hat, und er muss sich beherrschen, sie nicht an sich zu ziehen und zu küssen. Unwillkürlich beugt er sich zu ihr, aber er erschrickt, als sie zurückweicht.

Dann sieht er ein Glitzern in ihren Augen. „Der Bart geht doch wieder ab, oder?", fragt sie neckend.

Sebastian fängt an zu lachen.

Dann stellt sich Kahlo auf die Zehenspitzen und küsst ihn warm auf die Lippen. Es wird ein langer Kuss.

Als sie sich wieder anschauen, sagt Sebastian: „Du weißt bestimmt, wo ich ein Rasiermesser finden kann."

An den folgenden Tagen werden in Fenmores Kajüte erhitzte Diskussionen geführt, wobei reichlich der Wein fließt.

„Wir können diese übergelaufene Haifischflosse nicht davonkommen lassen", ruft Bonne und schlägt mit der Faust auf den Tisch. Die halb vollen Gläser wackeln bei dieser donnernden Zornesbekundung.

Sebastian denkt an Bonnes wilde Umarmung, als er von Sebastians Entdeckung gehört hat. Ihm schmerzen noch immer die Rippen davon.

„Aber was haben wir davon?", spricht Sebastian dagegen. „Denk nur an das Risiko, das wir dabei eingehen. Warum gründen wir nicht einfach irgendwo anders eine neue Kolonie?"

Victor und Florentin nicken. Sie sind mit Sebastian einer Meinung.

„Ihr würdet euch wohl von jedem reinlegen lassen", sagt Patrick mit vorwurfsvollem Blick. „Wir können das nicht ungestraft lassen."

„Überlegt doch, die Verräter von der Marine haben einfach so bei uns auf der Insel gewohnt …“, wirft Kahlo ein und starrt vor sich hin.

„Und das Schiff!“, sagt Fenmore wütend. „Dass er das bekommen hat! Was für Lügen!“

„*The Peril of the Seven Seas*“, Victor lacht. „Darauf trinken wir.“

„Ich gehe kurz Luft schnappen“, sagt Sebastian, den jedes Mal ein unangenehmes Gefühl überkommt, wenn die Namen *Singleton* oder *Peril of the Seven Seas* fallen.

Das Gefühl verschwindet wieder, als er den hellblauen Himmel sieht und die leichte Brise auf seinem Gesicht spürt, die das Wasser in weißen Schaumkronen kräuseln lässt. Vor ihnen liegt ein kleines Dorf zu Füßen der Berge und er kann schon von hier aus das Kupfer der Dorfglocke in der Sonne leuchten sehen. Träge lässt Sebastian seinen Blick über die immer näher kommenden Häuser gleiten … Die weißen Formen der Gebäude zeichnen sich immer deutlicher gegen den grünen Hintergrund ab. Neben einem Turm steht mitten im Dorf eine Art großer hölzerner Pfahl, der wie ein Mast aussieht. Automatisch gleitet Sebastians Blick nach oben und da stockt ihm der Atem. Das ist nicht möglich! Aber auch nachdem er sich die Augen gerieben hat und erneut hinschaut, ist es noch da.

„Alle Mann an Deck!“, ruft er nach unten und in seiner Stimme klingt Panik mit. Als seine Kameraden nach oben stürzen, zeigt Sebastian atemlos auf den Holzpfahl in der Dorfmitte. An seiner Spitze weht eine tiefblaue Flagge, auf der ein weißer Raubvogel mit gespreizten Flügeln zu sehen ist …

Rache

„Die Flagge der *Peril*“, ruft Victor aus. „Wie kommt die denn hierher?“

Fenmore sieht seine Männer mit finsterem Blick an. „Vielleicht müssen wir doch nicht bis nach England, um zu finden, was wir suchen.“

Er geht zum Ruder, um selbst den Kurs zu ändern, und langsam steuert die *Black Joke* auf den kleinen Hafen zu.

Die *Black Joke* ist das einzige große Schiff, ansonsten liegen hier nur einige kleine Fischerboote, vermutlich von der einheimischen Bevölkerung.

„Von der *Peril* keine Spur“, sagt Sebastian und blickt sich um.

Ein paar Männer bleiben an Bord, und Fenmore, Sebastian, Florentin, Victor und Kahlo gehen an Land. Eine Treppe, die man in die harte Erde gehauen hat, bringt sie zum Dorf.

Die heiße Mittagssonne brennt gnadenlos auf sie nieder und keuchend wischen sie sich den Schweiß von der Stirn. In den Straßen ist kein Mensch zu sehen, das Dorf wirkt wie ausgestorben. Recht schnell finden sie den Dorfplatz, auf dem der Mast steht, den sie schon vom Meer aus gesehen haben. Es ist tatsächlich der Großmast der *Peril* und aus der Nähe wirkt er riesengroß. Hoch über ihnen weht die tiefblaue Flagge.

„Wie mag das Ding hierhergekommen sein?", fragt Fenmore sich. „Es muss irgendetwas vorgefallen sein, denn schließlich verliert man nicht einfach so einen Mast."

„Vielleicht ist sie ja untergegangen", sagt Victor hoffnungsvoll.

„Vergiss nicht, dass unsere Leute an Bord waren, Victor", entgegnet Kahlo scharf.

Sie blicken sich um und setzen ihren Weg ins Dorf fort, auf der Suche nach weiteren Spuren der *Peril*. Es dauert nicht lange, bis sie das gesamte Dorf umrundet haben, aber zu ihrer Enttäuschung finden sie nichts. Dann winkt Fenmore den anderen von einer Straßenecke aus zu, und als sie sich ihm nähern, sehen sie, dass er breit grinsend vor etwas steht, das die Dorfschenke sein dürfte. Sie betreten das kleine weiße Gebäude, in dem die Luft gleich ein bisschen kühler ist.

Als sich ihre Augen an die Dunkelheit gewöhnt haben, sehen sie einen Raum mit einfachen hölzernen Stühlen und Tischen. Hinter der Theke steht ein großer dunkelhäutiger Mann mit glänzender Haut. Sie setzen sich an einen der Tische und bestellen etwas zu trinken.

Der Mann an der Theke lässt sich Zeit, bevor er entspannt zu ihrem Tisch kommt.

„Interessanter Mast auf dem Dorfplatz", beginnt Victor, als der Mann ihre Getränke auf den Tisch stellt. Der Mann blickt Victor verständnislos an.

„Der da", sagt Victor und zeigt in Richtung Platz. „Der große Mast."

Aber der Mann antwortet nicht.

„Das kannst du lange probieren", klingt da überraschend eine tiefe Stimme aus der Ecke.

Unwillkürlich drehen sich alle in die Richtung, aus der die Worte kommen, aber sie sehen niemanden.

„Er spricht nur das allernotwendigste Englisch", sagt die Stimme wieder. Am Gerumpel hören sie, dass der Mann aufsteht, und erst als er zu ihrem Tisch kommt, können sie ihn erkennen.

„Setz dich", fordert Fenmore ihn auf und schiebt einen leeren Stuhl nach hinten. Er winkt dem Mann hinter der Theke, ihnen noch ein Glas zu bringen.

„Rum. Knook", sagt der Mann und streckt Fenmore eine riesige schwielige Pranke entgegen. „Mein Name", erklärt er, als er den erstaunten Blick des Kapitäns sieht.

Knook ist ein Weißer, aber seine Haut ist so braun gebrannt, dass er fast wie ein Schwarzer aussieht. Die Arme, die aus einem knittrigen Hemd herausgucken, sind von unten bis oben mit Tätowierungen bedeckt, die bis zu seinem Hals gehen. Sein dünnes weißes Haar trägt er in einem Zopf. Als er nach seinem Glas greift, verschwindet es vollständig in seiner schwieligen Hand, an der zwei Finger einmal gebrochen gewesen sein müssen, so krumm sind sie. Er kippt das Glas in einem Zug hinunter und stellt es wieder auf den Tisch.

„Was führt euch hierher?", fragt er dann.

„Nichts Besonderes. Vorräte aufnehmen, Segel reparieren", antwortet Fenmore.

„Ihr werdet hier nicht viele Vorräte finden", sagt Knook. „Und das, obwohl der Hafen eigentlich günstig liegt. Es kommen regelmäßig Schiffe wegen dieser Sachen."

„Stammt der Mast auf dem Dorfplatz von einem solchen Schiff?", fragt Sebastian und hofft, dass seine Frage möglichst gleichgültig klingt.

Knook schaut ins Leere und erwidert nichts. Fenmore winkt, um sein Glas füllen zu lassen.

Lass die Flasche ruhig stehen, zeigt er dem Barmann an und drückt ihm einen goldenen Gulden in die Hand. Mit der Flasche vor der Nase entspannt sich Knook sichtlich und nickt.

„Wir glauben, dass wir das Schiff kennen", erklärt Fenmore. „Und wir möchten gerne wissen, was mit der Mannschaft geschehen ist."

„Kameraden von euch?", will Knook wissen.

Fenmore nickt.

„Einer von ihnen hat hier eine Weile gesessen. Orkan, oder nein, Te... Tempo oder so was. So ein ähnlicher Name war es."

„Kann es Tempest gewesen sein?", fragt Sebastian, der sogleich spürt, wie sein Herz vor Aufregung schneller klopft.

„Genau", bestätigt Knook. „Tempest, Sturm. Ich wusste, dass es etwas mit dem Wetter zu tun hatte."

„Er hat hier also ein Weilchen gesessen?", hakt Fenmore nach.

„Sag ich doch", antwortet Knook und schenkt sich selbst wieder ein. Er trinkt einen Schluck und erzählt dann weiter.

„Nachdem sein Schiff in Brand geraten war. Sünde war es, schönes Schiff. Mir selbst gefällt zwar das schöne schwarze besser, das ihr da im Hafen liegen habt, aber gut." Mit einem zweiten Zug leert er sein Glas und nickt dann zur Tavernentür hinüber. „Dieser Mast da, das ist das Einzige, was übrig geblieben ist. Wurde gefällt und ist dann im Wasser gelandet."

„Gefällt? Absichtlich? Ich meine, hat jemand das Schiff sabotiert?“

Knook bricht in schallendes Gelächter aus, das den gesamten kleinen Raum ausfüllt. „Das kann man wohl sagen, ja. So ein Mast fällt nicht von selber um. Tempest hat ihn gefällt. Hat er mir selbst erzählt. Es war auch seine Idee, ihn im Dorf aufzustellen. Als eine Art Erinnerung. Aber wenn ihr mich fragt, hat er das Schiff selbst in Brand gesteckt. Er hatte sie nicht mehr alle.“

Knook schenkt sein Glas wieder voll und alle sehen ihn gespannt an.

„Er sah überall Feuer“, fährt er fort. „Sogar hier. Wenn wir einen getrunken haben, dachte er auf einmal, dass die Schenke Feuer gefangen hätte. Und dann musste er weg, nach draußen. Wird wohl von dem Brand auf dem Schiff gekommen sein. Ist ihm nicht gut bekommen. Aber wenn er das nicht gerade hatte, war er sehr gesellig.“

„War Tempest der Einzige, der den Brand überlebt hat?“, fragt Sebastian. Für ihn kann es nicht schnell genug mit der Geschichte vorangehen und er kann seine Neugierde kaum mehr im Zaum halten.

Knook schüttelt den Kopf. „Nein, ein paar andere auch noch, aber ihre Namen weiß ich nicht mehr.“

„War ein Singleton dabei?“, fragt Fenmore.

„Nein“, sagt Knook. „Aber verrückt, dass du danach fragst. Über Singleton hat Tempest auch immer gesprochen. Was genau dahintersteckte, habe ich nie begriffen. Singleton und Barendregt. Barendregt, ja, so hieß der andere Kerl. Er hat ständig darüber gesprochen, dass sie vor seinen Augen verbrannt sind. Waren das Freunde von ihm? Wisst ihr das?“

„Eh", sagt Sebastian, und alle schauen ihn an. Bei dem Namen Barendregt sieht er auf einmal wieder das Bild vom flammenden Laderaum der *Amsterdam* vor sich, in dessen Mitte Kapitän Barendregt wie eine Fackel steht. Haare und Jacke brennen lichterloh, während er seinen Fluch über Tempest ausspricht …

Es läuft ihm kalt den Rücken herunter.

„Eh", sagt er dann wieder. „Freunde sicher nicht. Aber Bekannte schon. Und dieser, eh, Singleton … Bist du dir sicher, dass er bei dem Brand umgekommen ist?"

„Wenn ich Tempests Geschichte Glauben schenken darf, schon. Er hat erzählt, dass er noch probiert hätte, ihn zu retten, aber Singleton musste unbedingt irgendein Stück Pergament mitnehmen. Davon scheint er besessen gewesen zu sein. Glaubte, er wäre ohne das Pergament verloren. Schließlich hat Tempest das Schiff mit einigen seiner Kameraden verlassen, während Singleton und die anderen verbrannt sind. Nicht mehr als eine Handvoll von ihnen ist lebend von der *Pearl* runtergekommen."

Bei der Erwähnung des Pergaments schauen sich die Freunde vielsagend an. Das muss zweifellos das Pergament über das Abkommen sein, das Singleton mit König Richard getroffen hatte.

„Das Dokument muss auch in Flammen aufgegangen sein", fährt Knook fort und starrt nachdenklich vor sich hin. „Und wie wichtig kann es gewesen sein? Singleton dachte, sein Leben würde davon abhängen. Aber letztlich hat ihn der Fetzen das Leben gekostet, wenn man es genau betrachtet."

Sebastian lässt Knooks Worte einen Moment sacken und überlegt, wie ironisch es doch ist, dass Singleton das

Dokument schon lange nicht mehr hatte, auch wenn er es augenscheinlich nicht wusste.

„Und Tempest?", fragt er dann.

Knook blickt ihn mit überraschend hellblauen Augen an.

„Der ist letztendlich wieder weitergezogen. Fand es hier zu eng. Er wollte neu anfangen, Handel treiben oder so. Eigentlich schade, dass er weg ist. Wie ich schon sagte, er war ein feiner Kerl."

Nachdem sich die Freunde von Knook verabschiedet haben, treten sie wieder ins Freie, wo die grelle afrikanische Sonne sie beinahe erblinden lässt. Als sie zur *Black Joke* zurückgehen, schweigen sie, jeder ist in seine Gedanken versunken und denkt über all das nach, was der alte Seemann ihnen erzählt hat.

Als sie später am Abend an Deck sitzen, fragt Fenmore Sebastian, wer denn nun eigentlich dieser Barendregt war, von dem Knook gesprochen hat. Und Sebastian erzählt seinen Kameraden, was vor langer Zeit auf der *Amsterdam* geschehen ist.

„... und als Barendregt brennend im Laderaum stand, verfluchte er Tempest", beendet er seine Geschichte. „Er rief etwas vom Höllenfeuer, das ihn verfolgen wird, und dass er ihn finden wird. Ich glaube, dass Tempest davor immer Angst gehabt hat."

„Jetzt, wo du es sagst", bringt Victor hervor, „weißt du noch, das eine Mal im Hafen? Als wir gerade in Madagaskar angekommen waren? Tempest hat uns den Schaden an der *Intrepid* gezeigt und dachte auch, dass Feuer an Bord war. Und er glaubte, jemanden gesehen zu haben."

„Vielleicht war das tatsächlich Barendregts Geist", überlegt Sebastian.

„Da kannst du mal sehen, dass der Alte seinem Fluch nicht entkommen ist", mischt sich Bonne ein. „Man sollte mit solchen Dingen immer vorsichtig sein."

„Tempest mag ab und zu Erscheinungen gehabt haben, aber dumm war er nicht", sagt Fenmore. „Ich schätze, er hat den Mast mit der Flagge hier absichtlich aufgestellt. Als eine Art Zeichen für uns." Er ist augenscheinlich nicht der Einzige, der das denkt, denn um ihn herum wird zustimmend gemurmelt.

„Glaubt ihr, dass er das Schiff selbst in Brand gesteckt hat?", fragt Bonne.

„Das ist sehr gut möglich", meint Fenmore.

„Ich vermute, dass er auf diese Weise versucht hat zu entkommen", sagt Florentin. „Hätte ich auch gemacht."

Sebastian nickt. Auch er kann sich das gut vorstellen.

„Selbst wenn er das Risiko einging, bei dem Brand sein eigenes Leben zu lassen, erschien ihm das immer noch besser, als in einem Käfig über der Themse zu vergammeln. Oder lebenslang im Tower eingesperrt zu sein."

Und das ist etwas, was sie alle gut verstehen.

„Auf die Freiheit!", ruft Fenmore und hebt sein Glas.

„Auf die Freiheit!", stimmen alle mit ein und lassen die Gläser klingen.

Zurück nach England fahren sie nicht, denn dort haben sie nichts mehr zu suchen. Wohin sie ziehen, wissen sie noch nicht genau, vielleicht doch zurück nach Madagaskar … die Insel ist schließlich groß genug. Oder vielleicht nach Südamerika oder Indien oder irgendwo anders hin. Die Welt liegt ihnen zu Füßen.

Als Sebastian später am Abend in den hellen Sternenhimmel schaut, denkt er an VanderDecken und den *Fliegenden Holländer*. Wenn es VanderDecken wirklich geglückt ist, müssen sie jetzt überall auf der Welt damit rechnen, dem Geisterschiff zu begegnen …

Sebastian lächelt. Es bereitet ihm keine Angst mehr. Er hofft sogar, dass seine denkwürdige Begegnung mit dem *Fliegenden Holländer* nicht die letzte gewesen ist. Auch wenn er eine Einladung, an Bord zu kommen, freundlich, aber doch sehr entschieden ablehnen würde.

Worterklärungen

Backbord: bei Blick in Fahrtrichtung die linke Seite eines Schiffes

Buddel: Flasche

Bug: das vordere, meist spitz zulaufende Ende eines Schiffes

Bugspriet: eine fest mit dem Schiff verbundene, aber darüber hinausragende Stange zum Abstützen des Fockmasts

Dechsel: bezeichnet eine Art Beil oder Meißel an einem langen oder kurzen Stock und wird zur Holzbearbeitung verwendet. Sie ist vor allem für die gröberen Arbeiten geeignet.

Dublonen: alte spanische Münzen

Fieren: das behutsame oder auch „kontrollierte“ Loslassen einer Leine, z. B. das Ins-Wasser-Lassen der Ankerkette

Fleute: weitverbreitetes Segelschiff im 17. Jahrhundert mit gewölbtem Rumpf und bauchiger Form

Fockmast: als Fockmast wird bei Segelschiffen mit mehreren Masten der vordere Mast bezeichnet

Genever: alkoholisches Getränk niederländischer Herkunft, das meistens aus Gerste, Roggen oder Malz hergestellt wird

Geschützpforten: Öffnungen an den Seiten des Schiffes, die mit einem Deckel aus starken Brettern verschlossen wurden. Aus den Geschützpforten konnte mit Kanonen und anderen Waffen geschossen werden.

Gulden: Goldmünzen

Havarie: Schaden am Schiff

Heck: der hinterste Teil des Schiffes

Jakobsstab: Der Jakobsstab, der auch Gradstock genannt wird, bestand aus einem langen Stock mit einem beweglichen Querstück. Das Ende des Stabs hielt man sich vor das Auge, wobei das Querstück senkrecht stand. Dann wurde das Querstück so lange geschoben, bis das untere Ende auf den Horizont gerichtet war und das obere Ende auf den Stern. Durch die Maßangaben auf dem Stab konnte man die Höhe des Sterns ablesen. Der Jakobsstab wurde von Beginn des 15. Jahrhunderts an auf dem Meer benutzt, es gibt ihn aber schon seit 1321.

Jolly Roger: Piratenflagge. Niemand weiß genau, woher der Name kommt, aber es wird vermutet, dass er aus dem Französischen stammt. „Joli rouge" bedeutet dort „schön rot". Vielleicht war dies eine Beschreibung der roten Blutflagge, welche die Piraten früher häufig hissten. Die meisten Piratenflaggen sind allerdings schwarz mit verschiedenen Abbildungen, zum Beispiel Skeletten, Dolchen oder gekreuzten Knochen. Sie alle haben nur ein Ziel: den Opfern der Piraten Todesangst einzujagen.

Kalfatern: Die Ritzen zwischen den Planken am Rumpf des Schiffes und an Deck werden mit Werg, gerupften Hanffasern, abgedichtet. Dazu wird das Holz mit einem speziellen Kalfateisen eingeschlagen. Danach wird Pech darübergeschmiert, sodass das Schiff völlig wasserdicht ist.

Kielholen: Es gibt zwei unterschiedliche Bedeutungen: Ein Schiff kielholen bedeutet, den Rumpf zu reinigen. Das Schiff wird hierzu weit auf die Seite gedreht und es werden Muscheln, Pflanzen und Ungeziefer entfernt, die sich daran angesammelt haben. So erlangt das Schiff wieder seine alte Schnelligkeit zurück. Kielholen war aber auch eine Strafe unter Seeleuten. Hierbei wurde der zu Bestrafende an einem langen Seil unter dem Schiff hindurchgezogen. Das war gefährlich, und es kam häufig zu Verletzungen und sogar Todesfällen.

Lavieren: gegen den Wind kreuzen

Logbuch: eine Art Tagebuch, in das an Bord eines Schiffes alle wichtigen Ereignisse und Beobachtungen eingetragen werden. Der Begriff stammt von einem Messgerät mit dem Namen „Log“, das zur Bestimmung der Fahrgeschwindigkeit eines Schiffes dient.

Maat: Gehilfe auf dem Schiff, z. B. bei einem Steuermann

Meuterei: Rebellion der Mannschaft eines Schiffes gegen ihren Kapitän

Ostindienhaus: Sitz der VOC in Amsterdam

Planke: starkes Brett des Schiffsrumpfes, auch Schiffsdiele genannt

Poopdeck: oberstes Deck im hinteren Teil eines Segelschiffs

Quadrant: ein Instrument, mit dem man den Stand der Sonne messen konnte. Der Schiffsführer schaute durch ein Guckloch, in welchem das grelle Sonnenlicht in einem hellen Punkt gebündelt wurde, den er an den Horizont führte. Die zwei wichtigsten Vorteile gegenüber dem Jakobsstab waren, dass man die Messung durchführen konnte, wenn man mit dem Rücken zur Sonne stand, sodass man nicht erblindete. Darüber hinaus musste man statt zwei Punkten nur einen betrachten. Nachteil des Quadranten war, dass man damit nicht den Stand des Mondes und der Sterne messen konnte.

Rah: ein runder Pfahl, der quer am Mast hängt und an dem die Segel befestigt sind. Jedes Mastteil hat seine eigene Rah mit eigenen Segeln.

Reffen: Beim Reffen wird die Fläche des Segels verkleinert. Dies geschieht meistens durch Einrollen oder Niederholen eines Segels.

Rudergänger: der Matrose, der am Ruder steht

Sabotage: vorsätzliche Schädigung oder Zerstörung

Schaluppe: ein kleines Boot, das häufig als Beiboot verwendet wird

Skorbut: Infektionskrankheit, die durch den Mangel an Vitamin C ausgelöst wird. Früher war Skorbut aufgrund der einseitigen Ernährung (Pökelfleisch und Schiffszwieback) eine der Haupttodesursachen bei Seeleuten.

Spanten: hölzerne Bauteile, mit denen der Rumpf von Schiffen verstärkt wird

Steuerbord: bei Blick in Fahrtrichtung die rechte Seite eines Schiffes

Vereinigte Ostindische Kompanie (VOC): Die VOC wurde 1602 in den Niederlanden gegründet und trieb Handel mit Gebieten in Übersee. Zu ihrer Blütezeit – etwa um 1730 – besaß sie eine Flotte von mehr als hundert Schiffen und beschäftigte über die ganze Welt verteilt mehr als 30.000 Menschen. Gegen Ende des 18. Jahrhunderts ging die ruhmreiche Handelskompanie pleite.

Voruntermarssegel: ein am Fockmast befestigtes Segel

Wanten: alle Seile und Taue, die dazu gebraucht werden, die Segel zu bedienen und die Anker zu lichten. Sie waren so geknüpft, dass man sich darin bewegen konnte.

Englische Begriffe

Enter:	entern, eindringen
Intrepid:	unerschrocken, mutig
Invader:	Angreifer, Eindringling
Rogue:	Schurke
Skinner:	Häuter
Tempest:	Sturm
The Black Joke:	Der Schwarze Witz
The Pearl of the Seven Seas:	Die Perle der Sieben Meere
The Peril of the Seven Seas:	Die Gefahr der Sieben Meere

Annejoke Smids wuchs mit zwei Brüdern in dem friesischen Dorf Minnertsga auf und wusste schon als Kind, dass sie Autorin werden wollte. Sie studierte Englisch, lernte Italienisch und erfüllte sich mit *Piratenblut* einen großen Traum: ihr erstes Buch zu veröffentlichen.

Stephen Cole
Snakeroot

Vier Jugendliche, vier außergewöhnliche Talente, ein Auftrag und das Geheimnis des ewigen Lebens ... Jonah ist sofort klar, dass damit ein neues Leben für ihn beginnt. Was er nicht weiß ist: In diesem Leben wird es tödliche Gegner geben, gefährliche Zweikämpfe und eine Existenz jenseits von Gut und Böse! Hat er den Mut, sich alldem zu stellen – und vor allem: Hat er eine Wahl?

Anthony Horowitz
Die fünf Tore: Todeskreis

Panisch fährt Matt aus dem Schlaf hoch. Er hatte wieder denselben Traum, wie schon so oft: Drei Jungen und ein Mädchen rufen ihn verzweifelt um Hilfe. Oder wollen sie ihn warnen? Matt spürt, dass er keine Zeit mehr zu verlieren hat. Er muss fliehen – fort von seiner Pflegemutter und fort von der Farm, auf der sie ihn seit Tagen wie einen Gefangenen festhält. Denn Matt soll Teil einer dämonischen Verschwörung werden. Und jede Sekunde, die er länger auf der Farm bleibt, könnte seinen Tod bedeuten ...

Loewe